TOR

BRANDON Q. MORRIS

DIE STÖRUNG

ROMAN

TOR

Aus Verantwortung für die Umwelt hat sich der S. Fischer Verlag zu einer nachhaltigen Buchproduktion verpflichtet. Der bewusste Umgang mit unseren Ressourcen, der Schutz unseres Klimas und der Natur gehören zu unseren obersten Unternehmenszielen.

Gemeinsam mit unseren Partnern und Lieferanten setzen wir uns für eine klimaneutrale Buchproduktion ein, die den Erwerb von Klimazertifikaten zur Kompensation des CO_2-Ausstoßes einschließt.

Weitere Informationen finden Sie unter: www.klimaneutralerverlag.de

FSC www.fsc.org
MIX
Papier aus verantwortungsvollen Quellen
FSC® C083411

2. Auflage: Mai 2021

Erschienen bei FISCHER Tor
Frankfurt am Main, Februar 2021

Satz: Pinkuin Satz und Datentechnik, Berlin
Druck und Bindung: CPI books GmbH, Leck
Printed in Germany
ISBN 978-3-596-70047-9

SHEPHERD-1

12. MÄRZ 2094

Nasse Wolken hängen über dem Ende des Universums. Christine wischt mit den Fingern über den Bildschirm. In dem kleinen Labor, das in der Nacht nicht geheizt wird, ist es zu Beginn ihrer Schicht so kalt, dass sich an Glasflächen Feuchtigkeit absetzt. Aber die kurz aufflammende Hoffnung trügt. Die Schlieren auf dem Display bestehen nicht aus Kondenswasser, sie stecken in den Daten selbst. Die Aufnahmen, die eigentlich die Ergebnisse der zwölf Stunden lang durchgerechneten Extrapolation zeigen sollen, sind unbrauchbar.

Christine trommelt mit Zeige- und Mittelfinger auf der Lehne ihres Stuhls. Sie sollte nicht so ungeduldig sein. Die Shepherd-1 hat ihre Position auf der Fokallinie noch nicht einmal erreicht. Aaron und David treiben gerade noch die verirrten Schafe zur Herde zurück. Aber sie hat nachgerechnet. Es befinden sich längst genügend Sonden in dem nur 1,3 Kilometer durchmessenden Bereich, der ein scharfes Bild garantiert. Dass die algorithmische Extrapolation nur Schlieren zeigt, ist mindestens seltsam, wenn nicht gar unmöglich.

Sie holt sich die Werte der Sonden auf den Schirm und schiebt die Brille zurück. Sheep-1 hat genügend Licht gesammelt, um eine ordentliche Auswertung zu ermöglichen. Sheep-2 zeigt ebenfalls ein sauberes Bild. Sheep-3, Sheep-4, Sheep-5, Sheep-6, alles bestens. Sheep-7 ist ein Totalausfall, aber das sollte das System verkraften. Sie hält den Finger auf der Blättertaste. Die Tabellen fliegen von rechts nach links über den Schirm. Die Zahlen verschwimmen, und trotzdem hat sie das Gefühl, jede einzelne wiederholen zu können. Sie hatte schon als Kind diese Begabung. Jedes Mal wenn ihr Vater etwas in seiner Faust versteckte, hatte sie richtig geraten. Sie erinnert sich zwar noch an den erstaunten Blick des Vaters, aber nicht mehr an die Farbe seiner Augen. Waren sie blau wie ihre?

Sheep-56 bleibt auf dem Bildschirm stehen. Es ist die letzte Sonde des ersten Schwarms, die Daten geliefert hat. Christine wechselt von der Listenansicht zum Rohbild. Auf den ersten Blick sieht sie nur eine schwarze Fläche. Sie erhöht den Kontrast. Am Rand des Bildes funkeln nun einzelne Sterne. Sie sind uninteressant. In der Mitte schält sich eine schwarze Scheibe heraus, die keinen einzigen Lichtpunkt enthält. Das ist die Sonne, die das Teleskop der Sonde automatisch ausgeblendet hat. Um die Scheibe herum verläuft ein schmaler Kreis, ein sogenannter Einstein-Ring. Er besteht aus dem Licht des Objekts, das sie beobachten wollen, abgelenkt und fokussiert von der Gravitation der Sonne selbst. Seine wahre Gestalt, seine wirklichen Eigenschaften offenbart das Objekt erst, wenn sie die Daten aller Sonden des Schwarms auswerten. Jedes einzelne Schaf liefert einen Beitrag, aber es ist der Gesamtblick der Herde, der zählt.

Christine schließt die Datei. Der Schirm zeigt nun wieder die verschwommene Darstellung. Heute soll es wohl nicht passieren. Sie tippt eine kurze Beschreibung, verknüpft sie mit dem Bild und schickt sie über die High-Gain-Antenne an den CapCom. In 4,3 Tagen wird ihre Nachricht die Erde erreichen. Vielleicht haben die Forscher dort ja eine Idee, wie sie den Wolkenvorhang zur Seite ziehen können. Christine schluckt. Ihr Speichel schmeckt bitter. Das muss die Enttäuschung sein. Sie hat sich den Moment seit zwanzig Jahren ausgemalt, Tag für Tag, nur dafür ist sie Astronomin geworden, hat auf eine Familie verzichtet und den langen Flug hierher auf sich genommen. Es würde Licht werden auf dem Bildschirm, und dann würde sie als erster Mensch das Ende des Universums erblicken, das zugleich sein Anfang war.

SHEPHERD-1

14. MÄRZ 2094

»Hast du ihn?«

Aaron hält den Finger über den Auslöser.

»Moment. Er torkelt. Das Triebwerk ist wohl dezentriert«, erklärt Benjamin. »Ich bekomme kein Target Lock.«

»Ein Meteoritentreffer?«

»Asteroiden. Erst in der Erdatmosphäre werden sie zu Meteoriten. Wie oft soll ich dir das noch erklären?«

»Du hast es mir noch nie erklärt, Ben.«

»Benjamin. Mann, so viel Zeit muss sein.«

Benjamin spricht seinen Namen französisch aus. Warum belässt er es nicht einfach bei Ben? Es wäre so viel einfacher.

»Hab ihn jetzt im Fadenkreuz«, sagt Benjamin. »Feuer.«

Aaron drückt den Knopf. Aus dem Bug der von Benjamin ferngesteuerten Dog-Sonde schießt unsichtbar ein Laserstrahl, der hoffentlich die Sonnensegel von Sheep-23 treffen und so den Kurs des Sorgenkindes korrigieren wird. Normalerweise übernehmen die Dogs solche Aufgaben autonom, aber mit dem Torkeln sind sie offenbar nicht zurechtgekommen.

»Sieht gut aus«, sagt Benjamin. »Zielkoordinaten wandern in die richtige Richtung.«

»Hoffen wir mal, dass wir nicht überkompensiert haben«, sagt Aaron.

»Das Risiko liegt bei 23 Prozent.«

»Optimistisch wie immer.«

Benjamin antwortet nicht. Aaron lehnt sich zurück, verschränkt die Arme hinterm Kopf und beobachtet ihr Sorgenkind Sheep-23. Die Sonde besteht aus einem etwa drei Meter langen Aluminiumgerüst mit quadratischem Querschnitt von knappen zehn Zentimetern Kantenlänge. Nach allen Seiten stehen mit Solarzellen belegte Sonnensegel ab, die Aaron an Blätter erinnern. Aus der Ferne und bei flüchtigem Hinsehen könnte man die Sonde für den abgerissenen Ast eines exotischen Baums halten. Die Segel können den Strahlungsdruck der Sonne nutzen, um die Sonde zu beschleunigen. Zumindest wenn es eine nennenswerte Sonnenstrahlung gäbe. Hier draußen ist ihr Heimatstern längst einer von vielen und nicht einmal mehr das hellste Objekt am schwarzen Himmel.

Langsam rotiert Sheep-23 um sich selbst. Das Torkeln scheint aufgehört zu haben. Sicherheitshalber ruft Aaron die Daten des Lagesensors der Sonde ab.

»Ha, wir hatten Erfolg«, sagt er dann.

»Du hast ja bloß den Knopf gedrückt«, antwortet Benjamin per Funk.

Aus unerfindlichen Gründen haben die Ingenieure die Fernsteuerung der Satelliten und das Auslösen der auf ihnen installierten Laser und Teleskope voneinander getrennt. Wie paranoid muss man sein, um zu befürchten, dass einer von ihnen durchdreht und die anderen mit dem Laser beschießt? Wer eine so lange Reise auf sich nimmt, würde das Projekt niemals gefährden. Heimlich einen ersten neugierigen Blick durch die Teleskope zu werfen, das würde er sich und seinen Mitreisenden schon eher zutrauen. Nützen würde es ihnen allerdings nichts, weil das eigentliche Bild erst in stundenlanger Arbeit berechnet werden muss.

Aaron ist allein in seiner Kabine. Hier fühlt er sich am wohlsten. Sie sind nun fast zwanzig Jahre lang gemeinsam unterwegs. Da muss man sich nicht mehr jeden Tag sehen. Vermutlich streiten sie deshalb so selten. Die Psychologen auf der Erde haben wirklich gute Arbeit geleistet. Benjamin nervt ihn zwar manchmal mit seinem Pessimismus, den er Realismus nennt, aber das erdet ihn auch. Denn er ist aus Prinzip optimistisch.

Er unterdrückt ein Gähnen und schließt den Hosenknopf. Vielleicht sollte er sich doch mal wieder mit jemandem verabreden. Er wird sonst noch ganz unsozial.

»Sollen wir uns zum Essen treffen?«, fragt er deshalb Benjamin.

»Gib mir zwanzig Minuten. Ich muss Sheep-23 noch drehen, damit wir ihn wieder in die Matrix aufnehmen können.«

Der Aufstieg in die Zentrale bringt Aaron ins Schwitzen. Die von der Rotation der Shepherd-1 verursachte Schein-Schwerkraft wirkt nach außen. Die Zentrale in der Mitte liegt für ihn deshalb am Ende eines knapp hundert Meter hohen Anstiegs. Denn so groß ist der Durchmesser des Rings, auf dem die vier Kabinen und das Astronomielabor liegen.

Er sieht nach oben. Der schmale Gang scheint heute gar kein Ende zu nehmen. Sprosse für Sprosse zieht er sich hinauf. Die Kraft, die an ihm zerrt, wird zwar von Schritt zu Schritt geringer, doch auch die Luft scheint dünner zu werden. Bildet er sich das nur ein, oder haben sich die Ingenieure hier eine Fehlkonstruktion geleistet? Und warum fällt ihm das erst jetzt auf?

Ein grün leuchtender Ring, der sich einmal um den ganzen Gang zieht, zeigt an, dass er es geschafft hat. Über ihm ist eine Klappe, die er zur Seite schieben muss. Sie lässt sich sehr leicht bewegen. Aaron klettert die restlichen Stufen nach oben und zieht sich schließlich ins Freie. Er schwebt, denn hier herrscht Schwerelosigkeit, in einem flachen, indirekt beleuchteten Raum, der seltsam verzerrt wirkt. Das liegt wohl daran, dass Decke und Boden deutlich gekrümmt sind. Er befindet sich in einer Kugelschale, die den Kern des Schiffes umgibt. Auf dieser Ebene befinden sich die drei Gemeinschaftsräume, die Küche und die Werkstatt. Es riecht nach Essen. Vielleicht haben David oder Christine etwas gekocht? Das Wasser läuft ihm im Mund zusammen. Plötzlich hat er richtigen Appetit. Er kann sich an das Gefühl gar nicht mehr erinnern.

Aaron betrachtet das Loch, durch das er eben ausgestiegen ist. Es sieht völlig schwarz aus und wirkt so klein, als würde er gar nicht hindurchpassen. In dieser Umgebung verliert man schnell alle Maßstäbe. Er stellt sich vor, wie ein Wurm durch das Loch kriecht. Vor Ekel richten sich ihm die Nackenhärchen auf. Schnell schiebt er die Klappe wieder zu. Sie verschwindet nahtlos im Boden, als hätte es hier nie ein Loch gegeben. Gäbe es die Leuchtstreifen auf dem Boden nicht, die zum Einstieg führen, wüsste er nicht, wie er zurück in seine Kapsel finden sollte.

»Zur Küche«, sagt er.

Auf dem Boden leuchtet ein blauer Pfeil auf. Aaron hätte geschworen, dass er nach rechts gehen muss, doch das Schiff führt ihn nach links. Vermutlich ist seine Orientierung gestört, weil er das Loch im Boden nicht mehr sieht. Aaron wendet sich nach links und fliegt mit großen Schritten los. Der Pfeil bleibt immer ein paar Schritte vor ihm, als würde er seine Bewegung vorherahnen. So oft hat er diesen Weg schon genommen! Und doch kommt er ihm heute seltsam vor. Er bewegt sich bergab und gleichzeitig bergauf. Das sind die Tücken der Relativität. Aaron stellt sich die kugelförmige Zentrale von außen vor. So kommt er besser zurecht.

Da ist auch schon die Küche. Sie ist durch eine dünne Wand abgetrennt. Der Pfeil erlischt, und eine Tür öffnet sich.

»Willkommen, Aaron«, sagt das Schiff.

Die Küche ist leer. Niemand hat hier gekocht. Entweder er hat sich den Geruch eingebildet, oder das Schiff hat ihn künstlich erzeugt.

Plötzlich hört er Schritte. Aaron dreht sich um. Es ist Benjamin. Er schwebt um 90 Grad versetzt an der Wand; es wirkt, als würde er an der Wand entlanglaufen. Der Ingenieur ist kleiner als er, aber genauso sportlich. Er hat dunkle, glatte Haare und einen ausgeprägten Seitenscheitel. Seine Augen sind von einem sanften Braun. Kuhaugen, hätten seine Kumpel in der Einheit gesagt.

Benjamin zieht hörbar die Luft ein.

»Riecht gut hier«, sagt er. »Hast du gekocht?«

Also hat er sich den Duft nicht eingebildet.

»Nein, sieht man doch, oder?«, fragt er zurück.

»Dann muss das Schiff den Geruch erzeugt haben.«

»Vielleicht, um uns Appetit zu machen. Regelmäßige Nahrungsaufnahme soll ja gesund sein.«

»Hallo, Jungs, habt ihr gekocht?«

Es ist Christine, die Astronomin. Sie taucht immer dann auf, wenn man sie am wenigsten erwartet.

»Nein, tut mir leid. Der Duft hat uns auch hergelockt«, sagt er.

»Dann kochen wir eben jetzt etwas«, sagt Christine leise, aber bestimmt.

Sie geht zu den hüfthohen Schränken an der Seite und öffnet eine Schublade nach der anderen.

»Hier haben wir Reis«, sagt sie, »und hier Nudeln.«

Dann läuft sie zum Kühlschrank. Als sie die Tür öffnet, dringen Nebelschwaden heraus, als sei der Kühlschrank mit flüssigem Stickstoff gefüllt.

»Oh, der Kühlschrank ist leer«, sagt Christine.

»Wie bitte?«, fragt Aaron.

Vorgestern war er noch voller frischem Gemüse gewesen. Er erinnert sich genau. Acht Möhren, vier Zucchini, mehrere Avocados und ein Rettich. Er hat sie selbst gezählt.

»Schiff, wo sind die Vorräte?«, fragt Christine.

»Es tut mir leid, es gab einen Zwischenfall im Kühlsystem, der auch die hydroponischen Gewächshäuser beeinträchtigt hat«, antwortet die Schiffsstimme aus einem in der Decke verborgenen Lautsprecher.

»Wann wird der Vorfall behoben sein?«

»Er ist schon behoben, aber alle frischen Lebensmittel wurden sicherheitshalber der Wiederverwertung zugeführt.«

»Wann wird es Nachschub geben?«

»Da die Gewächshäuser neu gestartet werden mussten, rechne ich in acht Wochen damit. Bis dahin stehen euch dehydrierte Vorratspackungen zur Verfügung.«

Na toll. Sie müssen also acht Wochen lang den Fertigfraß essen.

»Wir könnten trotzdem Nudeln kochen«, sagt Christine.

»Danke, mir ist der Appetit vergangen«, sagt Benjamin.

Aaron berührt vorsichtig die dünne Folie, zuckt aber gleich wieder zurück, weil sie so heiß ist. Zum Schutz schiebt er den Ärmel über die Finger und hält so die Schale fest. Dann sticht er mit dem Messer in der rechten Hand hinein. Er biegt die Folie nach oben, bläst kurz darauf und zieht sie dann ab.

Die Fertignahrung, angeblich Cajun-Chicken mit schwarzen Bohnen, sieht seltsam aus, riecht aber gut. Mit der Gabel nimmt er einen Bissen auf. Die Konsistenz ist cremig. Fleischfasern fehlen völlig. Was immer das ist, mit Huhn hat es nichts zu tun. Aber es schmeckt einfach faszinierend. Irgendetwas muss darin enthalten sein, das seine Geschmacksnerven reizt.

»Ziemlich lecker«, sagt Christine. »Benjamin verpasst etwas.«

»Ich hatte auch schon vergessen, wie gut das Zeug ist«, sagt Aaron. »Kein Vergleich mit dem Fertigfraß, den wir beim Militär essen mussten.«

Das Cajun-Chicken macht schnell satt. Er hat nicht einmal die Hälfte der Packung gegessen, bevor er die Plastikschale in die Mitte des Tisches schiebt. Ein surrendes Geräusch ertönt. Der Tisch öffnet sich, und die Schale verschwindet.

»Gut gekocht, Schiff«, sagt er.

»Danke, Aaron.«

»Kannst du uns das Rezept verraten?«

»Tut mir leid, ich kenne keine Rezepte.«

»Du willst das doch nicht etwa nachkochen?«, fragt Christine. »Es gibt bestimmt noch fünftausend Packungen davon im Lager.«

»Nicht hier, aber wenn wir wieder zu Hause sind, vielleicht.«

»Zu Hause!«

Aaron ist überrascht, wie verächtlich Christine diese beiden Worte ausspricht. Sie hat irgendwann schon einmal erzählt, dass sie die Flucht ergriffen hat. Aber die Verletzung, die sie davongetrieben hat, scheint noch immer weh zu tun, nach zwanzig Jahren!

»Wie kommst du mit deiner Forschung voran?«

Über ihre Arbeit redet sie immer gern. Christine wirft ihren langen Zopf über die Schulter und rückt die Brille zurecht. Sie ist schon 47, zwei Jahre älter als er, sieht aber immer noch aus, als wäre sie während des langen Flugs kein bisschen gealtert. Ihr Gesicht ist faltenlos, und ihre Haare haben noch keine einzige graue Strähne. So ist das wohl, wenn man sich oft sieht. Man bleibt gemeinsam jung. Seltsam eigentlich, dass sie nie zusammengekommen sind. Ist es ihre Ausstrahlung? Oder ist es eine natürliche Verhaltensweise, wenn drei Männer und eine einzige Frau so lange zusammen eingeschlossen sind? Vielleicht ist das so ein Überbleibsel aus der Evolution, ein Selbstschutzmechanismus: Bevor sich ihretwegen alle Männer gegenseitig umbringen, bleibt lieber jeder allein.

»Ich habe nichts, gar nichts«, sagt sie.

Ihre Stimme vibriert dabei auf ungewohnte Weise. Der Misserfolg macht ihr zu schaffen. Er wusste gar nicht, dass sie so ungeduldig ist.

»Die Sonden sind doch noch gar nicht in der optimalen Position«, sagt er.

»Das ist nicht das Problem«, sagt sie. »Wir müssten trotzdem etwas sehen, keine Details, aber irgendwas.«

»Ist etwas mit den Fotorezeptoren?«

»Mit allen auf einmal? Dann würden wir ja zumindest Schwärze sehen, und zwar scharfe Schwärze. Auch das Nichts kann scharf sein.«

»Ah, du siehst also doch etwas?«

»Wolken«, sagt Christine, »oder Nebel. Aber sie sind nicht fassbar, irgendwie wirkt alles wie verrutscht.«

»Das klingt … kompliziert.«

»Stell dir vor, jemand verbirgt etwas, das du unbedingt sehen willst, mit einem beinahe unsichtbaren, aber trotzdem undurchsichtigen Vorhang und rüttelt dauernd daran, so dass du nicht einmal die Falten des Vorhangs erkennen kannst.«

»Fies.«

»Ja, oder?«

Sie lächelt ihn an. Das Lächeln verwandelt seine Kollegin in eine wunderschöne Frau. Das ist gefährliches Terrain. Er senkt sofort den Blick.

»Wenn du den Vorhang nicht einmal nachgewiesen hast, kannst du ihn auch nicht zur Seite ziehen«, sagt er.

»Also muss ich herausfinden, wie der Vorhang beschaffen ist.«

»Das klingt sinnvoll. Wenn du Hilfe brauchst, melde dich.«

»Danke, Aaron, das werde ich. Bringt ihr mir mal den Schwarm in Position. Wenn der Vorhang dann gelüftet ist, brauche ich möglichst viel Input.«

»Was erhoffst du dir eigentlich, Christine?«

Sie zögert. Vermutlich überlegt sie, wie viel sie ihm anvertrauen kann. Er wird sie nicht für dumm oder übergeschnappt halten, egal, was sie sagt. Jedes Crewmitglied hat sein eigenes Motiv für diese Reise. Seines ist ... er drängt den Gedanken zurück.

»Ich ... wir werden die Oberfläche von Trappist-1 sehen können.«

Schade. Ja, das ist zwar eines der offiziellen Missionsziele. Die Suche nach außerirdischem Leben, vielleicht sind wir nicht allein im All, bla, bla, bla. Aber sollten sie tatsächlich auf Leben stoßen, wird das keine praktischen Auswirkungen haben, weil es zu weit entfernt sein wird, um sinnvoll kommunizieren zu können. Die Solar Gravity Lens ist jedoch noch zu viel mehr fähig.

»Okay«, sagt Christine, »das ist nicht alles. Ich will ... ich will den Anfang sehen. Den Anfang von allem. Das Nichts, aus dem wir entstanden sind. Wir können ihm so nah kommen wie noch nie jemand vor uns.«

»Ihm?«

»Dem Nichts. Dem Urknall, der daraus entstand.«

Natürlich. Sie ist Wissenschaftlerin. Er nicht. Er ist Militärpilot. Seine Eltern sind zwar orthodoxe Juden, aber er war selbst nie gläubig und hat die Religion nie praktiziert. Er sucht trotzdem nach dem, der dieses Nichts zu einem Etwas geformt hat. Er will, er muss ihm eine Frage stellen: Warum hast du meine Frau sterben lassen, während ich im Krieg war? Warum nicht mich?

HOUSTON
10. JANUAR 2079

»Kann ich etwas für Sie tun?«

Rachel betrachtet den unförmigen Mann, der ihr den Weg versperrt. In seinen kurzen, hellen Hosen und dem ausgeleierten T-Shirt sieht er aus wie ein Tourist. Ob er sich verirrt hat? Die erste Besichtigungstour läuft schon. Sie sieht auf das elektronische Tattoo über ihrem Handgelenk. Es ist gleich zehn. Wenn der Typ nicht bald verschwindet, kommt sie schon am ersten Tag im neuen Job zu spät.

»Kann ich etwas für Sie tun?«, fragt sie noch einmal.

Ihrer Stimme ist der Ärger anzuhören. Eigentlich sollen sich alle NASA-Mitarbeiter den Touristen gegenüber stets freundlich geben. Aber der Mann scheint sich nicht an ihrem genervten Ton zu stören. Er dreht sich nicht einmal um. Schweißtropfen glänzen auf der Speckrolle in seinem Nacken. Immer wieder zieht er eine Plastikkarte durch den Scanner. Das Gerät piepst dann doppelt, und der Mann zerrt an der Türklinke. Begreift er denn nicht, dass er offenbar keine Zugangsberechtigung besitzt?

»Sir«, sagt Rachel, »ich fürchte, Sie sind hier falsch. Ihre Karte funktioniert nicht.«

Er dreht sich um. Endlich hat er sie gehört. Vielleicht kommt sie doch noch pünktlich. Seine Stirn glänzt, ein paar dünne Haare kleben darauf. Er hat kleine Augen, feiste Wangen und einen leicht panischen Blick. Der Mann erinnert sie an ein Kind, das vom Weg abgekommen ist und nun seinen Retter gefunden hat.

»Aber sie muss gehen«, sagt der Mann. »Die Security hat sie mir gerade erst ausgestellt. Ich muss doch pünktlich sein.«

Sein Blick bekommt etwas Flehendes, während er ihr die Karte hinhält. Rachel ist zwar genauso fremd hier wie er, aber anscheinend strahlt sie die Erfahrung einer langjährigen NASA-Mitarbeiterin aus. Sie nimmt die Karte und liest die Beschriftung. »Gast« steht darauf.

»Ich bin Charles Dickenson«, sagt der Mann, der wohl ihren fragenden Gesichtsausdruck bemerkt hat. »Ich komme von Alpha-Omega. Das ist …«

»Ich weiß«, sagt Rachel, »die Organisation hinter dem SGL-Projekt.«

»Manche halten Alpha-Omega für einen Ort«, sagt der Mann und wischt sich mit dem linken Handrücken Schweiß von der Stirn. Rachel ist versucht, einen Schritt zurückzutreten, um nicht von irgendwelchen Tropfen getroffen zu werden.

»Ist heiß heute«, sagt der Mann, nickt entschuldigend und tritt einen Schritt zur Seite.

Er muss ihren Impuls bemerkt haben. Aufmerksam ist er jedenfalls, und das ist doch schon mal was. Zumal sie wohl in den nächsten Jahren eng zusammenarbeiten werden. Es war ja klar gewesen, dass man ihr keine völlig freie Hand lassen würde. Aber dass Alpha-Omega gleich an ihrem ersten Tag einen persönlichen Aufpasser schickt? Die Mission muss ihnen wirklich wichtig sein.

»Ich bin Rachel Schmidt«, stellt sie sich vor, ohne dem Mann die Hand hinzuhalten. »Die neue CapCom der Mission.«

»Angenehm«, antwortet er. »Dann werden wir uns in Zukunft wohl öfter sehen.«

Sie hält ihr Tattoo an den Kartenleser. Das Gerät piepst einmal, dann ist ein metallisches Knacken zu hören. Rachel stößt die Tür auf.

»Sie sollten sich auch so ein Tattoo machen lassen«, sagt sie. »Ich werde Ihnen nicht immer die Tür öffnen können, Mr. Dickenson.«

»Charles«, sagt er. »Bitte nenn mich Charles. Oder Charlie, wenn dir das lieber ist.«

Rachel hält die Tür fest, während der dicke Mann hindurchgeht. Sie rümpft die Nase. Das geht ein bisschen zu schnell. Aber andererseits – die Mission ist auf zunächst einmal vier Jahre angelegt. Sie wird sowieso nicht darum herumkommen, Charlie in der langen Zeit näher kennenzulernen. Sie wird erfahren, was er mit der Familie unternimmt, er wird ihr aus dem Urlaub erzählen und von seinen Kindern, während sie ihn mit Allgemeinplätzen hinhalten wird, weil ihr Leben außerhalb der Arbeit niemanden etwas angeht. Sie wird ihn früher oder später beim Vornamen nennen, also kann sie auch gleich damit anfangen.

»Rachel«, sagt sie. »Nenn mich Rachel. Oder auch Rachel. Aber niemals Ray, Rach oder Rachy.«

Charles läuft den schmalen Gang entlang und lacht. Sie folgt ihm. Es riecht nach frischer Farbe. Das Licht ist etwas zu hell, und es ist eiskalt.

»Verstehe. Wusstest du, dass Rachel so viel wie Mutterschaf bedeutet?«

Ja, das haben ihr ihre nicht jüdischen Klassenkameraden oft genug vorgehalten. Rachel schüttelt den Kopf.

»Nie gehört«, sagt sie und bemüht sich um einen ernsthaften Gesichtsausdruck.

»Oh, wirklich?«

Charles bleibt mit einem Mal stehen, und Rachel prallt beinahe auf ihn. Sie nickt.

»Ich finde das besonders bemerkenswert«, sagt er, »weil unser Schiff da draußen Shepherd-1 heißt und die Sonden wohl alle zur Typklasse ›Sheep‹ gehören.«

»Was für ein Zufall«, sagt sie.

Ein Schauder läuft über ihren Rücken, denn das ist ihr tatsächlich noch nicht aufgefallen. Wäre sie selbst darauf gekommen, hätte sie es vielleicht als Zufall abgetan. Aber aus Charles' Mund klingt es, als stünde eine geheime Absicht dahinter.

Rachel lehnt sich in ihrem Sessel nach hinten. Vor ihr fummelt ein Techniker in einem orangefarbenen Overall an der Rückseite des rechten Bildschirms herum. Das MOC, das Mission Operations Center, scheint extra für sie renoviert worden zu sein. Rachel dreht sich nach links. Eine Reihe hinter ihr hat sich Alison über ihren Schreibtisch gelegt und zerrt an einem Kabel. Alison ist MOM dieser Mission und damit ihre direkte Vorgesetzte. Hoffentlich bekommen die Techniker das Chaos bald in den Griff. Und sie hat sich extra beeilt, um auch ja pünktlich zu ihrer ersten Schicht zu erscheinen!

Sie hat noch Alishondras langgezogenes Schluchzen im Ohr. Ihre kleine Tochter hatte herzzerreißend geweint, als sie sie bei ihrer Oma gelassen hatte. Sie hätte wirklich schon eher damit anfangen sollen. Aber irgendwie hatte sie Alishondras Anwesenheit nach ihrer Trennung so sehr genossen, dass sie nicht loslassen wollte. Eigentlich mag Alishondra ihre Großmutter ja. Bestimmt hat sie sich längst beruhigt. Rachel sieht auf das Tattoo. Es ist erst kurz nach zwölf. Nein, sie sollte ihre Tochter jetzt nicht anrufen. Bestimmt hält sie gerade Mittagsschlaf.

Jemand tippt sie am Knie an. Rachel schreckt auf. Es ist der Techniker.

»Mam? Darf ich Sie stören? Ich bin hier fertig. Sie können sich jetzt einloggen.«

»Danke«, sagt Rachel und richtet sich auf.

Der Techniker entfernt sich. Devendra, der Flight Manager, winkt ihn zu sich. Rachel zieht die Tastatur heran und gibt ihre Logindaten ein. Auf dem Bildschirm öffnen sich gleich mehrere Statusanzeigen der Shepherd-1 und der vierköpfigen Crew. Sie betrachtet die Vitaldaten der Astronauten. Alle vier schlafen noch. Ihre Körpertemperatur ist etwas niedrig, aber im Rahmen des Erwartbaren.

Nein, Rachel, pass auf, mahnt sie sich. Das ist eine ganz besondere Mission. Was sie hier sieht, ist der Zustand, der vor gut vier Tagen geherrscht hat. So lange haben die Daten gebraucht, um vom Deep Space Network aufgefangen zu werden. Shepherd-1 ist die erste bemannte Expedition über die Grenzen des Sonnensystems hinaus.

Sie holt sich die Daten ihrer vier Astronauten nach vorn. Aaron,

Benjamin, Christine und David, schöne Namen. Rachel öffnet ihre Personalbogen. Benjamin, diplomierter Ingenieur, ist Franzose. Sie wird ihn als Erstes fragen, wie er genannt werden will und ob sie seinen Namen französisch aussprechen soll. Auf dem Bild wirkt er wie ein Clochard. Vermutlich hat jemand das Foto kurz nach einem anstrengenden Training geschossen. Aaron ist Israeli. Das israelische Verteidigungsministerium ist – neben der NASA und Alpha-Omega – einer der Missionspartner. Er sieht stark und durchsetzungsfähig aus. Zu seiner Vergangenheit ist nur erwähnt, dass er bei den Spezialkräften gedient hat. David ist der Einzige, dessen Spitzname im Dossier erwähnt wird: »Dave«. Er soll eine Navy-Ausbildung hinter sich haben. Mit 38 Jahren ist er der Jüngste der Crew. Das heißt, zum offiziellen Starttermin der Shepherd-1 kann er erst 18 gewesen sein. Christine ist die einzige Frau an Bord – und die einzige Wissenschaftlerin. Mit ihr fühlt sie sich seltsamerweise sofort verbunden. Sie braucht nur ihr Bild anzusehen, um die Schwester in ihr zu sehen, die sie nie hatte. Die Biographie könnte ihre eigene sein, der Vater, der ihr nur seine Anerkennung zeigte, wenn sie exzellente Leistungen erbrachte, die Mutter, die sie mit ihren eigenen Sorgen zuschüttete – es kommt ihr fast so vor, als sei Christine ein Duplikat ihrer selbst. Aber das ist natürlich Quatsch.

»Na, noch ein bisschen Recherche vor dem großen Tag?«

Rachel erschrickt und schließt schnell das Personalmodul. Charles steht neben ihr und betrachtet ihren Bildschirm. Die persönlichen Daten der Crew gehen ihn aber nichts an.

»Sorry, aber das ist intern«, sagt sie in schneidendem Ton.

»Entschuldige. Ich wollte nicht spionieren.«

Sie betrachtet Charles' Gesicht. Der Schweiß ist getrocknet. Ihre Worte haben eine tiefe Falte auf seine Stirn gezeichnet. Sie hat gar nicht gewusst, dass sie dazu fähig ist.

»Ich sitze da vorn«, sagt er.

Charles zeigt auf einen Schreibtisch vorn rechts. »Science Operations« sagt ein Schild darauf. Je weiter vorn jemand sitzt, desto unwichtiger ist er. Eigentlich. Aber auf Charles scheint das nicht zuzutreffen. Sie weiß nicht, woher sie das weiß. Aber selbst MOM hat ihn mit einem eigenartigen Respekt begrüßt.

Mit einem Mal wird der Raum dunkel.

»Signal von Dog-1«, ruft eine männliche Stimme durch den Raum.

Zwei der drei riesigen Schirme an der Frontseite des MOC haben sich abgeschaltet. Die Aufgabe der Dog-Satelliten besteht darin, die zahlreichen Sheep-Sonden zu überwachen. In jeder Sheep-Gruppe gibt es ein oder zwei Dogs. Der mittlere Bildschirm zeigt jetzt, was Dog-1 gerade sieht. Es ist Shepherd-1, das schnellste und leistungsfähigste Raumschiff, das die Menschen je gebaut haben.

»Wow«, sagt Charles.

Als Mitarbeiter von Alpha-Omega müsste er das Schiff eigentlich schon gesehen haben. Aber Rachel kennt die Daten ja auch – und ist trotzdem fasziniert. Die Shepherd-1 sieht aus wie ein in einem Höllenschlund geschmiedetes Atommodell. Seine Struktur scheint rot glühend zu wabern, was wohl an der Infrarotaufnahme liegt. Sie besitzt einen rundlichen Kern, der von fünf deutlich kleineren Begleitern umgeben ist, die ihn an dünnen, ausgesprochen zerbrechlich wirkenden Speichen umkreisen.

»Da wäre ich gern an Bord«, sagt Rachel und ärgert sich sofort darüber.

Ihre Wünsche gehen niemanden etwas an, schon gar nicht Charles, der nicht einmal NASA-Angestellter ist. Sie ist als CapCom vor allem der Crew verpflichtet, und diese Aufgabe wird sie auch erfüllen. Sich mit einem der Kollegen anzufreunden, ist dabei nur hinderlich.

SHEPHERD-1

15. MÄRZ 2094

»Die erste Welle ist jetzt komplett«, sagt David, ihr Navigator.

Er zeigt mit dem Finger auf ein paar blinkende Symbole an der Wand. Dort, wo seine Fingerspitze hinzeigt, erscheint ein roter Lichtpunkt.

»Seht ihr?«

Er bewegt die Hand auf und ab, und der Lichtpunkt bewegt sich in einem engen Kreisbogen.

»Das ist der Fokusbereich«, erklärt David. »Er durchmisst nur etwa 1,3 Kilometer. Wir haben es geschafft, den Schwarm in diesem Bereich zu konzentrieren.«

Eigentlich kennen alle diese Fakten. Und es war, vielleicht von Sheep-23 abgesehen, auch nicht ihre Leistung, dass die Sonden so perfekt navigiert haben. Aber Aaron versteht ihn schon. Er fliegt nun einmal als Navigator mit und muss deshalb solche Reden halten.

»Genau genommen hat es der Schwarm selbst geschafft, so eng beieinanderzubleiben«, sagt Benjamin.

Aaron zwinkert ihm zu. Lass ihn doch, soll das heißen, aber Benjamin kann oder will ihn nicht verstehen.

»Gut, bei Sheep-23 haben Aaron und ich ein bisschen nachhelfen müssen, aber sonst waren es wohl vor allem die Dogs, die die Arbeit gemacht haben«, redet Benjamin weiter.

»Das ist mir schon klar«, sagt David, »aber wir waren die ganze Zeit im Hintergrund. Wenn etwas geschehen wäre …«

»… hätten wir gar nicht eingreifen können, weil die Shepherd erst zu langsam und dann zu schnell für den Schwarm war«, widerspricht Benjamin.

Womit er zweifellos recht hat. Das riesige Schiff auf Reisegeschwindigkeit zu bringen, hat nun einmal länger gedauert als bei einer Sonde von etwa 200 Kilogramm Masse, und auch das Bremsen war aufwendiger gewesen.

»Das spielt doch jetzt keine Rolle«, sagt Christine.

Die Astronomin ist aufgestanden. Sie läuft zu der Wand, auf die David den Schwarm projiziert hat, und wischt das Bild mit wedelnden Handbewegungen weg.

»Das hier ist unser Problem«, sagt sie.

»Das hier?«, fragt David.

»Das ist das Bild, das sich aus den Aufnahmen des Schwarms ergibt.«

»Aber da ist ja nichts.«

»Eben, David. Damit müssen wir uns dringend beschäftigen, und zwar möglichst vor dem nächsten Kontakt mit dem MOC.«

Warum hat sie es so eilig? Christine war in den vergangenen zwanzig Jahren die Ruhe selbst.

»Wenn ihr euch fragt, warum ich es so eilig habe: Wir sind nun seit zwanzig Jahren unterwegs. Das Projekt ist eine riesige Investition. Die NASA ist wegen der Finanzierung unserer Expedition nicht zum Saturn geflogen. Die Menschheit hat also ein paar Antworten verdient, oder? Zumindest ein paar kluge Fragen sollten wir Mission Control stellen können. Dort unten haben sie ja wesentlich mehr Ressourcen, dem Problem auf die Schliche zu kommen.«

Aaron zieht die Stirn in Falten. Das ist eine plausible Argumentation, beinahe hätte sie ihn überzeugt. Aber es ist ja auch egal. Natürlich will er selbst ebenfalls möglichst schnell Ergebnisse sehen.

»Du bist die Astronomin«, sagt Benjamin. »Als kleiner Ingenieur wüsste ich nicht, was ich da beitragen könnte.«

»Hast du nicht die Architektur des Lofar NG mitentwickelt?«, fragt Christine. »Dann kennst du dich doch mit möglichen Problemen eines Teleskop-Arrays aus.«

»Das war ein Radioteleskop mit ziemlich primitiven Antennen.«

»Na komm, du weißt selbst, dass der einzige Unterschied die Frequenz der elektromagnetischen Strahlung ist.«

»Ja, Christine, aber ich hasse das Programmieren. Ich baue gern etwas mit meinen eigenen Händen.«

»Du sagst also, es liegt nicht an der Hardware, sondern an den Algorithmen, die die Daten auswerten?«

»Ja, davon müssen wir ausgehen«, antwortet Benjamin.

Aaron muss ihm recht geben. Es ist sehr unwahrscheinlich, dass die Messinstrumente des kompletten Schwarms während des Flugs hierher dejustiert wurden.

»Ich sehe mir die Software gern mit dir zusammen an«, schlägt Aaron vor.

Aber Christine gibt keine Ruhe.

»Wie groß ist denn die Fehlertoleranz des Systems, also welcher Anteil darf ausfallen, ohne die Mission zu gefährden?«, fragt sie.

Das sollte sie eigentlich selbst wissen.

»Ein Drittel«, sagt David.

»Und bei systematischen Fehlern?«

»Wie meinst du das?«, fragt David.

»Angenommen, die Navigation irrt sich ein bisschen.«

Darauf will sie also hinaus. Natürlich, wenn der Schwarm den Fokusbereich gar nicht erreicht hat, können auch keine scharfen Bilder entstehen. David wird rot. Es ist ein krasser Misstrauensbeweis, schließlich ist er für die Navigation zuständig.

»Ich … das kann ich ausschließen. Keine der Sonden zeigt irgendwelche Abweichungen. Ich habe das immer wieder kontrolliert.«

Davids Hände zittern. Er setzt sich hin und legt sie in seinen Schoß.

»David, das soll kein Vorwurf sein. Der Schwarm navigiert ja anhand mehrerer Pulsare. Es kommt immer wieder vor, dass sie ihre Eigenschaften ändern. Wenn das Licht eines Leuchtturms plötzlich stärker wird, kommen Schiffe, die sich darauf verlassen, ja auch vom Weg ab, obwohl der Leuchtturm seine Position nicht verändert.«

»Die Pulsare wurden wegen ihrer besonderen Stabilität ausgesucht«, erwidert David leise.

Das ist ein schwaches Argument. Wie stabil ein Himmelskörper bisher auch war, er kann sich jederzeit verändern.

»Es wäre nicht dein Fehler. Mission Control hätte so etwas bemerken und uns darauf aufmerksam machen müssen«, sagt Christine. »Wir sollten sie auf jeden Fall danach fragen.«

»Wenn du möchtest, gehen wir nachher zusammen die Algorithmen durch«, sagt Aaron.

»Gern«, antwortet Christine. »Aber lass uns zunächst eine Anfrage an Mission Control formulieren. Ich hätte die Probleme gern schnellstmöglich geklärt.«

SHEPHERD-1

16. MÄRZ 2094

»Licht aus.«

David steht allein in der Schwärze des Alls. Rings um ihn blinken ferne Sterne.

»Schwarm 1 einblenden.«

Mindestens zehn rote Kreuze leuchten vor ihm auf. Er dreht sich und erkennt die Symbole weiterer Sonden. Er befindet sich mitten unter ihnen.

»Statusvektoren.«

Alle Sonden feuern plötzlich ihre Laser ab. So wirkt die Darstellung jedenfalls. Dünne grüne Linien zeigen, in welche Raumrichtung sich eine Sonde bewegt. Rote Linien symbolisieren ihren aktuellen Geschwindigkeitsvektor. Bis auf Sheep-23 scheinen alle Vektoren parallel zu verlaufen. Er zieht die Strahlen durch eine Handbewegung zu sich heran. Ja, auch in der Vergrößerung ist alles okay. Christine muss sich geirrt haben.

»Fokuslinie ein.«

Ein röhrenförmiger Bereich wird plötzlich von rötlich leuchtendem Nebel erfüllt. Das ist das Gebiet, in dem die Sonden gemeinsam ein scharfes Bild auffangen müssten. Alle befinden sich darin. Bestens! Er hat doch gute Arbeit geleistet. David knetet seine Hände. Ein solch fataler Fehler wie damals, auf der Nachtfahrt mit Rick, wird ihm nicht noch einmal passieren.

Er steht auf und dreht sich um. Die Fokuslinie läuft auf einen weißen, ziemlich hellen Stern zu. Dort sind sie hergekommen. In der Nähe, auf der Erde, auf dem Baltimore National Cemetery, ist sein Freund Rick begraben, der durch seine Schuld gestorben ist, obwohl ihm dafür nie jemand Vorwürfe gemacht hat. Das ist lange her.

In der Virtuellen Realität ist nicht erkennbar, was die Navigation so kompliziert macht. Denn die Fokuslinie muss durch das Gravitationszentrum des Sonnensystems verlaufen, das sich ein kleines bisschen abseits des Kerns der Sonne befindet – woran vor allem Jupiter schuld ist. Und dann bewegt sich das komplette System ja auch noch mit 960 000 Kilometern pro Stunde um das galaktische Zentrum. Unter diesen Umständen ein Teleskop dauerhaft gerade auf das Ziel zu halten, ist eine echte Leistung – und sie haben es geschafft.

David dreht sich zurück. Die Sonne sehen zu müssen, macht ihn immer auf seltsame Weise traurig. Vor ihm liegen wieder die dunklen Abgründe des Kosmos.

»Röntgenquellen einblenden«, sagt er.

Die Simulation blendet mehrere blaue, pulsierende Kugeln in sein Sichtfeld ein. Er zählt sie durch. Es sind siebzehn, siebzehn Pulsare, deren Röntgenabstrahlung sich so verändert, dass die Sonden daraus ihre Position triangulieren können. Siebzehn Leuchttürme, die auch aus größter Entfernung noch sichtbar sind – das ist ein Luxus, den nur Raumschiffe sich leisten können.

David betrachtet einen der Pulsare genauer. Das System bemerkt seinen Blick und zeigt die Bezeichnung des Objekts, PSR B1919+21, sowie seine für die Positionsbestimmung wichtigen Daten. PSR B1919+21 ist ein Klassiker. Seine Periode, 1,337 Sekunden, kennt jeder, der sich für Neutronensterne interessiert.

Die Werte stimmen. David wechselt zu einem anderen Pulsar. PSR J0437–4715 rotiert so schnell, dass die Sonden pro Sekunde fast 174 Röntgenpulse von ihm empfangen. Auch hier entsprechen die Werte seiner Erinnerung. Er hat alle siebzehn auswendig gelernt, um jeden Irrtum schon im Ansatz vermeiden zu können.

Welche Fehlerquellen kommen noch in Frage? Eine Rotverschiebung der Frequenzen vielleicht? Sie fliegen zwar schnell, aber der dadurch entstehende Dopplereffekt ist in den Algorithmen schon berücksichtigt. Und wenn es eine relativistische Störung ist? Dann müsste es zwischen ihnen und den Pulsaren eine größere, bisher unbekannte Masse geben, die das Röntgenlicht in ihren Potenzialtopf zieht und dadurch seine Laufzeit verlängert. Aber man hat ja absichtlich Pulsare in allen Himmelsrichtungen gewählt. Die unbekannte, unsichtbare Masse müsste sich also in direkter Nähe befinden. Ein bisher nicht entdeckter Planet scheidet deshalb aus. Ein Schwarzes Loch planetarer Größe käme in Frage. Das wäre eine aufsehenerregende Entdeckung, denn die Astronomen versuchen schon lange, Schwarze Löcher ebendieser Klasse nachzuweisen.

»Simuliere ein punktförmiges Objekt von Jupiter-Masse in einem Orbit von 1000 Astronomischen Einheiten«, befiehlt er.

1000 AE, das ist die tausendfache Entfernung der Erde von der Sonne. Das Schwarze Loch müsste sich also noch 450 AE weiter draußen befinden als sie. David hat keinen Anhaltspunkt, ob das einigermaßen realistisch ist, aber irgendwo muss er ja anfangen. Die Darstellung verschwimmt kurz, dann erscheinen alle Sterne und der komplette Schwarm wieder. Auf den ersten Blick hat sich nichts geändert.

»Zeige durch das simulierte Objekt induzierte Abweichungen.«

Vor allem die Fokuslinie müsste sich verändern. David verfolgt sie, doch es ist keinerlei Abweichung zu sehen. Offenbar ist sie so gering, dass das System sie nicht darstellen kann. Das Schwarze Loch müsste sich also näher an der Sonne befinden. Kommt es jedoch zu nah, hätten es die Astronomen längst wegen seiner Auswirkungen auf die Bewegung der äußeren Planeten entdecken müssen. Spätestens seit sie endlich den sagenumwobenen neunten Planeten gefunden hatten, ein marsgroßes Objekt, das heute in allen Sprachen der Menschheit Unity heißt, waren seltsame Abweichungen in den Orbits transneptunischer Objekte weitgehend erklärbar geworden.

»Rücke simuliertes Objekt auf 700 Astronomische Einheiten heran.«

Die Darstellung löst sich in Millionen Lichtpunkte auf, als zerfalle das Universum zu Sternenstaub. Dann setzt sie sich wieder zusammen. David dreht sich um. Wohin zeigt die Fokuslinie? Wenn das fiktive Schwarze Loch irgendeine Auswirkung hätte, müsste sich die Linie verschoben haben. Er vergrößert den Bereich der inneren Planeten und folgt weiter der Fokuslinie. Mars fliegt, sich aufblähend, an ihm vorbei. Die Erde trifft ihn knapp. Er zuckt zurück, weil die Simulation so überzeugend ist. Von der Venus ist nichts zu sehen, sie versteckt sich hinter der Sonne. Merkur wird vom Tennis- zum Fußball. Dann erreicht er, die Röhre des Fokusbereichs entlanggleitend, den Kern der Sonne - und passiert ihn exakt im geometrischen Zentrum, nicht im Schwerpunkt.

Ist das die Ursache für Christines Probleme? Gäbe es im Sonnensystem ein Schwarzes Loch von Jupiter-Masse, würde es, das beweist die Simulation, den Fokusbereich verschieben - und die Bilder der Solar Gravity Lens wären unscharf. Das ist klar. Aber gibt es denn ein Schwarzes Loch? Wenn es noch niemand gefunden hat, weil es die Bewegung der anderen Planeten nur unmerklich beeinflusst, wie sollen sie dann seine Existenz beweisen? Moment. Er hat nicht beachtet, dass das Sonnensystem ja nicht stillsteht. Alles bewegt sich, und zwar in unterschiedlichen Geschwindigkeiten. Das vom Schwarm aufgenommene Bild müsste sich also mit der Zeit umgestalten. Es würde zwar unscharf bleiben, aber die Art der Unschärfe sollte sich verändern. Wer es nicht ahnt, kommt nicht darauf. Aber wenn sie wissen, wonach sie suchen müssen, sollte es möglich sein, die Existenz des Schwarzen Lochs zu beweisen.

Das wäre etwas. Selbst wenn sie nie einen Blick auf Trappist-1 oder den Anfang des Universums werfen können, wäre er Mitentdecker des ersten Schwarzen Lochs in Erdnähe. Vielleicht kann er im Namen eine Erinnerung an seinen Freund unterbringen. Er muss dringend mit Christine sprechen. Sie hat die Messdaten, in denen die periodische Veränderung nachzuweisen sein müsste.

HOUSTON
11. JANUAR 2079

»DSN online«, ruft ein junger Mann mit irischem Akzent von links.

Rachel steht auf.

»Was ist denn los?«, fragt eine weibliche Stimme hinter ihr.

Sie dreht sich um. Auf dem Platz, der gestern noch leer gewesen war, sitzt jetzt eine attraktive Frau mittleren Alters mit dunkler Haut, langen schwarzen Haaren und rot geschminkten Lippen. Sie muss neu sein. Rachel liest das Schild auf ihrem Tisch. »Systems Analyst« steht dort. Kein Name. Die Frau kommt also von irgendeinem Geheimdienst. Meist sitzen deren Abgesandte hinter der nur halb transparenten Scheibe. Ist es dort schon so voll, dass sie die Frau nach vorn setzen mussten?

»Ich bin Aurora«, sagt die Fremde, steht ebenfalls auf, lächelt freundlich und streckt die rechte Hand aus.

»Rachel, CapCom. Sehr angenehm«, antwortet sie. »Jetzt kommt gleich meine erste Kommunikation von der Shepherd-1. Auf dem mittleren Bildschirm.«

»Danke. Ich bin noch ganz neu hier.«

»Kein Problem.«

Rachel dreht sich nach vorn.

»Madrid ist live«, sagt der Ire vom DSN, dem Deep Space Network.

Gleich ist es so weit. Der Projektor heult schon einmal vorbeugend auf. Und da sind sie. Vier Gesichter sehen sie an. Es wirkt, als wäre alles von oben herab gefilmt, aber das täuscht. Die vier Astronauten schweben schwerelos flach über dem Boden.

»Sehr originell«, sagt Aurora von hinten. »Oh, Entschuldigung.«

Rachel dreht sich kurz um. »Keine Sorge, das ist keine Live-Unterhaltung, dafür sind sie zu weit weg.«

Wo ist eigentlich Charles? Sie mustert die vorderen Reihen. Wenn sogar die Geheimdienste dabei sind, sollte Alpha-Omega doch nicht fehlen. Sein Schreibtisch mit dem »Science Operations«-Schild ist leer.

»Hallo, Erde, hallo, MOM, hallo, CapCom!«

Christines Stimme klingt blechern. Vermutlich ist die Lautstärke übersteuert, weil sie zu leise spricht. Das Video an der Wand stockt immer wieder. Die Daten kommen offenbar live herein. Christines Mund öffnet und schließt sich ruckartig. Rachel winkt ihr zu, obwohl sie es nicht sehen kann. Im gleichen Moment winkt die Astronautin zurück. Rachel lächelt. So ein Zufall! Christine ist ihr sympathisch. Da es sich bei dem SGL-Projekt um eine Wissenschaftsmission handelt, ist sie als Astronomin auch die Kommandantin des Schiffes.

Es hatte lange Diskussionen darüber gegeben, ob es sich wirklich lohnen würde, eine Crew auf eine so weite Reise zu schicken. Aaron, Benjamin, Christine und David waren der Kompromiss gewesen, auf den man sich schließlich geeinigt hatte. Alpha-Omega hatte alle Kosten und die Ausbildung für sie übernommen, aber welche Kröte hat die NASA dafür schlucken müssen? Es geht sie zwar nichts an, aber Rachel hat das Gefühl, dass sie diese Frage noch beschäftigen wird.

Christine erstattet Bericht. Sie ist absolut professionell und vergisst nicht, ihre Kollegen an den passenden Stellen zu loben. Reporter sind heute nicht zugelassen, aber wären welche da, hätten sie die Übertragung vermutlich schon gelangweilt verlassen. Eine Raummission? Spannend, aber nur, wenn etwas schiefläuft. Der Anfang des Universums ist den meisten zu weit weg. Dass womöglich eine der Grundfragen der Physik, ja der menschlichen Existenz gelöst werden könnte, ist erst eine Meldung wert, wenn auch die Antwort bereitsteht. Rachel seufzt, und fast im selben Moment seufzt auch Christine auf der Projektion. Was hat sie gerade gesagt? Sie muss besser aufpassen, denn sie muss der Crew die Antwort von Mission Control übermitteln.

»Wir sind auf eure Antwort gespannt«, sagt Christine zum Abschluss. »Vielen Dank für eure Unterstützung.«

Die Zuhörer im Saal applaudieren kurz, wie es üblich ist.

»Ihr habt es gehört«, sagt MOM, »also an die Arbeit. Oder gibt es noch Fragen? Ungeklärte Zuständigkeiten?«

Niemand meldet sich.

»Gut. In zwei Stunden sollte jeder die nötigen Informationen parat haben. Dann wird der CapCom unsere Antwort aufzeichnen. An die Arbeit!«

RAUMKAPSEL B

17. MÄRZ 2094

Nun gut. Wenn Mission Control darauf besteht, wird er eben nachsehen. Er weiß zwar sowieso schon, dass das ein vollkommen sinnloser Ausflug wird, aber zumindest ist es eine Abwechslung.

»Klammern lösen«, befiehlt er.

Benjamin hört ein metallisches Schaben, als würde jemand von außen mit einer Nadel an seiner Kabine kratzen. Ein buchstäblich haarsträubendes Geräusch.

»Klammern gelöst«, antwortet das Schiff.

»Handsteuerung.«

»Ich empfehle, bei der Automatik zu bleiben, Benjamin. Beim Aktivieren der Handsteuerung erhöht sich das Unfallrisiko auf 0,05 Prozent.«

Das Schiff spricht seinen Namen korrekt aus. Pariser Akzent, ganz eindeutig. Wenn er seine Kollegen nur auch so weit brächte.

»Handsteuerung«, sagt er.

Es wäre ja noch schöner, wenn er sich von dem Schiff bevormunden ließe. Aber er ist stolz auf sich. Nur 0,05 Prozent Risiko! Neulich hatte das Schiff noch 0,2 Prozent berechnet. Seitdem hat er die Kapsel fünfmal mit der Hand geflogen. Die niedrigere Gefahrenquote ist der Lohn dafür.

»Übergebe Steuerung.«

»Danke, Shepherd-1.«

Mit dem Joystick an der rechten Armlehne lässt er die Steuerdüsen am Bug feuern. Ganz langsam setzt sich die Kapsel vom Mutterschiff ab, wie eine Perle, die sich aus einem Armreif löst. Es ist eine ziemlich praktische Konstruktion. Sollten sie sich mal nicht mehr verstehen, könnte jeder in seiner eigenen Kabine davonfliegen. Aber natürlich ist der technische Hintergrund ein anderer. Es geht um Redundanz. Sollte seine Kapsel von einem Asteroiden getroffen werden, würde der Rest der Crew davon kaum etwas merken. Hilfe von der Erde können sie hier draußen sowieso nicht erwarten.

Benjamin öffnet seinen Hosenknopf. So ist es bequemer. Die Nahrung schmeckt zwar nicht besonders, aber er hat trotzdem das Gefühl, an Gewicht zugelegt zu haben. Das macht ihm Sorgen, denn seine Figur ist ihm wichtig. Vermutlich bewegt er sich zu wenig. Gut, dass ihn hier drin wenigstens niemand beobachten kann.

Jetzt kommt der wohl gefährlichste Moment des Ausflugs. Das Schiff hat der Kapsel beim Ablösen einen Impuls übertragen. Sie ist zwar nach wie vor schwerelos, aber sie entfernt sich gerade mit derselben Geschwindigkeit vom Schiff, mit der sie sich zuvor am Ring um das Schiff gedreht hat. Wenn er den Schwarm erreichen will, muss er diese Geschwindigkeit kompensieren und zugleich den Kurs anpassen.

Vorsichtig gibt er seitlichen Schub. Er darf nicht übersteuern, weil die Kapsel sonst selbst in Rotation gerät. Er darf sich aber auch nicht zu viel Zeit lassen, denn dann dauert der Flug zu lange. Benjamin kneift die Augen zusammen. So kann er die Flugdaten auf dem Bildschirm besser erkennen. Er muss sich unbedingt eine Brille besorgen. Die zwanzig Jahre im All haben ihre Spuren hinterlassen. Langsam nähert sich die rote Linie der grünen an. Dann folgt ein sattes Kling-Klong. Er hat es geschafft. Benjamin stellt das Manövriertriebwerk rechts auf eine feste Leistung und aktiviert den Hauptantrieb. Die Trägheit drückt ihn gegen die linke Sessellehne, während die Kapsel eine langgezogene Kurve zieht und um die Shepherd-1 herum in Richtung Schwarm fliegt.

Die Shepherd-1 ist nur noch zu sehen, wenn das Navigationsmodul sie auf dem Display markiert. Benjamin beugt sich nach vorn und drückt die Taste, die den Bildschirm ausschaltet. Dann greift er nach oben zum Bedienpult der Lebenserhaltung. Sauerstoff, Kohlendioxid, Wasserdampf, Temperatur – er deaktiviert alle Regler. Das Volumen der Kapsel ist so groß, dass er tagelang ohne Luftaufbereitung atmen könnte, und wenn die Temperatur zu sehr sinkt, kann er ja immer noch den Raumanzug anlegen.

Es wird still. Gänsehaut bildet sich auf seinen Armen. Das wollte er schon lange einmal ausprobieren. In der Kapsel ist es nicht völlig dunkel; kleine Leuchtdioden hier und da verbreiten die Helligkeit eines wolkenverhangenen Nachtmondes. Aber die Kapsel komplett herunterzufahren, traut er sich dann doch nicht. David, der sich von allen am besten mit der Technik auskennt, hat ihm nicht garantieren können, dass ein Neustart problemlos möglich ist.

Aber schon die Stille ist ein Erlebnis. Sie ist überwältigend. Liegt es nur daran, dass er zwanzig Jahre lang ständigem Rauschen ausgesetzt war? Ihm scheint es mehr als das, es ist ein existenzielles Gefühl. Lange hält er das nicht aus. Müsste er denn nicht wenigstens das Pochen seines Herzes hören? Oder ist er schon tot und hat es bloß nicht gemerkt? Er atmet hechelnd. Der Sauerstoffgehalt der

Luft scheint nur noch minimal zu sein. Er greift nach der Konsole der Lebenserhaltung. Es geht nicht mehr, er braucht frische Luft.

Bu-bumm. Bu-bumm. Bu-bumm.

Da ist es. 63 Mal pro Sekunde. Die Stille muss seinen Herzschlag für einen Moment übertönt haben. Er lebt noch. Nun bekommt er auch wieder Luft. Sein Atem beruhigt sich. Er hält das aus, er muss sich nur erst daran gewöhnen. Deshalb hat er doch diese Reise angetreten – um allein zu sein. Wo wäre das besser möglich als hier draußen, 80 Milliarden Kilometer von der Erde entfernt?

Bu-bumm. Bu-bumm. Bu-bumm.

Er zählt mit. Sein Herzschlag verlangsamt sich auf 59 Schläge pro Minute, dann auf 56. Er wird schläfrig und schließt die Augen. Auch jetzt ist es nicht vollkommen dunkel. Ein dunkelroter Vorhang begrenzt sein Gesichtsfeld. Da, eine Sternschnuppe huscht darüber hinweg, vermutlich ein Treffer aus der kosmischen Strahlung.

52 Schläge pro Minute. Es geht noch langsamer. Er weiß nur nicht, wie weit. Bisher hat er jeden Versuch bei 40 Herzschlägen abgebrochen. Er war nie mutig genug gewesen. Ist jetzt der Moment gekommen? Ist er nicht deswegen hierhergeflogen? Was wird passieren, wenn er bis ans Ende geht? Er hatte immer das Gefühl gehabt, dass dann etwas vollkommen Neues beginnen würde. Etwas, das kein Mensch zuvor erlebt hat. Benjamin hat nie jemandem etwas davon erzählt. Man hätte ihn für verrückt gehalten, für einen esoterischen Spinner. Dabei ist er das genaue Gegenteil. Er glaubt an das, was ist. Und dazu gehört seine Fähigkeit, seinen Körper mit Hilfe seines Geistes zu kontrollieren.

Er ist völlig entspannt. Es gibt keine Eindrücke, keine Schmerzen, keine Gefühle, keine Gedanken. Der rote Vorhang wabert. Das ist interessant, berührt ihn aber nicht weiter. Er lässt das Geräusch seines Herzschlags durch. Sein Puls liegt bei 45. Es wird wieder still.

Nein, lass es, sagt er laut. Du verpasst sonst die Vorstellung. Jemand wird den Vorhang zur Seite ziehen. Das willst du nicht verpassen.

Er öffnet die Augen. Über ihm ist das Bedienpult der Lebenserhaltung. Er aktiviert sie. Sofort erfüllt tosender Lärm die Kapsel. Er muss sich die Ohren zuhalten, bis er sich wieder daran gewöhnt hat.

Piiing. Piiing. Piing. Ping. Er kommt näher. Die Frequenz steigt. Die Kapsel hat sich an Sheep-18 herangepirscht. Alles in Handsteuerung, er kann stolz auf sich sein. Aber jetzt überlässt er der Automatik die Navigation. Er selbst ist entbehrlich, aber wenn er eine der Schwarmsonden beschädigt, könnte das das Projekt gefährden.

Pingpingpingping. Sie müssen sich in direkter Reichweite von Sheep-18 befinden.

»Fahre Greifarm aus«, sagt die Automatikstimme.

Plong.

»Greifarm fixiert.«

»Danke«, sagt Benjamin. »Ich sehe mir das an.«

Es ist seltsam, einer Automatik zu danken. Aber er fühlt sich schlecht, wenn er es nicht tut. Er hat es ausprobiert.

Benjamin richtet sich auf, löst den Gurt und schließt den Knopf der Hose. Für die Inspektion der Sonde kann er den Exosuit nutzen. Das ist ein relativ starrer Raumanzug, der draußen an der Kapsel hängt, und zwar so, dass er nur von innen einzusteigen braucht. Er ist in dem Anzug nicht sehr beweglich, aber er kann auf die ganze Vorbereitung verzichten, die er sonst braucht, um die Taucherkrankheit zu vermeiden.

Er schwebt eine Etage nach unten, in die Werkstatt. Links ist die Toilette. Er spürt in sich hinein, aber er hat gerade keinerlei Bedürfnis. Also verzichtet er auch auf die Windel. Es ist doch bloß Routine. Der Einstieg in den Suit ist ein Loch in der Wand, das von einer verschiebbaren Klappe verschlossen ist. Benjamin öffnet sie und zieht die Schuhe aus. Die Schwerelosigkeit ist gerade ein echter Vorteil. So kann er sich in der Luft querlegen und mit den Beinen voran in das Loch einfädeln. Seine Füße suchen die Beinöffnungen des Suits. Dann schiebt er sich mit den Armen weiter hinein. Kurz überkommt ihn Platzangst. Der Exosuit ist ein Miniraumschiff, ausgerüstet mit allem, was ein Schiff braucht – abgesehen von einer Toilette. Aber er kann sich darin nicht bewegen. Er wird selbst zum Raumschiff.

»Shepherd-1, beginne jetzt mit der Untersuchung von Sheep-18.«

»Alles klar, Ben«, sagt Aaron. »Entschuldige, Benjamin. Sei vorsichtig.«

Was soll schon passieren? Er tastet mit der rechten Hand nach den Bedienelementen. Der quadratische Knopf schließt die Verbindung zur Kapsel. Er drückt ihn. Vor seinem Gesicht erscheinen Statusanzeigen. Alles ist grün. Es kann losgehen. Er drückt den Knopf noch einmal. Sein Kopf wird gegen die weich gepolsterte Innenwand gedrückt. Er ist unterwegs. Benjamin konzentriert sich. Er befindet sich zwar im Inneren eines humanoiden Roboters, aber steuern muss er die Maschine zunächst wie ein Raumschiff.

Er orientiert sich. Mit dem kleinen Finger versetzt er den Anzug in eine langsame Rotation. Der Greifarm, der die Sonde gepackt hat, ragt aus dem Bauch der Kapsel. Er gibt minimalen Schub. Der Suit schwebt auf den Greifarm zu. Benjamin breitet die Arme aus. Noch zehn Meter, noch fünf. Der rechte Arm ist optimal positioniert. Die Hand des Anzugs berührt den Greifarm am Gelenk. Er packt zu. Die künstlichen Muskeln reagieren etwas langsamer als erwartet, aber er findet trotzdem Halt. Sein Körper schwingt herum. Er muss aufpassen, dass er die Sonde nicht beschädigt. Seine linke Hand greift zu. Er stößt sich mit den Füßen leicht am Greifarm ab und steht nun kopfüber auf ihm. Aus der Ferne muss es aussehen, als turne hier ein riesiger Gorilla herum.

Langsam zieht er sich näher heran, indem er die Arme beugt. Das chemische Triebwerk der Sonde befindet sich einen halben Meter vor seinem Gesicht. Der Greifarm hat Sheep-18 an ihrem äußersten Rand erwischt. Benjamin greift mit der rechten Hand in das Gestänge, das den Körper der Sonde bildet. Dann zieht er sich langsam an ihr entlang. Er muss dabei aufpassen, die Sonnensegel nicht zu beschädigen. Ihn interessiert das Vorderteil. Dort befindet sich das Teleskop, das die Aufnahmen anfertigt. Oder besser gesagt die Teleskope, denn die Sonde arbeitet in verschiedenen Wellenlängen, vom Röntgenbereich bis zum sichtbaren Licht. Den Röntgendetektor benutzt sie auch zur Pulsarnavigation. Wenn dieses Teleskop dejustiert wäre, würde sich das besonders drastisch auswirken.

Aber eigentlich ist das unmöglich. Das System hätte es bemerken müssen. Sein Besuch hier ist eigentlich überflüssig. Aber die Idee eines Schwarzen Lochs in der Nähe des Sonnensystems, auf die David gekommen ist, hat Mission Control wohl so schockiert, dass sie die manuelle Kontrolle angeordnet haben.

Da ist es. Benjamin hätte es beinahe übersehen. Das Gerät ist als Teleskop kaum zu erkennen. Linsen besitzt es nicht. Die eigentliche Linse befindet sich achtzig Milliarden Kilometer entfernt. Das Teleskop ist nicht mehr als ein Lichtsammler, ein hocheffizienter Detektor, der sich am Boden eines gegen Umgebungslicht abschirmenden Rohres befindet.

Auf den ersten Blick scheint alles in Ordnung zu sein. Aber es würde schon eine Abweichung von einem Millimeter genügen, um das Teleskop unbrauchbar zu machen. Deshalb holt sich Benjamin mit einer Wischbewegung über den Visor eine virtuelle Schablone in sein Blickfeld. Sie zeigt absolut exakt, wo sich die Teleskope in jedem Moment befinden müssten, und überblendet das theoretische Bild mit der Wirklichkeit. Es ist eine faszinierende Darstellung. Benjamin hat die Schablone noch nie vorher benutzt. Sobald er sich auch nur ein bisschen bewegt, passt sie die Darstellung an.

Er muss möglichst nah herankommen, damit das Instrument seine Arbeit verrichten kann. Er ist im Grunde die menschliche Fernbedienung einer ausgereiften Software. Sie benutzt ihn, um die Realität mit der Theorie abzugleichen. Vielleicht hätte man dazu auch eine Drohne einsetzen können. Aber der Mensch ist, bei all seinen physischen Nachteilen, auch eine ziemlich effiziente Maschine.

Ein Pfeil in seinem Visor schickt ihn um die Sonde herum. Eine rote Fläche warnt vor dem Sonnensegel, das ihm dabei im Weg ist. Er folgt den Anweisungen des Kontrollprogramms. Links unten sieht er eine Erfolgsanzeige. Sie steht bei 78 Prozent und zeigt einen Kreis, der sich langsam füllt. Auch an die Motivation des menschlichen Gehilfen hat man gedacht. Benjamin scannt das Teleskop von allen Seiten und fühlt sich gebraucht. So muss es sein. Es macht ihm Hoffnung, dass sie nicht umsonst seit zwanzig Jahren unterwegs sind. Das Projekt hat noch immer alle Chancen, selbst wenn Christine bisher kein scharfes Bild bekommen hat.

Die Kapsel erzittert, als sie gegen den Haltearm prallt. Blitzschnell schießen von zwei Seiten metallene Klammern heran und fixieren die Kugel. Ein Mechanismus dreht sie so, dass die Schleusen auf beiden Seiten sich wieder in den Ring einfügen. Die Welt rotiert um Benjamin. Er hält sich fest und schließt kurz die Augen. Das ist für ihn immer der anstrengendste Teil eines Ausflugs. Er fühlt sich dem Schiff ausgeliefert.

Aber schon nach dreißig Sekunden signalisiert ein sonorer Gong das erfolgreiche Andocken. Benjamin beugt sich nach vorn, sieht aber niemanden. Hat man ihn vergessen?

Der Bildschirm vor seinem Sessel schaltet sich an. Aarons Gesicht erscheint.

»Schön, dass du wieder da bist«, sagt er. »Wir waren ein bisschen abgelenkt.«

Im Hintergrund sind David und Christine zu hören. Er versteht nicht, was sie sagen, aber sie scheinen sich mit gedämpften Stimmen zu streiten.

»Was ist denn los?«, fragt er.

»Wir haben deine Daten schon ausgewertet, und Christine ist nicht besonders glücklich darüber.«

»Gab es denn Veränderungen, die die Mission gefährden?«

»Nein, im Gegenteil, die Ausrichtung der Teleskope ist perfekt.«

»Dann war mein Ausflug umsonst?«

»Nein, Benjamin. Jetzt wissen wir, dass es nicht am Schwarm liegt. Also werden wir als Nächstes Davids Idee überprüfen.«

»Das Schwarze Loch im Orbit um die Sonne.«

»Ja.«

»Klingt spannend. Und warum ist Christine sauer?«

»Es hält uns von der eigentlichen Mission ab, meint sie«, flüstert Aaron, während er immer wieder in Christines Richtung sieht.

»Aber wenn fehlerhafte Daten das Projekt behindern, ist es doch sinnvoll, dem nachzugehen?«

»Sag ihr das mal, Benjamin. Sie ist ziemlich angepisst. In gewisser Hinsicht hat sie ja auch recht: Wenn da wirklich ein Schwarzes Loch ist, wird alles andere in den Hintergrund treten. Ich sehe uns schon auf dem Weg dorthin.«

Das ist keine üble Vorstellung. Vergeht im Orbit eines Schwarzen Loches die Zeit nicht viel langsamer? Sie würden in die Zukunft reisen.

»Ich fände das ziemlich cool, ehrlich gesagt.«

»Cool? Das ist sicher kein Argument, das bei Christine zieht. Aber es ist auch egal, am Ende entscheidet Mission Control. Wir können ja schlecht meutern.«

»Meutern, nein, natürlich nicht. Apropos, hast du Lust, nachher mit mir eine Runde Pirates in VR zu zocken?«

SHEPHERD-1

25. MÄRZ 2094

»Das kann doch nicht ihr Ernst sein!«, sagt Christine.

Gerade projiziert das Schiff die neue Nachricht von Mission Control auf die Wand in der Küche. Sie ist wütend. Daran ist nur David schuld mit seinen verrückten Ideen!

»Du hörst es …«

»Pssst«, unterbricht sie Aaron.

»Die Anwesenheit eines Schwarzen Lochs im Sonnensystem wäre nicht nur eine Sensation, sondern auch eine sehr große Gefahr.«

Ein schlanker, großgewachsener Mann im Anzug hat das Mikrophon übernommen. Er hat noch nie mit Ihnen gesprochen. Normalerweise ist allein Rachel als CapCom für die Kommunikation mit den Astronauten zuständig. Der Mann trägt ein NASA-Logo am Revers. Er ist wohl einer der Chefs. Dass man ihn zu Wort kommen lässt, zeigt, für wie spektakulär man auf der Erde ihre mutmaßliche Entdeckung hält, bei der es sich jedoch vorerst nur um eine Vermutung handelt. Hätte sie Davids Idee bloß nicht weitergegeben! Sie hätte ihre Befugnisse als Kommandantin der Mission dafür nutzen können, aber es war ihr wie Machtmissbrauch vorgekommen. Das hat sie nun davon.

»Deshalb müssen wir alles Menschenmögliche unternehmen, um die Lage zu klären. Dem muss sich Ihre eigentliche Mission leider unterordnen«, erklärt der namenlose Mann weiter.

Unterordnen, wenn es nur das wäre! Wenn sie das gerade richtig verstanden hat, verliert sie vermutlich über Wochen sämtliche Daten des Schwarms.

»Stellt euch doch mal vor, ein Schwarzes Loch in unmittelbarer Nähe. Wenn es in einem Orbit bei 700 AE kreist, könnten wir in zehn Jahren dort sein und es untersuchen«, sagt David.

»Wir wissen doch sowieso schon alles über Schwarze Löcher«, sagt Christine.

»Theoretisch ja. Aber so ein Phänomen mit eigenen Augen zu untersuchen, reizt euch das nicht?«, fragt David.

Natürlich finden das alle spannend. Sie selbst ja auch. Aber der Blick auf den Anfang des Universums wird alles andere in den Schatten stellen, ganz sicher.

»Darum geht es doch der Erde gar nicht«, sagt sie. »Die betrachten das als Gefahr. Und wir verlieren wertvolle Zeit.«

»Kann ich jetzt wieder auf Abspielen drücken?«, fragt Aaron.

Ihr ist gar nicht aufgefallen, dass das Gesicht des NASA-Mannes an der Wand eingefroren ist. Er hat gerade den Mund geöffnet. In seiner oberen Zahnreihe sind zwei Goldzähne zu erkennen. Der Rest des Gebisses strahlt übernatürlich weiß. Christine senkt den Blick. Too much information.

»Nun mach schon«, sagt Benjamin.

Der Mund des NASA-Mannes schließt sich.

»Wir haben einen temporären Ersatzplan ausgearbeitet«, sagt er. »Nach unseren Berechnungen müsste es genügen, die Hälfte des Schwarms auf den vermuteten Orbit des Schwarzen Lochs auszurichten. Wir warten, bis es zu einer Bedeckung kommt, und schon haben wir es.«

Das ist grundsätzlich keine üble Strategie. Das Schwarze Loch muss, wenn es existiert, irgendwann mal eines der Objekte hinter ihm abdecken. Auch wenn man das Loch selbst nicht sieht – es verrät sich durch seinen Schatten, der einen weit entfernten Stern kurz zum Verschwinden bringt. Und da mehr als zwanzig Augen gleichzeitig aus verschiedenen Richtungen hinsehen, steigt die Chance, eine Bedeckung zu beobachten.

»Damit das Vorgehen effizient ist, müssen wir die Sonden allerdings aus dem Fokusbereich herausholen und über eine größere Entfernung verteilen«, sagt der Mann.

Mist. Mist. Mist. Das wird sie viel Zeit kosten. Der Schwarm lässt sich nicht einfach anhalten. Er entfernt sich ständig weiter von der Sonne. Wenn sie ihn wie eine Schafherde über eine große Wiese auseinandertreiben, wird er sich erst viel weiter draußen wieder im Fokusbereich konzentrieren lassen.

»Ich lege hiermit förmlichen Protest ein«, sagt Christine laut, obwohl sie weiß, dass niemand bei Mission Control sie hören kann.

»Wir werden das in unsere Antwort einfließen lassen«, sagt Aaron.

Das wäre eigentlich ihr Satz gewesen, ist sie nicht die Kommandantin? Aber Christine nimmt es Aaron nicht übel. Im Moment verhält sie sich nicht wie eine Kommandantin, sondern wie ein enttäuschtes Mädchen. Sie kann ihren Ärger nicht einfach hinunterschlucken. Als bitterer Speichel sammelt er sich in ihrem Mund an. Sie muss husten.

»Wahrscheinlich seid ihr nun ungeduldig.«

Jetzt spricht wieder ihr CapCom Rachel.

»Das verstehen wir gut. Wir würden auch gern Ergebnisse sehen. Aber die Chance, ein Schwarzes Loch direkt zu beobachten, können wir uns nicht entgehen lassen. Und es ist wirklich nicht ausgeschlossen, dass es sich als Gefahr für die Menschheit erweist.«

Das Ding, wenn es überhaupt existiert, muss seit über vier Milliarden Jahren in aller Ruhe die Sonne umkreist haben. Und es hat nie jemanden gestört. Sie wussten nicht einmal, dass es da ist. Und nun soll es plötzlich gefährlich werden? Das ist doch lachhaft. Die NASA will bloß mit möglichst sensationellen Ergebnissen dem Kongress frisches Geld aus dem Kreuz leiern. Christine schluckt mehrmals, und der Ärger wandert nach unten in ihren Magen. Ihr CapCom kann ja nichts dafür, sie ist nur das Sprachrohr von Mission Control.

»Ich werde persönlich darauf achten, dass alle zusätzlichen Manöver möglichst zeiteffizient geplant werden«, sagt Rachel. »Ihr könnt euch darauf verlassen.«

Das Video stoppt. Christine steht auf. Sie räuspert sich.

»Ihr wisst ja …«, beginnt sie.

Was wollte sie sagen?

»Ach egal, dann tun wir eben brav, was die Erde sagt. Haben wir alles, was wir brauchen, Aaron?«

Aaron nickt.

»Dann ab an die Arbeit.«

David kommt zu ihr. Ausgerechnet David, der alles ins Rollen gebracht hat. Sie darf ihm nicht böse sein. An seiner Stelle hätte sie nicht anders gehandelt. Sie schafft es, ihn anzulächeln.

»Tut mir leid, Christine, ich weiß, wie viel dir dieses Projekt bedeutet«, sagt er und reicht ihr die Hand.

Weiß er das wirklich? Aber die Geste ist nett. Sie drückt seine Hand.

»Danke, David, schon in Ordnung.«

HOUSTON

19. JANUAR 2079

Rachel rennt. Der Stau auf der I-10 war heute wieder mörderisch. Die Brücke, die ein im Sturm Imelda abgetriebenes Frachtschiff vor einem Jahr eingerissen hatte, ist immer noch nicht wieder repariert. Ausgerechnet heute steht die nächste Übertragung zur Shepherd-1 an. Um zehn! Eigentlich hätte es ein gemütlicher Morgen werden sollen, aber dann hatte sie die Wasserlache auf dem Küchenboden gesehen. Der Kühlschrank. Der Monteur war schnell bestellt gewesen, aber dann hatte sie keinen Nachbarn gefunden, der ihn tagsüber hereinlassen konnte.

Unter ihrer Bluse läuft der Schweiß den Rücken hinunter. Der Weg vom Parkplatz scheint sich seit gestern verlängert zu haben. Schwer atmend erreicht sie das Gebäude von Mission Control. Aber die Tür ist versperrt. Ein kleiner, dicker Mann steht davor. Er trägt eine Schirmmütze. Sein Nackenwulst glänzt vor Schweiß.

Er muss sie gehört haben und dreht sich um. Es ist Charles.

»Auch zu spät? Heute nicht so recht aus dem Bett gekommen?«

Dazu zwinkert er kurz. Wenn das so weitergeht, wird sie ihn noch wegen Belästigung anzeigen müssen.

»Stau auf der I-10.«

Rachel nimmt die Handtasche von der Schulter, greift hinein und sucht nach der Karte. Sie ist nicht da. Mist. Rachel sieht auf und bemerkt Charles' Blick, der auf ihrem Ausschnitt ruht. Sie wird rot. Dann fällt ihr das Tattoo wieder ein. Sie hält es an das Lesegerät. Das Gerät piepst, und sie öffnet die Tür.

»Ladies first«, sagt Charles.

Rachel schüttelt den Kopf. Sie spürt jetzt schon seine Blicke auf ihrem Hinterteil.

»Bitte«, sagt sie.

Es klingt etwas schärfer als beabsichtigt. Charles gehorcht. Sie folgt ihm. Die Tür fällt hinter ihnen ins Schloss. Sofort fröstelt sie. Die Klimaanlage muss auf unter 50 Grad Fahrenheit eingestellt sein. Sie muss sich bewegen, sonst verwandelt sich der Schweiß auf ihrer Haut noch in eine Eisschicht. Charles nimmt seine Mütze ab und schüttelt den Kopf. Er trägt heute eine goldene Kette um den Hals. Bei der Bewegung ist der Anhänger nach hinten gerutscht. Sie erkennt zwei griechische Buchstaben, Alpha und Omega. Der Mann trägt eine Goldkette mit dem Logo seiner Firma?

»Alpha-Omega, was ist das überhaupt?«, fragt sie.

»Ein internationales Großunternehmen«, antwortet Charles, »mit einer Bilanzsumme von ...«

»Das meine ich nicht. Der Gründer, hört man, soll ja recht charismatisch sein.«

Charles dreht sich kurz um und lacht.

»Ach, hören Sie nicht auf die Gerüchte. Ilan ist einfach ein netter Mensch, der sich um die Versöhnung zwischen Indern und Pakistanern verdient gemacht hat. Darauf sind wir sehr stolz.«

Ilan Chatterjee, der Gründer von Alpha-Omega und kaschmirischer Abstammung, soll tatsächlich einen großen Teil seiner Gewinne aus dem Verkauf seines ersten Unternehmens in die Lösung des Konflikts investiert haben. Aber richtig reich sei er wohl erst später geworden, heißt es.

»Wir?«

»Na, seine Mitarbeiter.«

»Eine sehr ausgeprägte Corporate Identity, was? Ich meine, Sie tragen das Logo Ihres Arbeitgebers an einer Kette um den Hals.«

»Gut beobachtet, Rachel. Aber das tun viele. Wir zeigen damit bloß unsere Verbundenheit mit der Firma.«

»Sie müssen zugeben, dass es ein bisschen ... religiös anmutet.«

Charles lacht wieder.

»Zugegeben, ja. Aber Alpha-Omega ist weltanschaulich neutral. Wir wollen alle Religionen zusammenführen, friedlich, so, wie es Ilan mit Indien und Pakistan gelungen ist. Wusstest du, dass der Vorname Ilan auf Hebräisch ›helles Licht‹ und auf Arabisch ›guter Mensch‹ bedeutet?«

»Interessant. Wie passt denn das SGL-Projekt dazu? Alpha-Omega finanziert es ja wohl wesentlich mit.«

»Ist das nicht völlig klar? Hier geht es um den Ursprung der Welt, die Schöpfung. Wir haben Gott überall gesucht und nirgends gefunden. Das ist unsere letzte Chance.«

»Ich dachte, die Religionen hätten sich darauf geeinigt, Gott vor allem in den Gedanken der Menschen zu suchen?«

»Und genau das ist das Problem. Die Religionen haben damit im Grunde aufgegeben. Ilan glaubt, dass es mehr geben muss, einen ultimativen Gottesbeweis.«

RAUMKAPSEL B

29. MÄRZ 2094

Ausrichten, bewegen, Feuer. Benjamin nimmt die nächste Sonde ins Visier. Auf dem Bildschirm sieht er nur kleine blinkende Kreuze, die sich je nach Lage und Geschwindigkeit verfärben. Wenn er das Feuerkommando gibt, jagt ein kurzer Strich quer durch das All, bis er eine der Sonden trifft. Es erinnert ihn an uralte Computerspiele, die er auf der Erde mal in einem Museum ausprobiert hat. Der einzige Unterschied besteht darin, dass immer Aaron den Feuerknopf drücken muss. Dummerweise gibt es wohl keinen Weg, diese Aufteilung auszuhebeln.

»Feuer«, sagt er.

Nichts passiert.

»Schläfst du, Aaron?«

»Oh, sorry, ich war kurz abgelenkt.«

»He, holst du dir heimlich einen runter bei der Arbeit?«

»Mann, Benjamin. Ich drücke den Scheißknopf ja schon.«

Auf dem Bildschirm löst sich ein Strich von einem gelben Kreuz, fliegt auf ein rotes Kreuz zu und verfehlt es. Die gelben Kreuze, das sind die Hunde, die die durch rote Kreuze symbolisierten Schafe der Herde beisammenhalten.

»Das war zu spät. Moment.«

Er richtet die Dog-Sonde mit dem Joystick aus. Der Stick vibriert. Also hat die Sonde ein Schaf im Visier. Er überzeugt sich, dass es das richtige Ziel ist, Sheep-15.

»Feuer«, sagt er.

Diesmal reagiert Aaron sofort. Der Strich wandert über den Bildschirm. Er trifft das Ziel. Das rote Kreuz färbt sich grün. In der Wirklichkeit hat gerade ein Laserimpuls eines der Sonnensegel der Zielsonde getroffen. Das Ziel wird nun seine Richtung ändern – ein wenig zumindest. Die Herde besitzt zwar chemische Triebwerke, aber deren Treibstoff ist schon vom ersten Korrekturmanöver an der Sonne fast aufgebraucht worden. Jetzt müssen sie besonders sparsam damit umgehen. Energie für die Laser beziehen die Dogs aus langlebigen Radioisotopengeneratoren, RTGs. Damit werden sie die Herde noch ein paar Jahre lang lenken können.

»Nächstes Ziel«, erinnert ihn das Schiff.

Das ist ein Spiel, bei dem er nicht so einfach aussteigen kann. Ein einzelner Treffer genügt bei weitem nicht, um die gewünschte Wirkung zu entfalten. Er muss jede Sonde, jedes Schaf, immer wieder mit Laserbeschuss auf einen neuen Kurs bringen. Der Plan wird von der Automatik ständig überprüft und angepasst, je nachdem, wie genau er getroffen hat. Auf dem langen Weg hierher haben die Dog-Sonden diese Aufgabe allein übernommen. Doch sie sind nicht in der Lage, in kürzester Zeit so eine gewaltige Kursänderung zu bewältigen. Das geht über den Horizont der in ihre Steuerung eingebauten, maschinell lernenden KI, die nur ein Ziel kennt: die Herde in 550 AE Abstand zur Sonne im Fokusbereich zusammenzutreiben.

»Feuer«, sagt Benjamin.

Aaron ist so schnell, als hätte er den Befehl schon geahnt. Vermutlich verfolgt er die Bewegungen der Dogs auf seinem eigenen Bildschirm. Dabei sieht er natürlich, wenn der Laser auf eine Sonde ausgerichtet ist. Schade eigentlich, dass man die Lichtstrahlen nicht wie im Film durch das All fliegen sieht. Aber bei den kurzen Entfernungen würde ein Betrachter sowieso nichts mitbekommen. Der Laser trifft das Ziel bereits, während Aarons Finger noch auf dem Auslöser liegt.

Das Kreuz, das die getroffene Sonde symbolisiert, färbt sich grün. Ihre neuen Kursdaten entsprechen also dem Plan.

»Nächstes Ziel«, befiehlt das Schiff.

In der Nähe des nun grünen Kreuzes blinkt ein anderes rot auf. Die Software hat das Ziel so gewählt, dass er die Ausrichtung der Dog-Sonde mit dem Laser nur so wenig wie möglich verändern muss. Er bewegt den Joystick leicht nach rechts, bis er vibriert.

»Feuer«, sagt er.

»Bitte schön«, sagt Aaron.

Auch dieses Ziel färbt sich grün. Benjamin sieht auf die Uhr am Bildschirmrand. Er sitzt jetzt schon seit drei Stunden hier.

»Wie viele Ziele noch?«, fragt er.

»Keine Ahnung«, antwortet Aaron, »woher soll ich das wissen?«

»Ich habe das Schiff gefragt.«

»Es scheint dich zu ignorieren.«

»Nächstes Ziel«, unterbricht sie das Schiff.

»Weil du zuerst geantwortet hast, Aaron. Es ist höflich.«

»Ich wollte ja nur helfen. Und was ist mein Lohn? Du mobbst mich.«

»Haha. Du konntest ja gar nicht helfen.«

»Nächstes Ziel«, sagt das Schiff.

»Ich wollte nur, dass du weißt, dass du nicht allein bist, Benjamin.«

Aaron spricht seinen Namen geradezu vorbildlich aus. Wo hat er das plötzlich gelernt?

»Wie könnte ich denken, allein zu sein, wo ich dir doch dauernd Feuerbefehle gebe?«

»Befehle?« Aaron gibt seiner Stimme einen weinerlichen Klang. »Ich dachte, es wären Bitten, Wünsche unter Freunden?«

»Nächstes Ziel«, befiehlt das Schiff.

Hört er da eine gewisse Gereiztheit aus der Systemstimme? Er greift nach dem Joystick und dreht die Dog-Sonde um etwa zehn Grad. Der Stick vibriert.

»Lieber Aaron, wärst du so freundlich, den Feuerknopf zu drücken?«

»Aber gern, mein Bester.«

»Nächstes Ziel«, sagt das Schiff ungerührt.

Benjamin gähnt. Er scrollt die Liste mit den Zielen am Bildschirmrand durch. Es dürften Tausende sein. Christine hat recht. Dieses Schwarze Loch wird sie länger als geahnt beschäftigen.

SHEPHERD-1
6. APRIL 2094

»Meinst du, es hat sich gelohnt, Dave?«

Benjamin hat sich neben David gesetzt, der der Mann des Abends sein könnte. Wenn er denn recht behalten hat. Seit drei Tagen warten die Augen der Schwarmsonden auf das gleiche Ereignis: dass sich das Schwarze Loch vor einen Stern schiebt. Die Shepherd-1 wertet gerade noch die ersten Ergebnisse aus. Christine hat sie in die Zentrale eingeladen, weil die Software angeblich in ein paar Minuten fertig sein soll.

»Ich habe keine Ahnung. Ich hoffe fast, dass wir nichts finden«, sagt David.

»Wegen Christine?«

David nickt. »Ich hatte ja keine Ahnung, dass es sie so mitnimmt. Ist das denn normal?«

»Ich verstehe sie schon. Sie wartet seit zwanzig Jahren auf das erste Bild, alles sieht prima aus, und dann …«

»Es war ja nun gerade nichts in Ordnung. Die Gravitationslinse hat nur unscharfe Bilder geliefert.«

»Das stimmt natürlich. Ja, sie hätte sich da etwas zurückhalten können.«

»Immerhin ist sie die Kommandantin. Ich habe das Gefühl, sie gönnt mir die Entdeckung nicht«, flüstert David.

»Nein, so ist sie nicht, so ist niemand an Bord.«

Das hofft er zumindest.

»Ich weiß nicht«, sagt David. »Wir kennen uns zwar schon lange, aber kennen wir uns denn wirklich gut? So was merkt man erst, wenn es anfängt zu kriseln.«

Benjamin tippt David am Ellenbogen an und zeigt nach vorn. Christine kommt auf sie zu. Sie lächelt. Hofft sie, dass nichts herausgekommen ist? Weiß sie schon etwas? Oder ist das reine Selbstbeherrschung?

»Na, aufgeregt?«, fragt sie.

»Nicht wirklich«, sagt Benjamin.

»Sind ja auch nur die Ergebnisse der ersten drei Tage«, sagt David.

»Das sage ich mir auch«, sagt Christine.

Sie ist aufgeregt. Sie streicht sich dauernd den Kragen ihrer Bluse glatt. Sonst ist ihr ihre Kleidung immer ziemlich egal.

»Möchtest du, dass wir etwas finden?«, fragt Benjamin.

Christine schiebt die Brille nach hinten und zieht ihren Zopf straff.

»Es wäre gut, weil ich dann endlich wüsste, warum das Teleskop nicht wie geplant funktioniert«, sagt sie dann. »Aber es würde uns viel Zeit kosten.«

Das klingt ehrlich und nachvollziehbar. Die Vorstellung, dass ihnen der Blick auf den Anfang der Zeit versagt bleibt, muss schrecklich für sie sein.

»Der Computer ist fertig«, sagt Aaron.

»Schalte ihn doch auf den Hauptschirm«, sagt Benjamin.

»Es … es gibt da nichts zu sehen«, sagt Aaron. »Bisher hat keine Bedeckung stattgefunden, meint der Computer.«

Christine seufzt. Sie erhebt sich und schwebt aus dem Raum. Er sollte ihr irgendetwas sagen, sie zurückhalten, aber Benjamin fällt nichts ein. Sie brauchen einfach Geduld.

HOUSTON
27. JANUAR 2079

Dieser Job ist anders. Seit sie hier arbeitet, hat noch kein Nachrichtenmedium über die Mission berichtet. Während ihrer Nachmittagspause war sie kurz im Beobachtungsraum. Normalerweise ist die Hälfte der Plätze hinter der halb transparenten Scheibe für Journalisten reserviert. Diesmal scheinen nur Vertreter von Militär und Geheimdiensten anwesend zu sein. Man hat sie sofort hinauskomplimentiert.

Dass ein Externer für Science Operations zuständig ist, kommt ihr in diesem Zusammenhang besonders seltsam vor. Denn wenn die Mission die nationale Sicherheit zu gefährden droht, warum bindet man dann ein privat geführtes Unternehmen ein – und überlässt ihm sogar den ersten Blick auf die wissenschaftlichen Ergebnisse?

»Charles?«

Die vier Crewmitglieder schlafen gerade. Das heißt, vor vier Tagen schliefen sie, als ihre Vitaldaten von der Shepherd-1 abgeschickt wurden. Sie beugt sich über den Schreibtisch des feisten Mannes. Rachel weiß um ihre Wirkung. Charles bekommt den

Blick kaum aus ihrem Ausschnitt. Er ist so berechenbar. Schließlich zwingt er sich mit einem Seufzen, ihr ins Gesicht zu sehen.

»Kann ich dir helfen?«

»Alpha-Omega.«

»Ja?«

»Wie bist du zu der Firma gekommen?«

Er steht auf. Dabei kommt er ihr unangenehm nahe. Sie riecht sein Deo. Es ist teuer, aber ihr fällt der Markenname nicht ein. Rachel tritt einen Schritt zurück.

Charles lehnt sich an die Fensterbank und schiebt einen Teil seines Hinterteils darauf. Rachel hat das Fenster noch nie geöffnet gesehen, stets ist es mit einem metallenen schwarzen Vorhang abgedunkelt.

»Aber wenn du gerade zu tun hast, will ich dich nicht stören«, sagt sie.

Charles zieht seinen Zeigefinger an der Oberlippe entlang, als prüfe er eine Zigarre.

»Nein, das geht schon in Ordnung. Momentan ist nicht viel los.«

Sie zeigt auf den mittleren Hauptschirm, auf dem ein paar sich langsam verändernde Zahlenreihen zu sehen sind.

»Geht mir ähnlich. Die lange Zeit zwischen den Übertragungen nervt. Es ist, als würde ich mit Puppen sprechen. Es kommt kein Gespräch in Gang.«

»Mit Puppen?«

Charles sieht sie an, als hätte sie einen völlig abwegigen Vergleich gezogen. Oder einen, der den Nagel auf den Kopf trifft.

»Ich hatte drei Puppen. Keine von ihnen hat mir je geantwortet«, sagt Rachel. »Irgendwann hatte ich dann die Nase voll und habe sie ignoriert.«

»Meine Enkeltochter hat eine Puppe, die richtig schlaue Gespräche mit ihr führt.«

»Das ist doch Betrug. Ich würde bestimmt immer noch mit Puppen spielen, wenn sie mir geantwortet hätten.«

»Nein, das ist die Zukunft. Bei Alpha-Omega …«

Charles verstummt.

»Ja?«

»Egal. Du wolltest wissen, wie ich zu meinem Job dort gekommen bin? Ganz einfach, ich habe mich beworben und wurde genommen.«

»In der Forschungsabteilung?«

»Wie kommst du darauf?«

»Du vertrittst hier Science Ops.«

»Ach so. Nein, ich mache Marketing.«

»Für die Forschungsabteilung.«

»Das ganze Unternehmen ist eine einzige Forschungsabteilung. Wir denken uns neue Dinge aus und verkaufen die Lizenz dann an den Meistbietenden. Sag bloß, du kennst das Konzept nicht.«

»Ich interessiere mich nicht besonders für Wirtschaft.«

»Aber für Menschen?«

»Sonst wäre ich nicht CapCom, Charles.«

»Dann solltest du dich auch für Wirtschaft interessieren. Die bestimmt schließlich unser gesamtes Leben.«

SHEPHERD-1

11. APRIL 2094

Nichts, rein gar nichts. Christine geht die Beobachtungen per Hand durch. Sie muss sicher sein. Der Computer irrt sich zwar nicht, aber Menschen machen beim Programmieren Fehler. Und sie hat sowieso mehr als genug Zeit. Es gibt bei den Messwerten ein paar Ausreißer, aber sie lassen sich alle auf technische Probleme zurückführen. Da ist so ein Wert. Am 9. April, um 11:27 Uhr Standardzeit, hat Sheep-17 für einen Moment den Stern aus den Augen verloren, den die Sonde gerade beobachtete.

Sie sieht sich die Daten genauer an. Der Helligkeitsabfall lag ganz plötzlich bei fast hundert Prozent. Das ist ungewöhnlich. Eine Bedeckung vollzieht sich über eine gewisse Zeitspanne, nicht von jetzt auf gleich. Darum hat die Software diese Beobachtung wohl aussortiert. Christine geht einen Schritt weiter. Sie holt sich die technischen Daten der Sonde auf den Schirm. Um 11:26 Uhr gab es einen Spannungsabfall im Detektor. Was ist passiert? Sie überfliegt die Statusdaten. Die Temperatur des Teleskops ist seit 11:20 deutlich abgefallen. Bei minus 17 Grad Celsius hat sich die Heizung eingeschaltet. Das war 11:23 Uhr. Eine Minute später war die Temperatur nur unmerklich gestiegen. Die Heizung hat daraufhin eine Stufe höhergeschaltet – und hat damit das RTG überfordert, das nach zwanzig Jahren im All nur noch ein Drittel seiner Ursprungsleistung liefert. Da die Heizung Priorität hat, hat das System alle verfügbare Energie dorthin umgeleitet – und den Detektor im Vorbeigehen deaktiviert.

Das ist logisch und nachvollziehbar. Es ist sehr befriedigend, die Ursache für ein Problem klar feststellen zu können. Sie wischt über den Schirm. Der nächste Datensatz erscheint. Am selben Tag scheint um 13:11 Uhr für die Sonde Sheep-19 für kurze Zeit der Stern Eta Carinae erloschen zu sein. Christine hat als Erstes das RTG im Verdacht. Aber anders als bei Sheep-17 hat es nie mehr als 65 Prozent seiner Maximalleistung erreicht. Der Ausfall muss eine andere Ursache haben, und sie wird sie finden.

SHEPHERD-1

15. APRIL 2094

Es ist schon eigenartig, wie geduldig Mission Control mit ihnen ist. Der Schwarm sucht noch immer nach dem Schwarzen Loch. Wie viel Zeit wird es sie noch kosten? Christine zieht den Bildschirm heran. An jedem Tag, den die Sonden nicht im Fokusbereich verbringen, verliert sie Beobachtungszeit. Dabei hat sie noch nicht einmal herausgefunden, warum die Aufnahmen so verschwommen sind. Sollte sie sich nicht besser darauf konzentrieren? Aber dafür braucht sie Zugriff auf den Schwarm.

Ein Schwarzes Loch ist natürlich für jeden Astronomen eine Verlockung. Sie versteht Mission Control ja, zumal sie selbst nur unscharfe Aufnahmen zu bieten hat. Zu dumm, dass überhaupt kein Gegenbeweis für die Existenz des Schwarzen Loches möglich ist. Das Bedeckungsereignis, auf das alle warten, könnte auch erst in einem Jahr auftreten. Oder in einem Jahrhundert. Sie wissen viel zu wenig über die Eigenschaften des ominösen Gebildes, um seriöse Vorhersagen zu treffen.

Moment. Wenn wirklich ein orbitierendes Objekt die Daten verfälscht, dann müsste sich das doch in den Daten selbst zeigen, die beim Blick auf den Urknall generiert werden. Seit den ersten Messungen ist nun ein ganzer Monat vergangen. Das Schwarze Loch müsste dabei auf seinem Weg um die Sonne ein ganzes Stück vorangekommen sein. Weit genug jedenfalls, um die Muster, die die Aufnahmen verschwimmen lassen, ein bisschen zu verändern.

Aber dazu braucht sie erst einmal neue Aufnahmen. Die eine Hälfte des Schwarms sucht zwar nach dem Schwarzen Loch, aber da ist ja noch die andere Hälfte, die den Fokusbereich nie verlassen hat. Sie könnte Mission Control um Genehmigung für ihren kleinen Test bitten. Aber dann fällt den Astronomen auf der Erde bloß auf, dass sie ja auch mit allen Sonden nach dem Schwarzen Loch suchen könnten. Nein, sie braucht keine Erlaubnis. Sie ist die Astronomin der Crew, und dieser Teil des Schwarms untersteht noch immer ihrem Befehl.

»Status der Sonden im Fokusbereich«, befiehlt sie.

Auf dem Schirm erscheint eine Liste. Fast alle Einträge sind grün, zwei sind rot.

»Messprogramm Christine 27 übertragen.«

Das ist das Programm, das sie für den Blick auf den Urknall entworfen hat. Ein Balken erscheint, der langsam nach rechts wandert.

»Messprogramm übertragen«, bestätigt das Schiff.

»Messung starten.«

»Messung startet.«

Der erste Schritt dauert nur ein paar Sekunden. Die Sonden richten nun ihr Teleskop auf die Sonne und nehmen auf, was sie empfangen.

»Messung beendet«, sagt das Schiff denn auch schon.

Sie tippt ein paar Befehle ein und schleust damit die Daten der Sonden in das Programm ein, das sie auswertet. Dann startet sie die Berechnung und loggt sich aus. Ergebnisse hat sie frühestens morgen zu erwarten.

SHEPHERD-1

16. APRIL 2094

Der Kommunikator neben ihrem Bett vibriert. Sie dreht sich so, dass sie den etwa handtellergroßen Bildschirm sehen kann. David will sie sprechen. Es ist schon neun Uhr Standardzeit, kein Wunder, dass sich die anderen Sorgen machen. Sie setzt sich auf und streicht sich die Haare aus dem Gesicht. Dann betrachtet sie ihr Gesicht in der spiegelnden Oberfläche des Kommunikator-Displays. Nicht gut. Sie wirkt mindestens zehn Jahre älter als gestern Abend. Sie schiebt den Verschluss über die Kamera.

»Ruf annehmen«, sagt sie dann.

»Christine?«, meldet sich David.

Er hat seine Kamera eingeschaltet. Selbst am Morgen ist er ein attraktiver Mann. Kantiges Gesicht, Adlernase, blaue Augen. Aber er hat eine Härte in seinem Blick, die sie manchmal erschreckt. Dabei tritt er eher sanft als forsch auf. Das muss mit seiner Vergangenheit bei der Navy zusammenhängen. David hat da sicher viel erlebt, doch nur wenig darüber erzählt.

»Ja, ich bin da.«

»Bist du sicher? Wir haben dich seit zwei Tagen nicht gesehen und fragen uns mittlerweile, ob es dich wirklich noch gibt oder ob dich ein Geist ersetzt hat.«

Sie muss unwillkürlich lächeln. Es ist schön, dass ihre Abwesenheit aufgefallen ist.

»Ich musste einiges nachprüfen«, sagt sie.

»Das würde auch ein Geist sagen.«

Sie lacht. »Entschuldige, so kurz nach dem Aufstehen bin ich einfach noch nicht präsentabel. Wenn du dich in einer halben Stunde noch einmal meldest, schalte ich auch die Kamera ein, versprochen.«

»Ich dachte ja, ich könnte dich zu einem Frühstück mit deinen netten Kollegen überreden.«

»Du meinst zum gemeinsamen Verzehr geschmacksarmer Konzentrate?«

»Das auch. Die Gesellschaft deiner drei allerbesten Kollegen wird den fehlenden Geschmack aufwiegen. Es gibt hier im weiten Umkreis niemanden, den du lieber magst.«

»Damit hast du natürlich recht. Also gut, in einer halben Stunde bin ich in der Zentrale.«

Noch während sie spricht, zieht sie das Nachthemd aus. Sie fröstelt. Es ist empfindlich kalt in der Kabine, denn sie schläft gern bei höchstens 15 Grad.

»Ich freue mich«, sagt David.

Sie überschlägt die Zeit. Im Bad braucht sie mindestens zwanzig Minuten. Dann die passende Kleidung heraussuchen, anziehen, etwas Make-up, das wird zu knapp.

»Warte, sagen wir in vierzig Minuten. Ich muss hier noch etwas überprüfen.«

»Bitte keinen Stress, ich gebe dir noch fünf Minuten extra, dann treffen wir uns um 9:45 Uhr in der Zentrale. Bis dann.«

Die Verbindung ist beendet. Christine steht auf, greift das Nachthemd mit den nackten Zehen und schleudert es in Richtung Stuhl. Die Lehne fängt es auf. Sie zieht den Slip herunter und betritt ihr Bad, wie sie das WHC euphemistisch nennt. Sanitärzelle wäre der passende Ausdruck. Es besteht aus einer Toilette, die mit Druckluft funktioniert. Darüber ist ein in die Wand einschiebbares Waschbecken angebracht, und daneben befindet sich die etwa 30 Zentimeter tiefe und 60 Zentimeter breite Dusche. Sie uriniert und zwängt sich anschließend sofort in die Duschecke. Jetzt kommt der aufregendste Moment des Tages. Denn man weiß nie, wie kalt, warm oder heiß das Wasser, das per Knopfdruck aus dem Duschloch oben in der Decke sprüht, ist. Es scheint reiner Zufall zu sein; mit der Stellung des Temperaturreglers hat es jedenfalls nichts zu tun. Sie bereitet sich gedanklich auf die Überraschung vor. Am liebsten würde sie sich vor die Dusche stellen und erst die Temperatur prüfen, aber das Wasser läuft nur bei geschlossener Tür. Eins, zwei, drei, zählt sie, Wasser marsch! Sie drückt den Duschknopf.

Puh. Das Wasser ist ausgesprochen angenehm. Heute ist ein Glückstag.

Sie schließt die Augen und lässt das warme Wasser auf ihre Stirn prasseln. Für einen Moment tritt das Geräusch der Lebenserhaltung in den Hintergrund. Sie stellt sich vor, sie stünde unter dem Wasserfall in Jamaika, den sie mit ihrer Familie damals besucht hat. Mit ihrer Familie? Sie erinnert sich nicht. Sie sieht nur sich selbst unter dem Wasser, das mit großer Kraft auf ihren Rücken prasselt. Es ist seltsam. Sie war ganz sicher nicht allein dort, aber in ihrer Erinnerung gibt es nur den Wasserfall und sie.

Nach einer Weile, sie hat jedes Zeitgefühl verloren, senkt sie den Kopf wieder. Ihre Kollegen warten auf sie. Sie nimmt etwas Shampoo aus einem Spender unter der Decke, massiert es ein und wäscht ihre Haare. Dann verwendet sie den Schaum, um ihren Körper zu reinigen, und schließlich dreht und wendet sie sich so lange unter dem klaren Wasserstrahl, bis alle Schaumreste verschwunden sind.

Mist. Sie hat das Handtuch vergessen. Sie wringt ihr Haar aus, schüttelt sich wie ein junger Hund und öffnet die Tür der Duschecke. Dann rennt sie zum Schrank. Das Handtuch liegt im obersten Fach. Es kommt frisch aus der Reinigung. Sie frottiert sich von oben bis unten damit und benutzt dann das Handtuch, um die Wasserflecken auf dem Boden aufzuwischen.

Zehn Minuten später ist sie geföhnt, gekämmt und geschminkt. In der Kabine ist es mittlerweile wärmer. Sie hat exakt dreizehn Minuten Zeit. Immer noch nackt setzt sie sich an den Computer, der ihr das Ergebnis der Berechnungen schuldet. Sie loggt sich ein, und sofort erscheinen ihre letzten Befehle auf dem Schirm. Darunter hat der Computer einen kurzen Satz formuliert: keine periodischen Veränderungen festzustellen.

Ha! Der Tag fängt gleich doppelt gut an. Es gibt also kein Schwarzes Loch, das um die Sonne kreist. Ein Hindernis, wie es die Astronomen auf der Erde als Ursache für die verschwommenen Aufnahmen vermuten, muss sich um die Sonne bewegen. Das Problem muss eine andere Ursache haben – und sie werden sie finden. Aber David tut ihr leid. Er hätte es verdient gehabt, als Entdecker des ersten solaren Schwarzen Loches in die Geschichte einzugehen.

Sie erreicht die Zentrale dann doch erst zehn vor zehn. Aaron, Benjamin und David stehen auf, als sie den Raum betritt. Christine bleibt erschrocken stehen, weil sich die drei Männer so schick gemacht haben. Aaron hat sie noch nie im Hemd gesehen, und David hat es geschafft, sein wirres Haar zu zähmen.

»Was ist denn los?«

»Zum Geburtstag viel Glück, zum Geburtstag viel Glück.«

Natürlich, heute ist der 16. April. Vor 47 Jahren wurde sie geboren. Ihre drei Kollegen haben daran gedacht und singen ihr ein Ständchen. Es sind die besten Kollegen der Welt. Ach was, Kollegen, es sind Freunde, obwohl das aus irgendeinem seltsamen Grund wohl niemand von ihnen so sagen würde.

»Danke, ihr Lieben«, sagt sie. »Ich hatte es völlig vergessen.«

Aaron tritt vor und lächelt verlegen.

»Wir haben lange überlegt, was wir dir schenken könnten«, sagt er. »Wir können ja nicht mal eben in ein Einkaufszentrum fahren. Und keiner von uns hat ein ausgesprochenes Talent zum Zeichnen oder Malen.«

»Schade eigentlich«, sagt Christine.

»Dann kamen wir auf Blumen. David hat daraufhin das Inventar des Gewächshauses durchsucht, aber man hat uns bloß Keimlinge und Samen für Nutzpflanzen mitgegeben. Dann fiel mir ein, was mir meine Großmutter damals in die Hand gedrückt hat. Es war ein einfacher Stoffbeutel, kleiner als meine Faust.«

Aaron hält ihr seine offene Hand hin. Sie beugt sich darüber. Auf der Handfläche liegt eine grün-graue Kapsel. Sie ist eindeutig organisch.

»Was ist das?«

»Das sind Samen von Stiefmütterchen. Aus jeder Kapsel können mehrere Pflanzen wachsen. Als Kind habe ich sie bei meinen Großeltern immer von den verblühten Stiefmütterchen gesammelt und getrocknet. Im folgenden Jahr habe ich sie dann wieder ausgesät und auf die Blüten gewartet. Ich fand es spannend zu sehen, in welchen Farben sie blühen würden.«

»Deine Oma hat sich daran erinnert?«

»Ja, das hat sie wohl. Inzwischen ist sie längst gestorben.«

»Das tut mir leid«, sagt Christine.

»Das muss es nicht. Es wäre schön, wenn du die Samen irgendwann aussäen und dich an den Blüten erfreuen könntest.«

»Das werde ich, Aaron, sobald das Gewächshaus wieder läuft. Ich freue mich schon darauf. Das ist das schönste Geschenk, das ich je bekommen habe.«

Christine hält ihm die offene Hand hin. Er lässt die Kapsel in ihre Handfläche fallen. Sie schließt die Faust.

»Wir haben auch noch ein zweites Geschenk für dich«, sagt David.

»Noch etwas? Das wäre doch nicht nötig gewesen.«

»Mission Control hat es uns geschickt. Okay, es handelt sich nicht wirklich um ein Geschenk«, sagt David.

»Nun sag es ihr schon«, drängt Benjamin.

Es muss also mit der Mission zu tun haben. Will man die Suche nach dem Schwarzen Loch aufgeben?

»Mission Control befiehlt uns, nicht mehr nach einem orbitierenden Einflussfaktor zu suchen. Egal, ob es ein Schwarzes Loch ist oder irgendetwas anderes.«

»Oh, wie kommen sie darauf?«

Das ist eine echte Überraschung. Und es muss ein Schlag für David sein. Er tut ihr leid, auch wenn sie sich freut.

»Sie haben die vorliegenden Daten der Sonden analysiert«, erklärt David. »Es müsste ja periodische Veränderungen in den Messwerten geben, weil sich das vermutete Hindernis weiterbewegen muss.«

»Aber die gibt es nicht«, sagt sie.

»Genau. Woher weißt du das?«

»Ganz einfach, David. Ich habe die Daten ebenfalls auf periodische Änderungen untersucht und nichts gefunden. Vorhin kam das Ergebnis.«

»Kein Zweifel möglich?«

David sieht sie flehentlich an. Er hätte wohl wirklich gern etwas entdeckt.

»Nein, da ist nichts. Es gibt kein Schwarzes Loch.«

»Schade.«

David setzt sich an den Tisch und senkt den Blick. Hoffentlich kommt er schnell darüber hinweg. Sie brauchen sich doch. Christine setzt sich ihm gegenüber. Die Nachricht von Mission Control müsste sie eigentlich freuen. Aber sie fühlt sich … verletzt. Ja, das ist das richtige Wort. Es war ihre Idee gewesen, die Daten auf diese spezielle Weise zu analysieren. Jemand auf der Erde hatte den gleichen Gedanken. Und wer immer darauf gekommen ist, muss die Idee schon vor ihr gehabt haben. Man hat ihre Daten benutzt, Sensordaten, die sie nie offiziell an die Erde geschickt hat. Es kommt ihr vor, als hätte jemand ihre Schmierzettel aufgehoben, daraus eine Forschungsarbeit gemacht und diese dann in seinem Namen eingereicht. Sie muss ihre Daten in Zukunft besser schützen. Ab sofort wird sie sie in einem verschlüsselten Speicherbereich ablegen.

HOUSTON
4. FEBRUAR 2079

»Wieso bist du eigentlich CapCom geworden?«, fragt Charles.

»Wegen der Astronauten. Sie sind so weit weg. Sie brauchen hier eine Stimme«, antwortet Rachel, ohne zu zögern.

»Ah, das habe ich mir gedacht.«

Charles ist ihr nach wie vor unsympathisch. Aber trotzdem verbringt sie fast jeden Tag eine ihrer Pausen mit ihm. Es ist zwar immer er, der fragt, ob er ihr Gesellschaft leisten dürfe, doch sie hat noch nie nein gesagt. Von ihren Kollegen in Mission Control hingegen fragt nie jemand. Liegt es daran, dass alle zu unterschiedlichen Zeiten Pausen einlegen? Charles scheint derzeit der Einzige zu sein, der keine richtige Aufgabe hat, denn Forschung findet ja noch nicht statt. Also hat er immer Zeit und nutzt sie auch. Es wäre aber auch möglich, dass die anderen sie so unsympathisch finden, wie es ihr mit Charles geht. Zwar hat sich noch niemand negativ geäußert, das könnte jedoch der guten Erziehung geschuldet sein.

Aber es ist ja auch egal. Sie sitzt sowieso immer zwischen den Stühlen. Das war auch bei ihrem letzten Job so. Rachel sieht ihre Rolle darin, die Interessen der Crew gegenüber Mission Control zu vertreten. Für die Astronauten hingegen ist sie Teil von Mission Control. Es gibt leider auch CapComs, die sich als bloße Willensvollstrecker der Erde sehen.

»Die anderen setzen sich da hinten an den Tisch«, flüstert Charles und nickt nach rechts. »Fast als würden sie uns schneiden.«

»Sie haben uns bestimmt nicht gesehen«, sagt Rachel.

Aus den Augenwinkeln beobachtet sie die drei Mitarbeiter von Mission Control. Darunter ist auch MOM, die Chefin. Sie haben ihre Tabletts bis oben hin vollgepackt. Vermutlich soll das Essen bis heute Abend reichen, oder sie versorgen ihre anderen Kollegen mit.

»Das glaubst du doch selbst nicht«, sagt Charles.

»Wieso?«

»Wir sind die Außenseiter, ganz klar. Die anderen sind dafür da, dass das Programm möglichst reibungslos abläuft. Aber wir beide sind die, die Sand ins Getriebe streuen können und werden.«

»Ich weiß ja nicht«, sagt sie.

Charles will sie auf seine Seite bringen, das ist klar, auch wenn sie nicht weiß, warum.

»Aber ich. Es wird der Moment kommen, wo die Interessen der Crew und die der Mission nicht mehr miteinander übereinstimmen. Dann wirst du deine Pflicht erfüllen und dich für sie einsetzen.«

»Allerdings.«

»Das passt zu dir.«

»Und du? Wie streust du Sand ins Getriebe?«

Charles lacht laut auf. MOM dreht sich zu ihnen um. Rachel winkt ihr zu, und MOM winkt zurück.

»Sagen wir es mal so. Alpha-Omega hat wirklich viel für diese Expedition getan, und damit meine ich nicht nur den erheblichen finanziellen Beitrag. Deshalb haben wir so ein paar Sonderrechte.«

»Wirklich?«

»Davon findest du nichts in den offiziellen Dokumenten«. Charles wechselt in den Flüsterton. »Ich habe dir nie davon erzählt, und die NASA will auch nicht unbedingt, dass diese ungewöhnliche Zusammenarbeit ans Licht kommt.«

Charles ist ein Angeber. Angeber wie er sind oft nicht besonders gut darin, Geheimnisse zu bewahren. Sie braucht ihn bloß ein bisschen zu massieren. Aber will sie das überhaupt? Am Ende macht es ihr noch den eigenen Job madig.

»Dann solltest du mir besser nichts erzählen, Charles.«

»Nur ein Beispiel«, sagt er, »wusstest du, dass es eine Vorgängermission gab?«

Eigentlich müsste sie ihm jetzt den Mund verbieten. Es gab keine Vorgängermission, jedenfalls nicht offiziell. Und sie will nicht zur Mitwisserin werden. Aber darf sie sich dem Wissen verweigern, das ihrer Crew vielleicht helfen kann? Und wer weiß hier noch alles davon?

»Nein, das wusste ich nicht, und das kann ich auch nicht glauben.«

»Tja, siehst du? Das Konzept, die Sonne als gewaltige Linse zu benutzen, um damit tief ins Universum zu blicken, ist immerhin gerade hundert Jahre alt geworden. Ein Professor namens Von Eshleman hat es damals in einem Paper in Science vorgeschlagen. In den 2030er Jahren hat Ilan zum ersten Mal davon gehört. Vor allem die Tatsache, dass man mit jedem Blick in die fernsten Gegenden des Kosmos auch in seine Vergangenheit sieht, hat ihn fasziniert. Und was Ilan sich vornimmt, das setzt er auch um.«

»Du behauptest, Alpha-Omega habe heimlich ein Raumschiff wie die Shepherd-1 entwickelt und gestartet?«

»Nein. Die frühen Konzepte waren viel billiger. Die Sonden des Schwarms waren so primitiv, dass sie billig herzustellen waren. Ilan hat sie quasi kostenlos in den Weltraum befördert, huckepack auf von anderen bezahlten Starts seiner Raketen.«

Charles' Geschichte wird ja immer abenteuerlicher. Sie sollte aufstehen und wieder an die Arbeit gehen. Aber sie schafft es nicht. Rachel stellt sogar noch eine Frage.

»Und die Zentraleinheit?«

»Gab es nicht. Da war nur der Schwarm. Die Idee war, dass die Sonden sich gegenseitig ausrichten. Es gab auch keine Dogs, nur die Schafe.«

»Das konnte ja nicht funktionieren.«

»Es hat überraschend gut funktioniert, soweit sich das von hier unten überprüfen ließ. Die Sonden sind Ende der 2050er Jahre im Fokusbereich angekommen.«

»Wir säßen ja jetzt nicht hier, wenn es wirklich geklappt hätte, oder?«

»Das stimmt. Ilan hat nicht die Ergebnisse bekommen, die er wollte.«

»Nicht?«

»Die Bilder, die unsere Forscher aus den Aufnahmen der Sonden zusammengesetzt haben, waren alle unscharf.«

»Habt ihr herausgefunden, woran es lag?«

»Ich war damals noch nicht bei Alpha-Omega. Ich bin zwar alt, aber nicht so alt. Aber so viel ich weiß, hatte man zwar ein paar Ideen, aber keine Beweise. Es kam zum Beispiel die Vermutung auf, dass die Gegend ab 550 AE aus irgendeinem Grund von Gravitationswellen durchgeschüttelt wird. Aber Ilan hat nicht aufgegeben und es geschafft, die NASA von einer neuen Version des Projekts zu überzeugen. Diesmal mit jemandem an Bord, der die Probleme an Ort und Stelle lösen kann.«

Zumindest dieser Teil von Charles' Geschichte ist wahr. Dass die Initiative zum SGL-Projekt von Alpha-Omega ausging, gibt die NASA bereitwillig zu. Das Projekt war weltweit auf Begeisterung gestoßen, vor allem wegen der Möglichkeit, Exoplaneten mit hoher Auflösung fotografieren zu können.

»Was wollte dein Boss denn damals eigentlich fotografieren?«

»Den Anfang des Universums natürlich.«

RAUMKAPSEL B

17. APRIL 2094

Erst lassen sie sich endlos viel Zeit, und nun kann es ihnen nicht schnell genug gehen. Typisch. Benjamin beschleunigt seine Raumkapsel, bis ihm der Druck auf den Magen zu groß wird. Auf dem Schirm zeigt eine große Zahl die Entfernung zu seinem Ziel, Sheep-21. Vor gut zwei Wochen hat er sie erst aus dem Fokusbereich in den freien Raum hinausbefördert, damit sie nach dem Schwarzen Loch suchen konnte. Nun muss er sie wieder heimholen.

»Benjamin? Erbitte Schussfreigabe«, meldet sich Aaron per Funk.

Er kontrolliert die Position seines Kollegen auf dem Schirm. Aaron zielt gerade auf Sheep-19. Auch David ist als Schäfer unterwegs. So wollen sie die ursprüngliche Ordnung schneller wiederherstellen. Christine ist als Einzige im Schiff geblieben. Sie bereitet das Solar-Gravity-Lens-Teleskop auf seinen nächsten Einsatz vor.

»Benjamin? Ich kann den Target Lock nicht mehr lange halten.«

Er betätigt den virtuellen Knopf.

»Schussfreigabe erteilt«, sagt er.

»Danke, Benjamin.«

Es ist doch albern, dass keiner von ihnen den eigenen Laser auslösen darf. Sie verlieren damit bloß Zeit. Aber Mission Control hat diese Regel noch immer nicht aufgehoben. David hatte vorgeschlagen, dass sie darum bitten sollten, aber bevor bei vier Lichttagen Entfernung die Genehmigung eintrifft, sind sie hoffentlich längst wieder an der Shepherd-1 angedockt.

Die Sonden alle wieder im Schwarm zu vereinen, wird voraussichtlich deutlich länger dauern, als sie im All zu verteilen. Denn um sie mit den Laserimpulsen zurückzutreiben, müssen sie sie erst einmal überholen. Die Schafherde lässt sich nicht von innen steuern; die Hunde, die Dog-Sonden, müssen sie schon umkreisen, und das braucht bei den Entfernungen hier draußen nun einmal Zeit.

Benjamin ist nicht böse deswegen. Er mag sie alle drei, seine Kollegen, aber ein bisschen Zeit alleine schadet auch nicht. Seine Kapsel hat alle Annehmlichkeiten, um es darin für Tage oder auch Wochen auszuhalten. Er ist den Konstrukteuren der Shepherd-1 sehr dankbar dafür, dass sie auch teure Redundanzen nicht gescheut haben. Eine einzige Dusche in der Zentrale hätte ja auch gereicht, aber dann hätte er nun aufs Duschen verzichten müssen.

Sheep-21 kommt in Reichweite. Das wurde ja auch Zeit. Benjamin holt das Bild der Sonde auf den Schirm. Um sie effizient zurück in Richtung Schwarm treiben zu können, muss er ihre Eigenschaften kennen. Die Sonde unterscheidet sich auf den ersten Blick nicht von ihren Geschwistern. Aber auf den zweiten. Eines der Sonnensegel scheint etwas verdreht zu sein. Er zoomt das Bild heran und lässt ein paar Hilfslinien einblenden. Es stimmt. Das Segel ist um 4,5 Grad verdreht. Das ist nicht viel, aber wenn er darauf keine Rücksicht nimmt, verfehlt die Sonde den Schwarm. Er gibt die veränderten Daten in die Zielsoftware ein.

Das Programm spuckt ihm einen neuen Bewegungsvektor für die Kapsel aus. Das ist Pech, weil es noch mehr Zeit kostet. Er muss die Sonde aus einem bestimmten Winkel mit seinem Laser beschießen, und den Winkel erreicht er auf dem aktuellen Kurs nicht. Ein Raumschiff lässt sich aber nicht einfach anhalten und umparken. Er muss erst bremsen und dann wieder beschleunigen, und das in sechs Freiheitsgraden. 123 Minuten werde das dauern, berechnet das System. Es bietet ihm an, das Steuer zu übernehmen.

»Nein danke«, sagt Benjamin.

Wenn er auch noch das Steuer aus der Hand gibt, ist er hier ja vollkommen überflüssig – jedenfalls bis er für Aaron oder David den Abschussknopf drücken muss.

SHEPHERD-1

18. APRIL 2094

Das ist perfekt. Sie hat das ganze Schiff für sich. Christine kann aus dem Bett steigen und frühstücken, ohne dass sie sich für ihre Aufmachung schämen muss. Sie kann von früh bis spät arbeiten, ohne dass sich jemand um sie Sorgen macht. Und sie kann die Sonden, die sich noch im Fokusbereich befinden, so einsetzen, wie sie allein das für richtig hält. Keiner der drei Männer hat zwar bisher ihre Autorität als Astronomin und Kommandantin in Frage gestellt, aber sie verliert auch keine Zeit mehr für Erklärungen.

Sie hat nämlich eine neue Idee, und schuld daran ist ihr Physikprofessor und dessen Vorlesung zur Quantenmechanik. Er hatte die Miniaturwelt dort sehr anschaulich visualisiert. An das Bild, das er gezeichnet hatte, erinnert sie sich merkwürdigerweise nicht mehr, nur an das Fazit: Im Quantenreich werden Messwerte umso ungenauer, je exakter man hinsieht. Der Beginn der Welt, der Ursprung des Kosmos, der Urknall, das ist ein in der Zeitdimension sehr exakt festgelegter Punkt: null. Nicht 0,01, sondern exakt null.

Könnte es daran liegen, dass die Aufnahmen verwaschen sind? Ist der Ursprung nicht erkennbar, weil die Quantenphysik es verbietet? Es steckte eine schöne Ironie darin – die Quantentheorie als kosmischer Vorhang, den der Schöpfergott vor seine Arbeit gehängt hat. Dabei gibt es nur zwei Probleme: Sie glaubt nicht, dass es einen Gott gibt. Und sie müsste seinetwegen ihr großes Ziel aufgeben. Das kommt nicht in Frage.

Zum Glück liefert die Quantenphysik ihr auch den Ausweg: Sie muss sich Schritt für Schritt vorarbeiten. Man kann sehr wohl auch im Quantenreich bestimmte Größen exakt messen, wenn man dafür auf die Messung anderer verzichtet. Vor allem aber ist es möglich, sich dem Ziel langsam zu nähern. Atome haben Quanteneigenschaften, Wassertropfen nicht. Dazwischen liegen zahlreiche Dimensionen, die zur einen oder anderen Klasse gehören. Vielleicht gelingt es ihr so, möglichst lange von den Quanteneffekten verschont zu bleiben.

Am besten, sie beginnt sofort damit. Bevor die anderen zurück sind und die Teleskope des Schwarms auf langweilige Exoplaneten richten wollen, kann sie sich schon an den Urknall herantasten. Hat sie erst einmal gezeigt, dass sie sich mit der Solaren Gravitationslinse bis in die Nähe des Ziels vortasten kann, werden ihr die anderen für den letzten Schritt genügend Zeit zubilligen.

»Sheep-26 ausgerichtet«, meldet das System.

Das war das letzte Schaf. Christine reguliert auf dem Bildschirm die Aufnahmedauer. Es geht jetzt nicht darum, ein möglichst kontrastreiches, optimales Bild zu erhalten. Sie muss nur erkennen können, ob die Aufnahme im Rahmen der Möglichkeiten scharf ist – oder so verwaschen wie ihre früheren Versuche, bei denen sie auf das Maximum aus war.

Zehn Minuten müssen genügen. Das verringert auch die gesammelte Datenmenge, und der Computer muss dann nicht so lange rechnen, bis sie ein vorläufiges Ergebnis hat. Alles ist bereit. Als letzten Schritt leitet sie die Datenausgabe noch in ihren persönlichen Speicherbereich um. Sie gibt den Pfad dorthin an und bestätigt alles mit ihrem Kennwort.

»Starten alle«, gibt sie am Computer ein.

Das Skript, das nun alle Sonden mit den richtigen Parametern speist, die Aufnahme startet und die Ergebnisse in den Speicher schreibt, hat sie selbst entworfen. Sie stellt sich vor, wie die im Fokusbereich verbliebenen Sonden mit der Stirn runzeln und sich nach hinten umdrehen, weil sie plötzlich das unbedingte Bedürfnis verspüren, die Sonne zu betrachten, einen Stern der Spektralklasse G2V, kaum heller als andere in seiner Umgebung. Sie reißen ihr einziges Auge auf und fokussieren es auf den ringförmigen Bereich knapp außerhalb der Sonnenscheibe. Das alles überstrahlende Zentrum decken sie ab. Sie wollen einen unscheinbaren Ring aus Licht rund um diesen Stern betrachten.

Das Licht kommt aus unvorstellbaren Entfernungen; die Gravitation dieses Sterns bündelt es zu einem Ring, der nach einem berühmten Exemplar ihrer Erbauer benannt ist, einem gewissen Einstein. Nur sie, die Schafe der Herde, sind zur richtigen Zeit am richtigen Ort, um diesen Ring betrachten zu können. Sie sind auserwählt, ohne es zu ahnen. Sie wissen nicht einmal, warum sie plötzlich das Bedürfnis verspüren, in die Richtung zu sehen, aus der sie kommen. Eigentlich wollen sie sich nur vom langsam nachlassenden Wind dieser Sonne treiben lassen. Ihr Ziel ist eine schwarze Ferne, die ihnen so verlockend vorkommt, weil sie keine andere Wahl haben, so, wie Lachse zur Brutablage einen reißenden Strom hinaufschwimmen müssen.

Wie fühlt sich eine Maschine? Die Programme, die die Sonden steuern, sind längst komplexer als die Betriebssoftware eines Regenwurms, die seine natürlichen Instinkte steuert. Die Programmierer haben es schon vor Jahren aufgegeben, für jeden Einzelfall eine Entscheidung vorauszuplanen. Stattdessen besitzen die Sonden eine Teilautonomie, die sich aus einer Art Instinkt speist. Sie entscheiden sich also für das Verhalten, das am besten zu ihren Grundwerten passt. Christine hat sich monatelang mit der Steuerung der Sonden befasst und versucht, sie zu verstehen. Die Dogs etwa messen dem Schutz der Sheep-Sonden, die sie mit Laserimpulsen lenken, den höchsten Wert bei. Den Schafen jedoch sind die Hunde völlig egal. Sie wissen nicht einmal von ihrer Existenz. Sie haben lediglich das Ziel, im Fokusbereich zu bleiben. Dieser primitive Instinkt hat genügt, die gesamte Herde bis in diese gewaltige Entfernung zusammenzuhalten.

Christine fühlt sich mit einem Mal ganz allein. Sie kann zwar die Sonden kontrollieren, die den Schwarm bilden, und ist ein Geschöpf höherer Ordnung. Aber ihre Intelligenz nutzt ihr nichts. Sie macht sie nicht glücklich. Im Gegenteil: Wenn die Solare Gravitationslinse nicht funktioniert, muss sie ihre gesamte Existenz als

Wissenschaftlerin in Frage stellen. Vielleicht wäre es besser, eine Maschine zu sein oder auch ein Regenwurm.

Ein Alarmton gellt durch die Shepherd-1. Christine schiebt die magnetisch am Tisch klebende Schüssel nach vorn und sieht zum Lautsprecher an der Decke. Das Ergebnis ist da! Sie hat dem System aufgetragen, sie zu benachrichtigen. Das hat schon mal funktioniert. Zu ihrer Kapsel ist es ziemlich weit. Aber nebenan ist ja der Besprechungsraum. Sie schwebt aus der Küche in das angrenzende Zimmer. Sie loggt sich am Computer ein und ruft die Auswertungssoftware auf.

Da ist es. Der große Schirm zeigt ein »OK«, einen blinkenden Cursor und einen Dateinamen. Das Ergebnis umfasst gerade einmal 4700 Byte. Jede Steckdose hat heutzutage einen größeren Speicher. Und ein Großteil der Datei besteht aus den vom Betriebssystem benötigten Header-Daten, die das Ergebnis erst als Bild interpretierbar machen.

Sie öffnet die Datei. Eigentlich müsste der Fokuspunkt dieser Aufnahme weit genug vom Ursprung der Welt entfernt liegen, um sämtliche Quanteneffekte auszuschließen. Eigentlich. Aber ist denn ihre Überlegung überhaupt korrekt? Liegt die Unschärfe wirklich am Quantenregime?

Die Projektionsfläche bleibt schwarz. Mist, jetzt streikt auch noch die Technik! Als ob sie nicht schon genügend Probleme hätte! Christine ruckelt an den Kabeln. Sie prüft die Stromversorgung und tastet den Projektor ab. Er ist warm, also arbeitet er. Sie hält ihre Hand vor die Lichtquelle. Aha! Sie hat sich geirrt. Schnell dreht sie den Helligkeitsregler auf die Maximalstellung. Da ist etwas. Das Bild ist nur beinahe schwarz. Sie dreht auch den Kontrast auf. Jetzt müssten die Wolkenschleier erscheinen, die sie bisher immer auf den Bildern hatte. Aber sie bleiben aus. Das Bild ist scharf, auch wenn so gut wie nichts zu sehen ist. Was hat sie da aufgenommen?

Es muss das Dunkle Zeitalter sein. Das ist die einzige Erklärung. Etwa drei Millionen Jahre nach dem Urknall verschwand sämtliches sichtbare Licht aus dem Universum. Vermutlich hat sie diesen Zeitraum erwischt. Das heißt, dass ihr Ziel, der Urknall, noch ziemlich weit entfernt ist. Logisch, dass es da noch keine Quanteneffekte gibt. Aber sie hat jetzt schon einen Rekord aufgestellt. Niemandem ist es bisher gelungen, 13,797 Milliarden Jahre in die Vergangenheit zu blicken. Der bisherige Rekord lag bei 13,3 Milliarden Jahren. Doch es ist zu früh, allen davon zu erzählen. Der einzige Beweis, den sie hat, ist ein dunkler Bildschirm. Das ist ziemlich dünn. Erst wenn sie weiter in die Vergangenheit vordringt, kann sie wirklich beweisen, was sie gerade gesehen hat.

Christine ruft das Skript zur Sondensteuerung auf. Sie verändert nur zwei der Parameter, dann startet sie es neu. Morgen früh sollte eine neue Aufnahme fertig sein.

SHEPHERD-1

19. APRIL 2094

Christine hängt sich die Decke über die Schultern und tippt Befehle in die Computerkonsole. Das System hat sie gerade geweckt. Es ist noch mitten in der Nacht, aber das macht nichts. Das Gellen des Alarms hat jegliche Müdigkeit verscheucht. Die Datei, die das aus den Aufnahmen der Sonden berechnete Bild enthält, ist nun deutlich größer.

Das ist ein schlechtes Zeichen. Weil sie nur auf einen Teil der Sonden zugreifen kann – Aaron, Benjamin und David treiben ja noch die anderen zum Schwarm zurück –, muss die Auflösung prinzipiell begrenzt sein. Eine größere Datei, das bedeutet zusätzliche Informationen, die aber nicht aus den Teleskopen der Sonden kommen können. Vermutlich haben also die Quanteneffekte zugeschlagen und Messwerte in ihre Daten geschmuggelt, die keinen Sinn ergeben.

Christine ruft die Datei auf. Was ihr zuerst auffällt, ist ein deutlich sichtbares Raster. Es durchzieht die Aufnahme horizontal und vertikal. Es muss vom Algorithmus kommen. Er hat die Aufgabe, mehr als zwanzig Fotos des Einsteinrings um die Sonne auf ein quadratisches Bild zu falten. Es ist gewissermaßen die Quadratur des Kreises, nur dass hier im Hintergrund keine Magie, sondern Mathematik im Spiel ist, genauer: Fourier-Transformationen.

Es sind aber keine Quanteneffekte. Christine atmet tief durch. Das Bild ist brauchbar. Sie versucht, sich das Raster wegzudenken. Was bleibt, ist eine hellorange leuchtende Fläche ohne weitere Einzelheiten. Wahnsinn. Was sie da sieht, muss das sein, was heute als kosmische Hintergrundstrahlung bekannt ist. Hier liegt sie noch im orangefarbenen Teil des Spektrums. Daraus kann sie auch ableiten, zu welchem Zeitpunkt sie das Universum erwischt hat: Das Bild zeigt das Weltall, wie es etwa 500 000 Jahre nach dem Urknall aussah. Sie hat es geschafft, 13,7995 Milliarden Jahre in die Vergangenheit zu blicken!

Die Wissenschaftler auf der Erde werden ihr diese Daten aus den Händen reißen. Die kosmische Hintergrundstrahlung stammt aus einer Zeit, als sich die ersten neutralen Atome formten und überschüssige Energie als Photonen, Lichtteilchen, abgaben. Das Bild auf dem Monitor zeigt zwar eine einheitlich leuchtende Fläche, aber auch in der Hintergrundstrahlung muss es Strukturen gegeben haben. Mit einem größeren Schwarm lassen sich diese bestimmt nachweisen, und zwar besser, als das bisher gelungen ist.

Christine seufzt. Das ist ja alles gut und schön. Sie ist auf dem richtigen Weg, aber sie ist noch nicht dort, wo sie hinwill. Die Hintergrundstrahlung mag Mission Control und Science Operations interessieren, aber für sie ist sie nur der Beweis, dass die Gravitationslinse prinzipiell funktioniert. Sie passt erneut die Parameter an. 500 000 Jahre, das ist noch ein weiter Weg. Wenn sie sofort eine neue Aufnahme startet, kommt sie heute bestimmt noch ein Stück voran. Wenn ihre drei Kollegen zurückkommen, hat sie eine Überraschung für sie.

Warten ist anstrengend. Dabei sollte sie sich doch längst daran gewöhnt haben. Schließlich hat sie 20 Jahre lang im Schiff gewartet. Aber das war anders gewesen. Sie wühlt nach alten Erinnerungen. Was hatten sie sich gefreut, als endlich Jupiter in Sichtweite gekommen war! An dem Riesenplaneten hatte die Shepherd-1 Schwung geholt. Was sie sich wirklich vorgenommen hatten, war ihnen aber erst danach aufgefallen. Keiner der restlichen drei Planeten hatte sich in der Nähe der Flugbahn aufgehalten. Sie waren 18 Jahre lang durch die Leere geflogen, nur vom wachsamen, aber immer schwächer werdenden Blick der Sonne hinter ihnen begleitet. Es war Routine eingekehrt. Christine erinnert sich an keinen einzigen Streit.

Die Psychologen auf der Erde haben bei der Auswahl der Astronauten wirklich ganze Arbeit geleistet. Sicher hat geholfen, dass jeder sein eigenes Reich besitzt, eine autarke Raumkapsel, eingeklinkt in den sich drehenden Ring der Shepherd-1, aber doch mit der Freiheit, sich jederzeit zu lösen. Sie hat zwar nie das Bedürfnis danach gehabt, aber vielleicht reichte die prinzipiell vorhandene Möglichkeit. Sie betrachtet die Decke ihrer Kabine, die zugleich die Innenseite der Außenwand ihrer Kapsel ist. Auf Zeichnungen hat sie die Konstruktion gesehen; außen eine hitzeabweisende Kohlefaserschicht, innen Metallverstrebungen, die mit einem zähen, kleinere Asteroidentreffer auffangenden Material ausgekleidet sind und von Versorgungskabeln durchzogen werden. Aber wenn sie auf die Unendlichkeit fokussiert, schiebt sich die bestimmt einen halben Meter dicke Schicht in ihrer Vorstellung einfach zur Seite. Ihr Blick dringt in die Schwärze ein, die sich wie Samt anfühlt und einen gewissen Widerstand entgegensetzt, der sie an Wasser, nein, an Honig erinnert.

Der Computer meldet sich. Sie zieht sich aus dem Universum zurück, setzt sich auf ihren Sessel und zieht den Bildschirm heran. Die Ergebnisdatei ist wieder etwa so groß wie bei der ersten Aufnahme. Das ist gut. Christine ahnt schon, was sie gleich sehen wird. Der Bildschirm wird dunkel, und er bleibt dunkel. Sie fährt den Kontrast hoch. In der höchsten Einstellung werden zahlreiche farbige Punkte sichtbar. Das ist statistisches Rauschen. Die Solare Gravitationslinse sieht nichts mehr. Sie ist über das Zeitalter der Rekombination hinaus. 100 000 Jahre nach dem Urknall war die Dichte des Kosmos so hoch, dass Lichtteilchen von den angeregten Ionen abgegeben und beinahe sofort wieder aufgenommen wurden. Das Weltall besteht nach der gängigen Theorie aus einem undurchsichtigen Plasma. Nur ist das nun keine Theorie mehr. Sie hat den Beweis auf dem Bildschirm. Es ist ein auf den ersten Blick nichtssagendes Foto, aber es könnte ihr den Nobelpreis einbringen. Forscher wurden schon für weit weniger damit ausgezeichnet.

Trotzdem ist Christine nicht zufrieden. Positiv ist, dass immer noch keine Quanteneffekte zu bemerken sind. Sie kann also theoretisch noch weiter in die Vergangenheit vordringen. Das Ziel ist lediglich 100 000 Jahre entfernt. Vor 100 000 Jahren waren ihre Vorfahren bereits Jäger und Sammler.

Christine massiert sich die Schläfen. Ab sofort wird alles noch viel komplizierter. Ihre Strategie der kleinen Schritte hat funktioniert, solange sie es mit klarem Raum zu tun hatte. Damit ist jetzt Schluss. Das Universum hat zwar auch vorher Spuren hinterlassen. Das Standardmodell geht davon aus, dass etwa eine Sekunde nach dem Urknall Neutrinos, besonders leichte Teilchen, ihre heutige Bewegungsfreiheit bekommen haben. In der Zeit davor haben sich nacheinander die kosmischen Grundkräfte abgetrennt. Allein kommt sie hier nicht weiter. Die Sonden des Schwarms haben zwar Neutrino-Detektoren an Bord, aber jede Messung dauert damit viel länger. Und ob sie das Gravitationswellenecho des Urknalls überhaupt mit dem Schwarm messen können, ist bisher ungeklärt. Sie hatte ja gehofft, den Urknall direkt anspringen zu können. Sie muss also Mission Control einbeziehen, und sobald das passiert, wird man andere Beobachtungen vorziehen. Sie versteht ja, dass die Forscher auf der Erde zunächst die leicht erreichbaren Früchte pflücken wollen, aber sie will nicht warten.

Sie muss es noch einmal versuchen. Christine ändert das Skript so, dass die Teleskope das Maximum an Zeit überbrücken. Besonders große Hoffnungen hegt sie nicht. Sie hat es ja bereits probiert, und das Ergebnis war, dass alle ein Hindernis vermuteten und auf die Suche nach dem Schwarzen Loch gingen. Quanteneffekte sind statistischer Natur. Wenn sie versucht, den Ursprung des Universums zu treffen, schießt sie mit hoher Wahrscheinlichkeit darüber hinaus oder daneben. Aber sie kann auch einen Zufallstreffer landen. Es wäre großes Glück, aber es ist möglich. Es ist eine einzige Hoffnung, und sie würde sich ärgern, es nicht probiert zu haben. Falls es nicht klappt, kann sie jederzeit zu ihrem bisherigen Vorgehen zurückkehren.

Christine speichert das veränderte Skript und startet es. Noch heute Nacht weiß sie mehr. Sie sieht auf die Uhr. Es wird ein früher Morgen werden.

HOUSTON
9. FEBRUAR 2079

»Bitte sehr. Sie müssen diesen Badge überall tragen«, erklärt der Wachmann. »Und wenn ich ›überall‹ sage, meine ich das auch so. Also selbst auf der Toilette und unter der Dusche.«

Der Mann, Ende 50, weiß und sehr muskulös, lächelt schmierig, als würde er sich gerade vorstellen, wie sie nackt unter der Dusche steht. Alpha-Omega sollte sein Personal besser auswählen.

Rachel nimmt ihm den Anstecker aus der Hand. Er besteht aus den zwei ineinander verschlungenen Buchstaben Alpha und Omega. Ihr Name steht nicht darauf. Sie dreht ihn um, sieht aber nur eine goldfarben lackierte Rückseite. Vermutlich steckt Elektronik darin, die sie in dem Firmengebäude ausweist. Die primitive Sicherheitsnadel, die an die Rückseite gelötet ist, passt nicht zu dem Hightech-Badge. Sie sticht die Nadel durch die Knopfleiste ihrer Bluse.

»Komm«, sagt Charles.

Er hat sie zu einer Firmenbesichtigung eingeladen. Heute steht keine Kommunikation mit der Shepherd-1 an, also hat MOM ihr freigegeben. Charles kommt und geht in Mission Control sowieso, wie er Lust hat. Hoffentlich bildet er sich nichts darauf ein, dass sie seine Einladung angenommen hat. Aber es wäre dumm gewesen, sie auszuschlagen, denn die Chance ist einmalig. Alpha-Omega gilt als extrem geheimniskrämerisch.

Ihr Kollege läuft voran. Eine etwa zwei Meter hohe Barriere aus Stahllatten öffnet sich und lässt Charles durch. Sie will hinter ihm durchschlüpfen, aber die Barriere ist schneller. Dazu ertönt ein Warnsignal.

»Keine Tricks«, ruft ihr der Wachmann hinterher. »Das System ist ziemlich empfindlich. Wir wollen doch nicht, dass Ihr Vorbau da eingeklemmt wird.«

Rachel sieht den Wachmann böse an. So ein Typ sollte hier nichts zu suchen haben. Sie tritt vor die Barriere und wartet brav, bis sie sich öffnet. Charles steht auf der anderen Seite und wippt auf den Zehen.

»Der Wachmann hat recht. Sicherheit spielt hier eine große Rolle. Angeblich gibt es sogar Selbstschussanlagen in der Decke. Also bitte keine Experimente.«

Sie nickt und dreht sich um. Die Barriere hat sich längst wieder geschlossen. Die Metallstreben sind am oberen Ende nach innen gebogen und mit Zacken versehen. Es sieht aus, als gehe es eher darum, niemanden herauszulassen. Sie fröstelt und kommt sich plötzlich wie in einem Gefängnis vor. Charles lächelt betont unschuldig.

»Alpha-Omega betreibt Spitzenforschung«, sagt er. »Wir sind eines der letzten Unternehmen auf amerikanischem Boden, das technologisch so weit vorn ist. Die Russen und die Chinesen sind ganz scharf auf unsere Ergebnisse. Erst letztens wurde in einem Labor ein Spion des russischen RB-Konzerns festgenommen.«

»Was ist mit ihm passiert?«

»Er wurde vor Gericht gestellt und verurteilt, was denkst du denn? Dass ihn einer unserer Kampfroboter neutralisiert hat?«

Charles lacht.

»Wir stehen natürlich auch nicht über dem Gesetz«, fügt er hinzu.

»Aber ihr baut Kampfroboter?«

»Das gehört zu unseren Geschäftsfeldern. Aber nicht hier, keine Sorge. Du bist doch hoffentlich keine von diesen Pazifistinnen, die nur Menschen in den Krieg schicken wollen?«

»Ich glaube, Pazifisten wollen überhaupt keinen Krieg.«

»Oh, seit alle Armeen der Welt in großem Maßstab Roboter einsetzen, hat es keinen Krieg mehr gegeben. Aber nun lass uns gehen.«

Charles läuft voraus. Sie gehen durch einen breiten Gang. Immer wieder begegnen ihnen Mitarbeiter, männliche und weibliche, alte und junge und aus allen Teilen der Welt. Die meisten tragen wie sie einen Anstecker, aber nicht alle.

»Wieso sind denn hier auch Leute ohne Badge unterwegs?«, fragt sie. »Ich denke, das System ist sehr empfindlich?«

»Es gibt andere Wege der Identifikation. Man kann sich das Ding auch unter die Haut implantieren zu lassen. Das ist kostenlos und bringt einen Urlaubstag pro Jahr mehr.«

»Das klingt irgendwie dystopisch.«

»Du hast doch auch ein Tattoo als NASA-Zugangsberechtigung.«

»Ja, aber das kann ich jederzeit entfernen lassen. Und du trägst dein Badge ja auch noch als Anstecker?«

»Ich brauche keinen Urlaub. Weiß sowieso nichts damit anzufangen. Keine Familie.«

Charles bleibt stehen und öffnet eine Tür.

»Das ist eines der Großraumbüros. So sieht es im ganzen Gebäude aus.«

Sie betrachtet das Geschehen. Alles sieht aus wie bei jedem anderen Unternehmen. Die meisten Angestellten sitzen tippend in ihren Cubicles, einige laufen herum, in einem verglasten Raum findet ein Meeting statt. Ein Grundrauschen erfüllt die Luft. Die Wände hängen voller Poster. Es riecht nach Schweiß und altem Kaffee. Durch die Fenster fällt etwas zu viel Sonnenlicht. Ein Mann in den Fünfzigern, der blaue Jeans und ein schlichtes schwarzes T-Shirt trägt, hat sich unter seinen Schreibtisch gebeugt und kratzt sich am Knie.

»Okay …«, sagt sie.

Mehr fällt ihr dazu nicht ein.

»Ja, ein ganz normales Büro. Das war es, was ich dir zeigen wollte«, sagt Charles.

Sie ist enttäuscht. Über Alpha-Omega kursieren so viele Gerüchte, dass sie sich eine Mischung aus Geheimdienst und Kirche vorgestellt hatte.

»Sollen wir in meinem Büro einen Kaffee trinken? Ist fair gehandelt. Alpha-Omega kauft ihn direkt bei Bauern in Kolumbien und transportiert ihn per Segelschiff in die Staaten.«

Rachel nickt. Warum nicht? Sie wirft noch einmal einen letzten Blick in das Großraumbüro. Der Mann richtet sich gerade wieder auf. Er hat einen Teil seines Beins in der Hand, vom Fuß bis zum Knie. Er löst die Schnürsenkel, zieht den Schuh ab und lässt ihn zu Boden fallen. Sein Kollege am Nebentisch schreckt auf, vermutlich vom Geräusch, kümmert sich dann aber nicht weiter darum. Der Mann legt seinen Körperteil ordentlich auf dem Rand seines Schreibtischs ab. Die von einem blauen Socken verdeckten Zehen zeigen nach oben. Der große Zeh bewegt sich. Der Mann hält ihn kurz fest und lässt ihn wieder los. Jetzt gibt der Zeh Ruhe. Dann zieht der Mann eine Tastatur an sich heran und tippt darauf.

»Alles gut?«, fragt Charles. »Du siehst so bleich aus?«

Er lässt seinen Blick durch den Raum schweifen, scheint aber nichts Außergewöhnliches zu bemerken.

»Alles gut. Ich glaube, ich mag doch keinen Kaffee mehr.«

Was ist denn mit ihr los? Wieso reagiert sie so heftig? Offenbar hat sie gerade einen Mann mit einer Beinprothese gesehen. Alpha-Omega beschäftigt auch Menschen mit Behinderung. Das ist doch positiv, gerade in einem Land, das nach wie vor keine gesetzlichen Quoten dafür kennt.

»Entschuldige, Charles, ich habe heute Nacht schlecht geschlafen«, sagt sie. »Wir sehen uns dein Büro ein andermal an, okay?«

Charles schiebt die Unterlippe vor.

»Schade«, sagt er. »Wir holen das nach. Versprochen.«

RAUMKAPSEL B

20. APRIL 2094

»Benjamin, kann ich dich kurz stören?«

»Klar, David. Ich verfolge Sheep-19, aber es sind noch drei Stunden Flug.«

»So lange brauche ich nicht. Bist du dann fertig?«

»Ja, die 19 ist meine letzte Sonde. Laut Flugbahn brauche ich dann noch gut dreißig Stunden nach Hause.«

»Nach Hause ist gut.«

»Ehrlich gesagt, Dave, ist die Shepherd-1 für mich so etwas wie ein Zuhause. Ich habe das in den letzten drei Tagen gemerkt. Das Schiff fehlt mir. An ein wirkliches Zuhause kann ich mich nicht mehr erinnern.«

»Ich hoffe doch, wir fehlen dir auch«, sagt David.

»Aber klar.«

Benjamin lächelt in sich hinein. Die kurze Trennung scheint sich sehr positiv auf den Zusammenhalt auszuwirken. Er hat nicht gelogen, seine Kollegen fehlen ihm wirklich. Er kann Einsamkeit gut aushalten, aber er braucht auch das Zusammensein mit anderen Menschen. David scheint es ähnlich zu gehen.

»Deshalb melde ich mich auch bei dir«, sagt David.

»Deshalb?«

»Ich mache mir Sorgen um Christine. Sie hat sich seit unserem Abflug bei keinem von uns gemeldet. Oder hast du mit ihr gesprochen?«

»Nein, Dave.«

»Aaron auch nicht, ich habe ihn schon gefragt.«

»Dann ruf sie doch an.«

»Das habe ich soeben, aber das System lehnt ab, weil sie schläft.«

»Sehr vernünftig vom System. Es ist kurz nach Mitternacht. Vermutlich hat sie Überstunden gemacht, während wir nicht da waren, und braucht ihren Schlaf. Wir können sie ja am Morgen mal gemeinsam anfunken.«

»Okay, das machen wir. Ich melde mich dann bei euch.«

»Aber nicht so früh. Sagen wir: um neun? Christine schläft gern aus, glaube ich.«

Benjamin ist verwirrt. Er weiß gar nicht, ob seine Kollegin gern ausschläft, aber es kam ihm gerade in den Kopf wie eine lang vermisste Erinnerung.

»Ich melde mich um neun«, sagt David. »Gute Nacht, Benjamin.«

»Gute Nacht, David.«

Er ist eine Möhre. Benjamin spürt seinen Körper bis in die Wurzelspitzen: Oben fast zylindrisch, unten spitz zulaufend und mit feinen Fasern behaart. Er riecht nach frischer Erde, obwohl ihn sein Besitzer gerade mit einem Schwall kühlen Wassers übergossen hat. Benjamin hat Angst. Was da gerade passiert, ist nicht normal. Ein Messer fährt in seine Kopfhaut und trennt den obersten Teil seines Kopfes mit dem schönen grünen Blattbüschel ab, auf das er immer so stolz war. Ein gigantischer Mund mit gelblichen Zähnen nähert sich. Unangenehm riechender Atem trifft ihn.

Er hört ein schrilles Geräusch und öffnet die Augen. Das muss der Wecker sein. Hat er etwa verschlafen? Er wollte sich doch um neun bei Dave melden.

»Weckton aus«, sagt er.

Aber der Alarmton gellt weiter. Er setzt sich auf. Es ist erst 7:20 Uhr. Das ist nicht der Wecker, sondern der Alarm des Systems, das auf eine Gefahr aufmerksam macht. Ein Asteroidentreffer? Aber er spürt keinerlei Erschütterung, er kann atmen, und alle Geräte funktionieren noch.

»Status.«

»Lebenserhaltung 100 Prozent. Antrieb 100 Prozent.«

Das System sortiert die Statusansagen nach ihrer Wichtigkeit. Benjamin ist erleichtert – er wird heute nicht sterben.

»Sensorik 100 Prozent. Störung in der Kommunikation.«

Die Kommunikation ist gestört – und dafür weckt ihn die Kapsel? Ist etwa die Antenne umgeknickt? Sie sollten genügend Ersatzteile in der Shepherd-1 haben, um das Funksystem zu reparieren.

»Hast du das gesehen, Ben?«

Es ist Dave. Die Kommunikation mit ihm funktioniert. So schlimm kann der Schaden also nicht sein.

»Was? Ich wurde gerade vom System geweckt, und zwar auf ziemlich brutale Art mitten aus einem Traum, wo ich eine Möhre ...«

»Ben, hör mir zu!«

Sein Kollege scheint aufgeregt zu sein. Er hat ihn gerade zum zweiten Mal Ben genannt, obwohl er weiß, dass er das nicht mag.

»Okay.«

»Es ist etwas Schlimmes passiert. Ich glaube, die Shepherd-1 ist explodiert.«

Bei den letzten Worten kippt Davids Stimme. Benjamin fühlt sich völlig ruhig. Dann bemerkt er einen metallischen Geruch. Er fasst sich an die Oberlippe und betrachtet seinen Finger. Mist, seine Nase blutet. Das hatte er lange nicht. Das Blut ist hellrot. So war es bei ihm immer gewesen.

»Warum sagst du nichts?«, fragt David. »Was sollen wir tun?«

»Ich … ich weiß nicht. Bist du sicher?«

»Die Shepherd antwortet nicht mehr«, schaltet sich Aaron aus seiner Kapsel in das Gespräch ein. »Wisst ihr, was los ist?«

»Ich habe einen Blitz gesehen«, sagt David, »vor etwa zwei Minuten. Dann habe ich versucht, die Shepherd-1 zu erreichen, ohne Erfolg.«

»Eine Explosion an Bord?«, fragt Aaron.

»Ich weiß nicht, was es war.«

Benjamin richtet das Teleskop seiner Kapsel auf die Position des Schiffes aus. Niemand sagt etwas. Die beiden anderen sind bestimmt ebenfalls gerade damit beschäftigt. Er zoomt heran, so weit es geht. Der Bildschirm zeigt einen kurzen, dünnen Strich und dahinter eine haselnussgroße Kugel. Er befindet sich in der Rotationsebene der Shepherd. Welche Schäden sie erlitten hat, lässt sich von hier nicht herausfinden.

»Ich sehe sie von der Seite«, sagt er. »Das hilft uns nicht weiter. Aber die Zentrale hat zumindest noch ihre ursprüngliche Form.«

»Von meiner Position aus hat man einen besseren Blick. Ich übertrage euch die Daten«, sagt David.

Benjamin bestätigt die eintreffende Nachricht. Er sieht das Schiff schräg von hinten. Der Ring scheint mehrere Risse zu haben.

»Ich sehe Kapsel C nicht«, sagt Aaron.

»Es ist ein Live-Bild«, sagt David. »Christines Kapsel liegt gerade noch im Schatten der Zentrale. Aber sie muss gleich hervorkommen.«

Benjamin fixiert den Schirm. Gleich muss der Ring eine Verdickung bekommen, die sich nach vorn dreht. Gleich. Gleich. Aber jetzt. Was ist da los? Die Kapsel erscheint nicht. Das ist unmöglich.

»Sie ist nicht mehr da«, sagt David.

»Können wir stärker heranzoomen?«, fragt Aaron.

»Nein, das ist nicht möglich«, antwortet David.

»Vielleicht konnte sie sich rechtzeitig lösen«, sagt Aaron.

Ja, das wird es sein. Sie hat bemerkt, dass etwas mit dem Schiff nicht stimmt, und hat sich mit ihrer Kapsel davon gelöst. Sie müssen anderswo nach ihr suchen.

»Aber wieso meldet sie sich dann nicht?«, fragt David.

»Nun sei doch nicht so ein Pessimist, Mann!«, schimpft Aaron. »Sie ist da draußen, ich spüre es.«

»Du spürst es.«

»Ja, Mann, ich spüre es.«

Aaron wird mit jedem Wort lauter.

»Vielleicht wurde ihre Antenne von der Druckwelle beschädigt«, sagt er dann.

Es gibt im All keine Druckwellen, denkt Benjamin.

»Im All gibt es keine Druckwellen«, sagt David.

»Dann hat eben irgendein Stück Metall, das vom Schiff weggeschleudert wurde, die Kapsel getroffen«, schreit Aaron in die Verbindung.

Benjamin dreht die Lautstärke etwas herunter. Sie müssen ruhig bleiben. Was ihm gerade merkwürdig leichtfällt. Hinter seiner Stirn gibt es keine Gefühle, nur Gedanken. Er muss sie zu Plänen formen. Das wird ihnen helfen.

»Wir werden sie finden«, sagt er. »Versprochen.«

Das ist keine Lüge. Materie verschwindet nicht einfach. Aber anders als Aaron glaubt er nicht, dass Christine noch lebt.

»Danke, Benjamin«, sagt Aaron.

»Wir haben jetzt zwei Aufgaben«, sagt er. »Punkt 1: Wir müssen nach Kapsel C suchen. Wenn wir sie finden, haben wir auch Christine. Punkt 2: Wir müssen mehr über die Schäden an der Shepherd-1 herausfinden.«

»Punkt 3: Wir müssen schnellstmöglich zum Schiff zurückfliegen«, ergänzt David.

»Das habe ich als Teil von Punkt 2 gesehen. Aber du hast recht. Wer ist am nächsten dran?«

»Vermutlich ich«, sagt Aaron. »Etwa neun Stunden.«

Oh. Es wäre nicht gut, wenn ausgerechnet Aaron Christine fände. Ihn nimmt das alles anscheinend am meisten mit. Hoffentlich ist David näher dran.

»Ich brauche dreizehn Stunden«, sagt David.

Mist. Er selbst braucht über zwanzig Stunden. Er wird der Letzte sein, der ankommt. Aaron wird stark sein müssen. Der Israeli hat ihm mal erzählt, dass seine Frau gestorben ist. Anscheinend reißt der Unfall gerade alte Wunden auf.

»Ich habe eine Idee, wie wir die Shepherd-1 aus der Ferne untersuchen können«, sagt David.

»Das ist gut. Raus damit«, sagt er.

»Wir richten die Teleskope des Schwarms darauf. Ihre Auflösung ist zwar nicht so groß, aber aus der Summe der Bilder, die aus verschiedenen Winkeln aufgenommen wurden, müsste sich eine aufschlussreiche 3D-Darstellung erzeugen lassen.«

»Eine tolle Idee, Dave. Kannst du das veranlassen?«

»Bin schon dabei.«

»Ich fliege mit höchstmöglicher Beschleunigung zur Shepherd-1«, sagt Aaron.

»Willst du das wirklich?«, fragt Benjamin. »Du kannst auch den Schwarm übernehmen, und David fliegt zum Schiff.«

»Nein, ich bin am nächsten dran. Wenn jemand helfen kann, dann ich. Ich muss das übernehmen, alles andere wäre dumm.«

»Gut. Pass auf dich auf. Es hilft niemandem, wenn du total zermatscht dort ankommst.«

»Keine Sorge.«

»Ich habe da etwas für euch«, meldet sich David etwa sieben Stunden später.

»Ist es sehr schlimm?«, fragt Aaron.

Benjamin gibt am Computer den Empfang frei, und ein Bild baut sich auf. Es ist schlimm. In der Ummantelung der Triebwerke am Heck der Zentrale befindet sich ein langer Riss. Von dort muss der

Blitz ausgegangen sein, den David gesehen hat. Eine Explosion, ja, aber wie ist es dazu gekommen? Er dreht das Bild mit den Fingern, so dass er den Ring besser erkennen kann. Nur noch eine der fünf Kapseln ist dort angekoppelt, das muss das Labor sein. Er dreht das Schiff zweimal, um sich davon zu überzeugen. A, B und D sind unterwegs, das ist klar, aber wo ist Kapsel C? Er findet sie, als er erneut auf die Triebwerke zoomt. Im Vergleich zur Zentrale sind die Kapseln so klein, dass er sie beim ersten Mal übersehen hat. Aber da ist sie, ganz eindeutig, also das, was von ihr übrig ist. Ein Teil der Triebwerksummantelung hat die Kapsel gegen eine der Speichen gedrückt, die Ring und Zentrale verbinden. Sie sieht zusammengequetscht aus. Darin kann niemand überlebt haben. Nur warum ist sie nicht mehr im Ring? Hätte Christine nicht abgekoppelt, wäre sie sicher noch am Leben. Benjamin dreht die Darstellung so, dass er die normale Position von Kapsel C begutachten kann. Der Ring weist dort keinerlei Schäden auf.

»Was meint ihr?«, fragt David.

»Sieht schlimmer aus als vermutet«, sagt Benjamin.

»Sie kann noch am Leben sein«, sagt Aaron. »Vielleicht hat sie die Kapsel verlassen und ist in der Zentrale. Der Aufenthaltsbereich wirkt völlig unbeschädigt.«

Das stimmt. Benjamin zoomt noch einmal auf die Zentrale. Wenn Christine sich dort aufgehalten hat, könnte sie überlebt haben. Aber wieso ist ihre Kapsel in unmittelbarer Nähe zu den Triebwerken getroffen worden? Hat sie versucht, dort ein Problem zu lösen? Nur warum? Die Triebwerke der Shepherd-1 sind momentan auf Stand-by. Erst in ein paar Monaten, wenn sie zurückfliegen wollen, werden sie wieder angeworfen. Und selbst wenn sie eine Reparatur versucht hätte, wäre es viel sinnvoller gewesen, direkt aus der Zentrale auszusteigen, statt mit der Kapsel hinzufliegen.

»Das ergibt alles keinen Sinn«, sagt David.

»Ich bin in gut zwei Stunden dort«, sagt Aaron. »Dann wissen wir mehr.«

»Sei vorsichtig«, sagt Benjamin.

RAUMKAPSEL A

21. APRIL 2094

Antriebslos treibt die Kapsel auf eine senkrechte Wand zu. Fünfzehn Meter, zehn, acht, sechs Meter. Aaron verfolgt den Flug über den Bildschirm. Zum Ankoppeln hat er einen Bereich der Seitenwand der Shepherd-1 ausgesucht, der unbeschädigt aussah. Benjamin hat recht. Er hilft niemandem, wenn er sich unnötigen Gefahren aussetzt. Sein Finger schwebt über dem Auslöser für das Triebwerk. Er ist ungeduldig, aber er reißt sich zusammen. Wenn er zu früh bremst, braucht er bloß länger.

Jetzt. Ein leichter Stoß aus dem Haupttriebwerk genügt. Aaron hält sich fest, um nicht gegen den Bildschirm zu stoßen. Noch drei Meter bis zum Aufsetzen. Die Kapsel hat den Manipulatorarm ausgefahren. Er ist eigentlich dazu gedacht, defekte Sonden zu reparieren. Doch er müsste auch in der Lage sein, wie ein Anker die Kapsel an einer der Längsstreben an der Außenseite des Schiffes zu halten.

Fünf Zentimeter pro Sekunde zeigt der Bildschirm an. Er hat das Haupttriebwerk perfekt dosiert. Eine Sekunde länger, und die Kapsel hätte nun eine negative Geschwindigkeit. Aber auch wenn sie so langsam ist, besitzt sie doch noch eine große Trägheit. Wie schwer mag sie sein? Er kann bloß schätzen. Fünf Tonnen sind es gewiss, eher mehr. Hält das der Arm aus? Er sieht plötzlich viel zierlicher aus als vorher. Aber das liegt an der riesenhaften Gestalt der Shepherd-1, die er gleich erreicht.

Und … zugreifen. Die drei Finger am Ende des Manipulatorarms fassen nach der massiven Strebe, die sich über die gesamte Seite des Schiffes zieht. Beim ersten Versuch klinkt sich nur ein Finger ein. Noch einmal. Zwei Finger umklammern die Strebe. Auch der dritte schafft es. Ihre Trägheit zieht die Kapsel trotzdem weiter. Die Finger erhitzen sich durch die Reibung. Auf dem Schirm blinken mehrere Warnmeldungen auf. Struktur gefährdet! Überhitzung! Aber gleichzeitig sinkt die Geschwindigkeit. Der Arm hält! Die Kapsel gibt noch nicht klein bei. Sie hat einen leichten Querimpuls, und es sieht so aus, als würde sie über die Außenhaut des Schiffes rollen wollen. Die zwei Gelenke des Arms verdrehen sich auf unnatürliche Weise. Könnte die Kapsel Schmerz empfinden, würden sie jetzt schreien. Aaron fühlt mit ihr.

Aber die Arme halten. Die Kapsel kommt zur Ruhe. Jetzt liegt es an ihm. Er muss schnellstmöglich zu Christine. Sie hat auf keinen seiner Rufe geantwortet. Den Trainingsanzug hat er vorhin schon ausgezogen. Er schließt die Windel am Bauch, schwebt aus der Zentrale in die Werkstatt und steigt mit den Füßen voran in den Exosuit. Er kontrolliert die Technik. Lebenserhaltung, Heizung und Kühlung, Sensoren und Funk arbeiten. Schnell schließt er die Klappe über seinem Kopf. Zeit zum Abkoppeln.

Alles ist schwarz. Panik steigt in ihm auf. Atme langsam, Aaron, atme langsam. Aber es hilft nicht, er atmet immer schneller. In seinen Ohren pocht es laut. Es gibt nur noch ihn auf der Welt. Die anderen hat es nie gegeben. Jetzt ist er endlich erwacht. Atme langsam. Atme langsam. Ein lauter Summton dringt zu ihm durch. Die Lebenserhaltung des Anzugs. Er tastet mit den Armen, aber da ist nichts. Er ist allein. Atme langsam. Etwas drückt auf seine Brust und zwingt ihn zu hecheln.

Eine andere Kraft quetscht seinen Unterleib. Er kennt sie, es ist die Panik, aber er bekommt sie nicht in den Griff. Er muss pinkeln und lässt es laufen. Ein warmer Fleck wächst in seiner Windel. Er spürt sich wieder. Das ist seine Wärme, sein Körper. Er steckt in einem Anzug, und der Anzug schwebt im All. Die Kapsel, die ihn hergebracht hat, muss ganz in der Nähe sein. Das Trommeln in den Ohren nimmt ab. Er bekommt sich langsam in den Griff. Die Panik ist noch da, aber er schafft es, sie zu isolieren. Sie in die Schranken zu weisen.

Er greift an seinen Helm und aktiviert den Scheinwerfer. Das Licht zeichnet einen hellgrauen Kreis auf die Stahlwand vor ihm. Die Shepherd-1 schwebt nicht mal einen Meter entfernt. Er orientiert sich. In seiner Panik hat er sich drei Meter von der Kapsel wegbewegt. Ihm war es vorgekommen, als hätte er sich bloß mehrmals um die eigene Achse gedreht. Das Universum ist ein trügerisches Ding. In der Kapsel mit all ihren Sensoren fühlt es sich hell und beherrschbar an. In dem Exosuit, mit nur wenigen Millimetern Metall und Gewebe zwischen sich und der unendlichen Schwärze, zeigt es erst sein wahres Gesicht. Sie hätten öfter im Raumanzug trainieren sollen.

Aaron dreht sich mit Hilfe der Korrekturdüsen des Anzugs in die Waagerechte. Seine Füße zeigen in Richtung Shepherd-1. Dann schließt er kurz die Augen und stellt sich vor, auf dem Schiff zu stehen. Er öffnet die Augen wieder. Plötzlich scheint er aufrecht über dem Schiff zu schweben. Sicherheitshalber steuert er sich nach unten, bis seine Füße auf die Außenhaut der Zentrale treffen. Er schwenkt den Scheinwerfer. Dort entlang, nach vorn, geht es zu den Triebwerken, in der anderen Richtung müsste die Schleuse sein. In einer seltsamen Mischung aus Gehen, Schweben und Fliegen bewegt er sich nach vorn.

Das Scheinwerferlicht fällt auf die charakteristische Wölbung der Triebwerke. Der Riss ist unübersehbar. Eine zehn bis zwölf Meter lange und zwei, drei Meter breite Wunde klafft in der Außenhaut. Das Metall scheint hier von innen heraus aufgeplatzt zu sein, als habe irgendetwas unbedingt herausgewollt. Außerdem fehlt ein Teil der Metallverstrebung, die sich über der Schadstelle befinden müsste. Er schwebt über die Wunde hinweg und sieht direkt in die Eingeweide eines der Direct Fusion Drives. Es wirkt irreparabel beschädigt. Aber der Strahlungssensor misst keinerlei Aktivität. Das Triebwerk selbst kann also nicht die Ursache der Explosion sein. Nur die Stützmasse kommt in Frage – oder eines der kleinen chemischen Triebwerke, die zum Starten des Fusionsantriebs dienen.

Er schwebt ein paar Meter in die Höhe. Der Riss wirkt bedrohlich.

Doch soweit er das beurteilen kann, ist nur eines der zehn DFDs betroffen. Der Rückflug zur Erde müsste also noch möglich sein. Er dreht den Kopf nach rechts, und der Scheinwerferstrahl folgt. Dort hat sich Kapsel C an einer Speiche verfangen. Ein Schauer jagt über seinen Rücken. Christines Raumkapsel sieht aus wie ein aufgeplatztes Ei. Die Metallstrebe, die über dem Riss fehlt, hat sie etwa in der Mitte zerteilt. Die Explosion muss sie so sehr beschleunigt haben, dass sie die Kapsel wie ein scharfes Messer durchschnitten hat. Wenn Christine keinen Raumanzug getragen hat, muss sie dabei gestorben sein.

Aaron zögert kurz, dann gibt er sich einen Ruck. Schließlich ist er hergekommen, um Christine zu helfen. Er fliegt direkt zur Kapsel. Der Scheinwerferstrahl fällt auf einen quaderförmigen Gegenstand. Er berührt ihn. Es ist ein Kissen, aber es ist steif gefroren. Aaron fliegt näher heran. Die meisten Flächen sind mit einer glitzernden Eisschicht belegt. Das muss die ausgefrorene Atmosphäre sein. Der Boden zwischen Wohnraum und Werkstatt ist aufgerissen. Rohre ragen heraus. Er schwebt um die Kapsel herum. In der unteren Hälfte hängt eine menschliche Figur mit den Beinen nach unten. Sein Puls fängt wieder an zu rasen, bis er erkennt, dass das nur der Exosuit ist. Jede Kapsel hat einen. Er berührt ihn. Das Bein lässt sich leicht umknicken. Es befindet sich also niemand darin.

Er nähert sich wieder der Stelle, an der Christines Kapsel aufgerissen ist. Der Riss ist überraschend sauber, wie ein glatter Schnitt durch butterweichen Stoff. Dabei ist die Hülle der Kapseln mit einer speziellen Einlage so konstruiert, dass jegliche Wucht aufgefangen und verteilt wird. Aber bei einem dünnen, von einer Explosion beschleunigten Metallstreben hat sie wohl keine Chance. Energie ist Masse mal Geschwindigkeit zum Quadrat. Ist der Balken nur schnell genug, zerteilt er jedes Hindernis.

Besonders merkwürdig wirkt, wie gut erhalten die Einrichtung ist. Die Mikrowelle in der Küche, nur dreißig Zentimeter neben dem Riss, sieht makellos aus und funktioniert bestimmt noch. Christine hat ihr Bett gemacht; die Decke ist ordentlich gefaltet und straffgezogen. In der Steuerzentrale der Kapsel, die zugleich als Wohnzimmer dient, ist niemand. Die Gurte des Kommandositzes hängen nach unten. Eine kleine Kuhle lässt darauf schließen, dass dort regelmäßig jemand gesessen hat. Vorsichtig öffnet er die Tür zum WHC. Es ist leer. Vielleicht in der Dusche? Bitte nicht! Er sieht nach, aber auch hier glitzert nur etwas Eis an den Wänden. Er durchsucht die Werkstatt. In einer Ecke hat sich ein Werkzeugkoffer verklemmt. Er steht offen. Hat Christine noch versucht, etwas zu reparieren? Das scheint kaum möglich.

»Aaron? Wie sieht es aus?«, fragt Benjamin per Funk.

»Ich weiß nicht. Die Kapsel ist Schrott, aber es gibt keine Spur von Christine.«

»Wie geht es dir?«

»Alles okay.«

»Gut. Sei vorsichtig. David müsste auch nicht mehr weit entfernt sein.«

Aaron antwortet nicht mehr. Christine ist definitiv nicht in der Kapsel. Aber das lässt ihn keine Hoffnung schöpfen, im Gegenteil.

Der Bildschirm in der Zentrale seiner Kapsel färbt sich grau. Aaron schaltet den Scanner in den Infrarotmodus. In ihrer Kapsel ist Christine nicht, also muss sie im All treiben. Vielleicht hat die Explosion sie herausgeschleudert. Das ist zwar schon ein paar Stunden her, doch so schnell kühlt kein Körper auf den absoluten Nullpunkt ab. Das All ist schließlich luftleer, so dass Wärme nur per Strahlung entweichen kann.

Im direkten Umkreis der Shepherd-1 zeigt der Scanner nur ein überbelichtetes Bild, dort sind die Reste der Atmosphäre generell noch zu dicht und zu warm, um im Infrarot etwas zu erkennen. Aber wäre Christine dort, hätte er sie schon gefunden. Er dreht seine Raumkapsel so, dass der Scanner ins offene All sieht. Er bemerkt viele helle und einige nicht ganz so helle Punkte. Aaron geht sie einzeln durch. Vorsichtig zoomt er an den ersten heran, als könne er ihm entwischen. Nein, das Teil ist zu flach. Vermutlich ist es ein Bruchstück der Hülle. In seiner Nähe trudelt eine Art Hammer durch das All. Im Zoom erkennt er, dass es ein Türscharnier ist. Die Explosion hat eine ganze Menge Trümmer in das All geschleudert.

Dann bemerkt er die Schaufensterpuppe. Sie sieht wirklich so aus. Ihre Glieder stehen in unnatürlichen Richtungen vom Körper ab. Sein erster Impuls ist, ihr eine gute Reise zu wünschen. Es wäre besser für ihn, die Leiche nicht an Bord zu holen. Ihr Bild wird ihn in seinen Träumen verfolgen. Aber der Gedanke, Christine alleinzulassen, ist unerträglich. Er beschleunigt die Kapsel, um sie einzuholen.

Zehn Minuten später schwebt er im Exosuit neben ihr. Es ist Christine. So richtig glaubt er es erst jetzt. Sie hat die Haare zum Zopf gebunden wie meistens. Der Zopf ist steif. Er scheut sich, ihn zu berühren, aus Angst, er könnte in tausend Stücke zerspringen.

Er muss sie hereinholen. Die Kapsel besitzt eine Schleuse, die er von außen öffnen kann. Er greift nach Christines Füßen. Sie trägt keine Schuhe, nur Socken, und am Körper eine Art Trainingsanzug. Sie hat oft so gearbeitet. Der Anzug, an manchen Stellen schon ausgebeult, war ihr lieber gewesen als die von der NASA bereitgestellte Kleidung. Er halte sie besser warm, hatte sie gemeint. Der Anzug erfüllt seine Funktion bis zuletzt.

Vorsichtig schiebt er sie bis zur Kapsel. Dort lässt er sie los.

»Warte hier«, sagt er, aber sie antwortet nicht.

Gleich wird er durchdrehen. Er ist offenbar kurz davor, denn er redet schon mit Toten. Die letzte Leiche, die er gesehen hat, war die seiner Frau. Sie war ebenso bleich gewesen. Warum hat er nicht auf Benjamin oder David gewartet?

Er öffnet die Außentür der Schleuse. Hoffentlich passt Christine in die Kammer. Sie ist nur für Notfälle gedacht. Er schwebt zu Christines Oberkörper. Am besten, er bugsiert die Beine zuerst in die Schleuse. Vielleicht kann er den Oberkörper dann etwas biegen. Aber zuerst muss er die Arme nach unten bekommen. Christine hat sie über den Kopf gestreckt, als hätte sie kurz vor ihrem Tod entschieden, in das Weltall zu springen wie eine Schwimmerin in den Pool. Vielleicht hat die plötzliche Kälte sie in den Wahnsinn getrieben. Das soll beim Kältetod vorkommen.

Er hält mit der linken Hand ihren Oberkörper fest und versucht mit der rechten, ihren Arm im Schultergelenk zu drehen. Doch das Gelenk ist starr. So wird das nichts. Aber er muss sie in die Schleuse bekommen, sonst kann er sie nicht hereinholen, weder in seine Kapsel noch in die Shepherd-1. Christine wird eine Totenfeier bekommen, wie es sich gehört. Er versucht noch einmal, ihren Arm zu drehen. Er bleibt steif. Aber ihre Faust öffnet sich leicht, und ein kleines graues Objekt löst sich. Es ist die Samenkapsel eines Stiefmütterchens. Aaron fängt an zu weinen, und die Helmscheibe beschlägt.

Christine hat jetzt die Form eines V. David hatte die Idee. Die Glieder frieren schneller durch als der Rumpf. Er hat Christines Unterleib gegen die Kapsel gepresst und ihren Rücken dagegen gedrückt. Sie sieht aus, als würde sie gerade Yogarückenübungen durchführen. Sie macht dabei ein leichtes Hohlkreuz. Das ist nicht gesund, denkt Aaron. Er ist über den Zustand des Durchdrehens schon hinaus.

Vorsichtig schiebt er das V durch den Einstieg der Schleuse, mit dem Hinterteil voran. Er prüft, ob oben und unten genügend Platz ist. Sie soll nicht noch mehr Schrammen davontragen. Es klappt, sie ist drin. Er schließt die Schleusentür.

Drei Minuten später steht Aaron in Unterwäsche vor der inneren Schleusentür. Er legt die beiden Hände an ausgestreckten Armen gegen das Metall, als würde er mit der Tür kämpfen – oder mit der Person dahinter Verbindung aufnehmen. Die Schleuse heizt sich gerade auf knapp unter null Grad auf. Christine soll nicht wieder auftauen, aber ihr Körper soll so flexibel werden, dass er sie in eine liegende Stellung bringen kann. Was so eine Tote alles noch über sich ergehen lassen muss! Hätte sie das gewollt?

Aaron schlägt mit der Stirn gegen die Wand, bis er den Schmerz spürt. Es ist seine Schuld, irgendwie. Er ist bis hierher geflohen, um nie wieder jemanden sterben zu sehen, aber sein Schicksal verfolgt ihn. Christine ist seinetwegen tot.

Es reicht für heute. Er bringt es nicht fertig, die Schleusentür zu öffnen. Nicht mehr lange, dann sind David und Benjamin da. Sie können sich um Christine kümmern. Ihm fehlt die Kraft. Er muss sich ausruhen. Er könnte die Lebenserhaltung abschalten. Nur dann ist er wirklich sicher. Das Schicksal ist vielleicht mit Christine noch nicht zufriedengestellt. Was, wenn es auch Benjamin oder David fordert? Er hat die Wahl. Er hatte immer die Wahl, er war nur zu feige gewesen. Niemand kann ihn aufhalten.

»Aaron, Dave hier«, hört er über Funk. »Ich stehe vor der Tür. Lass mich doch bitte rein.«

RAUMKAPSEL B

21. APRIL 2094

»Er ist in ziemlich schlechtem Zustand«, sagt David. »Ich habe ihm erst mal eine Spritze verabreicht. Er wird jetzt zwölf Stunden durchschlafen.«

»Gut. Und Christine?«, fragt Benjamin.

»Sie steckt noch in der Schleusenkammer fest. Da ist es kalt genug, dass sie nicht auftaut. Sie ist also nicht unser dringendstes Problem.«

»Ich habe es auch schon gesehen. Der Ring …«

»Nicht nur der Ring, Ben. Auch in der Zentrale gibt es keine Luft, wenn ich dem Computer glauben kann. Wir müssen die Lebenserhaltung wieder in Gang bringen. Die Vorräte an Bord der Kapseln reichen nur für ein paar Tage.«

»Ich kümmere mich darum«, sagt Benjamin.

Der Ring ist, was sie aus der Ferne nicht sehen konnten, an mehreren Stellen so beschädigt, dass ihre Kapseln nicht ankoppeln können. Aber das ist nicht das Hauptproblem. Notfalls steigen sie eben im Raumanzug um. Aber sie brauchen die Shepherd-1 funktionsfähig. Luft und Wärme, darauf sind sie angewiesen. Wenn sie das nicht hinbekommen, sind sie bald alle so steif wie Christine.

Benjamin lenkt seine Kapsel zur Hauptschleuse der Shepherd-1. Sie ist riesig und auch für große Lasten geeignet. Die Kapsel passt beinahe hinein - aber nicht ganz. Also muss er vorher aussteigen und die Tür öffnen, in der Hoffnung, dass die Schleusensteuerung besser funktioniert als die Lebenserhaltung.

Im Exosuit ist es sehr kalt. Die Anzeige in der Innenseite des Helms behauptet allerdings das Gegenteil. Er sieht auf die Steuerung am Handgelenk. Auch der Minibildschirm dort zeigt an, dass die Heizung auf höchster Stufe läuft. Er schüttelt die Hand. Dann betrachtet er das Display erneut. Nun zeigt es minus 5 Grad Celsius. Ein warmer Windstrom bläst mit einem Mal gegen seine Stirn.

Scheißtechnik. Wenn das Triebwerk nun ähnliche Probleme hatte? Eine falsche Temperaturanzeige im System, und das DFD überhitzt sich, bis es explodiert. Aber das ist unmöglich. Diese Systeme sind doppelt und dreifach gesichert. Wenn der Druck des Stützmassegases zu groß wird, entlüftet sich der Tank automatisch selbst. Benjamin stößt sich ab. Es sind zehn Meter bis zur Schleuse, die von einem beleuchteten Ring umgeben ist. Der Ring ist rot, also ist die Schleuse gesperrt.

»Zentrale?«

Das Schiff antwortet nicht, doch David hat vorhin Zustandsdaten auslesen können. Der Hauptcomputer arbeitet also noch. Aber vielleicht sind nur die wichtigsten Module online.

»Zentrale? Hauptschleuse öffnen.«

Er versucht es noch einmal. Der Ring um die Schleuse bleibt rot. Kein Grund zur Panik. Er kann die Schleuse auch mit der Hand öffnen. Benjamin steuert seinen Exosuit zur manuellen Überbrückung, die sich in der Drei-Uhr-Position des Rings befindet. Ein Griff, den er nach oben klappen und dann um 180 Grad drehen muss. Er braucht nicht einmal besonders viel Kraft. Auch ein halb toter Astronaut soll den Noteingang noch benutzen können. Es ist seltsam: Er hat sich noch nie mit der Möglichkeit des eigenen Todes befasst, obwohl ihn immer alle für todesmutig gehalten haben. Das ist einfach keine Option, Punkt. Und er ist ja auch nicht tot. Sie werden hier nicht sterben. Er jedenfalls nicht.

Der Ring verändert seine Farbe über Orange und Gelb zu Grün. Benjamin dreht den Handgriff um 90 Grad zurück und drückt darauf. Der Druck wird von einer cleveren Mechanik verstärkt und öffnet die Verriegelung der Schleusentür. Eine leichte Erschütterung pflanzt sich über die Metalloberfläche fort. Er drückt den Handgriff noch ein Stück tiefer, und die knapp vier Meter durchmessende Schleusentür öffnet sich so weit, dass er mit den Fingern darunterfassen kann. In der Schwerelosigkeit hat sie zwar kein Gewicht, aber die Trägheit der Masse bleibt erhalten. Er zieht die Tür ganz langsam nach außen, gerade so weit, dass er ins Innere der Schleuse schlüpfen kann. Er klettert durch den Spalt, doch sein Düsenrucksack bleibt hängen, so dass er die Tür noch etwas weiter aufdrücken muss.

Schritt eins erledigt. Er stemmt die Füße gegen den Innenrand der Schleuse und zieht die Außentür an dem großen Drehrad in der Mitte nach innen. Dann verschließt er sie, indem er das Rad nach links dreht. Benjamin schwitzt. Im Exosuit ist alles anstrengend. Er hätte öfter darin trainieren sollen. Die Schleuse ist von rötlichem Licht erfüllt.

Normalerweise würde das System jetzt erkennen, dass jemand

von außen hereingekommen ist, und den Raum mit Luft füllen. Er wartet eine halbe Minute, aber nichts passiert. Auch gut. Die Innentür besitzt ebenfalls eine manuelle Überbrückung. Er schwebt hin, zieht den Hebel hoch und dreht ihn. Dann stellt er sich so neben die Tür, dass sie ihn nicht trifft, wenn sie aufschlägt. Denn eigentlich müsste der Raum hinter der Schleuse unter Druck stehen. Doch die Tür wird ihm nicht aus der Hand gerissen. Er muss sie mit viel Krafteinsatz aufschieben. In der Shepherd-1 scheint es keine Atemluft mehr zu geben.

Benjamin ruft auf dem Steuergerät an seinem Arm eine Karte des Schiffes ab. Er hat es noch nie über die Hauptschleuse betreten. Doch, ein einziges Mal, vor dem Start, aber das ist zwanzig Jahre her. Er überträgt die Karte direkt in das Helmvisier. Die Shepherd-1 sieht aus wie eine Bowlingkugel. Die Triebwerke sitzen in der Polachse. Er befindet sich am Äquator. Die Lebenserhaltung liegt in Richtung Heck, zur Zentrale mit dem Hauptcomputer muss er sich in Richtung Bug bewegen. Wo wird er das Problem eher lösen können?

»David, hörst du mich?«

»Klar und deutlich.«

»Ich versuche, die Lebenserhaltung über den Hauptcomputer in der Zentrale wieder zu starten. Wenn der Computer sich nicht mehr in Betrieb nehmen lässt, haben wir sowieso ein riesiges Problem.«

»Verstanden. Viel Erfolg.«

Das Navi des Helmvisiers blendet einen Pfeil in Benjamins Sichtfeld, der ihm die Richtung weist.

Er kommt gerade einmal zehn Meter weit. Dann hält ihn eine Sicherheitstür auf. Sie ist wohl automatisch vom System geschlossen worden, als der Druck plötzlich abgefallen ist. Die Tür besitzt natürlich ebenfalls eine manuelle Überbrückung, aber das kostet Zeit.

»David? Ich werde wohl etwas länger brauchen, hier sind alle Schotten dicht.«

»Alles klar.«

War der Weg in die Zentrale schon immer so weit? Benjamin hat aufgehört, die von ihm manuell geöffneten Türen zu zählen. Sein rechter Arm schmerzt, deshalb dreht er den Handgriff nun mit der linken Hand. Etwa die Hälfte der Räume ist mit Atemluft gefüllt. Ein System ist nicht zu erkennen. Deshalb muss er sich jedes Mal vorsehen, wenn er eine neue Tür in Angriff nimmt, um nicht eventuell vom Druck weggeblasen zu werden. Die Schotten selbst schieben sich in die Wände.

Schale 25N1 steht auf der Tür.

Handgriff hochklappen.

Um 180 Grad drehen.

Abwarten.

Um ein Viertel zurückdrehen.

Mit der rechten Hand festhalten.

Handgriff mit links hineindrücken.

In den Raum ziehen. Nächste Tür. Sektion 25N2.

Handgriff hochklappen.

Um 180 Grad drehen.

Abwarten.

Um ein Viertel zurückdrehen.

Mit der rechten Hand festhalten.

Handgriff mit links hineindrücken.

Weiter. Nächste Tür. 25N3.

Um 180 Grad drehen.

Handgriff hochklappen.

Abwarten.

Um ein Viertel zurückdrehen.

Mit der rechten Hand festhalten.

Handgriff mit links hineindrücken.

Ein kurzer Gang, der nach rechts führt. Oder ist das unten? An der Decke flackert eine grellweiße Lampe.

Nächste Tür. 24N3.

Handgriff hochklappen.

Um 180 Grad drehen.

Moment. Er dreht sich um. Wieder flackert die Lampe. Aber das ist es nicht, was ihn stört. Irgendetwas ist gerade passiert, doch er war zu unaufmerksam gewesen, um es zu erkennen. Ist es die Luft in dem Gang? Sie ist über 20 Grad warm und atembar, während der Raum davor evakuiert worden war. Was hat sich das System dabei gedacht?

Er schwebt zurück und durchquert noch einmal das Schott, das er gerade geöffnet hat. Wenn man nicht genau hinsieht, bemerkt man nicht einmal, dass es hier überhaupt eine Tür gegeben hat, so gut ist das Schott in Wand und Decke integriert. Nur der Handgriff, der immer noch parallel steht und hochgeklappt ist, zeigt, dass sich hier eine Tür befindet. Er dreht den Griff in die Ausgangsstellung und klappt ihn zurück. Das Schott bleibt trotzdem offen.

Er klappt ihn wieder hoch, dreht ihn um 180 Grad, wartet ab, dreht ihn ein Viertel zurück und drückt ihn in die Wand. Rasselnd fährt das Schott herunter. Es bleibt kurz über dem Boden stehen. Dort ragt sein Fuß in die Öffnung. Das Schott nimmt auf die Astronauten Rücksicht. Er wiederholt das Experiment, bis es wieder nach oben fährt. Da ist nichts Auffälliges. Benjamin dreht sich schnell nach rechts, dann nach links, als gäbe es knapp außerhalb seines Gesichtsfeldes etwas, das ihm die ganze Zeit entgangen ist. Aber da ist nichts. Er ist allein. Wahrscheinlich dreht er gerade durch.

Die Zentrale ist schummrig beleuchtet. Es sieht richtig gemütlich aus, obwohl der Raum so groß ist. Christine hat einen Liegesessel vor das Hauptterminal gestellt. Auf einem kleinen Holztisch daneben steht eine Tasse. Benjamin prüft den Luftdruck. Alles ist okay. Es ist bloß ein bisschen zu warm. Er nimmt den Helm ab und atmet tief ein. So ist es besser.

»Hallo«, sagt er, nur um seine Stimme zu hören.

Sie hallt. Der Raum ist größer, als es die schwache Beleuchtung ahnen lässt. Uralte Ängste steigen in ihm auf. In den Schatten könnten sich Monster verbergen. Aber er wird es ihnen zeigen!

Schon als Kind hat er sich diesen Monstern immer gestellt. Benjamin lacht leise. Er ist allein. Monster gibt es nur in Märchen. Er räuspert sich.

»David?«, sagt er über Funk.

»Ich höre dich.«

»Habe die Zentrale erreicht. Auf den ersten Blick wirkt alles friedlich.«

»Schau mal, dass du den Hauptrechner wieder aktivieren kannst.«

»Das hatte ich vor, Dave.«

»Dann lass dich nicht aufhalten. David over.«

Davids letzter Satz klang etwas verschnupft. Er muss seine Worte mit mehr Bedacht wählen. Sie haben alle einen riesigen Verlust erlitten. Es wäre furchtbar, wenn sie sich jetzt auch noch zerstreiten würden.

Benjamin schwebt zu dem Tisch. Er hebt die Tasse hoch und riecht daran. Es ist Tee. Er setzt sie wieder ab. Es macht »klack«, als sie sich magnetisch am Tisch festkrallt. Er montiert die Handschuhe vom Exosuit ab, denn mit bloßen Fingern kann er besser tippen. Dazu muss er links und rechts je zwei Schnappverschlüsse lösen und die Handschuhe abdrehen. Oder soll er den Anzug gleich ganz ablegen? Besser nicht. Wer weiß, ob er dem System trauen kann. Den Helm kann er schnell wieder aufsetzen, falls plötzlich die Luft abgepumpt wird.

Der Sessel sieht sehr bequem aus. Seit wann stand der denn in der Zentrale? Er nimmt Platz. Benjamin zieht die Tastatur heran. Christine muss auch hier gesessen haben. Was hat sie getan? Hat sie einen Versuch gestartet, der schiefgegangen ist? Aber bei welchem Experiment explodiert denn gleich das Triebwerk?

Er schaltet den Bildschirm ein. Es ist nur eine Kommandozeile zu sehen. Christine muss den Computer bewusst heruntergefahren haben. Hätte er sich wegen eines Fehlers selbst neu gestartet, würde er jetzt die normale Befehlsoberfläche sehen. Und das System würde auf Spracheingaben reagieren.

»Restart«, tippt er ein.

Der Befehl genügt normalerweise, um alles wieder in den Normalzustand zu bringen. Warum hat Christine ihn nicht gegeben?

»Restart verweigert.«

Darum also.

»Diagnose.«

Auf dem Schirm erscheint eine Liste aller Untersysteme des Schiffes. Der Computer gibt sich selbst ein »O. k.«. Funktionsfähig ist nur der Notfallmodus.

Aber das hat er auch vorher gewusst. Die Frage ist, warum das Schiff sich weigert, wieder im Standardmodus zu starten. Was ist die Ursache, und was ist bloßes Symptom? Er versucht, Christines letzte Aktionen nachzuvollziehen. Wahrscheinlich hat sie sich, auf diesem Sessel sitzend und mit der langsam erkaltenden Tasse Tee in der Hand, die gleiche Frage wie er gestellt. Und dann ist sie, im Glauben, eine Antwort gefunden zu haben, in ihre Kapsel gestiegen und hat damit in der Nähe der Triebwerke festgemacht. Natürlich, ohne Energie funktioniert hier gar nichts. Und die Triebwerke, auch wenn sie gerade keinen Schub liefern, sind es, die die Energie bereitstellen.

Dafür werden nicht alle zehn gebraucht. Ein einziges genügt sogar. Es müssen also alle Triebwerke komplett ausgefallen sein. Das ist ein höchst unwahrscheinlicher Zufall. Zehn DFDs, die unabhängig voneinander arbeiten, können nicht gleichzeitig ausfallen. Die Wahrscheinlichkeit dafür liegt nahe null. Es sei denn, es gibt ein Problem, das alle zehn gleichermaßen betrifft. Die Stützmasse zum Beispiel, die dem Schiff erst seinen Schub verleiht, nachdem sie in ein Plasma verwandelt und von elektromagnetischen Feldern aus den Düsen gewirbelt wurde, kommt für alle zehn Triebwerke aus den gleichen Tanks.

Dort muss er ansetzen. Er muss sich die Stützmassetanks ansehen. Christine hat sicher die gleiche Idee gehabt. Sie alle kennen die Technik des Schiffes. Aber warum hat sie sich nicht gemeldet? Weil die Kommunikation nicht funktioniert hat, denn die Triebwerke haben keine Energie geliefert, mit der sie sich hätte melden können.

So weit ist alles logisch. Aber es gibt einen Schönheitsfehler. Da die Shepherd-1 seit Wochen antriebslos durch das All treibt, hat die Stützmasse überhaupt keine Funktion. Das Schiff hat keinen Schub gebraucht. Und doch muss Christine wie er dort das Problem vermutet haben, denn Fakt ist, dass sie ihre Kapsel in der Nähe gefunden haben. Das kann nur eines bedeuten: Sie wollte in ihrer aller Abwesenheit das Schiff beschleunigen. In den kleinen Kapseln mit den schwachen chemischen Triebwerken hätten sie damit nie und nimmer Schritt halten können. Christine scheint versucht zu haben, ihnen davonzufliegen, wohin auch immer. Vielleicht wollte sie dem fernen Ende des Fokusbereichs näher kommen, um so ihren Blick auf den Ursprung zu verbessern. Und ist deswegen umgekommen. Benjamin schüttelt den Kopf.

Das sieht Christine nicht ähnlich. So würde sie nicht handeln. Er kennt sie. Kennt er sie? Ja. Sie waren zwanzig Jahre lang gemeinsam unterwegs. Christine war immer der Kitt der Gruppe gewesen. Sie hatte zwischen den drei Männern mit den ausgeprägten und sehr verschiedenen Egos vermittelt. Dass sie ihre drei Kollegen allein im All aussetzen würde, ist undenkbar. Aber egal, niemand kann jetzt noch in Christines Kopf sehen. Und es hilft niemandem, wenn er sie belastet. Er muss seine Theorie überprüfen und die Triebwerke startklar machen. Dann läuft auch alles andere wieder.

»Wie kommst du voran?«

Es ist David. Auf dem Rückweg ist Benjamin schneller, weil die meisten Schotten noch immer offen stehen. Er steuert ein Regal an und hält sich fest.

»Ich …«

Er ist ganz schön außer Atem.

»Ich bin auf dem Rückweg zur Kapsel. Es sieht nach einem Triebwerksproblem aus.«

»Aber die DFDs sind doch seit Wochen abgeschaltet?«

»Nein, sie liefern noch Strom. Nur im Moment nicht. Die Shepherd läuft auf Reserve. Aber nicht mehr lange.«

»Wie meinst du das, Benjamin?«

»Ich weiß nicht, was passiert, wenn die Akkus komplett leer sind. Die Eindämmung für die Stützmasse, die Kühlung der Lebensmittel, das alles wird dann abgeschaltet.«

»Ah, deshalb redet das Schiff nicht mit uns, es will Energie für die wirklich wichtigen Dinge sparen. Wir sollten nichts riskieren. Beeil dich lieber.«

»Ja, darum startet der Hauptrechner auch nicht. Aber ich bin ja schon unterwegs.«

»Es geht ihm gut. Er schläft.«

»Wie geht es Aaron?«, fragt Benjamin.

Dann erst merkt er, dass David die Antwort schon gegeben hat, bevor er seine Frage gestellt hat. Seit wann kann sein Kollege denn Gedanken lesen?

»Ich ... egal«, sagt Benjamin. »Ich melde mich, sobald ich beim Triebwerk bin.«

»Sag Bescheid, wenn du Hilfe brauchst. Aaron benötigt mich gerade nicht.«

»Ehrlich gesagt – ja. Das wäre nett. Ich bemerke zunehmende Ausfallerscheinungen an mir. Die Aufgabe ist zu wichtig, als dass ich sie versaue.«

»Aber natürlich komme ich«, sagt David. »Ich vertraue dir.«

»Ich mir nicht.«

Benjamin klemmt den Fuß in eine der Verankerungen auf der Außenhaut der Shepherd-1, die Inspektionen hier draußen erleichtern sollen. Von unten nähert sich ein hin und her zuckender Lichtfleck auf dem Metall. Mehr ist von David gegen die Schwärze des Alls nicht zu erkennen. Wenn Benjamin nach rechts leuchtet, sieht er die zerteilte Kapsel C.

»Aaron hat sie irgendwo hier draußen gefunden«, sagt David.

Benjamin hört ein metallisches »Klong«. David muss gerade auf der Außenhülle gelandet sein.

»Das ist seltsam«, sagt Benjamin. »Ich nehme an, dass Christine versucht hat, irgendein Problem mit dem Stützmassetank zu lösen.«

»Vielleicht hat sie dabei ja einen Fehler gemacht, der zur Explosion geführt hat.«

Vielleicht, ja. Diese Lösung gefiele ihm am besten. Aber sie müssen die wahre Ursache finden, sonst gefährden sie sich noch selbst. Und wenn sich dabei herausstellt, dass Christine sie alle verraten wollte?

»Gut, dass du da bist«, sagt er. »Lass uns beim Tank anfangen.«

Sie müssen ein Stück nach oben klettern, in Richtung Bug. Aber für Benjamin fühlt es sich an, als ginge es die ganze Zeit bergab. Das Hauptproblem besteht darin, nicht abzutreiben. David atmet hörbar. Er hat die Funkverbindung nicht deaktiviert.

Benjamin bleibt stehen. Vor ihm befindet sich eine etwa mannshohe, gebogene Metallplatte. Sie ragt an einer Seite ein paar Zentimeter nach oben.

»Da ist der Servicezugang«, sagt er.

Eine Hand greift nach seiner rechten Schulter. David zieht sich neben ihn.

»Ist offen«, sagt David.

Allerdings. Aber das haben sie ja erwartet.

»Du oder ich?«, fragt Benjamin.

Die Wartungsgänge sind eng. Sie müssen sich ja nicht beide quälen.

»Ich übernehme das«, sagt David.

»Danke, du bist mein Held.«

»So bin ich.«

David bückt sich und zieht an der Metallplatte. Plötzlich schwebt er zur Seite davon. Benjamin kann ihn gerade noch am Rucksack festhalten und zieht ihn wieder heran.

»Danke«, sagt David. »Scheiß Newton.«

Die Metallplatte hat ein rechteckiges Loch freigegeben, das an ein Grab erinnert.

»Dann will ich mal«, sagt David.

Benjamin nickt. David kniet sich hin, beugt sich über die Öffnung und zieht sich mit den Armen hinein. Er sinkt etwa einen halben Meter nach unten.

»Mist, ist zu schmal«, sagt er.

»Dreh dich seitwärts«, schlägt Benjamin vor.

Hoffentlich ist der Exosuit mit dem Düsenrucksack nicht zu breit. Aber die Ingenieure müssen das doch eingeplant haben!

»Ah, so ist es besser«, sagt David.

Aus der Tiefe dringt weißes Licht. David wirkt dagegen wie ein Schatten.

»Hier gibt es ja sogar eine Beleuchtung«, sagt er.

Mit einem Mal verschwindet der Schatten wie weggezaubert. Der Wartungsgang muss da unten abknicken. Benjamin sieht in einen drei Meter tiefen, hell erleuchteten Metallsarg, als wäre er Teil der Vorstellung eines berühmten Magiers.

»Bist du noch da?«, fragt er.

In seiner Vorstellung steht David gleich hinter ihm und erschreckt ihn.

»Ja, alles gut, wieso?«

»Einfach so.«

»Du hast Angst um mich. Das ist nett, Ben.«

Es wäre noch netter, wenn du mich Benjamin nennen würdest. Aber David hat recht. Er hat Angst um ihn. Sie waren zu viert, eine kleine Familie. Jetzt sind sie nur noch zu dritt. Er hat Angst, allein mit Aaron zu sein. Nicht wegen Aaron, er fürchtet sich vor dem, was er selbst tun könnte.

»Habe den Verteiler erreicht«, meldet sich David.

»Und?«

»Moment.«

»Du weißt, wie es aussehen muss?«

»Ja, ich lasse es mir im Visier anzeigen. Sieht eigentlich alles ganz passabel aus.«

»Eigentlich?«, fragt Benjamin.

Eigentlich ist selten gut.

»Der Einlass für die Stützmasse in die DFDs ist kurz vor dem Verteiler manuell blockiert.«

Benjamin tippt ein paar Befehle in die Steuerung am Handgelenk ein und holt sich die Schemazeichnung des Stützmasseverteilers auf die Innenseite des Visiers.

»Da gibt es keine manuellen Ventile«, sagt er dann.

»Doch, es gibt eines, und es ist zugedreht. Komm her, wenn du es mir nicht glaubst. Es fehlt aber im Schema.«

»Dann weiß die Steuerungsautomatik auch nichts davon. Falls sie nun das Schiff beschleunigen will …«

Benjamin stockt der Atem.

»… kommt in den DFDs nichts an«, setzt David seinen Satz fort. »Sie erhöht den Druck, damit mehr Stützmasse in die DFDs fließt, aber dort passiert immer noch nichts. Sie steigert den Druck weiter, bis es zur Explosion kommt.«

»Aber die Automatik müsste doch einschreiten, wenn der Druck im Behälter zu groß wird«, sagt Benjamin, »und über die Notventile Stützmasse ablassen.«

»Das hat sie anscheinend vergessen. Oder jemand hat es ihr verboten.«

»Christine. Nur Christine kann die Notventile außer Betrieb gesetzt haben. Sie ist die Kommandantin. Sie war. Ist dir klar, Dave, was du ihr vorwirfst?«

Natürlich ist David das klar. Er hatte sie ja auch schon im Verdacht. Aber sie wollte sich nicht aus eigensüchtigen Motiven aus dem Staub machen. Sie muss die Explosion bewusst herbeigeführt haben. Ob sie unerkannt an Weltraumkoller gelitten hat? Hätten sie nicht merken müssen, dass es ihr schlecht geht?

»Die Fakten sind, wie sie sind«, sagt David. »Über die Interpretation können wir uns später noch Gedanken machen. Und das Urteil ist erst gesprochen, wenn wir nachgewiesen haben, dass sie die Notfallentlüftung verhindert hat. Es wäre ja auch möglich, dass sie den manuellen Haupthahn wegen eines Lecks zugedreht hat und die Notfallventile aus anderem Grund versagten. Aber in Anbetracht der Explosion ist der Stützmassetank in ziemlich gutem Zustand. Ich glaube, wir hatten noch Glück im Unglück.«

»Der Tank besteht aus mehreren Sektionen. Das System hat wohl nur in der vordersten den Druck so stark erhöht. Wäre alles in die Luft geflogen, wäre die Shepherd nur noch ein Schrotthaufen.«

»Ich kann mir einfach nicht vorstellen, dass Christine das gewollt hat. Sie hat doch ihr ganzes Leben der Mission gewidmet. Das wirft man nicht einfach so weg.«

»Hoffentlich hast du recht, David.«

»Der Hauptcomputer wird uns sagen können, was passiert ist.«

»Dazu braucht er Energie. Also sollten wir wenigstens eines der DFDs wieder in Betrieb nehmen. Du müsstest sie über den gleichen Wartungsgang erreichen.«

»Alles klar. Ich hatte zwar gehofft, hier bald wieder rauszukommen, aber dann rette ich eben erst mal schnell unser aller Leben.«

»Für unser aller Leben ist es zu spät, Dave.«

»Mann, ist das eng hier.«

»Tut mir leid, Dave. Ich glaube, du bist seit dem Start von der Erde der erste Mensch dort unten.«

»Welch eine Ehre. Hätte ich gern drauf verzichtet.«

Das ist typisch David. Vermutlich fürchtet er sich gerade in der Enge. Ein bisschen Schimpfen tut da gut.

»Arrrggg. Warum können sie die Treppenstufen nicht gleichmäßig machen?«

Benjamin nickt bloß.

»He, jetzt bleibt der Rucksack schon wieder hängen. Hätten die uns nicht einen Wartungsroboter mitgeben können?«

»Du bist wohl billiger als ein Roboter, David.«

»Billig und willig, haha.«

Müsste sein Kollege die DFDs nicht bald erreicht haben?

»Jetzt ... Scheißhaken. Der wollte mir doch glatt den Anzug aufreißen!«

»Sei vorsichtig.«

»Und ob ich vorsichtig bin. Aua.«

David zischt etwas Unverständliches, bestimmt ein Schimpfwort.

»Was ist passiert?«

»Ich bin mit dem Helm gegen eine Strebe gedonnert.«

»Der Helm ist unversehrt?«

»Hörst du mich etwa röcheln, Ben?«

»Nein, ich dachte nur ...«

»Moment. Sei mal still«, unterbricht ihn David.

Benjamin lauscht, aber nur die Lebenserhaltung des Exosuits rauscht. Was hat sein Kollege gehört?

»Es hört sich an, als käme mir jemand entgegengeklettert«, sagt David.

»Aber der Wartungsgang ist doch luftleer?«

»Ja, logisch, ich habe das Ohr an die Wand gelegt. Hältst du mich für blöd?«

»Nein, David. Ich dachte nur ...«

»Still!«

Eine halbe Minute vergeht. 45 Sekunden, eine Minute.

»Hahahahaha.«

David lacht so laut in das Mikrophon, dass er die Lautstärke herunterregeln muss. Es ist ein erleichtertes Lachen.

»Was ist?«, fragt Benjamin.

»Die Geräusche. Es ist ein Kabel, das ein Luftstrom aus einem Leck in der Lebenserhaltung rhythmisch gegen die Wand schlägt.

Das hat mir echt Angst gemacht. Ich hätte mir beinahe in die Hosen gepisst. Es ist wirklich unheimlich hier unten.«

»Hast du denn keine Windel drunter?«

»Mann, ich dachte, wir bringen das schnell hinter uns. Aber was haben wir denn da?«

»Was denn?«

»DFD Nummer 1, wie es aussieht. Es sieht ziemlich tot aus.«

»Wenn du die Verkleidung öffnest, müsstest du ein Bedienpanel finden.«

»Bin schon dabei. Da ist es ja auch schon.«

»Und was steht da auf der Statusanzeige?«

»PWRD DN 74.«

Benjamin gibt die Codenummer am Handgelenk ein und erhält im Visier die Auflösung.

»Heruntergefahren wegen Erschütterung«, liest er vor. »Bei plötzlichen Erschütterungen besteht die Gefahr, dass das heiße Plasma mit den Gefäßwänden in Kontakt kommt. Zum Selbstschutz schaltet sich das Direct Fusion Drive (R) deshalb in solchen Fällen automatisch ab. Ein Neustart ist zentral gesteuert oder manuell möglich.«

»Ein Hoch auf die Handbuchschreiber«, sagt David. »Und warum hat der Computer das DFD dann nicht automatisch hochgefahren?«

»Weil er auf Notfallmodus umgeschaltet hat und dafür nicht genug Energie übrig war.«

»Wer hat denn so einen Quatsch programmiert? Wäre die Shepherd autonom unterwegs, wäre jetzt Ende Gelände.«

»Eben für solche Fälle sind wir da, David.«

»Ja, gut so. Und nun?«

»Nun fährst du es manuell hoch. Es müsste da einen Resetknopf geben.«

»Ich sehe ihn.«

»Den drückst du.«

»Ich drücke ihn.«

»Und?«

»Noch nichts.«

»Ein bisschen dauert es. Das chemische Triebwerk muss die Plasmakammer heizen und die Spulen laden.«

»Ich weiß. Ich bin immerhin Co-Pilot. Uiuiui, es wird plötzlich ganz schön hell hier unten. Und windig.«

»Windig?«

»Aus dem Leck in der Lebenserhaltung strömt nun viel mehr Luft.«

»Der Hauptrechner hat wieder Strom und fährt nun das ganze Schiff hoch. Ist das ein Problem?«

»Nein, ist ja nur Luft, die da rauskommt. Da komme ich durch.«

»Gut, wir sehen uns gleich draußen. Sei trotzdem vorsichtig.«

HOUSTON

11. FEBRUAR 2079

»Ich habe Alli schon am Mittag aus dem Kindergarten abgeholt. Bitte komm so bald wie möglich. Mum.«

Rachel liest die Nachricht noch einmal. Sie hat ihre Mutter schon hundertmal gebeten, nicht so kryptisch zu sein. Geht es Alishondra gut oder schlecht? Braucht sie sie wirklich, oder will sie bloß ihre Macht testen? Rachel atmet tief durch. Zum Glück hat MOM, ihre Chefin, ebenfalls zwei Kinder und dadurch Verständnis. Außerdem erwarten sie die nächste Übertragung nicht vor übermorgen.

Sie stürzt aus dem Gebäude. Wo ist das autonome Taxi, das vor der Tür warten sollte? Auf dem Schirm ihres Telefons befindet sich das Autosymbol an der richtigen Stelle. Aber da ist nichts. Oder haben sie neuerdings durchsichtige Autos eingeführt? Sie lässt sich mit der Hotline verbinden.

»Ihre durchschnittliche Wartezeit: siebzehn Minuten.«

Mist. Sie beendet die Verbindung. Wenn sie die Bestellung abbricht und ein neues Taxi ruft, dauert es sicher keine zehn Minuten.

Ein schwerer schwarzer Mercedes biegt in die Straße ein. Er hält kurz vor ihr an, und Charles steigt aus. Sie hatte sich schon gewundert, warum er heute nicht bei Mission Control erschienen war. Als er sie bemerkt, bleibt er ruckartig stehen, geht ein paar Schritte zurück, klopft an die verdunkelte Scheibe des Wagens und bückt sich. Das Seitenfenster bewegt sich nach unten.

»Da ist sie«, sagt Charles ins Fahrzeuginnere hinein.

Spricht er etwa über sie? Anscheinend antwortet jemand, doch so leise, dass sie nichts hört. Charles richtet sich auf und kommt zu ihr.

»Ilan möchte dich gern kennenlernen«, sagt er dann. »Hast du ein paar Minuten für ihn?«

Ilan Chatterjee, einer der reichsten Männer des Planeten, Besitzer von Alpha-Omega, Friedensnobelpreisträger und Charles' Chef. Wer könnte ihm absagen? Sie.

»Tut mir leid. Alli geht es nicht gut, ich bin gerade unterwegs zu ihr.«

»Deine Tochter?«

Wann hat sie ihm denn von ihrer Tochter erzählt? Aber Charles zählt wohl bloß eins und eins zusammen.

»Genau. Ich warte auf das Taxi.«

»Vorn an der Hauptstraße stand eins. Hatte eine Panne. Aber vielleicht können wir dir helfen?«

Charles geht zum immer noch offenen Seitenfenster zurück, bückt sich und spricht leise mit dem Passagier, vermutlich Ilan. Er nickt, dann kehrt er zu ihr zurück.

»Ilan würde dich gern nach Hause bringen. Dann könnt ihr euch in Ruhe unterhalten.«

»Ach, ich möchte ihm seine wertvolle Zeit nicht stehlen.«

»Es ist kein großer Umweg, das macht ihm nichts aus.«

Woher weiß er, wo sie wohnt? Hat Alpha-Omega etwa Einsicht in alle NASA-Akten? Sie betrachtet die Anzeige der Taxi-App. Das nächste Fahrzeug ist zehn Minuten entfernt. Na gut. Der Mann wird sie ja wohl kaum entführen wollen.

»Einverstanden«, sagt sie.

Charles berührt sie leicht am Unterarm und führt sie zu der Limousine. Lautlos öffnet sich die Seitentür. Sie bückt sich. Ein jungenhaftes Gesicht lächelt sie an. Sein Besitzer muss schon über sechzig sein.

»Kommen Sie, bitte«, sagt der Mann.

Er hat eine tiefe und trotzdem melodiöse Stimme. Sie passt gut zu seinem Gesicht. Rachel setzt sich auf den freien Platz. Ihr Herz schlägt schnell. Es riecht nach Leder und einem teuren Herrenduft. Die Tür schließt sich. Ihr Fluchtinstinkt meldet sich, aber sie bekämpft ihn erfolgreich.

»Schön, dass wir uns einmal treffen«, sagt der Mann.

Er spricht Englisch mit Südstaatenakzent, Südwesttexas vielleicht.

»Danke, dass Sie mich fahren. Das Taxi hat mich leider im Stich gelassen.«

»Kein Problem, es ist kein großer Umweg. Charles hat mir schon so viel von Ihnen erzählt, das hat mich neugierig gemacht. Ich bin Ilan.«

»Rachel.«

Sie betrachtet ihn. Im schummrigen Licht wirkt er zehn Jahre jünger als sie. Aber das kann nicht sein. Er hat den Konflikt zwischen Pakistan und Indien gelöst, als sie noch das College besucht hat.

»Warum interessieren Sie sich für mich?«, fragt sie.

»Wussten Sie schon, dass wir beide ähnliche Wurzeln haben? Ich komme aus Beaumont, Texas. Sie doch auch?«

Beaumont steht als ihr Geburtsort in ihrer Akte. Doch sie hat ihre Kindheit in Rose City verbracht, einem winzigen Vorort. Das muss der Mann nicht wissen.

»Was für ein Zufall«, sagt sie. »Dann sind wir uns vielleicht schon früher begegnet, ohne es bemerkt zu haben.«

»Vielleicht, ja. Wobei mich meine Familie ganz schön an die kurze Leine genommen hat. Ich habe die ärmeren Kids immer beneidet. Sie hatten viel mehr Freiheit als ich.«

»Freiheit, nun ja, so könnte man es auch ausdrücken.«

»Ich weiß. Ich war dumm damals. Es war ein weiter Weg bis zum Weltkonzern.«

Keine Frage, das war es. Rachel hat einiges über das Unternehmen gelesen. Ihr Gründer hat es geschafft, heißt es, Pakistaner und Inder wirtschaftlich zu einen. Die beiden Länder sind heute der technische Motor der Welt, nicht mehr Deutschland. Es hatte keine Revolution gebraucht, nur die funktionierende Demokratie Indiens und den Lebenshunger der Pakistaner. Aber er hat sie sicher nicht eingeladen, um darüber zu sprechen.

»Also warum bin ich wirklich hier?«, fragt sie.

»Sie reden frei von der Leber weg, das hat mir Charles schon berichtet.«

Ilan rollt das R leicht. Vielleicht hat er mexikanische oder kubanische Vorfahren.

»Ich dachte immer, Sie wären indischer Staatsbürger«, sagt sie.

Wenn er nicht konkret wird, kann sie ja wenigstens ihre Fragen stellen.

»Wegen des Nachnamens? Mein Großvater ist aus Kaschmir in die Staaten gekommen. Ich bin Amerikaner.«

»Und was interessiert Alpha-Omega so an diesem Projekt, dass Sie es mitfinanzieren?«

»Ganz bescheiden gesagt – ohne uns gäbe es das Schiff nicht, die Shepherd-1.«

»Aber dafür muss es einen Grund geben.«

»Ja, Rachel. Es ist der Forschungsgegenstand. Die Solare Gravitationslinse wird die Frage nach unserem Ursprung beantworten. Moslems, Juden, Christen, Hindus, das interessiert alle Religionen. Und Alpha-Omega sitzt an der Schnittstelle.«

»Glauben Sie denn wirklich, Sie könnten Gott auf die Finger sehen?«

»So würde ich es nicht ausdrücken. Aber wir werden erfahren, was zum Zeitpunkt der Schöpfung passiert ist. Und das wird nicht ohne Auswirkungen bleiben. Es ist Wissen, das der ganzen Menschheit gehört. Und da kommen Sie ins Spiel, Rachel.«

»Ich?«

»Sie sind der Kontakt zu den Astronauten oder, besser, zu den Forschern dort draußen, die als Allererste erfahren werden, was die SGL gesehen hat. Ich könnte mir vorstellen, dass so ein Wissen die Menschen verändert. Deshalb brauchen wir einen so feinfühligen CapCom wie Sie. Sie müssen die Astronauten unter allen Umständen dazu bringen, ihr Wissen an uns weiterzugeben. Die Vierercrew ist für den Erfolg des Projekts nötig, aber sie ist auch seine Schwachstelle. Vielleicht. Es sind ... Menschen, und Menschen machen Fehler.«

»Ganz schön viel Verantwortung, die Sie mir da aufbürden. Wer hat die vier Astronauten denn ausgesucht?«

Der Wagen hält. Sind sie etwa schon am Ziel? Ilan Chatterjee ist ein spannender Gesprächspartner, das muss sie sich eingestehen, und außerdem ein faszinierender Mann.

»Wir, Rachel, aber das haben Sie bestimmt schon geahnt. Wir haben auch über die Besetzung Ihrer Stelle entschieden. Deshalb freut es mich besonders, dass ich Sie nun kennenlernen konnte.«

»Danke«, sagt sie.

Zum Glück ist es dunkel. So sieht Ilan nicht, dass sie rot wird. Feuchte Wärme dringt herein. Die Tür hat sich so leise geöffnet, dass sie es nicht bemerkt hat.

»Ich habe zu danken. Grüßen Sie Ihre Tochter und Ihre Mutter von mir.«

SHEPHERD-1

22. APRIL 2094

»Halt mal den Arm, bitte«, sagt David.

Benjamin fasst nach Christines Hand. Sie ist eiskalt.

»Weiter oben.«

Er greift nach ihrem Oberarm. Dort, wo der Saum des T-Shirts beginnt, ist eine kreisrunde Narbe zu erkennen. Sie hat eine Umrandung, in der Mitte ist sie etwas rötlich. Das fällt auf, weil Christines Haut sonst von fahlem Weiß ist. Die Narbe kommt ihm bekannt vor. Er hat selbst so eine. Instinktiv tastet er nach seinem eigenen Oberarm.

»Mann, du sollst ihren Arm festhalten«, schimpft David. »Sie taut uns sonst noch komplett auf.«

Benjamin nimmt den Arm in beide Hände. David zieht den Ärmel der Astronauten-Uniformjacke darüber.

»Ist das denn wirklich nötig?«, fragt Aaron.

Er steht mit zusammengekniffenen Augen am Fußende der Liege und sieht ihnen zu.

»Nicht schon wieder! Du hast es doch selbst gelesen«, sagt David. »Regelhandbuch, letztes Kapitel. Vorschriften zur Weltraumbestattung.«

Sie haben eine halbe Stunde darüber diskutiert. Benjamin wundert sich immer noch, wie strikt David darauf besteht, das Regelwerk einer Organisation einzuhalten, die zwanzig Jahre von ihnen entfernt ist. Gerade David.

»Jetzt den Oberkörper anheben.«

Er folgt Davids Anweisung. In der Zentrale herrscht nach wie vor Schwerelosigkeit. Aber das macht es nicht leichter, einer Toten ihre Uniform anzuziehen, denn sie scheint dauernd flüchten zu wollen. Als würde sich die Leiche weigern, eine verdammte Uniform zu tragen.

»Siehst du, es war doch keine gute Idee, sie halb aufzutauen«, sagt David, während er die Jacke über Christines ausgestreckten Arm zerrt.

»Aaron, du kannst ja schon mal die Flagge vorbereiten.«

Aaron murmelt etwas Unverständliches. Sein Gesicht ist rot, und Benjamin erkennt Schweißtropfen auf seiner Stirn. Christines Tod nimmt den schweigsamen Aaron noch stärker mit als sie beide. Er hat seit gestern von sich aus kein Wort mehr gesprochen, und selbst wenn er etwas sagt, versteht man es kaum. Aber er dreht sich um, bückt sich und hebt die amerikanische Flagge auf. Sie ist noch ordentlich zusammengefaltet. Benjamin nickt, und Aaron breitet sie mit einem kräftigen Schütteln beider Arme aus. Der Stoff streckt sich. Eine Welle fährt durch ihn hindurch, bewegt sich bis zum Ende der Flagge und wird dort reflektiert.

»Nimm das weg«, sagt David.

Er könnte ruhig etwas freundlicher sein. Aaron zieht die Fahne näher an sich heran. In der Schwerelosigkeit ist das nicht so einfach. Die Fahne wickelt sich um Aarons Oberkörper. Unter anderen Umständen wäre das lustig gewesen, aber jetzt würde Benjamin am liebsten weinen.

»Liebe Christine«, sagt David, »es ist schrecklich, dich so vor uns liegen zu sehen. Wir haben zwanzig Jahre gemeinsam verbracht, fast wie eine Familie. Trotzdem habe ich das Gefühl, dich nicht gut genug gekannt zu haben. Ich mache mir Vorwürfe, dass wir nicht da waren, als du uns gebraucht hast. Damit meine ich nicht die letzten Stunden vor der Explosion, sondern die lange Zeit davor. Du hast nach etwas gesucht, das dir wichtiger war, als wir ahnten. Ich glaube heute, hätten wir damals mehr miteinander gesprochen, wäre vielleicht alles anders gekommen.«

Das stimmt. Sie reden immer noch nicht mehr miteinander. Aaron hat sich ganz zurückgezogen. Er schwebt im Schneidersitz über dem Boden und hält die Augen geschlossen. Ob er überhaupt zuhört? Aber er ist selbst auch nicht unschuldig. Der furchtbare Verdacht gegen Christine. Wenn er darüber sprechen will, kommen die Laute nur stockend heraus und ergeben keinen Sinn. Sie ist tot. Über Tote sagt man nur Gutes, nicht wahr?

»Meine Hoffnung«, sagt David, »besteht darin, dass du dich jetzt an einem besseren Ort befindest. Ich bin nicht sicher, was das für ein Ort ist. Vielleicht ist es der, den du so unbedingt sehen wolltest, unser Ursprung. Die Quelle, wo alles begonnen hat und alles noch offen ist.«

Der Ursprung. Benjamin versteht allmählich, was Christine daran so faszinierend fand. Ihm war es immer nur um die Extreme gegangen und darum, seine Sterblichkeit auf die Probe zu stellen. Christine hat diese Mission erfüllt, und nun erscheint sie ihm gar nicht mehr so erstrebenswert. Vielleicht sollten sie die Aufgabe zu Ende bringen, die Christine sich gestellt hat?

»Wir verabschieden dich auf einen langen Weg«, sagt David, »der uns allen noch bevorsteht, und wir wünschen dir eine gute Reise, wohin er dich auch führt. Mögen die bei dir sein, die dir wichtig sind.«

David gibt ein Zeichen. Die Fahne, jetzt ist die Fahne an der Reihe. Aaron reagiert nicht. Er hat die Augen noch immer geschlossen. Benjamin stößt sich ab und nimmt ihm die Flagge aus der Hand. Aaron lässt es geschehen, ohne die Augen zu öffnen. Benjamin breitet die Fahne aus. David greift nach ihrem anderen Ende, und gemeinsam bedecken sie die Tote damit. Sie heben Christine ein Stück an, so dass ihr Körper über der Liege schwebt. Anschließend schlingt David spiralförmig ein Seil um Körper und Fahnenstoff.

Benjamin öffnet die Innentür der Schleuse. Sie bugsieren Christine hinein. Benjamin erschrickt, weil plötzlich jemand hinter ihm steht. Es ist Aaron. Er greift nach Christines Füßen. Was soll das? Aaron will sie anscheinend wieder ins Schiff ziehen.

»Aaron, lass das«, sagt David. »Sie ist tot.«

»Sie lebt, ich habe es gesehen«, flüstert Aaron.

Diesmal ist er gut zu verstehen. Benjamin schüttelt den Kopf und drängt ihn möglichst sanft ab. Sie verlassen die Schleuse. Aaron setzt sich nicht zur Wehr. Der Arme. Er hätte Christine nicht finden dürfen. Er hat vor langer Zeit seine Frau verloren. Christines Tod muss eine traumatisierende Wirkung auf ihn haben.

David schließt das Innenschott der Schleuse. Ein Rumpeln ist zu hören. Das muss das Außenschott gewesen sein, das sich geöffnet hat. Benjamin sieht, wie David kurz zusammenzuckt. Die Statusanzeige der Schleuse wechselt von Grün auf Rot. Mit der Luft des Schleusenraums wird Christine in das offene All gesogen. Benjamin stellt sich vor, wie sie in die Schwärze des Kosmos eintaucht wie in einen tiefen, dunklen See. Ihr Ziel ist der Grund des Gewässers. Die Quelle, die alles speist. Er wünscht Christine, dass sie sie erreicht.

»Was war denn mit der Schleuse los?«, fragt David.

»Mit der Schleuse?«, fragt Benjamin.

Worauf will David hinaus? Sie schweben zu zweit zurück in die Zentrale. Aaron hat um eine Auszeit gebeten.

»Die Außentür hat sich geöffnet, bevor ich die Taste gedrückt habe. Ist dir das nicht aufgefallen?«

War es so? Benjamin vergegenwärtigt sich die Situation im Vorraum der Schleuse. David hatte die Öffnungstaste betätigt, und dann hatte er das Rumpeln des Außenschotts gehört. Oder war es andersherum? Das kann nicht sein. Das Schott darf sich nicht öffnen, bevor jemand den Befehl dazu erteilt. Das wäre ein extremes Sicherheitsrisiko.

»Kann eigentlich nicht sein«, sagt Benjamin. »Das ist doch in der Schleusensteuerung hart verdrahtet, schon aus Sicherheitsgründen.«

»Aber es war so. Ich habe mich richtig erschrocken.«

»Ich erinnere mich, dass du zusammengezuckt bist.«

»Ja, weil ich das Außenschott gehört habe.«

»Daran erinnere ich mich nicht.«

Benjamin greift nach der Erinnerung, doch sie entzieht sich. Sie taucht zwar immer wieder auf, doch immer, wenn er glaubt, sie packen zu können, kommt er zu spät.

»Nein, David, tut mir leid. Aber vielleicht hat das Schiff das Schott geöffnet? Das System muss ja gemerkt haben, dass sich kein lebendiges Wesen in der Schleuse befand und das Innenschott schon vorschriftsmäßig geschlossen war.«

»Sicher, aber warum sollte es dann das Außenschott öffnen? Niemand hat es darum gebeten.«

»Weil es uns helfen wollte?«

»Das Schiff will nichts. Es wird von einer Automatik gesteuert, nicht von einer Künstlichen Intelligenz. Alpha-Omega hat bewusst auf eine KI-Steuerung verzichtet.«

»Das hat man uns zumindest gesagt, Dave.«

»Ach komm, das ist eine Verschwörungstheorie. Bisher gab es keinerlei Anzeichen, dass die Schiffssteuerung intelligent sein könnte. Und warum sollte sie sich nun verraten? Das ergibt keinen Sinn.«

»Du hast recht. Wir sehen einfach im Protokoll nach.«

»Das ist interessant«, sagt David.

Benjamin zieht die Beine heran und stellt die Lehne des Sessels gerade. Gerade scheint sein linker Fuß eingeschlafen zu sein. Er zieht die Decke bis zur Brust hoch. In der Zentrale ist es immer noch zu kalt. Wie lange wird das System wohl noch brauchen, um nach dem Komplettausfall wieder normale Zustände herzustellen?

»Hast du etwas?«, fragt er und sieht über den Bildschirm hinweg zu David, der von seinem Platz aus im Computerspeicher recherchiert.

»Haben ist zu viel gesagt. Christine hat alle Daten der Gravitationslinse in einem eigenen Speicherbereich abgelegt, den sie mit ihrem Kennwort verschlüsselt hat. Das ist an sich schon interessant.«

»Ja, nur hilft es uns nicht weiter. Wie kriegen wir Zugriff darauf?«

»Gar nicht. Die Verschlüsselung ist nicht zu knacken. Wir brauchen ihr Kennwort.«

»Vielleicht kann uns Mission Control helfen. Mit dem Quantencomputer der NASA geht es bestimmt schneller.«

»Sicher, aber selbst der braucht ein paar Monate. So viel Zeit haben wir nicht.«

»Haben wir nicht? Musst du zum Abendessen zu Hause sein?«

»Mission Control könnte sich dafür entscheiden, die Mission abzubrechen«, sagt David. »Ich habe das Gefühl, wir müssen hier raus.«

»Vor allem für Aaron wäre es gut. Wir müssen das mit Mission Control besprechen. Aaron braucht einen Psychologen.«

»Wir brauchen alle einen, Ben, so viel ist klar. Ich glaube, ich drehe auch langsam durch. Aber wie sollen wir denn mit einem Psychologen auf der Erde ins Gespräch kommen? Mission Control wird erst übermorgen erfahren, was hier passiert ist. In sechs Tagen werden wir neue Anweisungen bekommen, in zehn erfahren sie, dass wir gern einen Psychologen hätten, und in zwei Wochen hat der sich dann zum ersten Mal bei uns gemeldet. Ich denke, wir sind auf uns allein gestellt.«

»Du drehst durch, sagtest du gerade? Kann ich dir helfen? Du kannst immer mit mir reden, David.«

»Ich weiß das zu schätzen. Aber ich komme schon zurecht. Ich habe nur viel mehr Déjà-vus als früher. Kennst du das Gefühl, etwas ist schon passiert, bevor du es wahrnimmst?«

»Das ist kein Déjà-vu. Aber ich weiß auch nicht, wie man so etwas nennt. Ich habe mal gelesen, dass solche Phänomene ihren Ursprung im frontalen Kortex des Gehirns haben. Vielleicht sollten wir uns mal in den Magnetresonanztomographen legen.«

»Wir?«

»Mir passiert das auch ab und zu.«

Es ist das allererste Mal, dass sie etwas in den Systemlogbüchern nachschlagen müssen. Er hat sich da offenbar eine komplizierte Aufgabe gestellt, denn das Schiff speichert alles, vom Betätigen der Klospülung bis zum Starten der Mikrowelle. Dazu kommen all die Aktionen, die automatisierte Schiffseinrichtungen rund um die Uhr von selbst durchführen, etwa das Recyceln ihrer Abfälle oder die Aufbereitung der Luft.

Die meisten Einträge überfliegt er nur. Zu dem Zeitpunkt, als gestern die Explosion erfolgte, verzeichnet das Log wie erwartet eine Druckerhöhung im Stützmassetank. Der Text gibt keine Begründungen an, er listet nur auf, was Sensoren und Aktuatoren gemessen und getan haben. Aber in den Triebwerken lag der Stützmassedruck im selben Zeitraum so niedrig, dass die DFDs keinen Schub liefern konnten. Falls das Schiff also den Befehl hatte zu beschleunigen, muss dadurch die verhängnisvolle Kettenreaktion in Gang gesetzt worden sein, die in der Explosion endete. Ob es diese Anweisung gab, verzeichnet das Logfile jedoch nicht. Es gibt also keinen Beweis, dass Christine die Explosion mutwillig herbeigeführt hat.

»Gibt es denn schon etwas Neues vom Log?«, fragt David.

Benjamin schreckt auf. Er muss eingedöst sein. Lange Textpassagen zu lesen, strengt ihn neuerdings ziemlich an.

»Nein, ich ... sorry, ich bin wohl eingeschlafen«, sagt er, gähnt und reibt sich die Augen.

»Kein Problem, Benjamin. Wir sollten für heute erst einmal Schluss machen. Morgen ist auch noch ein Tag. Der nächste Bericht für Mission Control ist erst übermorgen fällig.«

»Ich komme gleich », sagt Benjamin. »Und dann sollten wir Aaron besuchen, oder? Ich glaube, er braucht ein bisschen Gesellschaft.«

»Das sehe ich auch so. Weißt du was? Ich marschiere dann schon mal los. Es wäre doch gelacht, wenn ich es nicht schaffen würde, unseren israelischen Freund ein bisschen abzulenken.«

»Danke, ich komme gleich nach.«

David entfernt sich mit Schwimmbewegungen aus seinem Gesichtsfeld. Benjamin lehnt sich zurück und genießt das Alleinsein. Ob er noch mal für einen Moment die Augen schließen soll? David hat sich seit dem Unfall ganz schön verändert. Oder ist er es, der nicht mehr derselbe ist? Jedenfalls fühlt er sich seinen Kollegen mit einem Mal viel näher. Es muss der Verlust sein, der sie zusammengeschweißt hat.

Ausruhen kann er sich nachher. Jetzt ist das Log an der Reihe. Er geht die Einträge chronologisch durch. Da ist die Lagertür, die sich geöffnet hat, als Aaron die Flagge geholt hat. Danach eine Klospülung. Aaron muss auf dem Rückweg an einer Toilette vorbeigegangen sein. Nein, an zwei. Bei beiden hat er die Spülung benutzt. Seine Verdauung ist wohl durcheinander. In den Gängen haben sich Lichter ein- und ausgeschaltet. Mit Hilfe des Logfiles lassen sich die Wege aller Crewmitglieder nahtlos verfolgen. Er sollte morgen Christines letzten Tag nachstellen. Als sie draußen beim Schwarm waren, muss es passiert sein. Aber was? Wollte sie das Schiff wirklich vernichten, oder war es nur ein schrecklicher Unfall?

Die Tür zum Schleusenvorraum öffnet sich. Jetzt hat Aaron die Flagge gebracht. Für eine Weile passiert nichts. David hält seine kleine Rede. Das Innenschott der Schleuse öffnet sich. Sie schieben Christine hinein. Aaron bittet sie, sie zurückzuholen. Sie verlassen die Schleuse wieder. Das Außenschott öffnet sich. Luft strömt ins Vakuum und reißt Christines Leiche mit sich. Dann erst der Knopf.

Benjamin hält das Log an. Das reicht für heute. Hier steht schwarz auf weiß, dass das Schott sich geöffnet hat, bevor der Knopf gedrückt wurde. Hat das Schiff für sie gehandelt? Gab es auf der Steuerleitung eine statische Entladung, die vom Schott als Öffnungsbefehl interpretiert wurde? Das ist die einzige logische Erklärung, die ihm einfällt.

Er schiebt den Bildschirm von sich weg. Sie müssen wirklich aufpassen, hier draußen nicht durchzudrehen. Die Einsamkeit scheint dem menschlichen Geist auf Dauer nicht gut zu bekommen.

SHEPHERD-1

23. APRIL 2094

»Scheiße ... los? Was ... wieder passiert?«

Der Alarm gellt so laut, dass er nur die Hälfte von Davids Worten versteht. Wo lässt sich diese verdammte Sirene bloß abstellen?

Aaron kommt in Unterhose in die Zentrale geschwebt. Statt sie zu begrüßen, bewegt er sich direkt zur Konsole des Hauptcomputers. Er beugt sich kopfüber über die Rückseite. Dann kehrt Stille ein.

»Puh, danke, das war schrecklich«, sagt David.

Benjamin kratzt sich am Ohr. Ohne das schrille Geräusch beruhigt sich sein Herzschlag gleich wieder.

»Guten Morgen«, sagt Aaron. »Ihr wisst aber schon, dass die Gefahr damit nicht vorüber ist?«

Benjamin atmet tief durch. Aaron hat natürlich recht. Er freut sich trotzdem, dass ihr Kollege wieder ganz der alte zu sein scheint. Kühl und beherrscht.

»Ein besonders guter Morgen scheint das nicht zu werden«, sagt Benjamin.

Da die Kapseln momentan nicht am Ring des Schiffes andocken können, haben sie in der Nähe der Zentrale geschlafen. Hier gibt es viele kleine Räume fast ohne Einrichtung. Die Shepherd-1 war großzügig geplant worden.

David hat sich schon vor dem Hauptbildschirm platziert und tippt Befehle ein.

»Was ist denn los?«, fragt Benjamin.

»Annäherungsalarm. Irgendwas kommt auf uns zu«, antwortet David.

»Hätte uns Mission Control nicht warnen können?«, fragt Aaron.

»Das Ding ist anscheinend zu klein. Von der Erde aus muss es unsichtbar sein.«

»Also keine Gefahr für uns?«, fragt Aaron weiter.

»Das Schiff sieht das anders, und ich bin geneigt, ihm zu glauben.«

»Was sieht denn das Schiff?«, fragt Benjamin.

»Ich habe mir das gerade auf den Schirm geholt. Wollt ihr es sehen?«

Benjamin zieht sich neben David, und Aaron kommt von der anderen Seite heran. Einträchtig begutachten sie den Eindringling, der sie so unsanft geweckt hat. Nur Christine fehlt. Instinktiv wirft Benjamin einen Blick zum Eingang der Zentrale, als müsste sie dort gleich hereinschweben.

»Komet oder Asteroid?«, fragt Aaron.

»Ja«, sagt David.

»Was Dave sagen will«, ergänzt Benjamin, »ist, dass wir das erst in ein paar Monaten erkennen werden, wenn das Ding näher an die Sonne herangekommen ist und einen Schweif bildet.«

»Oder auch nicht«, sagt David. »Es ist jedenfalls kein bekanntes Objekt, das in den Datenbanken verzeichnet ist, sonst wäre die Shepherd schon früher automatisch ausgewichen.«

»Es hat gerade mal zehn Kilometer Durchmesser, wenn ich das richtig sehe«, sagt Aaron. »Das sollte doch kein Problem sein!«

»Gestern wäre es ein Problem gewesen«, sagt Benjamin.

»Gut, dass ihr die DFDs wieder in Betrieb nehmen konntet.«

»Freut euch nicht zu früh. Es kann sich immer noch zum Problem auswachsen«, sagt David.

»Wieso?«

»Darum, Ben.«

David zeigt auf eine verwaschene Fläche rund um den deutlich erkennbaren grauschwarzen Kern des Objekts, das sich langsam auf dem Schirm dreht.

»Das ist keine Regenwolke, nehme ich an«, sagt Benjamin.

»Nein. Es sieht nur aus der Ferne so aus. Tatsächlich sind die Körner, die die Wolke bilden, bis zu fünfzehn Zentimeter groß. Und sie bestehen vorwiegend aus Gestein.«

»Uff«, sagt Aaron. »Lauter Kanonenkugeln. Und die Verteilung?«

Das ist die entscheidende Frage. So große Asteroiden durchschlagen die Hülle der Shepherd-1 oder ihrer Kapseln garantiert. Nicht auszudenken, wenn so ein Brocken ein Triebwerk trifft. Sie müssen ausweichen. Aber wie weit reicht die Wolke ins All? Sie sieht deutlich größer aus als das eigentliche Objekt im Zentrum.

»Die Verteilung ist typisch. Innen dicht und außen dünn«, sagt David.

»Nun verrate uns schon den Durchmesser der Wolke«, sagt Benjamin.

»Der ist nicht so einfach zu ermitteln. Es kommen immer noch neue Signale herein. Aber ich würde sagen, wir sollten mindestens 110 Kilometer Abstand halten, um das Risiko eines Treffers zu minimieren.«

»110 Kilometer? Und wie viel Zeit haben wir dafür, Dave?«

»Hoffentlich genug. Ich fahre gerade die Triebwerke hoch. Gut, dass wir gestern das zugedrehte Ventil bemerkt haben.«

»Der zerstörte Teil des Tanks ist kein Problem?«, fragt Benjamin.

»Nein, dadurch haben wir höchstens ein Zwanzigstel der Stützmassevorräte verloren.«

»Das Zeug muss doch zu den Triebwerken fließen können?«

»Klar, Ben, jeder Teil des Tanks hat seine eigene Versorgungsleitung. Das ist auch beim Auftanken viel praktischer.«

»Das ist immerhin beruhigend«, sagt Benjamin.

»Wenn es kommt, dann kommt es knüppeldick«, sagt Aaron.

»Ich würde es Glück im Unglück nennen«, widerspricht David. »Wäre der gesamte Stützmassetank hochgegangen, wie Christine es wahrscheinlich geplant hatte, wären wir dem Objekt und der es umgebenden Wolke jetzt schutzlos ausgesetzt.

»Sie hat es nicht geplant«, flüstert Aaron. »Das kann nicht sein. So war sie nicht.«

Benjamin seufzt. Nein, es kann nicht sein, und trotzdem sieht alles danach aus. Es könnte sogar alles noch schlimmer sein. Was, wenn Christine mit ihren leistungsfähigen Instrumenten den Asteroiden schon bemerkt hatte? Wenn sie verhindern wollte, dass das Schiff ausweicht, weil das der effizienteste Weg wäre, die Shepherd-1 komplett zu zerstören?

»Haltet euch besser fest«, sagt David.

Es geht los. Eine unsichtbare Kraft zerrt an seinem Körper. Benjamin greift nach Davids Sessellehne. Er zielt mit den Beinen auf den Sessel schräg hinter sich und lässt los. Wuuusch. Die Kraft zieht ihn nach hinten. Er erwischt den Gurt, der auf dem Sitzpolster liegt, und zieht sich daran auf den Sessel. Die Beschleunigung steigt.

»DFD Nummer 1 läuft jetzt auf maximaler Leistung«, sagt David.

»Nicht schlecht«, sagt Benjamin.

In den Beschleunigungsphasen ihrer langen Reise waren die g-Kräfte ähnlich hoch gewesen. Er rückt sich im Sessel zurecht und schließt den Gurt. Auf der anderen Seite, neben David, hat Aaron einen Platz gefunden.

»Das ist noch gar nichts«, sagt David. »Fahre jetzt DFD 2 hoch.«

Seine Trägheit drückt Benjamin tiefer in den Sessel. Und das bekommt David mit nur zwei Triebwerken hin? Wozu muss die Shepherd erst in der Lage sein, wenn alle zehn DFDs mit Höchstleistung arbeiten?

»Achtung, Nummer 3 ist an der Reihe.«

Es sind jetzt mindestens 3 g. Benjamin löst mit einem Knopfdruck die Sessellehne. Sie kippt krachend nach hinten, aber im Liegen lässt sich die Beschleunigung besser ertragen.

»Nummer 4 von 10«, sagt David.

Er klingt unbekümmert. Anscheinend macht ihm das sogar Spaß.

»Schaffen … wir … es?«, fragt Aaron.

»Dem Objekt und seiner Wolke zu entkommen?«, fragt David zurück. »Ich glaube schon. Zumindest wenn wir alle zehn Triebwerke anfeuern. Aber es wird knapp. Und eine ziemliche Quälerei.«

»Danke«, sagt Aaron.

»Gern geschehen«, sagt David und lacht. »DFD 5 fährt hoch.«

Benjamins Schädel ist in eine Stahlklammer eingespannt, und irgendwer dreht sie immer weiter zu. Bald wird nicht mehr genug Platz für sein Gehirn sein. Es wird als grauer Matsch durch den Gehörgang herausfließen. Benjamin will den Kopf schütteln, um diese Vorstellung loszuwerden, aber er schafft es nicht. Er ist ein mit ausgebreiteten Flügeln auf der Liege festgenagelter Schmetterling. Der Schmerz wird übermenschlich.

»DFD 6.«

Das klang nun auch gequält. David ist also doch nicht immun gegen den Schmerz. Es beruhigt ihn. Aber das ist falsch. David muss so stark beschleunigen, wie es nötig ist, um dem Objekt auszuweichen. Er darf sich nicht von seinen Schmerzempfindungen daran hindern lassen.

»Sieben«, sagt David. »Ich ... kann ... nicht ...«

Mist. Wenn David am Steuer ausfällt, sind sie geliefert. Benjamin hebt den Kopf. Er muss auf dem Bildschirm nachsehen. Er muss. Er muss die Kollision verhindern. Es gibt keinen Schmerz. Er hat es doch gelernt. Der Schmerz ist nur ein Gefühl. Er kann es annehmen und zur Seite wischen. Sein Kopf bewegt sich. Es ist anstrengend, sehr anstrengend, aber nichts hindert ihn. Der Bildschirm ist rot. Die Flugbahn endet in den Ausläufern der Wolke. Die Miniasteroiden werden sie zerstören.

»David, du musst ...«

»Kann nicht.«

»Du musst.«

»Nicht.«

Okay. Er kann es selbst. Er braucht bloß den Steuerrechner zu erreichen. Es sind höchstens zwei Meter. Sie haben das trainiert, Notfallmaßnahmen unter hohen g-Kräften. Es gibt keine Hindernisse. Er muss nur seinen Körper bewegen. Sein Körper ist sein Freund. Seine Muskeln sind stark genug. Die Situation ist beherrschbar. Jeder Teil seines Körpers kann mehr als die eigene Masse bewegen.

Er zwingt seine Arme, den Gurt zu lösen. Sein Oberkörper bewegt sich auf Befehl nach oben. Sein Geist ist völlig klar.

Er rutscht vom Sessel und fällt auf die Knie. Kurz spürt er den Schmerz, aber er schiebt ihn sofort zur Seite. Auf den Knien rutscht er nach vorn. Es geht immer besser. Die Flüssigkeit, die aus seiner aufgeplatzten Haut läuft, erleichtert das Rutschen. Er darf nicht hinsehen. Er weiß, dass es Blut ist. Aber wenn er es sieht, kann er den Schmerz vielleicht nicht mehr im Zaum halten. Noch ein halber Meter. Er umklammert den Fuß der Konsole, als bete er sie an. Dann zieht er sich mit den Armen daran hoch, bis er den Bildschirminhalt erkennen kann.

Die Umrandung ist rot, und eine helle, gebogene Linie führt durch einen rot schraffierten Bereich. Zehn gleichartige Symbole leuchten am unteren Rand. Die linken sieben sind grün. Sie brauchen die Triebwerke acht, neun und zehn. Hoffentlich ist es nicht schon zu spät. Benjamin hebt seine Hand zum Bildschirm. Sie schafft es nicht allein. Er nimmt die andere zur Hilfe, doch so verliert sein Oberkörper eine Stütze. Sein Gesicht kracht gegen den Fuß der Konsole. Flüssigkeit läuft seine Wange hinab. Er zieht sich wieder hoch und lehnt den Oberkörper gegen die Konsole. Er weiß, wo die drei letzten Symbole sind. Mit der linken Hand hilft er der rechten dabei, den Bildschirm zu erreichen. Er streckt den Zeigefinger aus. Rechte untere Bildschirmhälfte, dort muss sein Finger landen.

Jetzt! Er schließt die Augen. Der Druck lässt etwas nach. Das ist angenehm. Lass es so, sagt der Schmerz. Das ist falsch, sagt sein Verstand. Du hast DFD 7 abgeschaltet. Er drückt noch einmal an die gleiche Stelle. Der Druck nimmt wieder zu. Aber es ist nicht genug. Er schiebt den Finger nach rechts. Der Bildschirm vibriert. Der Druck steigt noch einmal. Ob es nun ausreicht? Er will den Kopf zum Bildschirm heben, doch die Kraft der Halsmuskulatur genügt nicht. Okay. Dann eben ohne. Sie brauchen die DFDs 9 und 10, zur Sicherheit. Sein Finger wandert noch ein Stück nach rechts. Der Schirm bestätigt seine Eingabe mit einer kurzen Vibration. DFD 9 läuft. Der Druck wird unmenschlich. Sein Finger rutscht ab. Mehr geht nicht. Und wenn es nicht genügt? Wenn sie sterben, weil er es nicht schafft, dieses eine Icon zu drücken?

Er setzt die Hände auf dem Boden ab und drückt sich damit hoch. Im rechten Zeigefingerknochen passiert etwas. Plötzlich liegt der Finger plan auf dem Boden. Es ist egal. Er muss an die Konsole. Er muss diese Taste drücken. Sie dürfen nicht sterben. Scheiße, er schafft es nicht.

Der Druck nimmt ab.

»Lass ... gut ... sein«, sagt David.

Davids Hand hängt vom Sessel und winkt ihm zu. Er sieht nur die Hand. Die Finger stehen seltsam in einem 270-Grad-Winkel von ihr ab. Er phantasiert vermutlich. Der Druck hat seinem Gehirn den Rest gegeben.

Die g-Kräfte sinken in einen erträglichen Bereich. Er zieht die Beine an den Körper. So ist es auf dem harten Boden etwas bequemer. Seinen Sessel erreicht er nicht. Seine Kraft ist erschöpft. Ein Gesicht erscheint in seinem Sichtfeld. Es ist Aaron. Er sagt etwas. Die Worte sickern nur langsam in ihn ein.

»Du siehst ziemlich scheiße aus.«

Benjamin lacht. Aaron verzieht erschrocken das Gesicht. Er muss wirklich furchtbar aussehen, wenn sein Lachen so wirkt.

»Es geht schon«, sagt er.

Und es ist die Wahrheit. Es geht ihm erstaunlich gut. Er wischt sich über die Wangen. Dann betrachtet er seine Hände, aber da ist nur wenig Blut und viel Schweiß. Der rechte Zeigefinger sieht gebrochen aus. Das muss er auf der Krankenstation prüfen.

»Wie ist unsere Flugbahn?«, fragt er.

»Wir sind der Wolke knapp entgangen«, sagt David. »Dank deines Einsatzes. Ich steuere gerade in den Fokusbereich zurück.«

Der Fokusbereich der Solaren Gravitationslinse, hat das denn jetzt noch irgendeinen Sinn? Er traut sich nicht, diese Frage zu stellen. Vielleicht sollten sie trotz allem ihre Aufgabe zu Ende bringen, auch wenn sie Christine wohl in den Wahnsinn getrieben hat.

»Aber es gibt auch eine schlechte Nachricht«, sagt David.

»Wir haben ja einen richtigen Lauf«, sagt Aaron.

Das Drama gerade scheint seine Laune gebessert zu haben. Aber das ist normal und liegt an der Adrenalinausschüttung.

»Nun spuck es schon aus«, sagt Benjamin.

»Wir haben die Kapseln verloren. Ihre Verankerung hat die g-Kräfte nicht ausgehalten.«

Damit hatten sie rechnen müssen. Alles, was nicht niet- und nagelfest ist, muss bei einer derartigen Beschleunigung zurückbleiben. Was sie für ihr Überleben brauchen, befindet sich an Bord der Shepherd-1. Trotzdem ist es ein Verlust. Seine Kapsel war so etwas wie seine Wohnung gewesen, sein Rückzugsort. Die Zeichnungen, die er auf der langen Reise angefertigt hat, die Erinnerungen, die er von der Erde mitgenommen hat, er wird sie nie wiedersehen.

»Müssten wir sie nicht einfangen können?«, fragt er. »Sie müssten uns doch eigentlich folgen, nur deutlich langsamer?«

»Wir haben sie verloren, als unser Kurs gerade um etwa 60 Grad zur Fokuslinie geneigt verlief. Sie sind also längst unterwegs in den interstellaren Raum. Und zwar alle in unterschiedlichen Richtungen, weil sie sich nacheinander losgerissen haben.«

»Und wenn wir sie ferngesteuert zu uns zurücklotsen?«

»Sie sind zu schnell unterwegs und inzwischen außerhalb unserer Reichweite. Benjamin, es tut mir leid. War etwas an Bord, das du sehr vermisst?«

»Mein Leben, Dave, mein Leben.«

Den Rückflug bewältigen sie mit normaler Erdbeschleunigung. Es ist seltsam, in der Zentrale aufrecht umhergehen zu können, statt sich schwebend durch die Räume zu bewegen. Sein Körper hat die Belastung überraschend gut verkraftet. Wahrscheinlich kommt morgen das große Jammern, wenn der Muskelkater einsetzt. An seinen Knien ist die Haut aufgeschürft, aber zwei größere Pflaster haben alle Blutungen gestillt.

David hat ihn gebeten, ihn eine Weile an der Steuerkonsole zu vertreten. Er hört ihn ab und zu ächzen, denn er macht in einer Ecke des Raumes Yogaübungen. Sein Rücken hat wohl auf die starken Kräfte mit Schmerzen reagiert. Aaron beschäftigt sich in der Küche. Ab und zu hört man einen Topf klappern.

Benjamin studiert die Zahlenkolonnen auf dem Bildschirm. Er hat den Computer gerade einen kompletten Check aller in den von der Explosion betroffenen Systemen lagernden Ressourcen durchführen lassen. Es hat die Tritium-Speicher in den DFDs ausgemessen, die LOX- und H2-Mengen im chemischen Triebwerk aufgezeichnet und den Stützmassevorrat bestimmt. Alle Werte passen zu seinen Erwartungen, nur die letzte Zahl ist erstaunlich klein. Benjamin sucht nach den Kennwerten der DFDs und rechnet im Kopf nach. Wenn alle gleichzeitig beschleunigten, würde der angebliche Vorrat nur für zwei Wochen genügen. Ohne Stützmasse keine Beschleunigung. Die Erde würden sie mit diesen geringen Mengen nie und nimmer erreichen.

»Hier ist etwas Seltsames«, sagt er zu David.

»Ja?«, hört er ihn aus der Ecke.

Die Zentrale ist so groß, dass es etwas hallt.

»Wenn das System recht hat, haben wir viel zu wenig Stützmasse geladen«, sagt er. »Damit kommen wir auf keinen Fall mehr bis zur Erde, jedenfalls nicht in annehmbarer Zeit.«

»Wie meinst du das? Wie lange würden wir brauchen?«

»Wir könnten nur zwei Wochen lang Gas geben. Damit kommen wir auf eine Flugzeit von 500 Jahren. Selbst der Schwarm war schneller.«

»Das muss ein Irrtum sein«, sagt David.

»Nein, die Zahlen sind aktuell und präzise. Das System hat sie gerade erst ermittelt.«

»Bei der Explosion ist sicher etwas Stützmasse verlorengegangen. Und wir haben bei unserem Manöver gerade auch einiges verbraucht, aber auf keinen Fall neun Zehntel der Vorräte.«

»Richtig, Dave. Sie müssen schon vorher gefehlt haben.«

Das hieße aber, dass man sie von vornherein mit zu geringen Stützmassemengen losgeschickt hätte. Warum sollte die NASA diese wichtige Mission gefährden? Am Jupiter hätten sie eventuell noch nachtanken können, aber hier draußen gibt es nicht genug Materie, um damit die Tanks zu füllen. Die DFDs laufen zwar, weil genug Tritium vorhanden ist, aber ohne Stützmasse entwickeln sie keinen Schub.

»Aber das ergibt doch keinen Sinn«, sagt David. »Ich wette, die Messfühler in den Tanks wurden bei der Explosion beschädigt.«

»Das wäre die einzige Erklärung, die ich mir vorstellen kann. Wir müssen für morgen eine Prüfung der Messfühler auf den Plan setzen.«

»Gut, dann haben wir wenigstens etwas zu tun. Vielleicht können wir Aaron mitnehmen. Er braucht Beschäftigung.«

David scheint sich zumindest um die Stützmasse keine Sorgen zu machen. Vermutlich hat er recht. Sie haben schon genügend andere Probleme.

HOUSTON
13. FEBRUAR 2079

»Ruhe bitte«, sagt MOM gebieterisch.

Plötzlich hören alle auf, mit Papieren zu rascheln und mit ihren Nachbarn zu reden. Selbst die Klimaanlage scheint leiser zu rauschen.

Mehr passiert nicht. Die Spannung aller Anwesenden knistert im Raum. Rachels Nackenhaare richten sich auf, aber MOM äußert sich nicht weiter, und nichts geschieht, also fällt die Spannung wieder in sich zusammen. Vermutlich wollte die Chefin nur das Grundrauschen zurückdrängen, das Mission Control erfüllt, wenn gerade nichts passiert. Sie warten auf die nächste Meldung von der

Shepherd-1, aber niemand kann länger als zehn Minuten wirklich gespannt auf etwas warten. Irgendwann fängt man immer an, sich mit Nebensächlichkeiten zu befassen. Rachel greift nach ihrem Bleistift und malt kleine Figuren auf ein Blatt. Sie muss üben. Ihre Tochter zeichnet mit ihren vier Jahren schon besser als sie. Wie soll das erst werden, wenn sie in die Schule kommt?

In ihrem früheren Job hätte sie sich so etwas nicht leisten können. Wenn die Astronauten, für die sie zuständig ist, direkt im Orbit über ihr kreisen und sie jederzeit mit Fragen bombardieren können, ist andauernde Aufmerksamkeit gefragt. Das ist anstrengend. Sie ist wirklich froh, dass man sie für die SGL-Mission angefragt hat. Bei Signallaufzeiten von vier Tagen ist es fast wie früher, als man noch Briefe auf Papier geschrieben hat. Es kommt kein Dialog mehr zustande, eher ein gegenseitiger Austausch von Geschichten.

Rachel zuckt zusammen. Jemand hat sie an der Schulter berührt. Sie dreht sich um und funkelt Charles böse an, der eigentlich viel weiter hinten sitzen müsste. Warum sieht er sie so erschrocken an? Ist ihr Blick daran schuld? Sie zieht den Mund breit, um ein Lächeln anzudeuten.

»Entschuldige«, flüstert er. »Ich mache mir Sorgen um das Schiff.«

»Warum?«, fragt sie leise zurück. »Die werden sich schon noch melden.«

Er reicht ihr sein Telefon. Auf dem Bildschirm steht eine Textnachricht:

»Kurzzeitige Helligkeitserhöhung an Position der Shepherd-1.«

»Was soll das bedeuten?«, fragt sie.

»Alpha-Omega verfolgt das Schiff mit mehreren Teleskopen«, sagt er.

»Aber es ist doch viel zu lichtschwach.«

»Normalerweise ja, von der Beschleunigungsphase abgesehen.«

»Ja, und?«

»Jetzt hat jemand von der ungefähren Position des Schiffes einen Lichtblitz aufgefangen.«

»Und du meinst, das hat mit der Shepherd-1 zu tun?«

»Es ist zumindest ein seltsamer Zufall. Und sie meldet sich ja offenbar nicht. Noch so ein Zufall.«

»Ich weiß nicht, es kann viele Gründe geben, die den Lichtblitz erklären.«

»Unsere Forscher fanden ihn jedenfalls auffällig genug, dass der Chef mir diese Nachricht geschickt hat.«

»DSN online«, ruft jemand von links.

Es geht los. Die Nachricht kommt.

»Siehst du«, sagt sie zu Charles und dreht sich nach vorn.

»Madrid ist live«, sagt der Ire vom DSN, dem Deep Space Network.

Er sagt es immer auf dieselbe Weise. Es wird ruhig im MOC. Gleich werden die vier Astronauten auf dem großen Bildschirm erscheinen.

Drei Männer sind auf der großen Projektionsfläche zu sehen. Sie wirken erstaunlich gefasst angesichts der Nachricht, die sie überbringen. Eine Astronautin, die Kommandantin der Mission, ist unter ungeklärten Umständen ums Leben gekommen. Das Schiff ist beschädigt, und die Mission steht kurz vor dem Abbruch. Niemand sagt etwas. Rachel sieht sich um. Die meisten Gesichter ihrer Kolleginnen und Kollegen sind starr. Charles hält die Hände vor das Gesicht wie ein kleines Kind.

»Scheiße«, sagt MOM laut.

Eine Frau in einer hinteren Reihe lacht hysterisch.

»Okay«, sagt Alison.

Sie steht auf und geht nach vorn.

»Ihr habt alle gehört, was passiert ist. Das bedeutet vor allem eine Menge Arbeit. Wir dürfen uns gerade jetzt nicht hängenlassen. Die Crew braucht uns. Ich erwarte von allen Stationen Vorschläge. Ihr habt Zeit bis 6 Uhr, dann gehen wir das gemeinsam durch und formulieren eine Antwort. Noch Fragen?«

Niemand meldet sich. Dabei gibt es so viele Fragen, dass Rachel nicht einmal weiß, wo sie anfangen soll. Sie muss ihrer Mutter Bescheid geben, dass sie heute später kommt.

»Ach ja, eines noch«, sagt MOM. »Kein Wort nach draußen. Ich will, dass die Situation geklärt ist, bevor die Medien davon Wind bekommen.«

SHEPHERD-1

24. APRIL 2094

»Hast du die Schleuse noch mal überprüft?«, fragt Benjamin.

»Ja, sie zeigt keinerlei Fehler«, antwortet David aus der Zentrale.

Benjamin schwebt zu dem Sichtschlitz. Die Schleuse ist hell erleuchtet. Die Außentür ist definitiv geschlossen. Er muss aufpassen, dass er keine Paranoia entwickelt. Er kontrolliert den Sitz seines Helms.

»Okay, Aaron, du kannst die Tür öffnen«, sagt er.

Sein Kollege drückt den Knopf, und die Innentür schiebt sich zur Seite. Benjamin schwebt in die Schleuse, und Aaron folgt ihm. Sie schließen die Tür von innen. Ein rotes Blinklicht startet, und die Lebenserhaltung pumpt die Luft ab.

Vorgestern hat sich Christine hier aufgehalten. Benjamin riecht noch ihr Parfüm, was nicht unmöglich ist, schließlich befinden sie sich in einem Raumschiff, das immer mit der gleichen recycelten Luft gefüllt ist und dessen Fenster sich nicht öffnen lassen.

»Spürst du das auch?«, fragt Aaron.

»Christine?«

Aaron sieht ihn verwundert an. »Die Vibration im Boden der Schleuse meine ich, dieses leise Klappern.«

»Vermutlich irgendeine Interferenz von den Triebwerken.«

»Aber wir beschleunigen gar nicht mehr.«

»Drei der zehn DFDs arbeiten als Generatoren.«

»Das wäre eine Erklärung. Entschuldige, mittlerweile macht mich jedes unerklärliche Geräusch nervös.«

»Du musst dich nicht entschuldigen, Aaron. Es geht uns allen so.«

»Danke. Es stimmt übrigens.«

»Was?«

»Etwas von ihr ist noch hier drin. Von Christine.«

Benjamin dreht sich zur Seite. Aaron soll nicht sehen, dass ihm Tränen über das Gesicht laufen.

»Die Schleuse ist entlüftet. Ich drücke dann mal den Knopf«, sagt Aaron.

»Okay.«

Benjamin gerät ins Schwanken, als sich die Außentür dicht vor ihm öffnet wie ein Vorhang, der zur Seite gezogen wird. Gleich hinter der Schleuse beginnt die große Schwärze. Er atmet unwillkürlich schneller. Wenn er sich jetzt abstieße, würde er Christine folgen. Er müsste nur den Düsenrucksack abschnallen. Ohne Beschleunigung folgt seine Bewegung einer Geraden, die zu Christines Flugbahn parallel verläuft. Irgendwo in der Ewigkeit müssten sie sich also treffen. Die Gesetze der Mathematik versprechen es.

Der Riss in der Triebwerkssektion sieht aus wie eine tiefe Fleischwunde. Sie schmerzt, aber sie beeinflusst die Shepherd-1 ansonsten kaum. Das Schiff hat gestern erst seine Stabilität bewiesen.

Aaron, der die Führung übernommen hat, hält sich an einem Vorsprung fest und dreht sich zu ihm um.

»Schau mal, dort!«

Benjamin dreht seinen Kopf so, dass der Helmscheinwerfer in die von Aaron angedeutete Richtung zeigt. Da ist sie. Kapsel C.

»Kapsel C steht für Christine«, sagt er.

»B für Benjamin. Sag bloß, das hast du nicht gemerkt?«

Aaron lacht.

»Ich ... ehrlich gesagt nicht. A, B, C, D, das war für mich das Gleiche wie 1, 2, 3, 4. Ich habe nie darüber nachgedacht.«

»Was ist denn bei euch los?«, fragt David.

»Benjamin hat gerade bemerkt, dass die Kapselnamen mit unseren Vornamen verknüpft sind.«

»Oh, er ist ja ein ganz Schlauer. Die allerbesten Glückwünsche! Wie kommt er denn gerade jetzt darauf?«

»Wir haben Kapsel C gefunden«, sagt Benjamin. »Sie muss bei der Explosion so stark gegen das Schiff geschleudert worden sein, dass sie sich sogar bei den 9 g gestern nicht losgerissen hat.«

»Ah, das ist sehr gut«, sagt David.

»Ich glaube nicht, dass sie sich reparieren lässt«, sagt Aaron.

»Wir haben jede Menge Ersatzteile im Lager«, sagt David. »Aber auch wenn wir sie nicht einsatzbereit bekommen, können wir vielleicht herausfinden, was Christine entdeckt hat. An ihren Speicherbereich im Hauptcomputer kommen wir nicht heran. Ich habe alles versucht.«

»Okay, wir sehen uns das an«, sagt Benjamin. »Aber zuerst prüfen wir die Füllstandssensoren in den Tanks.«

Der Wartungsgang ist verdammt eng. Er hätte doch lieber Aaron gehen lassen sollen. Benjamin quetscht sich zwischen der eiskalten Metallwand des Tanks und der lauwarmen Außenwand der Triebwerksabschirmung hindurch. Es wäre ja noch erträglich, hätten die Wände nicht scharfe Verstrebungen und würden nicht dauernd irgendwelche Kabel im Weg herumhängen. Wie soll man denn da die Triebwerke warten?

Er bleibt stehen und sieht in die Richtung, aus der er gekommen ist. Das Licht des Scheinwerfers findet nur matt lackiertes Metall. Rechts von ihm ist eine Beschriftung zu erkennen. Sie steht auf dem Kopf. Ganz vorn, beim Einstieg, waren die Schilder noch richtig herum angebracht gewesen. Hat er sich etwa bei seiner Klettertour um 180 Grad gedreht? Verwunderlich wäre es nicht.

»Wie sieht es aus, Aaron?«

Aaron wartet draußen und verfolgt von dort seinen Weg auf dem Arm-Display.

»Bist fast da. Noch etwa dreißig Meter.«

»Aber wohin?«

In diesem Labyrinth sieht alles gleich aus. Gut, dass wenigstens Aaron den Überblick hat.

»Einfach weiter. Da muss dann eine Kreuzung kommen. Dort nimmst du den linken Gang. Dann bist du am Kasten.«

An seinem Ziel laufen die Datenleitungen der Füllstandssensoren in einem Schaltkasten zusammen. Da die gefüllten Tanks unzugänglich sind, ist das ihre einzige Möglichkeit, die Sensoren zu prüfen.

Benjamin dreht sich um 180 Grad. Ist er nicht dort hergekommen? Er wischt die Helmscheibe ab, aber der feine Belag, der seine Sicht behindert, muss sich innen befinden. Er stellt die Lüftung auf eine höhere Stufe. Das ist das Problem an der Schwerelosigkeit – der Sinn für oben und unten kommt einem abhanden. Wenn er sich beim Klettern, ohne es zu merken, auf den Kopf gestellt hat, bewegt er sich in die falsche Richtung. Und das vielleicht schon seit der letzten oder vorletzten Abzweigung. Aber hätte Aaron das nicht merken müssen? Sollten die Ingenieure den Tank, bei dem er sich gerade befindet, falsch herum eingebaut haben? Ein Schweißtropfen läuft ihm ins Auge.

»Aaron?«

»Ja?«

»Sag mir doch bitte, ob ich mich in die richtige Richtung bewege. Ich bin gerade etwas verwirrt.«

Verwirrt ist nicht der richtige Ausdruck. Warum hat er nicht Aaron gehen lassen? Die Gänge scheinen von Minute zu Minute enger zusammenzurücken. Irgendwann wird er hier festklemmen und zwischen den riesigen Tanks jämmerlich ersticken.

»Ja, die Richtung stimmt«, sagt Aaron.

Benjamin atmet tief durch. Er hat das alles trainiert, damit seine

Instinkte übernehmen, wenn er gestresst ist. Das Training funktioniert also. Er ist auf dem richtigen Weg.

Der Schaltkasten ist eine rechteckige Warze auf der glatten Außenhaut eines Tanks. Benjamin tastet nach dem Schnappverschluss an der Seite und biegt ihn auf. Oben und unten öffnet er zwei weitere Verschlüsse, dann zieht er die Tür auf. Er muss sich flach an die Wand des Ganges quetschen, um sie komplett öffnen zu können.

Das Licht des Scheinwerfers zeigt ihm ein Labyrinth aus Kabeln. Er folgt einer rot-grün markierten Leitung, verliert sie aber schnell aus den Augen. Wie soll er hier die Signale der Sensoren finden?

»Aaron, ich brauche deine Hilfe.«

Er überträgt das Bild seiner Helmkamera über den Funkkanal.

»Oh«, sagt Aaron. »Das habe ich mir anders vorgestellt. Systematischer.«

»Das ist nicht sehr hilfreich.«

»Entschuldige. Ich versuche, aus der Dokumentation Hinweise abzuleiten. Warte. Also, das Kabel, das du suchst, müsste gelbgrün sein. Es hat nur zwei Millimeter Durchmesser. Vermutlich steckt es in einem Bündel. Alle Sensorleitungen eines Tanks sind in Bündeln zusammengefasst.«

»Okay.«

Er leuchtet den Kasten an und sucht dann systematisch, links oben beginnend, nach einem Bündel mit einem gelb-grünen Kabel. Da ist schon eines. Er sucht weiter. Hier ist ein zweites und dort ein drittes.

»Solche Kabelbündel gibt es hier zuhauf.«

»Es gibt ja auch viele Tanks. Nimm einfach eines davon.«

»Verstanden.«

Er holt den Analysator aus der Bauchtasche des Anzugs. Damit kann er den Durchfluss des Kabels messen, ohne es zu beschädigen. Er hält die Metallspitze des Geräts an die gelb-grüne Außenhaut und betrachtet auf dem Arm-Display das Ergebnis. Die Kurve ähnelt seinem Puls. Die Frequenz ist aber viel höher.

»Es ist alles wie im Handbuch beschrieben«, sagt er.

Er zieht den Analysator wieder ab. Aber dann geschieht etwas Seltsames. Seine Hand kann den Griff plötzlich nicht mehr halten. Das Gerät ist viel zu groß. Auch das Kabel durchmisst nun mindestens einen Meter. Zugleich entfernt sich der Schaltkasten von ihm. Er rudert in der Schwerelosigkeit, kommt aber nicht von der Stelle. Es gibt nichts, woran er sich festhalten könnte. Der Kasten ist schon zehn Meter entfernt, und der Analysator wächst weiter.

Benjamin dreht sich schnell um seine Achse. Der enge Raum hat sich in einen Saal verwandelt. Aber das ist unmöglich. Wenigstens ist der Belag an der Innenseite seines Helms verschwunden. Er hatte noch nie einen so klaren Blick.

»Aaron, irgendetwas passiert hier«, sagt er.

Sein Kinn tastet nach dem Helmmikrophon, aber er erreicht es nicht. Da ist nichts mehr. Der Helm ist verschwunden! Wie soll er dann atmen? Er zieht die Luft ein. Sie scheint seine Lungen zu füllen. Aber nein, es reicht nicht. Der Atem geht ihm aus. Er stirbt. Und schließt die Augen.

»Benjamin, was ist los? Dein Puls rast«, sagt Aaron.

Dann sieht er plötzlich wieder scharf. Er drückt den Griff des Analysators zusammen. Nein, nicht, du zerstörst das Kabel! Seine Hand zuckt im letzten Moment zurück. Der Schaltkasten hängt in seiner normalen Größe vor ihm. Der Saal ist der Enge von vorhin gewichen. Sein Herz beruhigt sich.

»Es geht schon wieder«, sagt er.

»Am besten, du kommst wieder raus zu mir. Die Sensoren scheinen keinen Defekt zu haben.«

»Nichts lieber als das.«

»Das war ein Panikanfall.«

»Ich weiß nicht. Es hat sich alles so echt angefühlt.«

Es wäre schön, wenn Aaron recht hätte. Er hat zwar noch nie eine Panikattacke gehabt, aber es wäre eine logische Erklärung.

»Glaub mir, ich kenne das.«

»Hast du manchmal solche Anfälle?«

»Schon lange nicht mehr. Aber ich erinnere mich noch gut an sie. Kurz nachdem meine Frau umgekommen ist ...«

Aaron dreht sich weg. Benjamin legt ihm die Hand auf die Schulter. Seine Frau ist bei einem Sprengstoffanschlag in Jerusalem gestorben, während Aaron zu ihr unterwegs gewesen war. Er hat ihnen die Geschichte irgendwann einmal erzählt. Klar, nach solchen Erlebnissen kann einen schon mal die Panik übermannen. Aber bei ihm selbst? Was hat er denn schon Schreckliches erlebt?

Christine. Er sieht ihren Leichnam immer noch in das All hinaustreiben.

Nein. Panikattacken gehören nicht zu seinem Selbstbild. Er akzeptiert sie nicht.

»Danke für die Daten«, meldet sich David aus der Zentrale.

»Bist du zufrieden?«, fragt Aaron.

»Sie sind okay.«

»Nun sag schon, was ist das Problem?«

»So ganz eindeutig können wir die Sensoren immer noch nicht als Ursache ausschließen. Es wäre schön, wenn wir das könnten, denn anderenfalls ...«

Wenn die Sensoren funktionieren, haben sie kaum noch Stützmasse. Dann ist hier Schluss. Sie werden die Erde nie wiedersehen.

»Das stimmt, Dave«, sagt Benjamin. »Was können wir tun?«

»In dem geplatzten Tank gibt es auch zwei Sensoren. Ihr könntet sie überprüfen.«

»Aber die Explosion hat sie doch bestimmt zerstört«, fragt Aaron.

»Sie sind für hohen Druck gemacht, das sollten sie aushalten. Wenn die beiden noch funktionieren, werden wir uns eingestehen müssen, dass das auch für die anderen gilt.«

»Dann sollten wir vielleicht lieber nicht so genau hinsehen«, sagt Benjamin.

»Ganz falsch«, sagt David. »Probleme verschwinden nicht dadurch, dass man sie ignoriert.«

»Ich werde nachsehen«, sagt Aaron.

»Du willst in den zerstörten Tank klettern?«, fragt Benjamin.

»Muss ich wohl. Ich montiere den Sensor ab, dann können wir ihn in der Zentrale untersuchen.«

»Danke«, sagt Benjamin und ist erleichtert.

Aarons Beine verschwinden in dem Riss. Über den Funkkanal hört Benjamin ihn atmen. Der beschädigte Teil des Tanks durchmisst nur etwa acht Meter. Aaron sollte die Rückwand, wo die Sensoren angebracht sind, in einer Minute erreichen.

»Es ist seltsam hier drin«, sagt Aaron.

»Seltsam?«

»Ich weiß, dass ich mich in einer Art geschlossener Dose befinde. Aber es fühlt sich an, als wäre ich am Grund eines tiefen Sees.«

Es ist gut, dass Aaron mit ihm spricht. So vermeidet er wohl, in Panik zu verfallen.

»Sprich weiter«, sagt Benjamin.

»Das Verrückteste ist der Scheinwerfer.«

»Verrückt?«

»Ja, er hat etwas Magisches. Er zaubert Dinge aus dem Nichts.«

Benjamin lächelt und stellt sich vor, wie Aaron mit seinem Lichtfinger die Innenwand des Tanks abtastet. Aber das Bild stimmt nicht. Der Tank ist luftleer. Hat das Licht die Leuchtdioden des Scheinwerfers einmal verlassen, wird es unsichtbar. Aaron kann es erst wieder erkennen, wenn die Wand es reflektiert. Der Scheinwerfer ist kein Lichtfinger, sondern ein Zauberstab. Klar, dass es Aaron vorkommt wie Magie.

Schade eigentlich, dass er selbst das gerade nicht sieht. Er leuchtet mit dem Scheinwerfer in die Unendlichkeit. Die von den Leuchtdioden ausgesandten Photonen fliegen mit Lichtgeschwindigkeit in die Ferne. In vier Tagen werden sie die Erde erreichen. Nicht alle, aber einige bestimmt. Irgendein Luftmolekül der Atmosphäre wird eines von ihnen aufnehmen. Vielleicht ist das Molekül kurz davor, sich aufzuspalten. Es verändert sich, gibt weitere Photonen ab und setzt eine Kaskade in Gang, die vielleicht in Form eines Polarlichts sichtbar wird. Ein Paar, das gerade in Nordnorwegen den Himmel betrachtet, sieht das Polarlicht und küsst sich. Später gehen sie zusammen ins Bett und zeugen eine Tochter, die ... Hör auf, Benjamin. Natürlich ist das nur eine Möglichkeit, zudem eine sehr unwahrscheinliche. Aber er kann von hier aus die Erde beeinflussen. Auch in dieser Entfernung sind sie noch ein Teil der Menschheit.

Jemand tippt ihm auf die Schulter. Benjamin zuckt herum. Es ist Aaron. Er hält etwas hoch.

»Schau, ich hab den Sensor«, sagt er.

»Das ging ja schnell.«

»Es waren doch nur ein paar Meter. Geht es dir gut?«

Das ist lieb. Aaron macht sich Sorgen um ihn. Er würde ihn jetzt gern umarmen. Benjamin stößt sich ab, fliegt auf Aaron zu und schlingt die Arme um seinen Kollegen.

SHEPHERD-1
25. APRIL 2094

»Der Sensor zeigt keinerlei Schäden«, sagt David über ein Gerät gebeugt, das wie ein Mikroskop aussieht.

»Das ist wirklich seltsam«, sagt Aaron.

David nimmt den Sensor aus der Halterung, legt ihn auf den Tisch und verbindet die heraushängenden Kabel mit einem Messgerät.

»Drückst du mal?«, fragt er.

Aaron schwebt zum Tisch, hakt seine Füße an einem der Stühle ein und drückt kräftig auf die Oberfläche des Sensors.

»Seht ihr, das Messsignal ist völlig klar.«

David zeigt auf den Bildschirm des Messgeräts. Solange Aaron gedrückt hat, ist die Kurve darauf angestiegen, jetzt fällt sie wieder. Benjamin versetzt sich in eine langsame Drehung. Wand, Decke und Fußboden ziehen an ihm vorbei, dann wieder die Wand, die Decke und der Fußboden. Sie müssen es sich eingestehen. Es sieht alles danach aus, als würden sie nie wieder nach Hause kommen. Der Gedanke will trotzdem nicht in seinen Kopf.

»Benjamin?«, fragt Aaron.

»Ich drehe gerade durch«, antwortet er.

»Haha«, sagt David. »Jetzt mal im Ernst, was sollen wir tun?«

»Es gibt nichts, was wir tun können«, sagt Benjamin und stoppt seinen Körper. Die Welt dreht sich trotzdem noch ein bisschen weiter. »Wir haben zu wenig Stützmasse, und hier draußen gibt es keine Tankstelle. Da gibt es nichts zu deuteln. Ihr wisst, was das heißt.«

»Wir müssen mit Missions Operations sprechen«, sagt Aaron. »Sie werden uns doch nicht hängenlassen. Es muss einen Weg geben.«

»Und wie sollte der aussehen?«, fragt Benjamin.

Es kann keine Lösung geben. Sie sind viel zu weit von der Erde entfernt.

»Sie könnten uns Nachschub schicken«, sagt Aaron.

»Der uns in zwanzig Jahren erreicht? Dann sind wir in vierzig Jahren zu Hause. Da bin ich 88. Und vorher müssten sie ja erst mal ein Schiff bauen.«

»Wenn wir ihnen entgegenfliegen, verkürzt das die Reisezeit«, widerspricht Aaron. »Sie könnten ja ein unbemanntes Schiff schicken, das kann mit größerer Beschleunigung fliegen. Es wäre vielleicht schon in fünf Jahren hier.«

»Hätte, hätte, Fahrradkette. Aber auch dieses Schiff müsste ja erst einmal gebaut werden«, sagt Benjamin.

David sieht ihn überrascht an. »Benjamin hat recht. Wir sind hier draußen gestrandet«, sagt er dann. »Und mal ehrlich, es macht doch keinen großen Unterschied. Wir wären bei unserer Rückkehr zur Erde sowieso alte Männer. Ich wüsste nur gern, warum. Ohne ausreichende Erklärung fühle ich mich betrogen.«

»Dann fragen wir sie doch«, sagt Benjamin.

Es ist logisch zu fragen. Aber ändern wird das nichts. Sie werden die Erde nie wieder erreichen.

Zwei Stunden später schweben Aaron und er erneut vor dem inneren Schott der Schleuse. Sie haben ihre Botschaft abgeschickt. Sein Kollege hat die Lippen gespitzt und scheint lautlos ein Lied zu singen. Oder hat er den Helmfunk ausgeschaltet? Er wirkt seltsam gelöst, so als hätten sie irgendetwas erreicht.

Das Schott öffnet sich. Dann drückt Aaron den Öffnungsknopf. Schon wieder!

»Hast du das gesehen?«

Aaron reagiert nicht. Er tippt ihm auf die Schulter. Sein Kollege dreht sich um, öffnet den Mund und spricht, doch es ist nichts zu hören. Benjamin tippt in Höhe des Ohrs an seinen Helm.

»Ah, tut mir leid, hatte den Funk vergessen. Was ist?«, fragte Aaron jetzt.

»Hast du das bemerkt?«

»Was denn?«

»Das Schott hat sich geöffnet, bevor du den Befehl dafür gegeben hast.«

»Wirklich? Es ist mir nicht aufgefallen, tut mir leid, ich war wohl in Gedanken. Warte.«

Aaron drückt den Knopf wieder, und das Schott schließt sich. Er drückt, es geht auf. Ein Knopfdruck, und es ist zu. Er drückt erneut. Daraufhin ruckelt das Schott kurz hin und her, dann öffnet es sich etwas langsamer als zuvor.

»Der Mechanismus braucht wohl ein bisschen Öl«, sagt Aaron, »aber sonst scheint er zu funktionieren.«

»Das bestreite ich ja nicht. Aber das Schott sollte sich doch nicht von allein öffnen.«

»Das tut es ja nicht.«

Aaron stößt sich am Türrahmen ab, kommt zu ihm geschwebt, ergreift seine Schultern und sieht ihm ins Gesicht.

»Wir sind alle ein bisschen nervös, das ist normal. Ich schlafe kaum noch. Sollen wir den Ausflug zu Kapsel C abbrechen? Ich könnte David ...«

»Ist schon gut, danke.«

Er hat es gesehen. Wenn er in den Logdateien nachsieht, wird sich das bestätigen.

»Lass mich mal«, sagt Benjamin.

Aaron will ihn am Arm zurückhalten, doch er reißt sich los. Seit wann spielt sich sein Kollege denn so als Babysitter auf? Das ist eine ganz neue Seite und keine, die ihm gefällt. Sie sollten heute Abend darüber sprechen, was das Unglück aus ihnen macht. Schließlich werden sie zu dritt alt hier draußen, wenn nicht irgendein Wunder passiert – oder eine zweite Katastrophe, was ihm gerade wahrscheinlicher erscheint.

Benjamin steuert auf die zerstörte Kapsel zu. Aarons Helmscheinwerfer schält sie aus dem Dunkel heraus. Die Kontraste sind immer wieder erstaunlich. Im All gibt es nur Schwarz und Weiß, Leben oder Tod. Wo kein Licht hinfällt, ist nichts zu erkennen. Vielleicht gibt es dort auch nichts. Wie sagen es die Quantenphysiker: Erst durch die Beobachtung suchen sich die Dinge eine äußere Form.

Kapsel C sieht aus wie eine aufgeplatzte Haselnuss. Die beiden Seiten sind aufgeklappt. Zu erkennen ist nur, was sich in der Mitte befindet, der Rest liegt im Schatten. Benjamin fliegt eine sanfte Kurve, um in die dunklen Bereiche hineinleuchten zu können. Da ist der kleine Raum, der den Astronauten als Kabine dient. Die Bettdecke hat sich aufgestellt. Sie schwebt senkrecht über Christines Bett. Es ist ein Wunder, dass sie sich bei dem Ausweichmanöver nicht selbständig gemacht hat. Ein großer Teil des Inventars wird wohl zurückgeblieben sein. Aber Christine braucht ja nichts mehr davon.

Sie kommen näher. Was aus der Ferne noch wie ein Puppenhaus gewirkt hat, ist nun real. Er hat selbst zwanzig Jahre lang in so einer Kapsel gewohnt.

»Ich sichere dich von draußen«, sagt Aaron.

Benjamin dreht sich um. Die Silhouette eines Adlers setzt sich auf den halbmondförmigen Bogen, den der geborstene Bauch der Kapsel bildet. Es ist beruhigend, Aaron im Hintergrund wachend zu wissen. Wenn ihm etwas passiert, kann sein Kollege ihn herausholen. Er dreht sich zurück und fliegt in die offene Wunde hinein.

Da ist die Bettdecke, die er schon von weiter hinten bemerkt hat. Sie bewegt sich leicht. Benjamin greift nach ihr. Direkt über dem Bett befindet sich ein Auslass der Klimaanlage. Vermutlich strömt noch immer Restluft heraus und trifft die Decke. Er zieht an der Decke. Sie ist nicht steif, wie er es vermutet hatte. Soll er sie mit hineinnehmen? Es wäre Verschwendung, sie hierzulassen. Er zieht kräftiger, aber das Ende hängt fest. Ein von der Wand abgesprungenes Teil der Verkleidung hat sich in die Decke gebohrt.

Er lässt sie wieder los, stößt sich an der Wand ab und schwebt zu dem kleinen Schrank neben dem Bett. Er zieht den darin befindlichen Schubkasten auf und findet Fotos, echte, gedruckte Bilder, in Farbe. Ein Paar, weiß, mittelalt, vielleicht ihre Eltern? Es tut mir leid, Christine, dass ich in deinen Sachen herumwühle. Aber wir müssen wissen, warum du gestorben bist.

Ansonsten ist das Fach leer. Er schließt es wieder. Eigentlich ist das sinnlos, aber er kann nicht anders. Die kleine Anstrengung stellt zumindest ein wenig die Ordnung wieder her, die bei dem Unglück verlorenging.

Christines Kleiderschrank ist sehr übersichtlich. Sie hat sich selten zurechtgemacht, aber trotzdem hatte er angenommen, dass sie mehr Kleidung besäße als er, die üblichen Klischees also. Er zählt durch. Das ist ja witzig: Sie besaß exakt so viele Hosen wie er selbst. Er taucht nach unten, um die Unterwäsche zu zählen. Es sind 22 Unterhosen. Eine trägt sie immer noch, ganz weit draußen. Macht 23 – exakt die Anzahl seiner eigenen Unterhosen. Er erinnert sich noch genau, wie er sie damals in den Seesack gepackt hat. Schade, dass sie das nicht früher festgestellt haben, das wäre eine unterhaltsame Entdeckung gewesen.

»Aaron? Wusstest du, dass Christine genauso viele Unterhosen besaß wie ich?«

Hoffentlich findet es sein Kollege nicht seltsam, dass er die Sachen gezählt hat.

»Unterhosen? Wie viele denn?«

»23, mit der, die sie ... zum Schluss trug.«

»Das ist ja originell. Noch interessanter finde ich ja, dass du die genaue Anzahl deiner Unterhosen kennst.«

»Du nicht?«

»Nein, keine Ahnung. Ich muss etwa alle drei Wochen eine große Wäsche machen, mehr muss ich nicht wissen.«

»Zähl sie doch mal. Es wäre witzig, wenn du ebenfalls 23 eingepackt hättest. Vielleicht ist das ja so ein allgemein menschlicher Instinkt. Wenn es weniger werden, kauft man automatisch nach.«

»Das mache ich. Aber vielleicht sollten wir uns eher auf Christines Messergebnisse konzentrieren als auf ihre Wäsche.«

»Bin schon dabei.«

Hier in der Kabine kommt er nicht weiter. Er öffnet die Tür zum Flur. Der Mechanismus funktioniert sogar noch. Aber das ist ja auch klar. Türen sollten sich auch dann noch öffnen lassen, wenn alles andere zerstört ist. Im Gang muss er unter dem Balken durchtauchen, der die Kapsel zerteilt hat. Er ist Teil dieses Puzzles. Christine scheint die Explosion mutwillig herbeigeführt zu haben. Aber hat sie auch beabsichtigt, sich dabei selbst zu töten? Wäre es dann nicht einfacher gewesen, im All den Helm abzunehmen? Oder hat sie ihren Tod in Kauf genommen, um etwas anderes zu erreichen?

Vor ihm liegt das WHC. Die Tür steht offen. Bei dem Unfall sind ein paar Leitungen geborsten. Die Kälte des Vakuums hat daraus in der Schwerelosigkeit interessante Skulpturen geformt. Aus der Wand links von der Dusche quillt eine Blase, die fast perfekt kugelförmig ist. Unter der Toilette hingegen, wo weniger Platz war, schiebt sich ein gläsernes Kissen hervor. Dass es sich um Schmutzwasser handelt, ist der Skulptur nicht anzusehen. Die Farbe erinnert eher an Bernstein und glänzt goldgelb. Sogar ein paar Einschlüsse sind zu sehen. Sie erinnern ihn an urzeitliche Riesenregenwürmer. Es ist völlig klar, worum es sich wirklich handelt, aber sein Mund wird nicht trocken wie sonst, wenn er sich ekelt. Vielleicht liegt es auch am fehlenden Geruch. Das Vakuum hat die Skulpturen keimfrei gemacht.

Er zieht sich am Geländer einer Leiter nach unten in die Werkstatt. Hier hat Christine gearbeitet. Hätte er sie doch bloß öfter besucht. Vielleicht hätte sie dann Vertrauen gefasst und nicht auf eigene Faust gehandelt. Oder hatte sie nicht genug Zeit, sie alle einzuweihen? Aber warum hat sie dann nicht wenigstens eine Botschaft hinterlassen?

Christines Arbeitsplatz ist perfekt aufgeräumt. Aber das liegt vermutlich an dem Ausweichmanöver. Falls sich jemals Unterlagen oder Zeichnungen auf dem Tisch befanden, sind sie nun in der Werkstatt verteilt – oder im Weltraum. Aber hat Christine überhaupt ihre Aufzeichnungen altmodisch per Hand angefertigt? Sie können es nur hoffen, denn an ihren Speicherplatz im Rechner kommen sie nicht heran.

Benjamin sucht systematisch die Werkstatt ab. Es müssen ja keine Notizen oder Skizzen sein. Vielleicht hat Christine auch Daten auf separate Speichermedien kopiert und dann vergessen. Sie war zum Schluss ganz gewiss außer sich. Wie hat sie die Ergebnisse der Gravitationslinse analysiert? Hätte er sich doch bloß öfter mit ihr unterhalten.

»Aaron, wie kommen die Bilder der Schwarmsonden zu Christine?«

»Gute Frage. Ich dachte, sie landen irgendwie automatisch auf dem Hauptcomputer?«

»In der Rohform, ja. Aber dann muss etwas mit ihnen passieren. Man muss sie zusammenführen und aus ihnen ein Bild berechnen. Christine hat oft in ihrer Kapsel daran gearbeitet, glaube ich.«

»Glaubst du?«

»Ich weiß zu wenig über sie. Wir haben selten miteinander gesprochen, also auf persönlicher Basis.«

»Wir auch nicht. Vielleicht weiß David mehr?«, schlägt Aaron vor. »Hallo, Zentrale, David, hörst du uns?«

Keine Antwort. Benjamin sieht die leere Zentrale vor sich. Er schließt die Augen, doch das Bild verschwindet nicht.

»… sich schon melden«, sagt Aaron.

»Was?«

»Er ist bestimmt auf dem Klo und wird sich dann schon melden«, sagt Aaron. »Alles gut bei dir?«

»Ich bin ein bisschen ängstlich geworden, glaube ich.«

»Das ist verständlich. Bei mir ist es andersherum. Ich habe das Gefühl, dass es nicht mehr schlimmer werden kann, und das beruhigt mich.«

Hoffentlich hat Aaron recht. Aber er glaubt es nicht. Sie sind vom Gipfel eines hohen Berges gestürzt. Gerade befinden sie sich im freien Fall. Weil sie den Hang nicht sehen, fühlt sich der Absturz an, als würden sie schweben. Aber das ändert nichts daran, dass sie am Boden zerschellen werden. Nein, es ist schon lange zu spät. Der Sturz hätte sich nur vermeiden lassen, bevor sie den entscheidenden Schritt in den Abgrund getan haben. Aber welcher war das?

»Ich muss hier weitermachen«, sagt Benjamin.

Es ist das Einzige, was ihm bleibt.

Im linken Fach von Christines Schreibtisch findet er eine Brille. Sie sieht seltsam aus. Die dunklen, dicken Gläser deuten auf eine Sonnenbrille, aber hier draußen scheint die Sonne nie so hell, dass man eine brauchen würde. Das Gestell ist geradezu klobig, und gummiartiges Material dichtet das Blickfeld nach oben und unten hin ab. Er biegt die Bügel auf, so dass die Brille auf seinen Helm passt, und setzt sie einfach auf.

Er landet in einem Wald. Der Boden ist von weichem Moos bedeckt. Sonnenstrahlen tanzen darüber, und Vögel zwitschern. Er dreht den Ton lauter, den die Bügel der Brille auf seinen Helm übertragen. Nun fehlt nur noch der Geruch nach Nadeln, Pilzen und Moder. Die Bäume, es müssten Kiefern sein, haben eine seltsame Besonderheit: In ihre Stämme sind kleine mannshohe Regale eingearbeitet, in denen zahlreiche Bücher stehen. Richtige Bücher aus Papier sind es, große und kleine, manche mit goldbedrucktem Einband, andere eher schlicht. Einige wirken abgegriffen. Ein paar Schritte vor ihm sieht er eine Lichtung. Dort steht, von der Sonne beschienen, ein Liegestuhl. Daneben befindet sich ein hüfthohes Kästchen mit zahlreichen Leuchtdioden, die bunt blinken. Über den Deckel des Kastens hinaus ragt eine offenkundig drehbare Tastatur nach vorn.

Das war anscheinend Christines Arbeitsplatz. Es ist so schlau! Niemandem ist aufgefallen, dass sie in einer VR-Umgebung gearbeitet hat. Aber wie auch, ihre Kapsel hatte sie ja für sich. Benjamin geht nach vorn. Von der Lichtung aus muss es möglich sein, Einblick in Christines Ergebnisse zu nehmen.

Als er sich der Lichtung nähert, weichen die Büsche von allein zurück, die den Weg versperren. Aber dann springt ihn aus dem Nichts eine Tafel an. Sie manifestiert sich direkt vor seinem Gesicht. Er kann den Text darauf kaum lesen, so nah ist sie. Und wegschieben kann er sie auch nicht.

»Kennwort: ______________«, steht darauf.

»Mist!«

Damit hat sich David doch schon abgeplagt. Er reißt sich die Brille vom Kopf und ist wieder in der Realität. Die Brille wirft er von sich. Das wird ja doch nichts! Sie trudelt durch die Werkstatt, prallt an die Wand und kommt wieder auf ihn zu.

»Was ist denn?«, fragt Aaron.

Hat er etwas gesagt? Ah, doch, er hat geschimpft.

»Christine hat anscheinend in Virtueller Realität gearbeitet. Aber da stoße ich auch bloß auf Kennwortabfragen.«

»Hallo, Zentrale, David, hörst du uns? Bist du mit Christines Passwörtern weitergekommen?«, fragt Aaron per Funk.

Das ist eine gute Idee. David versucht ja schon länger, auf ihre Partition zu kommen. Vielleicht hat er einen Tipp? Aber sie erhalten keine Antwort.

»Langsam mache ich mir schon Sorgen«, sagt Benjamin.

»Vielleicht schirmt das Triebwerk den Helmfunk ab«, sagt Aaron. »Aber hast du denn mal den Passworttipp ausprobiert?«

»Passworttipp?«

»Ich habe auch ein VR-System. In der Kennwortabfrage ist ein Fragezeichen, bei dem der Nutzer einen Hinweis hinterlegen kann, welches der vielen Passwörter, die man so hat, hier gefragt ist.«

»Ich sehe mal nach.«

Es wird zwar nichts bringen, aber es schadet ja auch nichts. Die Brille fliegt gerade in Richtung offenes Weltall. Benjamin stößt sich ab und erreicht sie gerade noch rechtzeitig. Dann steuert er zurück in die Werkstatt und setzt die Brille auf.

Aaron hat recht. Da ist ein kleines Fragezeichen. Er greift danach. Es wächst in seiner Hand wie ein Ballon und platzt schließlich. Plötzlich fängt eine weibliche Stimme an zu singen. Benjamin stellt sich eine Elfe vor, die zwischen den Bäumen tanzt. Ist das der Hinweis? Den Text versteht er nicht, aber er versucht, sich die Melodie zu merken. Dann nimmt er schnell die Brille vom Kopf und summt ins Mikrophon, bevor er die Töne vergessen hat.

»Klingt gut«, sagt Aaron.

»Das war der Hinweis.«

»Oh. Und wer hat das gesungen?«

»Eine Frau. Ich musste an eine Elfe denken. Es klang irgendwie irisch, also die Melodie. Die Wörter waren lateinisch, denke ich.«

»Warte, ich schicke die Melodie durch das System«, sagt Aaron.

»Aber es dauert doch acht Tage, bis wir Antwort haben.«

»Nein, wenn es ein Musiktitel ist, dann ist es einer, den Christine gern gehört hat. Also ist er ... Moment, versuch es doch mal mit ›Cursum Perficio‹, meint der Computer.«

»Und was heißt das?«

»Dass dein Gesinge klingt wie dieses fast hundert Jahre alte Lied aus Christines Musikspeicher.«

Er setzt die Brille wieder auf. Das Schild ist noch da. Benjamin tritt einen Schritt zurück. Er fühlt sich wie ein Zauberer, der gleich einen mächtigen Bannspruch aufsagen wird.

»Cursum Perficio«, sagt er.

Das Schild verschwindet. Nicht schlecht. Er tritt auf die Lichtung. Christine hat sich wirklich alles wunderbar eingerichtet. Ob es einer Erinnerung aus ihrer Kindheit nachempfunden ist?

Er setzt sich auf den Liegestuhl und zieht die Tastatur zu sich heran.

Moment. Das ist hier ja alles nicht echt. Aber er hat anscheinend tatsächlich Zugriff auf Christines Daten. Bevor er irgendetwas falsch macht, sollten sie vielleicht erst einmal die Daten duplizieren. Irgendwo in der Werkstatt muss es einen physischen Speicher geben, auf dem sie sich befinden.

Er nimmt die Brille ab und findet sich mit ausgestreckten Beinen in der Werkstatt wieder. Warum ist er nie auf so eine Idee gekommen? Er hätte sich ja überallhin versetzen können.

Der Speicher. Er muss ihn finden. Die Werkstatt hat er schon durchsucht, aber die kleine Fitnessecke noch nicht. Jeder Astronaut muss trainieren. Er schiebt den Vorhang beiseite und riecht Schweiß. Das ist eigentlich unmöglich, genau wie ein Fitnessraum ohne Schweißgeruch unvorstellbar ist. Sein Geist entscheidet sich in solchen Fällen wohl für die akzeptablere Lösung.

Am Griff des Fahrrads steckt ein Kabel, dessen Ende in eine Armbanduhr führt. Es muss Christines Uhr sein. Sie hat sie aufgeladen und hier vergessen. Der Speicher ist groß genug, um einen Teil der Beobachtungen aufzunehmen. Man kann von überall per

Funk darauf zugreifen. Es ist das perfekte Gerät, um sich Arbeit aus der Zentrale mit in die Kabine zu nehmen.

»Aaron, ich glaube, ich habe, was wir suchen.«

»Sehr gut.«

»Hat sich David schon gemeldet?«

»Nein.«

Das ist merkwürdig. Aber sie machen Fortschritte. Erstmals seit langem hat wieder etwas funktioniert. Vielleicht gibt es ja doch noch Hoffnung. Benjamin greift nach der Uhr. Daumen und Zeigefinger berühren das Gehäuse gleichzeitig. Er drückt sie nur ganz leicht zusammen, und doch berühren sie sich plötzlich. Die Uhr zerfällt zu Staub, als hätte sie nur auf diese Berührung gewartet. Der Staub breitet sich in einer feinen Wolke aus.

»Uh. Uh.«

Benjamin zuckt zurück. Er findet keine sinnvollen Worte. Hier stimmt etwas auf ganz beschissene Weise nicht. Er streckt seine Hand wieder aus. Sie weigert sich, aber er zwingt sie. Sie zittert stark. Er schafft es trotzdem, die Lenkstange des Fahrrads zu berühren. Sie bietet ebenso wenig Widerstand wie die Uhr. Das verdammte Ding löst sich einfach auf, vor seinen Augen. Er fasst sich an den Kopf. Trägt er etwa noch diese Brille? Hat er den Absprung aus der Virtuellen Realität nicht geschafft? Was ist das für ein Scheißspiel!

»Benjamin? Bist du bald fertig? Ich mache mir nun doch langsam Sorgen um David.«

»Ich … verdammt. Wir sind am Arsch, Aaron. Ich glaube, ich verstehe jetzt, warum Christine sich umgebracht hat.«

»Was ist los?«

»Komm her und sieh es dir an.«

Bis Aaron ihn erreicht, probiert Benjamin die Brille noch einmal aus. Sie führt ihn in einen quaderförmigen Raum mit braunen Stahlwänden, die Default-Umgebung. Von Christines Computer fehlt jede Spur. Er hat es versaut.

Aaron dirigiert den grauen Staub mit einem Stück Papier in Richtung des Objektträgers, den Benjamin hält.

»Ich war so nah dran«, sagt Benjamin. »Ich wollte nur diesmal alles richtig machen und die Daten erst sichern und dann ansehen.«

»Halt das Ding bitte ganz ruhig«, sagt Aaron. »Der Staub wird sonst gleich wieder weggeschleudert.«

Das ist leicht gesagt.

Aaron nimmt ihm die kleine Glasscheibe ab und legt eine zweite darüber. Dann schwebt er damit zum Mikroskop. Er schiebt die Probe unter das Objektiv, dreht ein bisschen an der Einstellung und sieht durch das Okular.

»Die Auflösung ist zu gering, um Genaueres zu sagen«, erklärt er dann. »Aber mein Verdacht scheint sich zu bestätigen.«

»Dein Verdacht?«

»Schau mal durch.«

Aaron macht den Platz am Okular frei. Benjamin sieht hindurch. Zuerst sieht er gar nichts, dann erkennt er winzige graue Punkte.

»Lauter Punkte«, sagt er.

»Genau. Wir müssen uns das unter dem RTM in der Zentrale ansehen, wenn wir sicher sein wollen, aber eines ist schon mal klar.«

»Ja?«

»Das ist kein gewöhnlicher Staub.«

»Inwiefern?«

»Staubkörner sind vergleichsweise riesig. In der Probe gibt es aber nur winzige Teilchen. Dass wir überhaupt etwas sehen, ist ein optischer Effekt. Oder es liegt daran, dass sich die Teilchen elektrostatisch aneinanderbinden.«

»Und was soll mir das sagen?«

»In der Probe scheint es keine chemischen Bindungen mehr zu geben.«

Benjamin fragt nicht weiter. Er ist zwar kein Chemiker, aber was das heißt, ist ihm sofort klar. Die Welt, wie sie sie kennen, löst sich in ihre Bestandteile auf.

HOUSTON
15. FEBRUAR 2079

»Rachel, Charles, in den Besprechungsraum!«

Alison spricht in einem schneidenden Ton, den Rachel an ihr noch nie bemerkt hat.

»Ja, MOM«, sagt Charles beflissen.

Rachel nickt bloß. Alison zeigt auf die Treppe, die am Rand des Kontrollraums nach oben führt. An ihrem Ende befindet sich eine verglaste Holztür.

»Geh ruhig vor«, sagt Alison und tritt einen Schritt zurück.

Rachel zögert. Wen meint sie denn? Dann sieht sie Alisons Hand an Charles' Unterarm. Sie gräbt geradezu ihre Finger in seine Haut. Rachel geht die Treppe hinauf. Hinter ihr zischt Alison etwas. Es klingt wie eine Standpauke. Womit Charles die wohl verdient hat? Und ist das jetzt der richtige Zeitpunkt? Sie sollten sich doch besser um die Astronauten dort draußen kümmern als um Interna.

Rachel erreicht das Ende der Treppe. Sie dreht sich um. MOM diskutiert immer noch leise mit Charles. Rachel drückt die Klinke herunter, und die Tür schwingt nach innen auf.

Der Raum ist klein. Die dunkle Holzvertäfelung verstärkt diesen Eindruck noch. In einer schmalen Nische hängt ein schwarzes Gerät. Das muss ein Telefon sein. Rachel erinnert sich. Von hier aus haben vor über hundert Jahren die ersten Journalisten über die erste Mondlandung berichtet. Es riecht, als sei seitdem nicht gelüftet worden. Links von ihr erlaubt eine Glasfront den direkten Blick in den Kontrollraum. Direkt dahinter gibt es zwei Reihen mit je vier Klappstühlen. Sie klappt die Sitzfläche des Stuhls vorn rechts nach unten und setzt sich. Das Möbelstück knarrt.

»Das wird Folgen haben«, sagt Alison.

Sie betritt mit großen Schritten den Konferenzraum. Ihre Wangen sind rot. Charles folgt ihr. Nach einem solchen Anschiss hätte sie sich selbst ganz klein gemacht, aber Charles kommt gewohnt raumgreifend auf sie zu und setzt sich neben sie.

Alison läuft mit verschränkten Armen vor der Glasscheibe auf und ab.

»Ich hätte mich nie darauf einlassen sollen«, sagt MOM, anscheinend zu sich selbst.

Worauf einlassen? Was ist hier los?

MOM bleibt stehen.

»So kommen wir nicht weiter«, sagt sie. »Es tut mir leid, Rachel, dass ich Sie da hineingezogen habe. Das steht mir nicht zu. Charles, ich will ein Gespräch mit Ilan, heute noch.«

Charles schüttelt den Kopf. »Ich weiß nicht einmal, ob er in den Staaten ist.«

»Meinetwegen auch online. Aber heute.«

»Ich weiß nicht ...«

»Charles, ich warne sie. Ich kann auch anders.«

»Beruhigen Sie sich. Ilan hat bestimmt Zeit für Sie. Ich muss Sie allerdings warnen: Überschätzen Sie Ihre Rolle nicht.«

»Charles?«

Rachel zieht die Schultern ein. Was zur Hölle ist ihre Rolle hier?

»Oh, Rachel, es tut mir leid. Das muss alles sehr verwirrend für Sie sein.«

Das ist es allerdings.

»Ich möchte eigentlich nur wissen, was ich den Astronauten sagen soll. Ich denke, sie haben eine Antwort verdient.«

»Ja, Rachel, selbstverständlich.«

Alison sieht Charles an, der daraufhin nickt. Hier gibt es eine Ebene, von der sie keine Ahnung hat. Das ist ärgerlich. Man will sie für dumm verkaufen, und ausgerechnet MOM, der sie vertraut, ist dabei.

»Also?«, fragt sie und hebt das Kinn.

»Die Beinahekollision bei Jupiter«, erklärt Alison. »Das ist das Problem. Ich schicke dir das Dossier dazu.«

Jupiter? Das war vor ihrer Zeit. Als die Shepherd-1 den Gasriesen passiert hat, war sie noch in der Ausbildung. Was ist damals geschehen? In den offiziellen Dokumenten gibt es dazu nichts, sonst wüsste sie es längst. Aber das ganze Projekt läuft weitgehend unter Ausschluss der Öffentlichkeit. Sie hätte sich ihren Auftrag genauer ansehen sollen.

»Sonst noch etwas?«, fragt Alison.

»Nein, ich denke, das Dossier wird alle Fragen beantworten. Aber eine Frage hätte ich noch – holen wir die Crew zurück?«

»Natürlich, Rachel, das ist doch klar. Wir lassen niemanden hilflos im All zurück. Wofür halten Sie uns denn, für Monster?«

Rachel antwortet nicht. Aber sie kennt die Geschichte des Weltraumflugs. Hätten Neil Armstrong und Buzz Aldrin bei der Landung auf dem Mond damals zu viel Treibstoff verbraucht, hätte die NASA sie dort ersticken lassen. Einen entsprechenden Nachruf hatte der Präsident schon auf dem Schreibtisch.

Das Dossier wirkt überzeugend. Aber warum hat man es ihr erst jetzt gezeigt? Wenn sie als CapCom mit den Astronauten kommunizieren soll, muss sie doch wissen, was sie schon alles hinter sich haben.

Die Shepherd-1 hatte damals am Jupiter zusätzlichen Schwung holen sollen. Allerdings hatte ein Techniker metrische und imperiale Maße verwechselt. Die Umstellung der USA auf metrische Maße war ja auch erst zwanzig Jahre vorher erfolgt, da kann man sich schon mal irren. Dummerweise hatte das Manöver dadurch den gegensätzlichen Effekt. Die Shepherd-1 geriet in Ausläufer der Jupiter-Atmosphäre und wurde dadurch gebremst und zugleich aufgeheizt. Sie entging nur knapp einer Katastrophe. Den nun fehlenden Schwung musste das Schiff ausgleichen, indem es länger beschleunigte – was die Vorräte an Stützmasse deutlich verringerte. Ein von Alpha-Omega finanziertes Tankschiff hätte Ersatz liefern sollen.

Das Schiff ist allerdings nie gestartet. Zu den Gründen dafür liefert das Dossier keine Hinweise. Rachel sieht sich in Mission Control um, aber MOM ist nicht da. Ob Charles etwas weiß? Sie geht zu seinem Tisch. Er bohrt gerade mit dem Zeigefinger in der Nase.

»Was war das denn vorhin im Besprechungsraum?«

Charles zieht schnell den Finger aus seinem Nasenloch und wird rot. Ich habe dich beim Popeln erwischt, und du weißt es, und ich weiß, dass du es weißt. Rachel deutet ein Lächeln an. Sie will Charles nicht zu freundlich gegenübertreten, sonst versteht er es gleich wieder falsch.

»Wir hatten eine Meinungsverschiedenheit, MOM und ich.«

»Für mich sah es eher nach einer kräftigen Abreibung aus.«

Charles zieht die Augenbrauen hoch.

»Glaub mir, es war eine Meinungsverschiedenheit. MOM ist gar nicht in der Position, mir einen Anschiss zu verpassen.«

»Nicht? Sie ist immerhin die Chefin hier.«

»Ich habe nur einen Chef, Ilan. Und ich bin nur hier, weil er festgelegt hat, dass ich diese Rolle übernehmen soll. Könnte ich das selbst entscheiden, wäre ich schon über alle Berge. Einen so langweiligen Job hatte ich lange nicht.«

»Soso. Aber eigentlich wollte ich dich etwas wegen des Jupiter-Zwischenfalls fragen.«

»Jupiter?«

»MOM hat doch vorhin davon gesprochen, und sie hat mir ein Dossier dazu geschickt.«

»Ach, Jupiter, das Dossier, sag das doch gleich. Ja, Jupiter war schlimm.«

»Woher weißt du das? Und warum wusste ich nichts davon?«

»Du weißt eine Menge nicht, Rachel. Du weißt exakt so viel, wie du wissen musst, um deinen Job als CapCom zu erledigen.«

Hitze steigt in ihre Wangen, aber sie beherrscht sich. Charles anzuschreien, wäre zwar gerade sehr befriedigend, aber es bringt sie nicht weiter. Sie muss die Informationen, die sie braucht, anders aus ihm herauskitzeln.

»Rachel? Du bist dran«, sagt eine ihr unbekannte Frau, die Alisons Platz an MOMs Schreibtisch eingenommen hat.

»Hallo, ihr drei«, beginnt Rachel. »Ich hoffe, ihr kommt einigermaßen mit Christines Tod zurecht. Mission Control bietet jedem von euch direkten Kontakt zu einem Psychologen an. Eure Gespräche in diesem Rahmen werden nicht aufgezeichnet und finden in eure Performancebeurteilung keinen Eingang. Wir wollen euch helfen.«

Wenn das wirklich so wäre, würden MOM und Charles offener mit ihr umgehen. Sie hat schon überlegt, ob sie die Astronauten einweihen soll. Aber erstens würde man ihr so etwas bestimmt herausschneiden, sie spricht ja nicht live, und zweitens würde es ihnen nicht helfen.

Es ist traurig. Von Alison hätte sie das nicht erwartet. Sie hat bei der NASA einen hervorragenden Ruf.

»Was den Treibstoffmangel betrifft, weist MOM auf das Ereignis bei der Jupiter-Passage hin. Ich hänge das Dossier dazu dieser Nachricht an. Alpha-Omega sagt zu, dass ihr rechtzeitig Nachschub erhalten werdet. Wichtig ist momentan, dass ihr über Christines Tod hinwegkommt. Es würde ihr Gedächtnis ehren, denken wir, wenn ihr uns baldmöglichst ihre Ergebnisse schicken könntet. Wir vermuten, dass sie etwas Wichtiges gefunden hat. Wenn es euch nicht gelingt, auf Christines Speicher zuzugreifen, schickt ihr uns den Inhalt einfach komplett. Mit Hilfe der Quantencomputer sollte die Verschlüsselung zu knacken sein. Alpha-Omega hat uns dafür schon Kapazitäten zugesichert.«

Immer wieder Alpha-Omega. Wäre es nicht Aufgabe der NASA, den Astronauten Hilfe zu leisten?

»Parallel dazu besteht eure Aufgabe darin, wieder eine funktionsfähige Konfiguration der Solaren Gravitationslinse aufzubauen. Unsere Astronomen haben noch zahlreiche Beobachtungsaufträge für euch. Wir werden Schulungsunterlagen vorbereiten, damit ihr Christines Aufgaben übernehmen könnt, auch wenn ihr keine ausgebildeten Astronomen seid.«

Alison hat ihr erklärt, dass die drei leichter über den Tod ihrer Kollegin hinwegkommen, wenn sie genug zu tun haben. Im Moment kommt es ihr zynisch vor – und selbstsüchtig. Aber sie weiß auch nicht, wie sie den dreien sonst helfen kann. Doch. Sie wird herausfinden, was man ihnen und ihr verschweigt. Ein kühler Luftzug aus der Klimaanlage streicht über ihre nackten Oberarme. Rachel friert. Manchmal ist Ahnungslosigkeit doch einfacher. Sollte sie es nicht besser beim Status quo belassen?

»Bitte meldet euch, wann immer es Probleme gibt. Die Erde steht fest auf eurer Seite, das soll ich euch persönlich versichern. So weit ihr euch auch entfernt habt, seid ihr doch immer noch Erdenbürger.«

Bla, bla, bla. Die Crew ist Teil einer Maschine, die Wissen produziert. Das wäre eine ehrliche Botschaft. Es ist eine einmalige Mission, die neue Erkenntnisse generieren soll. Wie bedeutsam kann da das Leben einer Astronautin sein? Umso wichtiger ist es, dass sie ihre Aufgabe als CapCom erfüllt – die Interessen der Crew auf der Erde zu vertreten.

»Danke, Rachel. Ich hänge noch das Dossier an, und dann geht die Botschaft über das DSN raus«, sagt MOMs Vertretung.

»Alishondra? Mami braucht heute ein bisschen länger im Büro.«

Keine Antwort. Dann ein Knall. Rachel sieht erschrocken auf den Bildschirm ihres Telefons, aber die Verbindung steht noch.

»Sie ist weggerannt und hat das Telefon fallen gelassen«, meldet sich ihre Mutter. »Mach dir keine Sorgen, Alli geht es gut bei mir.«

»Sie ist neuerdings so anhänglich.«

»Das ist nur eine Phase. Du hattest auch so eine Zeit, als du mich gar nicht aus dem Haus lassen wolltest. Ich habe immer gesagt, Rachel, nun lass …«

»Mum, es tut mir leid, ich habe gerade kein Ohr für alte Geschichten. Vielen Dank, dass du dich um Alli kümmerst. Ich bin auf jeden Fall da, bevor sie ins Bett geht.«

»Verstehe, Kleines, mach dir keinen Stress. Ich bin ja da.«

»Danke, Mum, hab dich lieb.«

»Ich dich auch, Raya.«

So hat Mum sie lange nicht genannt. Seit sie öfter auf ihre Tochter aufpasst, sind sie sich wieder nähergekommen. Aber ihren alten Kosenamen hat ihre Mutter zuletzt an ihrem zwölften Geburtstag verwendet, an dem Rachel darum gebeten hatte, Rachel genannt zu werden, weil sie doch nun fast erwachsen sei.

Rachel lacht leise. Wenn es so einfach wäre mit dem Erwachsensein. Aber der Ansatz war schon richtig gewesen. Es geht darum, für sich selbst einzustehen und für das, was einem wichtig ist.

Es riecht nach Zigarettenrauch. Rachel sieht sich um. In Mission Control ist es dämmrig. Das Deckenlicht ist ausgeschaltet, nur ihre Schreibtischlampe brennt. Die Seitenfenster sind geöffnet. Man sieht es zwar wegen der lichtundurchlässigen Vorhänge nicht, aber sie spürt die eindringende Abendwärme. Da draußen muss jemand vor dem Gebäude stehen und rauchen. Eigentlich ist das nur an bestimmten Orten erlaubt, aber um diese Zeit ist das Space Center fast ausgestorben. Vielleicht legt einer der Wachmänner gerade eine Rauchpause ein.

Es fühlt sich seltsam an, so allein im Kontrollraum. In ihrem vorigen Job war das nie vorgekommen. Eine Expedition am Mondsüdpol braucht ständig einen Ansprechpartner, so dass Mission Control rund um die Uhr besetzt war. Hier jedoch arbeiten sie in normalen Tagschichten. Gerade deshalb war der Job so attraktiv, denn so kann sie für ihre Tochter da sein. Manchmal zumindest.

Heute muss Alli wieder warten. Rachel geht die Aufzeichnungen zur SGL-Expedition durch. Abgesehen von dem Jupiter-Zwischenfall scheint alles planmäßig verlaufen zu sein. Ungewöhnlich ist allenfalls, dass der Flug fast unter Ausschluss der Öffentlichkeit stattfindet. Sicher, Weltraumreisen sind heute nicht mehr ungewöhnlich. Alle Planeten sind längst erforscht, etwa einmal im Monat bringen Schiffe von Ilans Unternehmen, aber auch von den Russen und den Chinesen, neue Kolonisten zum Mars.

Sie sucht nach Material über die Crew, aber mehr als die offiziellen Biographien ist nicht aufzutreiben. Sollten sie nicht auch ein Leben vor dieser Reise gehabt haben? Rachel taucht tiefer in die Vergangenheit ein. Aarons Frau soll früh gestorben sein, angeblich bei einem Selbstmordanschlag in Jerusalem. Zu dem Anschlag selbst gibt es Zeitungsberichte. Aber unter den Opfern sind nur zwei ältere Frauen und zwei Kinder. Aarons Frau hingegen muss damals Anfang zwanzig gewesen sein. Sollte sie etwa die namenlose Täterin gewesen sein, die als junge Frau beschrieben wird? Rachel kann es nicht glauben.

David hat laut den Aufzeichnungen einen Freund bei einem Unfall verloren, den er selbst verursacht hat. Tatsächlich findet sie einen kurzen Artikel in einem Lokalmedium. Ein gewisser David Martelle, neunzehn Jahre alt, ist bei regennasser Fahrbahn mit seinem vorschriftswidrig selbst gesteuerten Auto in einer Kurve gegen einen Baum gerast. Fahrer und Beifahrer hätten dabei schwere Verletzungen erlitten, denen der Beifahrer im Krankenhaus erlegen sei. Von weiteren Passagieren ist nicht die Rede. Andererseits ist der Name nicht sehr ungewöhnlich. Sie findet auf Anhieb mindestens zehn »David Martelle«.

Christine besitzt laut ihrer Akte einen Doktor in Astronomie. Sogar das Zeugnis der New York University liegt vor. Aber sie wird auf den Websites der Universität nicht als Absolventin geführt. Sicher, man kann sich auf der Seite aus der Liste austragen lassen. Christine scheint aber auch keine wissenschaftlichen Arbeiten verfasst zu haben. Warum wurde sie als Astronomin der SGL-Expedition akzeptiert? Gab es für eine derart lange Reise nur wenige Bewerber, so dass sie immer noch die beste Wahl war? Unwahrscheinlich.

Dann ist da noch Benjamin, der angeblich aus Frankreich kommt. Seinen Namen, Benjamin Forestier, findet sie in einer medizinischen Veröffentlichung. Sie beschreibt einen auf furchtbare Weise fehlgeschlagenen Medikamententest eines französischen Pharmakonzerns. Es war um ein Medikament gegangen, das das menschliche Denken beschleunigen sollte. Zum Teil vom Militär finanziert, hätte es etwa Piloten oder Soldaten rasant schnelle Entscheidungen ermöglicht – auf Maschinenniveau. Obwohl die vorangegangene Verträglichkeitsprüfung keine Probleme gezeigt hatte, waren vier der zwanzig Probanden, drei Männer und eine Frau, unmittelbar nach der Einnahme des Medikaments ins Koma gefallen. Dieser Benjamin war darunter gewesen. Die Studie ist allerdings erst vor sieben Jahren erschienen. Der Vorfall selbst ereignete sich vor acht Jahren. Es muss also ein anderer Benjamin Forestier gewesen sein, denn ihrer hatte da ja schon längst Jupiter erreicht. Oder?

Rachel schiebt die Tastatur zurück. Was soll sie mit diesen Informationen anfangen? Der Crew nutzen sie jedenfalls nichts. Aber dass an dieser Expedition etwas faul ist, das ist wohl eindeutig. Normalerweise würde sie mit MOM darüber reden, aber Alison scheint auf seltsame Weise in die Angelegenheit verstrickt zu sein. Vielleicht muss sie doch mal mit Charles essen gehen, obwohl ihr schon beim Gedanken daran der Appetit vergeht. Aber jetzt braucht Alishondra ihre Mutter.

»Gute Nacht, Mam!«

Rachel erschrickt. Sie hat den Mann nicht kommen hören. Er hat eine fast aufgerauchte Zigarette in der Hand und muss gerade hinter der Seitenwand des Gebäudes hervorgekommen sein. Der Mann trägt keine Uniform, also kann es sich nicht um einen Wachmann handeln. Was will er dann hier? Sie hat etwa anderthalb Stunden lang recherchiert, und der Qualm seiner Zigarette war schon am Anfang durch das Fenster gezogen. Rachel schlingt die Arme um sich, obwohl ihr gar nicht kalt ist.

»Gute Nacht«, presst sie heraus.

Der Unbekannte lässt die Zigarette fallen und tritt sie mit dem Absatz seiner schwarzen Schuhe aus. Es scheinen teure Schuhe zu sein, vermutlich handgenäht. Der Mann ist, das merkt sie erst jetzt, insgesamt sehr edel gekleidet. Es scheint also zumindest nicht hinter ihrem Geld her zu sein. Sie entspannt sich etwas.

Der Mann lächelt. Dann öffnet er den Mund, sagt aber nichts und schließt ihn wieder. Er dreht sich zur Seite und geht ohne einen weiteren Gruß mit schnellen Schritten in Richtung Besucherausgang.

Rachel bleibt noch einen Moment stehen und sieht ihm hinterher, bis er in der Dunkelheit verschwindet. Sie hat ein ungutes Gefühl. In diesem Moment wäre es ihr lieber gewesen, wenn er die Herausgabe ihrer Geldbörse verlangt hätte.

SHEPHERD-1

25. APRIL 2094

Sie sind draußen. Der Bildschirm zeigt, dass sich das Außenschott der Schleuse gerade geschlossen hat. David ist allein.

Es ist schon seltsam. Da leben sie zwanzig Jahre nebeneinanderher, und dann erfährt er in ein paar Tagen mehr über seine Kollegen als in der langen Zeit davor. Musste es so sein? Hätten sie etwas anders machen müssen? Hätten sie es überhaupt besser machen können?

Aber das sind doch müßige Fragen. Viel wichtiger ist, wie es weitergeht.

Wenn Aaron und Benjamin zurück sind, wird klar sein, ob sich Kapsel C reparieren lässt. Die Chancen stehen gar nicht schlecht. Er hat das ja schließlich selbst behauptet. Allerdings hat er auch behauptet, dass sie Zugriff auf eine Reihe von Ersatzteilen haben würden, deren Existenz eher zweifelhaft ist. David schaukelt mit dem Sitz vor und zurück. Da ihm keine Schwerkraft hilft, muss er sich in beiden Richtungen abstoßen.

Soll er nachsehen? Manchmal hat er einfach ein Gespür für die

Wahrheit, oder er hat die Fähigkeit, Dinge aus dem Nichts zu beschwören. Aber diesmal ist die Lage ernster als sonst. Also sollte er sich wohl besser nicht auf sein Gefühl oder seine magischen Fähigkeiten verlassen.

Er ruft am Computer das Inventarverzeichnis auf. Aber was soll er eingeben? Er hat keine Teilenummern, und »Ersatzteile für Kapsel C« ist wohl zu unspezifisch. Es bringt jedenfalls keine Suchergebnisse.

David steht auf. Ein bisschen Bewegung tut ihm gut. Die Lagerräume sind zwar riesig, aber länger als ein paar Stunden dürfte es nicht dauern, sie zu durchsuchen. Er verlässt die Zentrale. Vom Gang zur Schleuse biegt er nach rechts ab. Die ganze Shepherd-1 ist ein gigantisches Lager, an das Triebwerke angebracht wurden.

Das Schiff ist in Kugelschalen von 1 bis 25 organisiert. Schale 1 ist der Kern. Die Schalen bestehen aus je acht Sektoren – vier unterhalb des vom Ring gebildeten Äquators, das sind Süd 1 bis Süd 4, und vier oberhalb, also Nord 1 bis 4. Jeder Sektor ist ein riesiger Raum.

David erreicht eine Kreuzung. Er befindet sich in der äußersten Kugelschale, der 25. Er kommt aus dem Süden. Wenn er sich weiter geradeaus bewegt, erreicht er Nord 1. An den Wänden in der Nähe der Kreuzung ist sein aktueller Standort markiert: 25S1. Nach ein paar Metern wechselt er zu 25N1.

Langsam, David. Ohne eine sinnvolle Strategie kommst du nicht weit. Sonst musst du kilometerweit laufen. Es ist sicher eine sinnvolle Annahme, dass die Shepherd-1 systematisch bepackt wurde. In der Nähe der Zentrale, mit kurzen Wegen für die Astronauten, dürfte sich finden, was sie regelmäßig brauchen – Nahrung zum Beispiel. Je weiter ein Raum entfernt ist, desto seltener dürfte sein Inhalt benötigt werden.

Aber das ist ja alles bloß eine Vermutung. Er sollte zumindest ein paar Räume durchsuchen. David stößt sich mit den Füßen ab und schwebt voran. Bald nähert er sich der Decke. Der Gang sieht nur gerade aus, in Wirklichkeit ist er natürlich gekrümmt. Das ist sehr praktisch, denn so kann er sich immer wieder an der Decke abstoßen und kommt trotz gerader Flugbahn wieder zu ihr zurück, als wäre sie magnetisch.

Die erste Tür. Jeder Raum besitzt unterschiedlich viele und verschieden große Eingänge, je nachdem, welchem Zweck er dient. In der Mitte der Tür ist die Raumnummer in großen schwarzen Lettern zu lesen: 25N1. Er schiebt die Tür zur Seite. Sie lässt sich ganz leicht bewegen. Als er durch den Türrahmen tritt, flammen weiße Deckenleuchten auf und geben den Blick auf unzählige Regale frei. Es ist Trockennahrung in großen Tüten, und zwar eine Menge. Er überschlägt Länge und Höhe der Regale. Hier gibt es genug Nahrung, um vier Astronauten für etwa fünf Monate zu verpflegen.

Er verlässt den Raum und zieht die Tür hinter sich zu. Mit kräftigen Stößen durchquert er die Nordhalbkugel. Es macht richtig Spaß, so aktiv zu sein. Sie sollten hier ein Wettrennen veranstalten oder Verstecken spielen. David entdeckt in sich eine kindliche Freude an der Bewegung. Wann hat er sie zuletzt gespürt?

Sektor N3. Wenn er ihn auslässt, ist er schneller fertig. Aber er hält trotzdem an, sobald er eine Tür sieht. Sie lässt sich genauso leicht bewegen wie die erste. Ein Lichtschwall ergießt sich über ihn. David sonnt sich in den Strahlen. In der Zentrale ist es nie so hell.

Aber der Lagerraum ist leer. Er enthält zwar Regale, aber nicht mehr. Er schwebt in die Mitte. Auf den Regalbrettern liegt eine dicke Staubschicht. Er bläst schräg von der Seite darauf, und eine Wolke wirbelt im selben Winkel davon. Es sieht nicht so aus, als hätte hier je ein Paket gestanden. Aber vielleicht täuscht er sich auch. Sie müssen ja auf dem Hinflug eine Menge Nahrung verbraucht haben. Wie schnell wächst so eine Staubschicht?

David verlässt den Raum wieder. Er ist beunruhigt, weiß aber nicht genau, warum. Als ob ein leerer Lagerraum ein Grund zur Sorge wäre! Er setzt seinen Weg fort. Bei der nächsten Kreuzung biegt er nach unten ab. 24S3 steht an der nächsten Tür. Er schiebt sie zur Seite und kneift die Augen zusammen, weil gleich das Licht angeht. Er öffnet die Augen wieder. Vor ihm befinden sich zahlreiche Regale, alle leer. David atmet tief durch. Aber warum auch nicht? Die Shepherd-1 hat die Hälfte ihres Weges bereits hinter sich gebracht. Er sollte trotzdem die anderen Räume kontrollieren. Irgendwo wird er auf den Rest der Ladung stoßen.

Er beginnt mit 24S2. Der Raum ist leer. 24S1 und 24S4 enthalten ebenfalls nur leere Regale. Nach unten zur 23. Schale. Die Türen zu den Lagerräumen liegen nur etwa zwanzig Meter vom Schacht nach unten entfernt. Er kontrolliert 23S4, 23S3, 23S2 und 23S1. Nichts. Das 22. Stockwerk enthält nur leere Räume, ebenso das 21. Und alle, die dann noch folgen. Als er bei Kugelschale neun ankommt, schwitzt er. Träumt er das alles vielleicht bloß? Er gibt sich eine schallende Ohrfeige. Seine rechte Wange schmerzt, aber er wacht nicht auf.

8S2. Er darf sich nicht verrückt machen. Bisher hat er ja nur die südliche Hälfte abgesucht, an der sich das Heck befindet. Vielleicht gibt es einen Grund, das Schiff vom Bug her zu füllen. Nur nicht nervös werden. 7S1. Er zuckt zurück. Hier sind die Regale nicht leer! David schnauft. Er segelt zum ersten Regal. Ersatzteile für den Schwarm. Er begutachtet einige der Kisten. Damit könnten sie sogar komplett neue Sonden konstruieren. In der nächsten Reihe findet er Ersatzteile für die Triebwerke. Gut zu wissen! Und dann kommen tatsächlich Teile für die Kapseln. Bingo.

Aber dass er bisher keinerlei Nahrungsvorräte gefunden hat, beunruhigt ihn immer noch. Er setzt seine Suche fort. Nach innen werden die Sektoren immer kleiner. Die Räume hier stecken voller Ersatzteile für das Schiff. Bei einer so langen Reise ist das absolut sinnvoll. Sie müssen jedes noch so kleine Teil ersetzen können – es gibt unterwegs keine Servicestation für defekte Raumschiffe. Angesichts der zahlreichen Ersatzteile ist David froh, dass sie bisher so gut wie nichts reparieren mussten. Benjamin ist zwar der Ingenieur, aber er hätte sich trotzdem selbst die Hände schmutzig machen müssen. Und nichts mag er so wenig wie schmutzige Hände. Er hat immer mit dem Kopf arbeiten wollen. Und nun schwebt er hier schwitzend durch endlose Gänge.

David sieht auf die Uhr. Benjamin und Aaron müssten bald zurück sein.

»Hallo, ihr zwei, kommt ihr voran?«, versucht er es über den Helmfunk.

Er bekommt keine Antwort. So nah am Kern ist der Empfang wohl schlecht. Soll er den anderen entgegenkommen? Nein, er hasst es, Aufgaben halb fertig liegen zu lassen. Wenn er sagen kann, dass die südliche Hälfte des Schiffes keinerlei Nahrungsvorräte enthält, ist das eine saubere Aussage. Dann können sie zu dritt den Bereich am Bug durchsuchen.

Was bedeutet es, wenn sie auch dort nichts finden? Ist es möglich, dass man ihnen absichtlich zu wenig Nahrung mitgegeben hat? Mit den Vorräten aus 25N1 werden sie auf keinen Fall bis zur Erde durchhalten. Er schiebt den Gedanken zur Seite. Damit kann er sich beschäftigen, wenn es so weit ist. Erst einmal hat er noch sechs halbe Kugelschalen vor sich. Je tiefer er kommt, desto langsamer wird er, denn die Gänge sind hier viel stärker gekrümmt. Als er merkt, dass er sich auf einer Kreisbahn bewegt, wird ihm schwindlig. Er muss eine Pause einlegen.

Die Schalen fünf, vier und drei sind leer. In der zweiten Schale stecken die Regale voller medizinischer Vorräte. Nur die mit einer blauen Flüssigkeit gefüllten Tüten kann er nicht zuordnen. Sind das spezielle Blutkonserven? Ansonsten scheint sich die NASA vor allem um Prothesen gekümmert zu haben, komplette mechanische Glieder. Ein Glück, dass er einem Kollegen nie so etwas anpassen musste.

An der Tür von Lager 3S1 prangt eine Warnung vor radioaktiver Strahlung.

»Längerer Aufenthalt nur mit Schutzkleidung«, steht darunter. Mal kurz hineinzusehen, scheint also nicht zu schaden. Er öffnet die Tür. In den Regalen liegen etwa hundert kürbisgroße Kugeln. Es sind Energiequellen für die Sonden des Schwarms, deren Solarzellen hier draußen sinnlos geworden sind. Sie sind also auf eine längere Messzeit vorbereitet. Nur dass sie die Sonden mangels

Raumkapseln jetzt nicht mehr damit aufladen können. In einer Ecke steht eine blaue Tonne. Er hebt den Deckel und leuchtet hinein. Die Tonne ist etwa zur Hälfte mit tennisballgroßen orangefarbenen Kugeln gefüllt. Sie tragen alle das Strahlungswarnsymbol. Es muss sich um Radionuklidbatterien für kleinere Geräte handeln. Alles in allem sind die Akkus ein Vermögen wert. Gäbe es hier draußen Raumpiraten, wären sie ein lohnendes Ziel.

Schale 1, der Kern. Es ist ein einzelner Raum, der nur eine einzige Tür besitzt, und zwar zum Bug hin. David ist gespannt. Warum eigentlich? Es ist ein Lagerraum, kein heiliger Ort und keine altägyptische Gruft. Er öffnet die Tür. Sie klemmt leicht, was wohl an ihrer Wölbung liegt. Als sich das Licht anschaltet, fällt er. Es fühlt sich jedenfalls so an. Er hält sich am Rahmen fest.

Vor ihm liegt ein kugelförmiger Raum völlig ohne Regale. Die Einrichtung besteht aus sechs sargartigen Kisten, die in der Mitte des Raums schweben. Sie sind so angeordnet, dass sie ein Sechseck bilden. Er hält sich an einer fest und versucht, sie zu bewegen, aber das ist unmöglich. Irgendeine Kraft hält sie fest. Vielleicht ein Magnetfeld; der Inhalt scheint wertvoll zu sein. Dieser Raum im Kern dürfte der sicherste Platz an Bord des Schiffes sein.

Woraus besteht denn die wertvolle Fracht? Warum sieht er nicht nach? Wenn das gefährlich wäre, hätte sich der Deckel wohl nicht so leicht abheben lassen. Er fährt mit den Fingern an der Oberseite entlang und stößt auf einen Verschluss, der sich einfach öffnen lässt. Der Deckel lässt sich ebenso leicht hochklappen. Aber der Behälter ist leer. David betrachtet ihn. Am Boden liegt eine Art Polster. Es ist an mehreren Stellen eingedrückt. Aber er kann sich nicht vorstellen, was hier gelegen haben soll.

Er versucht es beim zweiten Behälter. Auch er ist leer. Der dritte ebenso. David schwebt zu Kiste Nummer vier. Eigentlich reicht es doch. Er sollte sich wieder hoch in die Zentrale bewegen. Aaron und Ben machen sich bestimmt schon Sorgen. David kratzt sich am Kinn. Aber er kann doch nicht in nur drei von sechs Kisten nachsehen! Er öffnet den Verschluss und hebt den Deckel an. Hier ist alles anders. Die Kiste ist gefüllt. Vor ihm liegt ein Mann. Er hat rote, strubbelige Haare, ein helles, freundliches Gesicht und atmet regelmäßig. David beugt sich darüber. Soll er ihn herausholen? Schläft er, ist er krank, braucht er Hilfe? Und wie kommt er, verdammt nochmal, hierher?

Der Mann öffnet die Augen. Sie sind blau. Er hebt seine Arme. Natürlich, er will heraus. Er sieht David bittend an, sagt aber nichts. David legt seine Arme um die Schultern des Fremden. Der Mann bewegt seine Arme ebenfalls. Er will ihm helfen. Doch dann sind die Hände des Fremden mit einem Mal an seinem Hals. Er ... David will schreien, bekommt aber keinen Ton heraus. Die fremden Hände sind stark, und sie drücken zu, nehmen ihm die Luft. Seine Glieder zucken, er hat sie nicht mehr unter Kontrolle, und dann kippt die Welt aus seinem Blickfeld heraus. Der Vorhang schließt sich, und sein Bewusstsein erlischt.

SHEPHERD-1

26. APRIL 2094

»Weißt du eigentlich, wie spät es ist? Warum hast du uns nicht Bescheid gesagt?«, fragt Aaron.

Benjamin beobachtet seinen Kollegen, der sich im Kreis um Eric herumbewegt und ihn mit Fragen bombardiert. Eric hat sich auf seinem Sitz festgeschnallt und macht ein ausdrucksloses Gesicht. Übertreibt Aaron es nicht ein bisschen? Gut, Eric war lange im Bauch des Schiffes unterwegs, ohne eine Nachricht zu hinterlassen. Aber seine Gründe sind nachvollziehbar.

»Ich sagte doch schon, von da unten kommt der Funk nicht durch«, antwortet Eric.

»Gibt es denn keine Sprechstationen?«

»Nein, nur endlose Gänge und jede Menge Lagerräume.«

»Ist dir sonst noch etwas aufgefallen?«, fragt Benjamin.

Sie sollten allmählich zur Sachebene zurückkommen. Jeder macht mal einen Fehler, und David ist da nicht ausgenommen. Ähm, Eric natürlich.

Eric schüttelt den Kopf. »Es ist alles da, was wir brauchen. Ich habe noch nie so viel Trockennahrung auf einem Haufen gesehen. Bei unserem aktuellen Verbrauch reicht das für vierzig Jahre.«

»Ich hoffe nicht, dass wir so lange unterwegs sind«, sagt Aaron.

»Es gibt auch jede Menge Ersatzteile, mit denen wir Kapsel C reparieren können«, sagt Eric.

Dabei behält er den gleichmütigen Ton bei, mit dem er schon Aarons inquisitorische Fragen beantwortet hat.

»Das ist ja wirklich mal eine gute Nachricht nach all den Katastrophen«, sagt Aaron.

»Und wie geht es jetzt weiter?«, fragt Eric.

Benjamin sieht Eric an, und plötzlich liegt ihm der Name David auf der Zunge. Er hat keine Ahnung, warum. Hatte er nicht in der Ausbildung mal einen Kollegen namens David, der ihm ähnlich sah?

»Ich denke, als Nächstes sollten wir den Staub untersuchen«, sagt Benjamin.

»Welchen Staub?«, fragt Eric.

»In der Kapsel haben wir eine Uhr gefunden«, erklärt Aaron. »Aber als Benjamin sie berührt hat, ist sie zu Staub zerfallen. Ich vermute, dass die Atome keine chemischen Bindungen mehr eingehen.«

»Du vermutest?«

»Das Mikroskop in Christines Kapsel ist nicht leistungsfähig genug. Bisher wissen wir nur, dass der Staub aus sehr kleinen Teilchen besteht.«

»Dann sollten wir ihn unter das Rastertunnelmikroskop packen«, sagt Eric und gähnt demonstrativ. »Aber heute nicht mehr. Es ist schon deutlich nach Mitternacht. Lasst uns erst mal ausschlafen. Die Probe hast du doch sicher verwahrt?«

Aaron klopft auf seine Hosentasche. »Versteht sich. Okay, dann bis morgen.«

Benjamin sucht nicht lange. In der Schwerelosigkeit schläft er fast überall gleich gut oder schlecht. Hauptsache, er hat eine verschlossene Tür zwischen sich und den anderen, um sicher vor Schnarchgeräuschen zu sein.

Er holt sich eine Decke aus der Zentrale, wickelt sich darin ein und legt sich in der Küche hinter den Herd. Einen wirklich guten Schlaf erwartet er nicht. Dazu braucht er eine feste Unterlage und zumindest geringe Schwerkraft, die ihm selbst bei geschlossenen Augen eine gewisse Orientierung ermöglicht. Er beginnt, Schafe zu zählen. Eins, zwei, drei …

In der Zentrale riecht es wunderbar nach frischem Kaffee. Der Duft überdeckt sogar das Schweißaroma, das aus seinem Trainingsanzug dringt. Er muss dringend unter die Dusche und braucht Wäsche zum Wechseln.

»Guten Morgen, Benjamin«, begrüßt ihn Eric.

Sein Kollege sitzt vor einem Bildschirm, über den Zahlenkolonnen laufen.

»Guten Morgen, Eric. Was ist das für ein großartiger Duft?« Beinahe hätte er ihn David genannt. Absurd. Er sollte aufpassen, dass es nicht zu einer fixen Idee wird.

»Ich habe Kaffee gekocht. Er steht da drüben, wenn er nicht davongeschwebt ist.« Eric zeigt zu einem Tisch an der Rückwand. »Ich hoffe, ich habe dich nicht geweckt? Ich habe zu spät gesehen, dass du dich hinter den Herd gelegt hast.«

»Nein, ich habe prima geschlafen.«

»Da hat die Schwerelosigkeit wenigstens einen Vorteil – man kann sich lautlos bewegen.«

»Das stimmt. Und du bist schon bei der Arbeit?«

»Ich versuche immer noch, an Christines Daten heranzukommen.«

Jetzt wäre der Moment, wo er Eric auf »Cursum Perficio« hinweisen könnte, das Passwort, das Christine für ihren VR-Arbeitsplatz vergeben hat. Viele Menschen benutzen das gleiche Passwort auf unterschiedlichen Systemen, auch wenn jeder weiß, wie unsicher das ist.

»Aber sie hat sie doch verschlüsselt, oder?«, fragt er stattdessen.

»Leider. Ich hoffe, dass wir das Passwort erraten können.«

»Ein Wörterbuch-Angriff?«

»Genau, Ben.«

Ben. Wie er das hasst. Sein Name ist Benjamin. Vielleicht sollte er Eric jedes Mal David nennen, wenn er Ben zu ihm sagt.

»Immerhin konnte ich das System überzeugen«, sagt Eric, »uns nicht nach dreimaligem falschem Raten auszusperren. Es wird trotzdem ein paar Stunden dauern, das Wörterbuch komplett durchlaufen zu lassen.«

»Viel Erfolg damit, Dave.«

Diesmal korrigiert er sich absichtlich nicht. Eric dreht sich um und mustert ihn.

»Was ist?«, fragt er unschuldig.

»Ich heiße Eric.«

»Ach. Und ich Benjamin.«

Eric zieht den Mund breit, wie um ein Lächeln anzudeuten, aber er wirkt absolut nicht belustigt.

»Klar, Benjamin, tut mir leid, kommt nicht wieder vor. Ist abgespeichert.«

Das klingt sehr überzeugend. Auf seltsame Weise ist Benjamin absolut sicher, dass Eric ihn nie wieder Ben nennen wird.

»He, Leute«, ruft Aaron.

Benjamin ist gerade dabei, Kaffee in seinen Becher zu füllen. Die warme Flüssigkeit läuft über einen flexiblen Halm aus der verschlossenen Kanne in seinen ebenso verschlossenen Becher. Dazu muss er bloß den Deckel der Kanne nach innen drücken.

»Morgen, Aaron«, antwortet er. »Willst du auch Kaffee? Ist gar nicht so übel.«

»Nein danke. Kein Appetit.«

»Was ist los?«

»Ich bin so blöd!«

»Was ist denn passiert?«

»Die Probe, der Staub, du weißt schon, wir wollten sie doch jetzt unters Rastertunnelmikroskop legen.«

»Ja?«

»Sie ist weg. Ich bin sicher, dass ich den Behälter in der Werkzeugtasche des Raumanzugs hatte, aber da ist er nicht. Ich muss das Ding beim Rückflug verloren haben.«

»Draußen im All?«

»Ja, wahrscheinlich, die Tasche war offen, als ich sie gerade kontrolliert habe. Ich bin so blöd. So etwas passiert mir immer wieder.«

»Nun mach mal halblang, Aaron. Ich kann mich gar nicht erinnern, was ich im Laufe meines Lebens schon irgendwo liegengelassen habe«, sagt Benjamin.

Das ist nicht gelogen. Ihm fällt nichts ein, das er je verloren hätte, aber das muss Aaron ja nicht wissen.

»Aber ist doch auch kein Problem. Wir machen einfach noch einen Ausflug zu Christines Kapsel. Oder hast du heute schon etwas anderes vor?«

»Nein. Du hast recht, Benjamin. Kommst du mit?«

»Ich würde gern vorher noch duschen.«

»Bist du sicher? Das ist doch Ressourcenverschwendung. Sobald du das LCVG trägst, bist du sowieso in Schweiß gebadet.«

Benjamin hebt den Arm und riecht an seiner Achsel. Er könnte wirklich eine Dusche gebrauchen. Christine, deren Nase besonders empfindlich war, wäre vermutlich schon schreiend davongeflogen. Seit sie nicht mehr da ist, dürfte sich der Wasser- und Seifenverbrauch halbiert haben. Aber es ist wirklich sinnlos. Sobald er das

Liquid Cooling and Ventilation Garment, den Kühlanzug, überzieht, riecht er schlimmer als vor der Dusche.

»Lass mich bloß noch meinen Kaffee austrinken«, sagt er.

Das Innere von Christines Kapsel sieht genauso aus wie gestern, aber sein Puls bleibt heute konstant. Der Mensch gewöhnt sich an alles. Es ist nur ein paar Tage her, dass Christine umgekommen ist. Und Benjamin betrachtet die zerstörte Einrichtung schon mit den Augen des Ingenieurs.

Wo müssten sie bei der Reparatur ansetzen? Die Schwerelosigkeit bietet den großen Vorteil, dass die nicht unbeträchtliche Masse der Kapsel kein Problem darstellt. Sie müssten den Stahlträger entfernen, der sie in zwei Hälften geteilt hat. Dann klappen sie sie wieder zusammen und schweißen sie zu.

Das klingt einfach. Der Teufel steckt sicher im Detail. Das Triebwerk zum Beispiel – es scheint auf den ersten Blick unbeschädigt. Aber ohne die Versorgungs- und Steuerungsleitungen wird es nicht funktionieren, und ein Teil davon verläuft garantiert durch den Riss. Das Gleiche dürfte für die Lebenserhaltung gelten. Wenn sie zu dritt daran arbeiten, wird es bestimmt zwei Wochen dauern. Andererseits – Zeit haben sie im Überfluss.

»Komm her, das musst du dir ansehen«, sagt Aaron.

»Was denn?«

»Hier unten.«

Benjamin sieht einen Lichtfleck umherwandern. Das muss Aaron sein. Er steuert mit den Düsen zum unteren Stockwerk der Kapsel. Das Licht kommt aus dem winzigen Fitnessraum. Benjamin hält sich an einem Handgriff in der Nähe des Durchgangs zur Werkstatt fest.

»Schau mal«, sagt Aaron und lenkt den Strahl seines Scheinwerfers auf das Fahrrad.

Die Lenkstange ist nur noch zur Hälfte vorhanden. Gestern hat er selbst mit angesehen, wie die rechte Seite zu Staub zerfallen ist.

Aber auch der linke Handgriff fehlt schon. Betont langsam berührt Aaron den Rest der Stange an der linken Seite. Wuuuusch. Das Material löst sich auf. Aaron bläst dagegen, und der Scheinwerferstrahl zeigt eine dünne Wolke, die sich im Raum verteilt.

»Und, was sagst du nun?«, fragt Aaron.

»Sieht schlimmer aus als gestern. Ich erinnere mich genau, der linke Teil der Lenkstange war noch solide.«

»Die Störung breitet sich aus.«

»Störung?«

»Wie sollen wir es sonst nennen? Es ist wie eine Krankheit der toten Materie. Aber das klingt komisch.«

Benjamin zieht seine Hand zurück.

»Krankheit? Glaubst du, dass es ansteckend ist?«

»Wir haben den Staub ja noch nicht einmal genau analysiert. Aber du hast die Stelle doch gestern schon berührt. Löst sich dein Handschuh auf?«

Benjamin hält seine rechte Hand vor das Gesicht. Der Handschuh sieht aus wie immer.

»Ich habe nicht den Eindruck.«

»Sehr beruhigend. Sonst wäre es das für uns gewesen. Die Störung scheint mir lokal begrenzt. Hilf mir mal, etwas von dem Material aufzunehmen.«

Aaron hält ein Probenröhrchen hoch und zieht den Verschluss ab.

»Ich halte es vor die Lenkstange, und du wedelst etwas von dem Staub hinein.«

»Okay.«

Benjamin verändert seine Position so, dass sich die Lenkstange zwischen ihm und dem Probenröhrchen befindet. In der engen Nische ist das gar nicht so einfach. Endlich hat er die richtige Stellung gefunden.

»Dann mal los«, sagt Aaron.

Er wedelt kräftig, aber der Staub löst sich dadurch nicht von der Lenkstange.

»Das reicht nicht«, sagt er.

»Der Luftschlauch«, schlägt Aaron vor.

»Gute Idee.«

Benjamin greift nach hinten, hält die Luft an und dreht das Ventil an seinem Kragen zu. Dann dreht er den Schlauch ab, der vom Sauerstofftank zu seinem Helm führt. Er hält den Finger auf die Öffnung des Schlauchs. Gut, dass er einen Handschuh trägt, sonst würde ihm wohl jetzt die Fingerkuppe abfrieren. Dann führt er das Ende des Schlauchs langsam nach vorn, zielt auf die Lenkstange und nimmt den Finger kurz weg.

Ein kräftiger Luftstoß fährt aus dem Schlauch. Benjamin erkennt ihn nur daran, dass er den Staub mit sich reißt, aus dem einst die Lenkstange bestand.

»Schließen!«, sagt er.

Aaron reagiert zügig und steckt den Verschluss auf das Probenröhrchen.

»Ha!«, sagt Aaron dann triumphierend. »Diesmal verliere ich ihn nicht, versprochen.«

Benjamin schließt den Schlauch wieder an, öffnet das Ventil und atmet tief durch. Er hat das zwar oft genug trainiert, aber trotzdem ist es seltsam zu wissen, dass der Luftvorrat im Anzug nur für ein paar Minuten reicht. Luft! Er sieht zur Decke. Dort sprüht das Leck in der Lebenserhaltung immer noch dünnen weißen Nebel in die offene Kapsel. Hier draußen herrscht zwar Vakuum, aber es kann eigentlich nicht so rein sein wie in größerer Entfernung vom Schiff.

»Warte mal«, sagt er dann. »Hast du noch so ein Röhrchen?«

Aaron nickt und reicht ihm ein leeres. Benjamin zieht den Verschluss ab und bewegt es geöffnet etwa in die Mitte der Lenkstange, ohne das Fahrrad zu berühren. Dann verschließt er es wieder.

»Was soll das?«, fragt Aaron. »So etwas wie eine Gegenprobe?«

»Im Gegenteil. Du vermutest, dass die Atome keine Bindungen mehr eingingen. Es wäre doch seltsam, wenn das nur feste Stoffe beträfe. Ich hoffe, dass ich mit dem Röhrchen ein paar Luftmoleküle einfangen konnte. Wenn die Störung so funktioniert, wie du es vermutest, müssten wir einzelne Stickstoff-, Sauerstoff- und Wasserstoffatome finden.«

»Das ist eine sehr gute Idee«, sagt Aaron. »Aber wenn sie sich in anderer Umgebung nun doch wieder zu molekularem Stickstoff, Sauerstoff und so weiter verbinden?«

»Das müsste ja dann auch für die Probe von der Lenkstange gelten. Statt einzelner Eisenatome müssten wir dann wieder ein Metallgitter nachweisen können.«

»Klingt logisch«, sagt Aaron.

»Für uns macht es wohl keinen Unterschied. Sollte die Störung uns erwischen, lösen wir uns in einzelne Atome auf. Dass die sich hinterher wieder zu Molekülen zusammensetzen, hilft uns dann auch nicht mehr, dann sind wir tot.«

»Sehr beruhigend. Dagegen kommt mir das Problem, dass wir wohl die Erde nie wieder erreichen werden, geradezu vernachlässigbar vor.«

»Es hängt davon ab, wie schnell sich die Störung ausbreitet. Dass ihr Umfang zunimmt, scheint mir ziemlich klar zu sein.«

»Interessant ist auch, ob sie an eine bestimmte Koordinate des Universums gebunden ist. Dann bräuchten wir nur das Schiff zu starten und könnten ihr entfliehen.«

»Besser wäre es, sie wäre fest mit der Shepherd-1 verbunden.«

»Wieso das? Das wäre unser Tod.«

»Ja, wir würden sterben. Aber wir könnten die Shepherd ein letztes Mal beschleunigen, und zwar in Richtung interstellarer Raum. Dann würden wir zwar einsam sterben, aber die Erde wäre sicher.«

»Oh«, sagt Aaron. »Was für ein erbaulicher Gedanke. Bis die Störung unsere Heimatwelt erreicht, werden allerdings zig Jahre vergehen. Bis dahin haben die Menschen sicher ein Gegenmittel gefunden, meinst du nicht?«

»Ich weiß nicht. Es passiert doch nicht einfach so, dass Materie ihre grundlegenden Eigenschaften verändert. Die Einzigen, die bewusst darin eingreifen können, sind Ausgeburten der menschlichen

Phantasie, die Götter. Glaubst du, die Menschen können schnell genug zu Göttern werden?«

»Mein Gott würde das jedenfalls nicht so gern sehen«, sagt Aaron.

»Würde er uns denn wenigstens helfen?«

»Eher nicht. Ich glaube, er stände auf dem Standpunkt, dass es Probleme sind, die wir uns selbst eingebrockt haben, mit denen wir also auch selbst fertigwerden müssen.«

»Wir sind also auf uns allein gestellt. Wie tröstlich.«

Benjamin trifft mit den Füßen auf die Außenwand der Shepherd-1. Er steuert die Düsen so, dass er zum Stillstand kommt. Gleich muss sich das Außenschott der Schleuse öffnen.

Aber nichts passiert.

»Aaron, hast du den Knopf gedrückt?«

»Ja, natürlich, schon vor über einer Minute. Aber das Licht bleibt rot.«

Benjamin stößt sich ab und steuert zu Aaron hinüber, der vor dem Öffnungsknopf schwebt. Er lässt sich zum Knopf tragen und drückt ihn.

»He, glaubst du mir etwa nicht?«

»Na ja, vielleicht hast du ihn zu sanft betätigt.«

»Du denkst, ich wäre zu schwach, einen Knopf zu drücken?«

»Nein, so war das nicht gemeint.«

»So kam es aber bei mir an.«

»Entschuldige, Aaron. Du hast ja recht, die Tür geht wirklich nicht auf.«

»Siehst du!«

»Eric, hörst du uns? Die Schleuse öffnet sich nicht. Sie muss aus irgendeinem Grund versperrt sein.«

Keine Antwort. Er drückt den Knopf noch einmal. Dann holt er Schwung und hämmert so stark darauf, dass ihn der Gegenimpuls ins All treibt. Er steuert zurück.

»Das war wohl nichts«, sagt Aaron.

»Eric, hörst du uns?«, fragt Benjamin. »Du musst uns die Schleuse öffnen.«

Wieder erhalten sie keine Antwort. »Und nun?«

»Wir warten. Irgendwann muss er ja kommen.«

»Wir könnten die Schleuse aufsprengen.«

»Das ist die Hauptschleuse, die brauchen wir noch, Benjamin.«

»Außerdem ist sie mechanisch gesichert, und wir haben keinen Sprengstoff«, sagt Benjamin.

»Hast du auch einen brauchbaren Gegenvorschlag?«

»Nein, wir müssen einfach warten.«

Er dreht sich um und versucht, unter all den tausend Sternen die Sonne zu finden.

»Mir ist langweilig, und außerdem habe ich nur noch für eine Stunde Sauerstoff«, sagt Benjamin.

Aaron dreht sich zu ihm um und sieht auf das Instrument an seinem Handgelenk.

»45 Minuten sind es noch bei mir.«

»Eric, hörst du uns? Wir warten jetzt schon seit über drei Stunden, dass du endlich zurückkommst.«

Der Lautsprecher in seinem Helm bleibt still. Aaron seufzt.

»Wir könnten versuchen, einen anderen Eingang ins Schiff zu finden.«

»Durch die Wartungsgänge bei den Triebwerken?«

»Du müsstest als Ingenieur doch am besten wissen, dass die nur von außen zugänglich sind. Aber sieh mal.«

Aaron zeigt schräg nach unten ins All. Natürlich, der Ring! Dass sie nicht schon längst daran gedacht haben!

»Ah, klar«, sagt er und stockt.

Der Ring hat als Einstieg seine Tücken: Er dreht sich ziemlich schnell und erzeugt so eine Kraft, die als Schwerkraftersatz wirkt. Von hier aus sieht alles ungefährlich aus. In der Schwerelosigkeit können sie wunderbar an Außenwänden von der Höhe eines Wolkenkratzers herumklettern. Aber bei den Kräften, die am Ring herrschen, ist ein Sturz aus zehn Metern Höhe potenziell tödlich.

»Tja«, sagt Aaron. »Was bleibt uns anderes übrig? Lass es uns probieren, so lange unsere Kräfte noch frisch sind.«

»Gut«, sagt Benjamin und stößt sich von der Hauptschleuse ab.

»Wir müssen aus der Rotationsebene heraus«, sagt Aaron. »Sonst erwischen uns die Streben.«

Benjamin korrigiert seinen Kurs, wie Aaron es vorgeschlagen hat. Der Ring ist mit fünf strahlenförmigen runden Streben mit der Shepherd-1 verbunden. Über die Gänge darin sind sie früher zwischen ihren Kapseln und der Zentrale gewechselt – als sie noch funktionsfähige Raumkapseln besaßen. Aber etwas ist übrig geblieben: die Schleusen, an denen die Kapseln angedockt haben, und die separate Laborkapsel. Wenn es ihnen gelingt, eine der Schleusen zu öffnen, könnten sie durch den Ring und die Verbindungsgänge in die Zentrale zurückkehren.

»Warte mal«, sagt Aaron. »Schau mal, der Ring ist an zwei Stellen beschädigt.«

Das stimmt. Von hier oben ist es besser erkennbar als aus ihrer vorigen Perspektive.

»Sektoren 2 und 5 sehen noch gut aus«, sagt Benjamin.

Sie drehen sich ziemlich flott unter ihnen durch. Das wird lustig!

»Dann lass es uns bei Sektor 2 versuchen«, sagt Aaron.

»Und falls es nicht klappt bei Sektor 5?«

»Nein, wenn wir bei der 2 die Schleuse nicht öffnen können, schaffen wir es auch nicht bei der 5.«

Aaron hat schon wieder weiter gedacht hat als er.

»Also?«

»Also versuchen wir dann, durch eine der beschädigten Stellen einzusteigen.«

»Warum fangen wir nicht dort an? Dass die Löcher im Ring offen sind, sieht man ja sogar von hier aus.«

»Du vergisst die automatischen Schotten, die sich garantiert geschlossen haben, als der Ring dort beschädigt wurde. Wir müssen ja die mit Luft gefüllten Räume erreichen. Da rechne ich uns über eine funktionierende Schleuse bessere Chancen aus als über ein Notschott.«

Bestechende Logik.

»Eric, hörst du uns?«, fragt Benjamin.

»Er hört uns nicht.«

»Hätte ja sein können.«

»Komm, Benjamin.«

Aaron zeigt nach unten und entfernt sich von ihm. Benjamin gibt Gas. Der Rucksack zieht ihn mit sich, er reißt ihn geradezu in die Tiefe. Benjamin schließt kurz die Augen und orientiert sich neu. Unten ist nicht unten. Ihr Ziel ist vorn. Er öffnet die Augen wieder. Es hat funktioniert. Der Ring ragt vor ihm auf wie ein Riesenrad ohne Gondeln. Aaron lenkt weiter nach außen. Er folgt ihm.

»Wir müssen auf die Geschwindigkeit des Ringes kommen«, sagt Aaron per Funk.

Das ist leichter gesagt als getan. Sie können zwar in Flugrichtung beschleunigen, aber die Korrekturdüsen links und rechts sind nicht stark genug, um sie in eine Kreisbahn zu bringen, auf der sie etwa so schnell wie der Ring sind.

»Das schaffen wir nicht«, sagt Benjamin. »Es wird maximal eine Parabel.«

»Du musst dich einfach im richtigen Moment am Ring festhalten.«

Einfach. Witzbold. Als ob das so einfach wäre. Wenn er sich zu schnell auf den Ring zubewegt, hat er zu wenig Zeit, sich festzuhalten, und fliegt weiter nach draußen. Ist er hingegen zu langsam, dann rutscht ihm der Ring unter den Fingern durch, er bekommt keinen Halt und fliegt weiter ins All.

Du schaffst das, Benjamin. Er gibt noch etwas mehr Druck auf die Düsen. Aus der Nähe wirkt der Ring größer und gefährlicher. Und das sollen Menschen konstruiert haben? Er kommt ihm eher wie ein uraltes Alien-Bauwerk vor.

Gleich! Er zieht die Beine an. Aufprall in drei - zwei - eins ... seine Füße berühren die metallische Oberfläche. Sie rutschen durch. Er hält die Sicherheitsleine mit den zwei Karabinerhaken in der rechten Hand. Aber da ist nichts, an dem er sie einhaken könnte. Er hat einen Teil des Rings getroffen, der völlig glatt ist. Und dann ist er auch schon über den Ring hinaus. Er bremst und steuert gleichzeitig mit den linken Korrekturdüsen gegen. Jetzt. Da ist der Ring wieder. Wo gibt es Halt? Er duckt sich, aber dadurch heben seine Füße ab. Scheißschwerelosigkeit. Wieder dreht sich der Ring unter ihm durch.

»Achtung, da kommt gleich die beschädigte Stelle!«, ruft Aaron.

Auch das noch. Aber vielleicht kann er sich ja an einem Riss festklammern. Er betrachtet seine Handschuhe. Und wenn der Schrott nun seinen Anzug aufreißt? Mit den Korrekturdüsen lenkt er zum Ring hin. Der Ring ist schneller als er, darum beschleunigt er wieder. Drei - zwei - eins - Mist. Seine Stiefel sind zu glatt. Da vorn kommt das Loch, das der Asteroid gerissen hat, aber die Trägheit zieht ihn schon nach außen Richtung offenes All. Also wieder bremsen und zurück.

Pfffft. Er schiebt den Dosierhebel der Schubdüsen bis an den Anschlag, aber er fliegt weiter geradeaus. Scheiße. Der Tank muss leer sein, und er entfernt sich nun ungebremst vom Schiff. Nach den Ausflügen gestern und vorgestern hätte er das komprimierte Gas auffüllen müssen, mit dem der Düsenrucksack Schub erzeugt. Hätte.

»Benjamin, du musst abdrehen«, ruft Aaron.

»Der Tank ist leer, tut mir leid. Ich ...«

»Nun mach keinen Scheiß! Wie schnell bist du?«

Benjamin sieht auf das Mehrzweckinstrument an seinem Handgelenk.

»23 km/h relativ zur Shepherd-1.«

»Dann kann ich dich nicht einholen.«

»Aaron, es ist okay. Ich habe immer nach den Extremen gesucht, und was gibt es Extremeres als einen Ausflug in den Tiefraum?«

»Damit wird es nichts. Du erreichst die Fluchtgeschwindigkeit nicht. Aus dir wird so eine Art langperiodischer Komet.«

»Klingt romantisch. Dann eben ein Komet.«

»Nun aber Schluss mit den Witzen. Du denkst jetzt an deine Ausbildung und kommst sofort zurück, bevor es wirklich zu spät ist.«

»Ausbildung?«

»Der Sauerstofftank, du Blitzmerker!«

Natürlich. Er hat ja noch jede Menge Gas, das unter Druck steht. Der Sauerstofftank ist noch gut halb voll. Jetzt muss es schnell gehen. Er löst den Schlauch, der vom Tank zum Helm führt, und verbindet ihn stattdessen mit dem Düsenrucksack. Die Luft im Anzug reicht für etwa drei Minuten. Er gibt sofort Gas.

»Komm zu mir«, ruft Aaron, »ich habe schon festen Halt. Ist egal, wie schnell du bist, Hauptsache, du triffst mich.«

Wo ist Aaron? Hektisch mustert Benjamin den Ring. Da, die Figur an der Unterseite, die scheinbar auf dem Kopf steht, das muss er sein. Benjamin passt den Kurs an. Einatmen, ausatmen, einatmen, ausatmen. Jetzt um 180 Grad drehen. Links etwas mehr Druck. Der schöne Sauerstoff. Zehn Meter, acht, sechs. Aaron, ich komme, bitte halt mich fest.

Aaron streckt die Arme aus. Er muss wirklich nur auf ihn zielen. Das sollte klappen. Es muss klappen! Vier, zwei Meter. Zwei Hände ziehen an seinem Unterschenkel. Benjamin bremst mit den Düsen, doch der Schwung trägt ihn weiter. Aber Aaron lässt nicht los. Er zerrt ihn mit sich. Aaron hebt ab vom Ring, aber seine Sicherheitsleine hält. Ein Ruck. Die Leine spannt sich. Zwei Hände krampfen sich um seine Wade. Ein kurzer reißender Schmerz. Aaron hält ihn. Ein Stück Leine flattert ihm entgegen. Er klinkt sie in seinen Gürtel ein. Sie sind über eine Nabelschnur miteinander verbunden, durch die kein Blut fließt, aber Kraft.

Er greift nach der Leine und zieht sich daran zu Aaron, der sich an seiner eigenen Leine zurück zum Ring zieht. Fast gleichzeitig erreichen sie festen Grund. Die Welt verschwimmt vor seinen Augen. Ist das die Freude über die Rettung? Aaron tippt ihm auf die Schulter und zeigt auf den Rucksack. Mensch, ist er heute wieder verpeilt. Er entfernt den Schlauch des Sauerstofftanks vom Düsenrucksack und schließt ihn wieder an den Helm an. Frische, nach Ozon riechende Luft strömt in den Anzug. Er sieht und denkt gleich viel klarer.

»Danke, Aaron«, sagt er.

»War doch selbstverständlich. Wir dürfen niemanden mehr verlieren, okay?«

»Okay.«

Das ist ein Versprechen, und er gedenkt, es zu halten. Am besten, er beginnt bei sich selbst. Solche Fehler dürfen nicht passieren. Die lange Zeit im All hat ihn wohl übermütig gemacht.

Fünf Minuten später erreichen sie eine Schleuse. Aaron sieht sich um.

»Hier müsste Christines Kapsel angedockt gewesen sein«, sagt Aaron.

Benjamin fragt nicht, wie Aaron darauf kommt. Er wird schon seine Gründe haben.

»Versuchen wir unser Glück?«, fragt Aaron.

»Dann mal los.«

Aaron drückt den Öffnungsknopf. Das Außenschott öffnet sich sofort.

»Bitte schön«, sagt Aaron.

Die Erleichterung ist ihm anzuhören. Er klingt fast fröhlich.

»Danke.«

Benjamin zieht den Kopf ein. Die Schleuse hier ist deutlich kleiner als die Hauptschleuse. Er klettert über den Rand und stellt sich in die Mitte. Seine Knie sind noch etwas wacklig. Sie haben lange keine Schwerkraft mehr gespürt.

Überraschenderweise ist es Erics Stimme, die sie im Raumschiff begrüßt. »Aaron, Benjamin? Wo seid ihr denn?«

Na toll – jetzt, wo sie das Problem gelöst haben, ist Eric wieder zur Stelle.

»Wir sind im Ring auf dem Weg in die Zentrale«, sagt Aaron mit einer Engelsgeduld.

Eric kommt ihnen auf halbem Weg entgegen. Er muss sie über die internen Kameras beobachtet haben. Sie treffen sich mitten im Schacht, der vom Ring nach innen führt.

Kurz bevor Eric sie erreicht, dreht sich Aaron kurz zu Benjamin um, öffnet seine Werkzeugtasche und drückt ihm die Probenbehälter in die Hand.

»Ist nur so ein Gefühl«, sagt Aaron. »Aber das hat sicher nichts zu bedeuten.«

Benjamin verstaut die Röhrchen in seiner eigenen Werkzeugtasche. Hoffentlich kommt er bald aus diesem Anzug heraus.

»Da seid ihr ja wieder«, sagt Eric. »Schön, euch zu sehen.«

»Wir sind auch froh«, sagt Aaron.

»Ich würde gern endlich diesen Anzug loswerden«, sagt Benjamin. »Können wir dieses Gespräch vielleicht in der Zentrale fortsetzen?«

Wäre der Gang nicht so eng, würde er einfach an Eric und Aaron vorbeiklettern, die aus seiner Sicht über ihm die Leiter blockieren.

»Oh, klar, ich wollte euch nur begrüßen«, sagt Eric.

Er dreht sich zur Leiter und klettert wieder nach oben, wo sich die Zentrale befindet.

»Wart ihr denn erfolgreich?«

»Allerdings«, sagt Aaron. »Ich habe einige Proben gesammelt. Dann wollte uns die Hauptschleuse allerdings nicht wieder hereinlassen.«

»Das ist gut«, sagt Eric. »War der Rückweg anstrengend?«

»Ja, sehr, Benjamins Ausflug ging weiter hinaus als geplant.«

»Ist ja alles gut gegangen. Ihr werdet euch sicher erst einmal hinlegen wollen, oder?«

»Ja, das stimmt«, sagt Aaron.

Wie bitte? Er hört wohl nicht recht. Benjamin will so schnell wie möglich wissen, was das Rastertunnelmikroskop zu ihren Proben meint.

»Ich würde die Messung gern noch heute vornehmen«, sagt er.

»Sei mir nicht böse, Benjamin«, widerspricht Aaron, »aber ich leg mich jetzt erst mal aufs Ohr. Morgen ist auch noch ein Tag. Die Proben laufen uns ja nicht weg.«

»Na hoffentlich«, sagt Benjamin.

»Nein, diesmal passe ich besser auf sie auf.«

Aaron zeigt auf seine Werkzeugtasche, als hätte er vergessen, dass er die Röhrchen vorhin an Benjamin übergeben hat. Interessant.

»Wo hast du eigentlich den Tag verbracht, Eric?«, fragt er. »An der Schleuse hätten wir dich gut gebrauchen können.«

»Das tut mir leid, Jungs. Ich war beim Kern und habe mir die Ersatzteile genau angesehen. Es wäre doch schön, wenn wir den Triebwerksriss schnell reparieren könnten, damit wir bald die Heimreise antreten können.«

Das wäre schön. Aber hat Eric denn die leeren Tanks schon vergessen? Oder hofft er auf Nachschub von der Erde?

Sie erreichen den Ausstieg aus der Röhre. Die Zentrale ist nicht mehr weit.

»Ich suche mir einen Schlafplatz«, sagt Aaron. »Mir fallen schon die Augen zu.«

»Gute Nacht«, sagt Benjamin.

Er braucht jetzt erst mal eine Dusche. Und dann wird er nachsehen, was Eric wirklich im Kern der Shepherd-1 gesucht hat.

HOUSTON
17. FEBRUAR 2079

Rachel zuckt zusammen. Verstohlen legt sie die Hand vor den Mund und gähnt. Es ist typisch, diese Müdigkeitsphase immer kurz nach drei. Im Kontrollraum ist es ausnahmsweise warm. Vielleicht hat die Putzfrau heute Nacht die Klimaanlage ausgeschaltet, und bisher hat es niemand gemerkt. Draußen ist angenehmes Frühlingswetter.

Neben und hinter ihr klappern Tastaturen, ihre Kollegen arbeiten konzentriert. Aber woran? Von der Shepherd-1 gibt es derzeit keine Neuigkeiten. Analysieren sie, was dort passiert sein könnte? Vermutlich schreiben sie Nachrichten an die Familie oder suchen nach günstigen Angeboten für den nächsten Urlaub.

Sie holt sich die letzte Übertragung der Shepherd-1 auf den Schirm. Was sind das für Menschen, für die sie zuständig ist? Die Kommandantin haben sie schon verloren. Aaron, Benjamin und Eric sind übrig. Eric? Sie schließt die Augen. David, das jüngste Crewmitglied, Spitzname Dave. Sie erinnert sich genau. David Ma… Martelle, der 19-Jährige, der einen Freund bei einem Unfall verloren hat. Sie hat ihn doch vorgestern erst recherchiert!

Rachel geht die Protokolle durch. In der Crew gibt es keinen David, nur einen Eric. Ihr Kopf platzt gleich. Das muss ein Traum sein. Sie biegt ihren Zeigefinger nach hinten, bis es knackt. Der Schmerz weckt sie nicht. Warum fällt sonst niemandem auf, dass David fehlt? Liegt es an ihr? Oder ist wirklich jemand in der Lage, alle Protokolle von Mission Control umzuschreiben? Alpha-Omega vielleicht? Sie muss mit jemandem darüber sprechen. Charles! Er gibt zumindest offen zu, dass Alpha-Omega ihn bezahlt. Irgendwie gibt ihm das einen Vertrauensbonus.

Sie spielt die Nachricht der Restcrew ab. Aaron berichtet, wie er Christines Leiche gefunden hat. Benjamin erzählt, was sich aus seiner Sicht zugetragen haben könnte. Eric kommt nicht zu Wort. Sie schließt die Datei. Ein paar Tage vorher war alles noch gut gewesen.

War es das? Christine hatte sich über ihre Misserfolge geärgert. Ihr war richtig anzusehen gewesen, wie sehr sie darunter litt. Es gibt wohl niemanden sonst, der so sehr wie sie den Bildern der Solaren Gravitationslinse entgegengefiebert hat. Vielleicht abgesehen von Ilan Chatterjee, der für die Kosten der Expedition aufkommt. Vielleicht hätte sie damals schon stärker auf Christine eingehen sollen. Wie reagiert jemand, der sein ganzes Leben lang auf etwas hinarbeitet, wenn sich herausstellt, dass alles umsonst war? Eine Kurzschlussreaktion der Kommandantin, das scheint die aktuelle These von Mission Control zu sein. Aber sie glaubt nicht daran. Hätte sie länger mit Christine gesprochen, würde ihr Gewissen sie jetzt nicht so plagen.

Auf der Aufnahme beendet Christine ihren Bericht. Die Astronomin steht auf und geht aus dem Bild. Die automatische Kamera sucht ein anderes Objekt, auf das sie fokussieren kann. Sie stellt auf einen elektronischen Tischkalender scharf. Rachel hält den Film an. Das Bild ist nicht völlig scharf, dafür ist der Kalender zu klein. Aber die Jahreszahl ist gut erkennbar. Er zeigt das Jahr 2094. Aber das kann nicht sein, schließlich befinden sie sich gerade erst im Jahr 2079, und Zeitreisen sind physikalisch unmöglich. Nein, es muss ein Fehler sein. Oder hier läuft etwas ganz gewaltig schief.

Sie dreht sich um und winkt Charles zu. Der bemerkt ihr Signal sofort. Er lächelt. Es ist ein ehrliches Lächeln, kein bloßes Simulieren. Der Mann freut sich, dass sie etwas von ihm will. Die Freude wird ihm noch vergehen. Ein bisschen bedauert sie das sogar, ihm die Pistole auf die Brust setzen zu müssen. Charles scheint kein schlechter Mensch zu sein. Er kommt an ihren Tisch und beugt sich zu ihr herunter.

»Ich glaube, es ist Zeit, dass wir uns einmal ernsthaft unterhalten. Aber nicht hier. Bei einem Abendessen?«, flüstert Rachel. Das würde er ihr bestimmt nicht abschlagen, und sie hat recht. Charles nickt eifrig, zückt sein Telefon und prüft seine Termine.

SHEPHERD-1

27. APRIL 2094

»Ah, hier bist du«, sagt Aaron. »Guten Morgen.«

»Dir auch. Sei nicht böse, aber ich würde mich gern noch in Ruhe duschen. Oder ist etwas passiert?«

Benjamin hasst Gespräche, bevor er geduscht ist und mindestens eine Tasse Kaffee getrunken hat. Aber Aaron sieht heute noch nachdenklicher aus als sonst. Er setzt sich auf. Ohne die Decke ist ihm kalt, also zieht er das T-Shirt von gestern über.

»Ich wollte dich gern kurz allein sprechen. Ich weiß, du hast frühmorgens am liebsten deine Ruhe.«

»Kein Problem. Geht es um Eric?«

Aaron macht mit dem Kopf eine wiegende Bewegung.

»Hattest du Besuch heute Nacht?«, fragt er dann.

»Keine Ahnung, ich habe geschlafen.«

»Ich hatte Besuch.«

»Bist du sicher?«

»Ich habe den Reißverschluss der Werkzeugtasche mit einem Haar verknotet. Heute morgen war das Haar nicht mehr da.«

»Also hat Eric deinen Anzug durchwühlt?«

»Das ist eine logische Schlussfolgerung.«

»Er hat die Proben aus Christines Schiff gesucht.«

»Das ist die einzig sinnvolle Erklärung. Aber wieso? Er könnte sich doch jederzeit selbst welche holen. Wenn er in der Nacht rausgegangen wäre, hätten wir nichts davon gemerkt.«

»Offenbar will er nicht, dass wir sie untersuchen.«

»Aber warum? Will er nicht, dass wir Christines Tod aufklären?«

»Das werden wir nur erfahren, wenn wir ihn fragen. Vielleicht befürchtet er, dass wir ihr Andenken beschmutzen oder dass der Grund für ihren Tod so dramatisch ist, dass wir die Mission sofort abbrechen müssen.«

»Vielleicht. David hat mir mal erzählt, dass er seinen toten Freund mit dieser Reise unsterblich machen will.«

»Eric.«

»Entschuldige. Habe ich wieder David gesagt?«

»Ja.«

»Das rutscht mir manchmal so heraus.«

»Mir auch, Aaron.«

Das Rastertunnelmikroskop befindet sich in einem eigenen Raum, der nur von der Werkstatt zugänglich ist. Eigentlich hätten sie damit interstellare Materie untersuchen sollen. Die Shepherd-1 ist so weit draußen wie noch nie ein Schiff vor ihr, und auch wenn sie gravitativ noch unter dem Einfluss der Sonne steht, hat sie doch schon den interstellaren Raum erreicht, dessen Zusammensetzung typisch für die große Weite zwischen den Sternen sein müsste.

Benjamin fällt sofort das große RB-Logo auf, das in kyrillischen Buchstaben am Sockel der Maschine angebracht ist.

»Ich wusste gar nicht, dass Alpha-Omega mit den Russen zusammenarbeitet«, sagt er.

»Oh, da gibt es enge Verflechtungen«, sagt Aaron. »Die Russen haben aus ihren Schürfanlagen auf dem Mond das Tritium für die DFDs geliefert. Ohne sie hätten wir es nie hierhergeschafft. Angeblich wollen sie mit Nanosonden, die sie per Laser auf ein Fünftel der Lichtgeschwindigkeit beschleunigen, sogar Proxima Centauri erreichen.«

»Und damit diese Sonden keine Überraschungen erleben, liefern wir ihnen die Daten darüber, was ihnen auf dem Weg begegnen wird.«

»Genau. Aber jetzt her mit den Proben.«

Während er an der Maschine arbeitet, flucht Aaron immer wieder. Das ist eine ganz neue Seite an ihm.

»Wo hast du denn eigentlich den Umgang mit diesem Instrument gelernt?«, fragt Benjamin, um ihn ein bisschen abzulenken.

»Von meiner Frau. Ich …«

Oh, das war nicht das richtige Thema. Ein Fettnäpfchen.

»Entschuldige, du musst nicht darüber reden.«

»Doch, das ist schon okay. Ich denke ja eigentlich gern an sie, auch wenn das seltsam klingt. Das hält sie irgendwie … lebendig. Ich habe Angst, dass ich sie vergessen könnte. Ihr Gesicht, ihre Stimme, ihren Geruch, das, was sie ausmacht.«

»Sie lebt in deinem Gedächtnis weiter.«

»Ich weiß nicht. Ich habe auch die Bilder ihrer verstümmelten Leiche im Kopf. Aber es ist seltsam, wie sehr einem ein Mensch nach so langer Zeit noch fehlen kann. Es heißt doch immer, die Zeit heile alle Wunden.«

»Damit kenne ich mich nicht aus.«

»Da hast du Glück, Benjamin. Ich musste deshalb bis hierherfliegen.«

»Um den Bildern zu entkommen?«

»Nein. Ich hoffe, dass ich erfahre, warum sie sterben musste. Ich weiß, es ist albern. Die Gravitationslinse soll die Physik voranbringen, die Kosmologie. Aber irgendwie denke ich, dass sie auch Antworten für mich hat. Die Wissenschaft hat Gott vertrieben. Der einzige Ort, an dem er sich noch verstecken könnte, ist die Schöpfung, der Ursprung von allem. Vielleicht kann ich ihm meine Frage dort stellen. Ich weiß, es klingt verrückt.«

Und das tut es. Seine Frau wurde nicht gezielt angegriffen. Sie war zur falschen Zeit am falschen Ort. Es war ein Unglück. Das Universum hat keinen Zweck, und das gilt auch für alles, was darin passiert. Es ist lange her, dass sich Benjamin mit Sinnfragen gequält hat. Seit er sich entschieden hat, die Sinnlosigkeit zu akzeptieren, geht es ihm besser. Aber Aaron ist noch nicht so weit.

»Ich wünsche dir, dass du die Antwort findest«, sagt er.

Und es stimmt. Der Wunsch kommt wirklich von Herzen. Aber das ist alles, was er tun kann.

»Pling.«

Aaron dreht sich zur Maschine.

»Ah, wir kommen der Sache näher«, sagt er.

»Was hast du herausgefunden?«

»Nichts, aber das ist gut. Ich versuche, den Abtaststrahl immer stärker zu fokussieren. Eigentlich ist dieser Mikroskoptyp dafür gedacht, Oberflächen en detail abzubilden. Dazu fährt ein Elektronenstrahl auf und ab, und die gestreuten Elektronen werden gemessen.«

»Verstehe. Aber da unsere Staubteilchen so klein sind, wird nichts an ihnen gestreut.«

»Ja. Eine Nullmessung ist eine gute Messung. Und je besser der Strahl fokussiert ist, umso sicherer sind wir, dass da wirklich nichts ist. Oder fast nichts. Sichtbar wird der Staub bloß wegen der Vielzahl der Atome.«

»Pling«, macht die Maschine.

»Die nächste Messung ist da«, sagt Aaron und beugt sich über den Schirm. »Sieht gut aus. Ich denke, eine bessere Bestätigung werden wir nicht bekommen.«

»Wie meinst du das?«

»Wir haben kein Gerät an Bord, mit dem wir wirklich einzelne Atome abbilden könnten. Aber wir sind ziemlich nah dran, und was den Effekt betrifft, ist es jetzt schon eindeutig.«

»Den Effekt?«

»Die Materie zerfällt eindeutig in ziemlich kleine Einheiten. Vermutlich sind es Atome. Das ist das Einzige, was physikalisch Sinn ergibt. Aber selbst wenn es etwas größere Brocken sind, wäre das ziemlich fatal für alles, worauf sich der Prozess ausbreitet. Gib mir doch mal die Probe mit der Luft aus dem betroffenen Bereich.«

Benjamin greift in die Hosentasche und reicht ihm das Röhrchen. Aber Aaron legt es nicht wie erwartet in das Mikroskop ein.

Er bewegt sich um die Maschine herum zu einem deutlich kleineren Gerät.

»Was tust du?«

»Das ist ein Spektrometer. Ich erhitze die Probe darin. Dann gibt sie eine charakteristische Strahlung ab, ein Spektrum, das mir die Zusammensetzung verrät. Moment.«

Aaron schaltet das Gerät ein. Dann öffnet er eine Klappe und legt die Probe ein.

»Den Rest macht das Spektrometer von selbst. Ist extra für so dumme Astronauten wie uns konstruiert«, sagt Aaron.

»Sehr praktisch. Und nun?«

»Wir müssen warten.«

»Das sind wir ja gewöhnt.«

Benjamin betrachtet seine Fingernägel. Er muss sie mal wieder schneiden. Am linken Ringfinger ist der Nagel eingerissen. Ob das etwas mit diesem zerstörerischen Prozess in Christines Kapsel zu tun hat? Sicher nicht. Aaron hat selbst in den Bereich gegriffen, und seine Finger funktionieren offenbar noch. Er hat manchmal hypochondrische Anwandlungen.

»Pling.«

Das Ich-bin-fertig-Geräusch der Messgeräte hört sich doch überall gleich an.

»Und?«, fragt Benjamin.

Aaron zeigt auf einen kleinen Schwarz-Weiß-Bildschirm, der ein paar Säulen zeigt.

»Das ist der Beweis«, sagt er. »Es sind alles Linien atomarer Elemente. In der Luft liegen Sauerstoff, Stickstoff und so weiter normalerweise als Moleküle vor, also als zwei verbundene Atome.«

Ja, Chemieunterricht, erstes Jahr. Aber er nimmt Aaron die kleine Belehrung nicht übel.

»Ist denn atomarer Sauerstoff nicht gefährlich?«, fragt er. »Bei Satelliten im niedrigen Erdorbit greift er doch sogar die Hülle an.«

»Das ist wirklich faszinierend«, sagt Aaron. »In der Probe verhält er sich völlig anders. Normalerweise vereinen sich einzelne

Sauerstoffatome schon nach wenigen Millisekunden wieder mit anderen. Aber die hier sind stabil.«

»Klingt nach einer guten Nachricht«, sagt Benjamin. »Die freien Atome würden sonst ja wohl sehr schnell die Shepherd angreifen.«

»Da bin ich nicht so sicher. Zum Atmen brauchen wir O_2 als Molekül. Wenn alle Moleküle zerfallen, ersticken wir. Der Effekt scheint jedenfalls nicht nur von kurzer Dauer zu sein. Wenn wir Pech haben, geht kein einmal umgewandeltes Atom je wieder eine chemische Bindung ein. In einem solchen Universum wäre kein Leben möglich. Es gäbe zwar noch Sterne, Galaxien, Schwarze Löcher und so weiter, aber die Planeten wären bloße Zusammenballungen von Staub. Und alles wäre tot.«

»Du machst mir Angst, Aaron.«

»Und dafür habe ich allen Grund. Wir sollten schnellstmöglich herausfinden, mit welchem Tempo dieser Prozess abläuft. Der betroffene Bereich in Christines Kapsel hat sich ja schon ausgedehnt. Und wir müssen einen Weg finden, die Ausbreitung zu stoppen.«

»Ich bezweifle, dass das möglich ist. Dass sich Atome mit anderen verbinden, ist doch eine grundlegende Eigenschaft. Wenn ihnen die verlorengeht, wüsste ich nicht, wie wir da eingreifen sollten.«

»Das stimmt schon. Ein paar physikalische Konstanten müssen ihren Wert verändert haben. Aber dann müssen wir sie eben wieder hinbiegen.«

»Du willst physikalische Konstanten verändern? Sie heißen doch nicht umsonst so!«

»Wir haben sie ja schon verändert. Christine hat das irgendwie bewirkt, und wir müssen es rückgängig machen.«

Christine, natürlich. Das war der Grund.

»Christine hat vielleicht deswegen versucht, die Shepherd in die Luft zu sprengen. Sie muss gehofft haben, den Prozess damit rückgängig zu machen.«

Aaron antwortet nicht. Eine Minute lang mustern sie sich nur. Es ist eine bedrückende Stille.

»Wahrscheinlich hast du recht«, sagt er dann. »Ein Ergebnis hatte ihr Versuch zumindest. Wir wissen jetzt, dass es nicht so einfach sein wird.«

»Vielleicht doch«, widerspricht Benjamin. »Noch ist der Prozess auf Christines Kapsel beschränkt. Wenn wir sie schnell reparieren und vom Sonnensystem wegsteuern, halten wir den Prozess zwar nicht auf, aber wir bringen zumindest die Erde außer Reichweite.«

»Und wenn der Prozess nichts mit der Kapsel zu tun hat? Er könnte sich ja auch auf eine konkrete Koordinate im Raum beziehen, und die Kapsel ist nur zufällig dort.«

»Nein. Wir bewegen uns ja dauernd durch das All. Beträfe der Prozess einen festen Punkt im Universum, falls es so etwas überhaupt gibt, hätten wir diese Stelle längst hinter uns gelassen.«

»Schade«, sagt Aaron.

»Sei vorsichtig mit dem, was du dir wünschst. Der Bereich könnte dann ganz ungestört wuchern. Bei unserem aktuellen Sonnenorbit kommen wir etwa in 10 000 Jahren dorthin zurück. Und dann ist es für die Erde vielleicht schon zu spät.«

»Und, wie steht es um uns?«, fragt Eric, als sie die Zentrale wieder betreten.

Auf dem Bildschirm vor ihm laufen Zahlenreihen durch. Er versucht wohl immer noch, Christines Passwort zu knacken. Ob er ihm einen Tipp geben soll? Er muss mit Aaron darüber sprechen. Eric vertraut er nicht mehr. Er scheint seine eigene Agenda zu haben.

»Wir müssen Christines Kapsel reparieren«, sagt Aaron und erklärt Eric die Hintergründe.

Das ist richtig. Es muss schnell gehen, also brauchen sie ihren Kollegen. Egal, was Eric vorhat, er wird auch ein Interesse daran haben, die Erde aus der Schusslinie zu nehmen.

»Das ist … interessant«, sagt Eric.

»Interessant? Ist das alles?«, fragt Aaron.

»Nein, überhaupt nicht«, antwortet Eric. »Es ist eine wichtige Aufgabe, der ihr euch mit ganzer Kraft widmen solltet.«

»Aber du hilfst uns nicht.«

»Nein. Ich werde versuchen, die Beobachtungen mit Hilfe der Gravitationslinse fortzusetzen.«

Es ist nicht zu fassen. Eric tut einfach so, als wäre nichts geschehen.

»Wenn du uns nicht hilfst, brauchen wir länger und laufen Gefahr, das ganze Schiff einzubüßen«, warnt Aaron.

»Wenn ich euch helfe und dadurch die Messungen vernachlässige, war die ganze Expedition umsonst – und Christines Tod ebenfalls. Wir sind uns allen und der Erde Ergebnisse schuldig. Aber keine Sorge, ich werde die Daten nicht wie Christine an Bord auswerten. Ich schicke sie stattdessen gleich direkt per Deep Space Network an die Erde. Dort können sie die Bilder viel schneller auswerten. Vielleicht habe ich also auch noch Zeit, euch bei der Reparatur zu helfen. Ich versuche mein Bestes. Wir sitzen doch alle im selben Boot.«

Erics Beteuerungen klingen hohl, aber er kann das an nichts Konkretem festmachen. Hat er nicht auch ein bisschen recht? Sollen die zwanzig Jahre im All wirklich umsonst gewesen sein? Vielleicht können sie die Kapsel auch ohne Eric schnell genug reparieren.

»Du willst die Daten direkt zur Erde schicken?«, fragt Aaron leise.

»Ja, das ist der Plan.«

»Ich weiß nicht, ob das eine gute Idee ist.«

»Wieso?«

»Dieser Prozess, der die Atome bindungsunfähig macht, die Störung, hat doch sicher nicht zufällig angefangen. Es ist zum ersten Mal in Christines Kapsel passiert. Also wird es wohl etwas mit ihren Messungen zu tun haben.«

»Dann hätte die Störung doch von den Sonden ausgehen müssen«, sagt Eric.

»Wir haben die Sonden noch nicht daraufhin überprüft«, sagt Benjamin.

»Momentan haben wir keine flugfähige Kapsel, mit der wir das nachholen könnten«, sagt Eric.

»Umso wichtiger ist es, dass wir Kapsel C reparieren«, sagt Aaron. »Aber ich glaube nicht, dass wir bei den Sonden etwas finden werden. Das eigentliche Bild entsteht doch erst, wenn die Messdaten im Computer analysiert und zusammengefasst wurden. Dieses Bild war dann zunächst in ihrer Armbanduhr gespeichert.«

»Das klingt ziemlich weit hergeholt«, sagt Eric, und Benjamin muss ihm insgeheim zustimmen.

Ein Bild, das die Struktur der Materie zerstört? Das ist Magie. So etwas gibt es doch nur im Märchen.

»Ich gebe zu, das klingt wie reine Phantasterei. Aber es gibt eine sachliche Grundlage, und zwar die Quantenphysik. Das frühe Universum, dem Christine auf der Spur war, sah noch nicht so aus wie das heutige. Wir wissen noch zu wenig darüber, aber sicher ist, dass sich die vier Grundkräfte nacheinander abgespaltet haben, während das Universum sich schon rasant schnell ausgedehnt hat. Das heißt auch, dass all die Konstanten, die das Aussehen der Welt bestimmen, nicht von Anfang an existiert haben. Sie haben ihre konkreten Werte erst mit dem Ablauf des Urknalls bekommen.«

»Einverstanden«, sagt Benjamin, »aber das ist ja nun wirklich lange her und betrifft doch nicht unseren Bereich des Kosmos. Hier sind alle Konstanten so definiert, dass das Universum so aussieht, wie wir es erleben.«

»Ja. Trotzdem wirst du mit mir übereinstimmen, dass auch dieser Teil des Weltalls mit dem Urknall entstanden sein muss. Er war viel, viel kleiner damals, aber er hat schon existiert. Nun stellt euch mal vor, es hat damals einen winzigen Teil des Kosmos gegeben, in dem eine Konstante einen etwas anderen Wert hatte. Darin befindet sich ein Lichtquant, ein Photon oder irgendetwas anderes. Nennen wir es den Keim. Dieser Keim besaß ein Geschwisterteilchen, mit dem er quantenphysikalisch verschränkt war. Oder sagen wir, er besitzt das Geschwisterteilchen immer noch, denn

Materie verschwindet nicht einfach. Auch nicht nach 13,8 Milliarden Jahren.

Das Geschwisterteilchen befindet sich hier, in den Außenbereichen des Sonnensystems. Und jetzt kommt die Gravitationslinse ins Spiel. Sie erlaubt uns den Blick in einen sehr weit entfernten Bereich des Universums, der gleichzeitig ein Blick zurück in der Zeit ist. Sie sieht unseren Keim. Als unbeobachtetes Quantenteilchen besitzt er alle möglichen Eigenschaften auf einmal. Aber sobald ihn jemand beobachtet, legt er sich fest, er kann gar nicht anders, und nimmt dabei notgedrungen die Eigenschaften seiner Umgebung an, einer Umgebung, in der sich die Werte der physikalischen Konstanten unterscheiden. Es muss sich nur um winzige Differenzen handeln.

Im gleichen Moment nimmt also auch das Geschwisterteilchen die Eigenschaften des Keims an. Physikalisch nennt man das eine Quantenteleportation. Irdischen Forschern ist eine Quantenteleportation schon von der Erde zum Mars-Mond Phobos gelungen, und zwar mit Hilfe eines Lasers, also mit Lichtquanten. Der Keim ist winzig, aber er reißt ein kleines Loch in die Struktur des Universums, und dieses Loch breitet sich aus. Es wächst und wächst, die Physik der Welt um uns herum verändert sich. Nur weil wir etwas zu genau hingesehen haben.«

Aaron schweigt.

»War's das?«, fragt Eric.

Aaron nickt.

»Das ist ja eine schöne Geschichte, aber sie klingt mir doch etwas zu phantastisch.«

»Wenn auch nur die geringste Wahrscheinlichkeit besteht, dass sie sich wiederholt, darfst du die Daten auf keinen Fall an die Erde schicken«, sagt Benjamin. »Hier draußen haben wir vielleicht noch eine Chance, die Störung zu beseitigen, aber in einem Labor auf der Erde …«

»Warum sollte sich ausgerechnet auf der Erde, und zwar im Labor von Alpha-Omega, ein weiteres mit dem Anfang des Universums verschränktes Teilchen befinden?«, fragt Eric.

»Vielleicht ist das Risiko gering, aber angesichts der großen Gefahr sollten wir jedes noch so geringe Risiko vermeiden«, sagt Aaron. »Wir wissen ja noch nicht einmal, ob wir es schaffen werden, die Störung schnell genug von hier wegzuschaffen.«

»Und wie schnell sie sich ausbreitet«, sagt Benjamin. »Womöglich ist unser Kapselantrieb prinzipiell gar nicht schnell genug, gegen die Ausbreitung anzukommen.«

»In diesem Fall müssten wir die Shepherd-1 dafür benutzen«, sagt Aaron. »Mit den zehn DFDs kann sie deutlich schneller und länger beschleunigen als eine Raumkapsel mit ihrem chemischem Triebwerk.«

Benjamin nickt. Ja, das wäre die letzte Konsequenz.

»Aber ist euch denn nicht klar, was das bedeutet?«, sagt Eric.

Natürlich ist ihm das klar. Sie würden die Erde dann nie wiedersehen. Eric scheint davon nicht begeistert zu sein, und er kann es ihm nicht übelnehmen.

»Wir müssten das Projekt Solare Gravitationslinse komplett aufgeben!«, setzt Eric seinen Satz fort. »All der wissenschaftliche Fortschritt, den wir uns davon versprochen haben, wäre dahin. Aber wie auch immer. Das letzte Wort hat Mission Control. Ich bestehe darauf, dass wir sofort eine Nachricht an die Erde aufsetzen, darlegen, was wir wissen und was wir nicht wissen, und dann eine Entscheidung erbitten.«

Das ist ein kluger Schachzug. Sie alle wissen, dass Alpha-Omega viel in diese Mission investiert hat.

Aber natürlich hat Eric recht. Sie müssen tun, was Mission Control sagt. Es schadet jedenfalls nicht, wenn sie fragen. Und dass die Erde erfahren muss, was hier vor sich geht, steht völlig außer Zweifel.

Sie brauchen volle zwei Stunden, um sich auf einen Text zu einigen. Eric besteht darauf, dass sie ihre Erkenntnisse vorsichtig formulieren – als Möglichkeiten. Es ist ja auch eine ziemlich verrückte Theorie. Mission Control wird sich mit Hilfe ihrer Daten sicher selbst einen Reim darauf machen wollen. Obwohl Aaron sich mit Händen und Füßen wehrt, schlagen sie der Erde vor, die Messungen vorerst fortzusetzen. Gleichzeitig aber kündigen sie an, Christines Kapsel instand setzen und mitsamt der Störung in den interstellaren Raum schießen zu wollen. Benjamin schafft es, Aaron diese Lösung schmackhaft zu machen. Denn die größere Gefahr ist eindeutig die bereits bestehende Störung. Natürlich ist es schade, dass die Physiker auf der Erde dieses Phänomen nicht genau untersuchen können. Wann hat man schon einmal die Gelegenheit, ein Universum mit einer anderen Zustandsformel zu untersuchen, in dem vermutlich völlig andere Gesetze gelten? Er fühlt sich davon ja selbst magisch angezogen, obwohl er nicht einmal Wissenschaftler ist. Es ist ein Unterschied, ob man schlaue Theorien über die Existenz alternativer Welten aufstellt - oder ob man sie mit den eigenen Instrumenten untersuchen kann.

Hoffentlich fordert Mission Control nicht von ihnen, die Störung irgendwie zu verkapseln, um sie weiter studieren zu können. Noch ist sie klein genug, um sie aus der Reichweite der Erde bringen zu können. Universen haben die unangenehme Tendenz, sich übermäßig aufzublähen. Ihrem eigenen Universum ist das kurz nach dem Urknall passiert. Was, wenn die Dunkle Energie in dieser Störung plötzlich durchdreht und binnen Sekunden einen vielleicht fußballgroßen Raum auf die Dimensionen des Sonnensystems aufbläst?

SHEPHERD-1

30. APRIL 2094

»Vorsicht!«

Benjamin dreht sich um. Das Licht seines Helmscheinwerfers trifft ein silbern glänzendes Rohr, das von der Seite auf ihn zufliegt. Er hält sich mit einer Hand an einem Regal fest und stößt sich mit den Füßen ab, bis sein Körper waagerecht liegt. Das Rohr verfehlt ihn, aber nur knapp. Als es schon fast vorbeigeflogen ist, greift er mit beiden Händen danach. Er erwischt es am hinteren Ende und schafft es sogar, sich mit dem rechten Fuß irgendwo einzuhaken, so dass er nicht mitsamt Rohr davonfliegt.

»Hab es!«, ruft er.

Aarons Warnruf kam ganz schön spät. Vielleicht sollten sie eine Pause einlegen. Die Arbeit an Kapsel C geht nicht so schnell voran wie geplant.

»Tut mir leid«, sagt Aaron per Funk. »Ich dachte, du hättest in meine Richtung gesehen, als ich das Rohr losgeschickt habe.«

Sein Gesicht hatte tatsächlich gerade nach außen gezeigt. Aber Benjamin hat sich an der Innenseite des Helms Baupläne angesehen. Er muss einen Querträger anschweißen. Das Rohr wäre erst danach an der Reihe gewesen.

»Ich war gerade im AR-Modus«, sagt er. »Das konntest du nicht wissen.«

Eigentlich hatten sie vereinbart, sich aus Sicherheitsgründen bei jedem frei fliegenden größeren Teil zu warnen. Aber es bringt nichts, Aaron jetzt Vorhaltungen zu machen. Sie brauchen wirklich Schlaf.

»Entschuldige, ich habe die Sicherheitsvereinbarung vergessen«, sagt Aaron.

»Lass uns für heute hier Schluss machen.«

Das Hauptproblem sind die langen Transportwege. Eric ist immerhin so nett und bringt ihnen die benötigten Teile aus dem Lager. Aber die Teile über die Hauptschleuse durch das freie Weltall bis hierher zu transportieren, ist noch zeitaufwendig genug. Es führt jedenfalls dazu, dass immer nur einer von ihnen die Einbauarbeiten übernehmen kann. Wenn er Hilfe benötigt, etwa für die genaue Ausrichtung eines Ersatzteils, kostet das zusätzlich Zeit.

»Gern«, sagt Aaron.

»Äh, wie bitte?«

»Gern Schluss machen für heute. Das hast du doch vorgeschlagen.«

»Hab ich? Entschuldige, ich muss abwesend gewesen sein. Aber du hast völlig recht, ich muss dringend ins Bett. Ich will nur noch diesen Querträger anschweißen.

Benjamin nimmt das Schweißgerät vom Werkzeuggürtel. Es ist klobig und darum unhandlich, aber zumindest hat es hier kein Gewicht. Der Träger ist schon mit zwei Schweißpunkten befestigt. Er ist aus Stahl, das macht es etwas kompliziert, weil er Stahl nur auf Stahl schweißen kann, nicht auf Aluminium oder Titan, woraus ein großer Teil der Kapselhülle besteht. Aber die Kapsel besitzt ein Stahlskelett. Er musste einen Teil der Verschalung entfernen, um da heranzukommen.

Er setzt das Gerät an den nächsten Schweißpunkt an. Das Material erhitzt sich. Dann drückt er den Knopf, schaltet das Gerät ein und drückt den Schweißkopf auf die gewünschte Stelle. Sechzig Sekunden warten. Fünfzig. Vierzig. Dreißig.

Null. Er schaltet das Schweißgerät wieder aus.

Moment. Da stimmt etwas nicht. Der Träger hat sich schon erhitzt, bevor er zum ersten Mal den Knopf gedrückt hat. Das ist unmöglich. Wird er jetzt verrückt, oder ist es die Müdigkeit?

Er versucht es noch einmal. Anschalten, erhitzen, ausschalten. So ist es richtig. Anschalten, erhitzen, ausschalten. Anschalten, erhitzen, ausschalten. Damit ist der Träger an sechs Punkten verankert. Das sollte reichen. Er betrachtet das Gerät. Es sieht aus wie immer. Sein Bewusstsein hat ihm wohl einen Streich gespielt.

Auf dem Weg in die Zentrale schwebt ihnen Eric entgegen. Dass die Hauptschleuse sich geöffnet und geschlossen hat, hat er wohl an seinem Arbeitsplatz gesehen.

»Fertig für heute?«, fragt er.

Eric wirkt richtig locker und gelöst. So hat ihn Benjamin lange nicht erlebt.

»Aber so was von fertig«, sagt Benjamin. »Ich kann schon gar nicht mehr richtig nachdenken. Mein Gehirn macht, was es will.«

»Ruht euch aus«, sagt Eric. »Ich mache Abendessen, dann könnt ihr erst mal duschen.«

Benjamin ist angenehm überrascht. Eric hat die Standardnahrungspaste mit ein paar Tricks so zubereitet, dass er beim Kauen das Gefühl hat, unterschiedliche Speisen zu sich zu nehmen. Der Geschmack ist zwar immer noch gewöhnungsbedürftig, aber die Unterschiede in der Textur sind interessant.

»Wie hast du das denn hinbekommen?«, fragt er.

»Ein bisschen organische Chemie«, antwortet Eric. »Willst du wirklich die Details wissen?«

»Ja, dann kann ich das vielleicht auch mal probieren.«

»Okay. Die Paste enthält Eiweiß, Zucker und Fett in den für den Körper optimalen Anteilen. Die habe ich mir einzeln vorgenommen. Das Eiweiß habe ich denaturiert, bei den Kohlehydraten habe ich die Kettenlängen verändert, und die Fette habe ich in feinen Blasen zusammengefasst. Wenn man das alles in unterschiedlichem Umfang durchführt, kommen verschiedene Speisen heraus, obwohl doch alles auf dem Standardzeug basiert.«

»Spannend. Wie bist du denn die Längen der Kohlehydratketten angegangen?«

»Mit Hilfe von Enzymen.«

»Wir haben Enzyme an Bord?«

»Ja.«

»Wo?«

»Das willst du nicht wissen.«

»Natürlich will ich.«

»Wie du meinst.«

Eric zeigt auf seinen Mund. Ah, völlig klar, im menschlichen Speichel sind Enzyme enthalten.

»Aber das kannst du doch sagen, Eric.«

»Hätte ja sein können, dass du da empfindlich bist. Bei der Zubereitung des Essens ist mir übrigens etwas Spannendes aufgefallen. Mein Speichel enthält nur ein einziges Enzym, und das in recht hoher Konzentration.«

»Hast du eine Erklärung dafür?«, fragt Benjamin.

»Das muss etwas mit dem langen Aufenthalt im Weltraum zu tun haben. Vielleicht fehlen uns auch ein paar elementare Nährstoffe, an die niemand gedacht hat. Ich habe das gleich mal an Mission Control weitergeleitet.«

»Interessant. Und ich dachte immer, die Folgen von langen Raumflügen wären schon gründlich erforscht, spätestens seit der Enceladus-Expedition in den Fünfzigern.«

»Worauf man beim Kochen so kommt. Ah, Aaron, komm, nimm Platz.«

Benjamin dreht sich zum Eingang. Aaron kommt herabgeflogen. Er trägt lange weiße Unterwäsche. Seine Haare kleben nass am Kopf.

»Das Essen ist interessant«, sagt Benjamin.

»Perfekt«, sagt Aaron. »Genau das brauche ich jetzt.«

»Jetzt, wo ihr beide da seid: Wir haben übrigens Nachricht von der Erde«, sagt Eric.

»Mission Control hat sich gemeldet, und du verrätst den ganzen Tag nichts?«, empört sich Benjamin.

»Ich wollte euch nicht von eurer wichtigen Arbeit abhalten.«

»Und was sagen sie?«, fragt Aaron.

»Sie befehlen uns ausdrücklich, die Messungen unter allen Umständen und so lange wie möglich fortzusetzen.«

»Heute ist erst der 30. Da können sie doch unsere Messergebnisse vom 27. noch gar nicht berücksichtigt haben«, sagt Benjamin.

»Das stimmt. Aber das ist nun einmal die Lage. Wir müssen den Befehlen folgen. Sie haben sogar vorgeschlagen, dass ich die Messdaten direkt per Deep Space Network an die Erde schicke.«

Für den Moment hat Eric anscheinend gewonnen. Aber in fünf Tagen sieht es vielleicht schon anders aus. Mission Control muss doch einsehen, welches große Risiko die Erde eingeht, wenn sie die Messungen fortsetzen.

»Darf ich mal etwas fragen?«

»Natürlich, Eric«, sagt Aaron.

»Ich möchte nicht, dass ihr euch davon angegriffen fühlt.«

»Werden wir nicht«, sagt Benjamin.

Was hat Eric jetzt wieder vor?

»Mal angenommen, wir schicken Kapsel C mit der Störung tatsächlich in den interstellaren Raum.«

»Das ist der Plan«, sagt Benjamin.

»Der Raum ist ja nicht leer. Irgendwann trifft sie vielleicht auf ein anderes bewohntes System. Die Störung wird das System vernichten, und wir sind daran schuld.«

»Das würde zu den Menschen passen«, sagt Aaron.

»Eine interessante Frage«, sagt Benjamin. »Was wir tun, könnte man als Selbstverteidigung betrachten. Ist es moralisch vertretbar, dabei womöglich Unbeteiligte umzubringen?«

HOUSTON
21. FEBRUAR 2079

»Können Sie etwas empfehlen?«, fragt Charles den Kellner, der gerade die Kerze auf ihrem Tisch anzündet.

Eine echte Kerze, wo ist sie da nur reingeraten? Rachel kann sich nicht erinnern, wann sie zuletzt in einem Restaurant eine Wachskerze auf dem Tisch hatte. Vermutlich handelt es sich auch noch um wertvolles Bienenwachs. Sonst gibt es überall nur billige Imitate, die mit roten LEDs eine automatisch züngelnde Spiegelkonstruktion beleuchten.

Der Kellner zögert.

»Es ist schon recht spät«, sagt er, »lassen Sie mich kurz in der Küche fragen.«

»Natürlich.«

Der Kellner nickt ihm zu und verschwindet. Charles lächelt sie an. Hoffentlich bildet er sich nicht zu viel darauf ein, dass sie zugesagt hat. Es gibt Männer ... nein, Charles ist keiner von denen. Er mag seine Schwächen haben, aber zumindest ist er kein Egomane.

Charles greift zu seiner Krawatte und lockert sie.

»Uff«, sagt er dann.

Er trägt ein weißes Hemd, darüber ein blaues Jackett mit einer passenden Hose und schwarzen Schuhen. Im Sitzen spannt das Hemd am Bauch. Das sieht man sogar über dem Tisch. Rachel will sich nicht vorstellen, wie es darunter aussieht.

Eine unangenehme Stille macht sich breit. Charles, du könntest jetzt gern ein Erlebnis aus deiner Jugend erzählen. Aber er lächelt nur und sagt nichts. Vielleicht hat er irgendwo gelesen, dass man Frauen von sich erzählen lassen soll, statt sie vollzulabern.

Charles sieht sie erwartungsvoll an.

Nun gut, du hast es so gewollt.

»Ich ...«, setzt sie an.

Ein Räuspern.

Der Kellner scheint aus dem Nichts appariert zu sein.

»Und was empfiehlt die Küche?«, fragt Charles.

»Sie haben Glück. Zwei andere Gäste haben abgesagt. Sie hatten das Probiermenü des Chefkochs vorbestellt. Es kostet normalerweise 65 Dollar pro Person. Ich kann es Ihnen für denselben Betrag pro Tisch anbieten. Es enthält unter anderem Lachs in Gewürzkruste auf Zitronenrisotto sowie Rindsmedaillon auf Perlzwiebeln und grünen Bohnen.«

»Ich nehme den Fisch«, sagt Rachel.

»Oh, Sie müssen nicht wählen. Das waren der dritte und der vierte Gang dieses Fünfgängemenüs. Darf ich Ihnen zu jedem Gang den passenden Wein servieren?«

»Danke, ich vertrage Alkohol nicht so gut«, sagt Rachel. »Für mich einfach etwas Wasser. Bitte ohne Eis.«

»Natürlich. Wasser ohne Eis für die Dame. Und der Herr?«

»Ich nehme«, Charles spricht ungewöhnlich leise, »ein Bier.«

Er befürchtet wohl, dass Bier hier nicht hergehört.

»Ein Bier für den Herrn«, wiederholt der Kellner ungerührt. »Ich habe Amstel, Heineken, Becks ...«

»Amstel, bitte.«

Charles wird ihr ein Stück sympathischer. Sie nimmt bei solchen Aufzählungen auch immer das Erste.

»Also, zweimal das Probiermenü, eine Karaffe Wasser ohne Eis und ein Amstel. Haben Sie sonst noch irgendwelche Wünsche?«

»Nein danke«, sagt Charles.

Dann beginnt er doch mit den Geschichten. Er hört auch nicht auf, als der Kellner die Getränke bringt und den ersten Gang.

Rachel macht das nichts aus, im Gegenteil. Charles erzählt durchaus originell und bringt sie immer wieder zum Lachen. Aber deswegen ist sie nicht hier. Zeit, Tacheles zu reden

Morgen wird sie seine Geschichten bestimmt vergessen haben, aber das ist nicht schlimm. Sie sind nicht dazu da, das Leben zu verändern. Sie sind einfach nur unterhaltsam.

»Sag mal, Charles«, unterbricht sie ihn mitten im Satz, »was läuft denn da bei der SGL gerade schief?«

Rumms. Charles fällt die Kinnlade herunter. Sie hat immer gedacht, das wäre nur so ein Spruch, aber ihm fällt wirklich und wahrhaftig die Kinnlade herunter

»Ich, äh ... also, klar, dafür haben wir uns ja hier getroffen, du hattest ein paar Fragen zu dem Projekt«, sagt er.

Es klingt unbekümmert, aber seine Stimme ist etwas höher als bei der Plauderei vorhin, und auf seinen Schläfen haben sich rote Flecken gebildet.

»Die Crew besteht laut sämtlichen Protokollen aus Aaron, Benjamin, Christine und Eric. Vor sechs Tagen gab es Eric aber noch nicht, dafür erinnere ich mich an David.«

»David, Eric, bist du sicher, dass du da nichts verwechselst?«

»Ja, weil ich Davids Lebenslauf recherchiert habe. Das ist gerade einmal sechs Tage her.«

Charles greift nach dem Glas und nimmt einen großen Schluck. Dann muss er husten.

»Ich ... also mir kommen beide Namen bekannt vor. Ich sehe mir das genauer an, versprochen. Wie findest du denn den Lachs?«

»Netter Versuch, Charles, aber ich bin noch nicht fertig. Auf der letzten Übertragung habe ich gesehen, dass das Systemdatum der Shepherd-1 auf das Jahr 2094 eingestellt ist. Ich habe das überprüft.«

Sie muss das Eisen schmieden, solange es heiß ist. Während Charles noch nach einer Antwort sucht, spricht sie weiter.

»Auch die Dateien, die sie uns geschickt haben, wurden 2094 erstellt. Ich nehme nicht an, dass Alpha-Omega das Prinzip der Zeitreise entdeckt hat? Und weil wir gerade dabei sind, womit setzt ihr MOM so unter Druck, dass sie Dinge tut, die sie eigentlich nicht will, und was, verdammt nochmal, sind das überhaupt für Dinge?«

Sie merkt, wie sie sich in Rage redet.

»Rachel, es ist nicht, wie du denkst. Du verstehst die Tragweite dieses Projekts nicht.«

»Nein? Wir haben seit vielen Jahren keinen Astronauten mehr verloren. Und jetzt haben wir eine Tote, die unter ungeklärten Umständen gestorben ist, in einem Raumschiff, dem anscheinend die Stützmasse für den Rückflug fehlt, dessen Kalender das Jahr 2094 anzeigt und wo ein Astronaut mal schnell seinen Namen wechselt. Aber was es völlig inakzeptabel macht, ist eines: Ich bin der CapCom dieser Mission, ich bin für das Wohlergehen der Menschen dort draußen verantwortlich. Und ich habe keinen blassen Schimmer, was da draußen gerade abgeht.«

»Es ist ... ich darf dich leider nicht in die Details einweihen. Aber ich versichere dir, es ist nicht so, wie es aussieht.«

»Wie ist es denn bitte dann? Klär mich auf!«

»Ich ... es gibt für alles eine Erklärung. Fangen wir mit der Jahreszahl an, das ist am einfachsten. Die Schiffssteuerung der Shepherd-1 hat einen Fehler. Sie wäre am 7.7.77 ausgefallen. Also haben wir die Uhren mit Wissen der Astronauten umgestellt. Oder glaubst du, ihnen wäre das nicht aufgefallen, dass sie uns fünfzehn Jahre voraus sind?«

»Ein Bug, ich glaube dir kein Wort.«

»Dann such mal im Netz nach dem Y2K-Bug. So etwas passiert immer wieder.«

»Warum habt ihr ihn nicht korrigiert?«

»Zunächst konnten wir das Schiff nicht einfach abschalten und neu booten. Und nun würden wir uns nur neue Probleme einhandeln. Stell dir eine Back-up-Routine vor, die auf Daten von 2094 stößt. Damit würde die Schiffssteuerung kaum umgehen können.«

Das klingt einigermaßen plausibel. Aber ist es auch die Wahrheit? Geschickte Lügen müssen natürlich auch plausibel sein.

»Dann dieser David. Könnte es sein, dass du aus Versehen in veralteten Dateien gesucht hast? Ich glaube, es gab einen AsCan namens David Martelle, der dann aber wegen mangelnder psychischer Stabilität ersetzt wurde. Das ist so lange her, die Details muss ich erst recherchieren. Hättest du mich eher gefragt ...«

Rachels Kehle ist so trocken, dass sie jetzt gern einen großen Schluck von Charles' Bier nehmen würde. Wenn sie morgen am Computer nachsieht, wird sie seine Begründung bestimmt bestätigt finden. Aber ist sie deshalb wahr?

»Und die Stützmasse?«, fragt sie.

»Das Problem mit der Stützmasse ist ja eigentlich geklärt, hast du das Dossier gelesen? Du warst damals noch nicht dabei, also konntest du es ja nicht wissen.«

»Christines Tod?«

»Ja, das ist ein Problem.«

Charles' Hand zeichnet mit dem Griff der Gabel Muster auf die Tischdecke. Es sind lauter kleine Kreuze. Als er ihren Blick bemerkt, lässt er die Gabel fallen und legt die Hand in seinen Schoß. Die Gabel trifft einen Dessertlöffel und gibt einen dumpfen Ton von sich.

»Ein Problem? Das ist alles?«

»Es ist sehr ungünstig, dass es so weit gekommen ist. Alpha-Omega sieht sich in der Verantwortung und wird das Problem lösen, so viel kann ich dir sagen.«

»Wie kannst du denn über den Tod einer Astronautin als bloßes Problem sprechen? Das ist zynisch und menschenverachtend. Eigentlich habe ich dich immer für einen netten Typen gehalten.«

Charles seufzt. »Es tut mir leid. Wenn du wüsstest, was ich weiß, würdest du nicht so reden.«

»Dann sag mir, was ich wissen muss! Ich nehme meinen Job nun einmal ernst, das wusstet ihr, als ihr mich eingestellt habt.«

»Ich war dagegen«, sagt Charles. »Aber MOM hat sich sehr für dich eingesetzt.«

»Du Arschloch.« Jetzt ist sie richtig sauer.

Der Kellner tritt aus dem Schatten an den Tisch und legt demonstrativ den Finger an die Lippen.

»Du Arschloch«, flüstert sie. »Und wenn ihr meine restliche Crew auch noch gefährdet, gehe ich an die Öffentlichkeit.«

»Wenn du das tust … bringst du uns alle in Teufels Küche.«

»Ihr lasst mir ja keine andere Wahl!«

»Gut, ich werde mit Ilan besprechen, wie wir dich einbeziehen können. Aber ich warne dich, je mehr du weißt, desto tiefer steckst du mit drin, im Guten wie im Schlechten.«

»Wenn mir das Wissen hilft, um meinen gottverdammten Job zu machen, habe ich keine andere Wahl.«

»Du bist wirklich ganz schön stur, weißt du das? Genau davor habe ich Alison gewarnt.«

»Wenn sie mich trotzdem eingestellt hat, dann wohl gerade deswegen.«

HOUSTON
22. FEBRUAR 2079

»Wir gehen davon aus, dass die Gefahr für die Erde gering ist«, sagt die Frau auf dem Bildschirm.

Bild und Ton sind schlecht synchronisiert. Vermutlich kommt die Übertragung von einem anderen Kontinent. Unter dem Video sind ihr Name und ihr Titel eingeblendet. Prof. Dr. Dr. Mrunal Thakur. Sie hat sich ihnen als Physikerin vorgestellt. Rachel dreht sich zu Charles.

»Ist das eine von euch?«, flüstert sie.

Charles nickt. Das war ja zu erwarten. Sollten sie nicht eine unabhängige Expertin befragen? Alpha-Omega will sein teuer bezahltes Projekt natürlich weiterführen.

»Danke, Prof. Thakur«, sagt MOM. »Damit scheint das ja klar zu sein. Der Tod der Astronautin Christine Delrue ist bedauerlich. Wir drücken ihrer Familie unser tiefstes Mitgefühl aus. Aber wir handeln sicher auch in ihrem Sinn, wenn wir die Mission wie geplant fortführen.«

»Alison, ich muss da leider widersprechen.«

Rachel erhebt sich. Im Kontrollraum wird es ruhig. Einer so final klingenden Aussage von MOM hat sich noch niemand widersetzt.

»Erstens – ein Mensch ist gestorben.«

Alison verzieht genervt das Gesicht. Sie versteht MOM nicht, wie kann ihr die Crew nur so egal sein?

»Wie uns die Astronauten mitgeteilt haben, besteht der Verdacht auf Suizid. Es sieht so aus, als habe Christine das ganze Schiff zerstören wollen. Entweder sie litt an einer akuten Depression – oder sie glaubte, so eine Gefahr aus dem Weg räumen zu können.«

»Prof. Thakur hat uns doch gerade erklärt, dass keine echte Gefahr besteht. Sie ist eine Expertin auf diesem Gebiet.«

»Ja, Alison, aber sie ist bei Alpha-Omega angestellt, wie mir Charles gerade bestätigt hat.«

Charles hebt abwehrend die Arme. Es ist nicht ganz fair, ihn mit ins Boot zu holen, aber die Sache ist zu wichtig.

»Außerdem war Christine Delrue ebenfalls eine Expertin. Sie hat die Messungen selbst durchgeführt und ausgewertet.«

»Ich fürchte, Rachel, dir ist die Tragweite dieses Projekts nicht ganz bewusst. Es geht um den Kern unserer Existenz, um die Frage, wo wir herkommen.«

»Und es geht um eine Menge Geld, das Alpha-Omega in dieses Projekt gesteckt hat«, sagt Rachel.

Alison holt tief Luft, sagt dann aber doch nichts.

»Wir sind hier in einem Kontrollraum der NASA«, fährt Rachel fort. »Als Regierungsorganisation sind wir dem Wohl der Menschen verpflichtet, auch dem der Astronauten. Private Organisationen haben hier keine Entscheidungsbefugnis, und auch großzügige Spenden verändern daran nichts.«

»Ja, wir haben eine Verantwortung«, sagt Alison. »Die Crew erwartet von uns klare Anweisungen, keine Panikmache. Damit helfen wir niemandem. Das müsstest gerade du als CapCom eigentlich verinnerlicht haben.«

Oh, jetzt wird MOM persönlich. Sie hat offenbar einen Nerv getroffen.

»Die Astronauten auf der Shepherd-1 sind keine Kinder«, sagt sie, »denen wir schlechte Nachrichten nur häppchenweise vorsetzen dürfen. Und ich bin nicht ihre Mutter. Ich bin ihre Vertretung hier auf der Erde und offenbar ihre einzige. Sie haben ein Recht auf die Wahrheit.«

»Ja, die edle Wahrheit und die böse Lüge. Bullshit. Wir wollen für dieses Projekt eine optimale Lösung. Und was willst du?«

»Ich will, dass wir jemanden außerhalb von Alpha-Omega mit der Risikobeurteilung beauftragen. Anderenfalls werde ich die Nachricht an die Shepherd-1 nicht sprechen. Niemand kann mich zwingen, gegen die Interessen der Crew zu handeln.«

Das ist eine schwache Drohung, aber nur auf den ersten Blick. Dass der CapCom sich weigert, eine Botschaft von Mission Control zu überbringen, ist für jede Crew ein deutliches Signal, dass da unten etwas nicht stimmt.

»Aber die kompetentesten Experten für das Fachgebiet sitzen nun mal bei Alpha-Omega.«

»Alison, es wird doch auf der Erde noch einen weiteren Physiker oder eine zweite Physikerin geben, die es mit Prof. Thakur aufnehmen kann? Ich bitte dich, die NASA hat doch die besten Verbindungen zu Universitäten weltweit.«

»Also gut«, sagt Alison. »Verschieben wir das auf morgen. Bis dahin wird die Verwaltung einen Forscher auftreiben, der Prof. Thakurs Meinung bestätigen kann. Dann muss die Crew eben einen Tag länger auf ihre Antwort warten.«

Mach mir ja kein schlechtes Gewissen, Alison. Das hat der Vater ihrer Tochter bereits jahrelang erfolglos versucht.

»Es geht nicht darum, jemanden zu finden, der Prof. Thakurs Auffassung bestätigt, sondern es geht um die Meinung eines unabhängigen Forschers«, sagt Rachel scharf und setzt sich.

»Das war nicht besonders klug, mich hier öffentlich ins Spiel zu bringen«, flüstert Charles ihr von hinten zu. »Wenn Alpha-Omega mir nicht mehr vertraut, hast du hier gar keinen Verbündeten mehr.«

SHEPHERD-1
2. MAI 2094

»Ich könnte das nächste Teil gebrauchen«, sagt Aaron per Funk.

»Kommt ja schon.«

Mensch, ist sein Kollege schnell. Dabei ist er hier doch der Ingenieur! Benjamin bugsiert den Träger aus dem Schleusentor. Es war gar nicht so einfach gewesen, ihn überhaupt in die Schleuse zu bekommen, ist er doch fast sechs Meter lang. Er hatte dazu den Raum vor der Schleuse evakuieren müssen. Zum Glück sind nicht alle Ersatzteile so groß.

Das äußere Schott der Schleuse schließt sich hinter ihm. Dann drückt er auf den Knopf. Er beachtet die falsche Reihenfolge schon gar nicht mehr. Das muss der Stress sein. Es wird wirklich Zeit, dass wieder ruhigere Tage beginnen. Benjamin schiebt den Balken vor sich her und steuert mit den Schubdüsen um das Schiff herum. Kapsel C ist schon wieder geschlossen. Sie haben die Ränder des Risses begradigt und die beiden Hälften zusammengefügt.

Aber der Innenausbau ist noch nicht komplett. Und bei Vibrationstests haben sie gestern festgestellt, dass die Kapsel etwa ein Drittel weniger stabil ist als früher. Deshalb wollen sie nun ihr Inneres mit zusätzlichen Streben verstärken. Dummerweise mussten sie dazu ein paar der Innenausbauten entfernen, etwa die dünne Wand zwischen Werkstatt und WHC. Wer mit Kapsel C fliegt, wird in Zukunft unter Beobachtung der anderen Passagiere aufs Klo gehen müssen.

Sein Scheinwerfer beleuchtet Kapsel C. Die Schweißnaht an ihrem Äquator glänzt frisch, weil dort blankes Metall zutage tritt. Nur diese Narbe erzählt noch von dem schrecklichen Geschehen. Es macht ihm Hoffnung, dass die Kapsel nun nicht mehr wie ein zerbrochenes Ei vor ihm liegt. Vielleicht geht es nun doch wieder aufwärts.

Er zielt mit dem Träger auf die kleine Schleuse der Kapsel. Dahinter sieht er schon Aaron winken.

»Gib ihm einfach einen Schubs und kümmere dich um das nächste Teil, ich fange ihn schon auf«, sagt er.

»Wie du willst, Aaron.«

Er zielt noch einmal auf die Schleuse und lässt den Träger dann los. Das Ersatzteil rotiert langsam, fliegt aber in die richtige Richtung. Gut! Er dreht sich um und nimmt Kurs auf die Hauptschleuse.

»Ich störe euch ja nur ungern, aber die Scanner haben ein neues Hindernis ausgemacht«, meldet sich Eric.

»Was meinst du damit?«, fragt Aaron.

»Wir kreuzen anscheinend die Bahn eines bisher unbekannten TNO.«

»Geht es auch konkreter?«, fragt Benjamin.

TNOs, Transneptunische Objekte, sind im Grunde alle Himmelskörper, die jenseits der Neptun-Bahn die Sonne umkreisen. Die Angabe ist also sehr vage.

»Wir haben Glück«, sagt Eric. »Das Ding ist ziemlich groß.«

»Wie groß?«

»Etwa fünfzehn Kilometer Durchmesser.«

»Und das nennst du Glück? Der Asteroid macht uns platt, wenn er uns trifft.«

»Wäre er kleiner, hätten wir ihn wie letztes Mal erst kurz vor der möglichen Kollision gesehen.«

Das ist ein gutes Argument.

»Wie viel Zeit haben wir?«, fragt Aaron.

»Und wie hoch ist das Kollisionsrisiko?«, ergänzt Benjamin.

»Die Bahndaten sind noch ungenau«, sagt Eric. »Wir sehen ihn ja erst seit drei Minuten. Die Simulation geht im Moment von einem Trefferrisiko von drei Prozent aus.«

Drei Prozent, das können sie nicht ignorieren. Sie müssen ausweichen. Der interstellare Raum ist eigentlich vor allem eines – leer. Würden sie gerade einen Asteroiden brauchen, hätten sie bestimmt keinen gefunden. Sie müssen das Unglück irgendwie anziehen.

»Wie lange noch?«, fragt Aaron.

»Höchstens acht Stunden. Ihr müsstet also in sieben Stunden fertig sein, damit wir noch genug Zeit haben, uns eine sichere Position zu suchen.«

Das ist verdammt knapp. Eigentlich hatten sie die Kapsel bis übermorgen fertigstellen wollen. Die Störung hat derzeit etwa einen Meter Durchmesser.

»Schaffen wir das, Aaron?«, fragt Benjamin.

»Was denn? Ich sehe zwei Möglichkeiten. Wir reparieren die Kapsel komplett und schicken sie heute noch los. Das wird sehr, sehr knapp. Oder wir befestigen sie mit ein paar zusätzlichen Verstärkungen an der Shepherd-1. Dann hätten wir für den Innenausbau später noch genug Zeit.«

Könnte der Asteroid nicht einfach verschwinden? Das wäre die beste Lösung. Wenn sie Kapsel C in Eile reparieren und dabei etwas übersehen, scheitert vielleicht der Plan, die Störung in den interstellaren Raum zu schießen. Aber wenn sie auf Nummer sicher gehen und die Kapsel erst einmal fest mit dem Schiff verbinden, um sie beim Ausweichen nicht zu verlieren, wuchert ihnen die Störung womöglich über das beherrschbare Maß hinaus. Pest oder Cholera, Scylla oder Charybdis? Das braucht er Aaron nicht zu erklären. Seinem Kollegen gehen wahrscheinlich gerade die gleichen Gedanken durch den Kopf.

»Eigentlich wollten wir ja erst übermorgen fertig sein«, sagt Benjamin. »Dabei sollten wir bleiben. Wir machen die Kapsel an der Shepherd fest.«

»Einverstanden«, sagt Aaron.

»Ihr habt sieben Stunden.«

»Moment mal, Eric«, sagt Benjamin. »So leicht kommst du uns nicht davon. Du musst uns alle T-Träger zur Schleuse bringen, die du im Lager findest. Und zwar schnell.«

»Verstanden. T-Träger zur Hauptschleuse. Bin schon unterwegs.«

»Der Nächste, bitte«, ruft Aaron.

»Hier, kommt auf drei Uhr.«

Benjamin lässt den Träger los. Gewichtslos bewegt sich das schwere Metallteil auf die Schleuse zu. Aaron dreht sich um und zeigt ihm einen erhobenen Daumen. Über der Kapsel erhebt sich ein halber Käfig, den Aaron Schritt für Schritt mit den Trägern ausbaut. Er soll Kapsel C beim Start der Schiffstriebwerke sicher an der Shepherd-1 halten.

Aus der Hauptschleuse des Schiffes ragt schon der nächste Träger. Zu dritt arbeiten sie wirklich effizient. Eric scheint doch nicht egal zu sein, was mit der Kapsel und der Störung passiert. So macht die Arbeit heute geradezu Spaß, obwohl sie unter Zeitdruck stehen. Jetzt, wo sie die Bahn des einsamen Asteroiden besser kennen, ist das Kollisionsrisiko auf sieben Prozent gestiegen. Das ist angesichts der möglichen Totalzerstörung der Shepherd völlig inakzeptabel.

Er zieht den Träger aus der Schleuse und fliegt in Richtung Kapsel.

»Nachschub, bitte«, sagt Aaron.

An der Schleuse der Kapsel blinkt ein Licht. Benjamin zielt mit dem Träger darauf und schiebt ihn in diese Richtung. Er muss die Düsen auf Höchstleistung stellen, um nicht abgetrieben zu werden. Mit seiner Masse von bestimmt 400 Kilogramm bringt so ein Träger eine Menge Trägheit mit. Ob es deshalb Träger heißt? Er kichert, und es hört sich an, als wäre er verrückt geworden. Erstaunlich, wie gut es ihm trotz der akuten Bedrohung geht. Es muss daran liegen, dass sie so reibungslos zusammenarbeiten.

»Mist«, sagt Aaron, »die Schweißstelle hält nicht. Ich muss das kurz korrigieren.«

Benjamin ist unterwegs zur Hauptschleuse, aus der schon der nächste Träger ragt.

»Hier, Benjamin«, ruft Eric.

Der Träger schwebt aus der Schleuse. Benjamin greift mit beiden Händen danach und wird ein Stück mitgezogen, bis er mit den Düsen bremsen kann. Auf zur Kapsel damit.

»Wo ... Sch... Ummm.«

Das Stöhnen muss von Aaron kommen.

»Was ist los? Aaron?«

»Ummm... Ka...«

Benjamin lässt den Träger los und gibt Gas. Das klingt gar nicht gut.

»Ich bin gleich da«, ruft er.

»Grrrmmm.«

Benjamins Scheinwerfer beleuchtet die kleine Schleuse der Kapsel. Der T-Träger, den er vorhin abgeliefert hat, ragt heraus. Aaron ist in der Schleuse. Sein Körper ist unnatürlich gekrümmt. Der Balken ... O nein. Der Balken hat sich durch seinen Unterleib gebohrt.

»Aaron, sag etwas!«

»Ich ... der Schmerz.«

Aaron zuckt mit dem rechten Arm.

»Beweg dich nicht. Wir bekommen das hin. Eric, ich brauche dich jetzt hier, Aaron ist verletzt.«

»Ich komme«, sagt Eric. »Ich muss mir aber noch den Raumanzug anziehen.«

»Das ... sieht nicht gut aus«, sagt Benjamin.

Der Träger hat sich etwas rechts vom Bauchnabel in Aaron gebohrt.

»Das ist nicht das, was man in so einer Lage hören will«, sagt Aaron.

Wenigstens kann er wieder sprechen. Vielleicht ist es nicht so schlimm, wie es aussieht.

»Wie fühlst du dich, Aaron?«

Benjamin schwebt direkt vor Aarons Helm. Seine Stirn ist schweißbedeckt, und das Visier ist innen angelaufen.

»Ich ... der Schmerz war furchtbar, aber jetzt geht es.«

»Kannst du atmen?«

»Ja, problemlos. Als der Schmerz einsetzte, blieb mir die Luft weg, aber das war wohl der Schock.«

Benjamin hangelt sich nach unten, wo der Träger den Raumanzug getroffen hat. Vorsichtig tastet er die Stelle ab.

»Der Träger versiegelt anscheinend die Öffnung, die er in den Anzug gerissen hat.«

»Dann sollten wir ihn auf keinen Fall entfernen«, sagt Aaron.

Benjamin zieht sich um ihn herum. Ein ganz kleines Stück des

Trägers kommt auf der anderen Seite heraus. Dort muss er dann gegen die Wand geprallt sein.

»Ich weiß, ich sollte dir das schonender beibringen«, sagt er, »aber ich weiß nicht, wie.«

»Nun sag schon.«

»Das Ding hat dich komplett durchbohrt.«

»Dafür geht es mir aber erstaunlich gut.«

»Das ist der Schock. Du musst sofort ins ärztliche Labor. Die inneren Verletzungen …«

»Erspar mir die medizinischen Details«, sagt Aaron. »Aber mit dem Träger hier komme ich unmöglich durch die Schleuse.«

Benjamin löst sich von Aaron und betrachtet ihn aus zwei Metern Abstand. Er hat noch nie einen Astronauten am Spieß gesehen. Es ist verrückt, aber der Vergleich kommt ihm sogar lustig vor. Er steht wohl selbst unter Schock.

»Astronaut am Spieß«, sagt er.

Aaron lacht. Sie sind beide verrückt.

»Ich muss das herausstehende Stück des Trägers entfernen«, sagt Benjamin.

»Ich bitte darum. Weißt du, wie du das Schweißgerät auf Trennschweißen stellst?«

»Ich bin hier der Ingenieur. Es wird aber ein paar Minuten dauern, der Träger ist sehr stabil.«

»Mir geht es immer noch gut«, sagt Aaron. »So ein Schock ist großartig. Ich habe mich noch nie besser gefühlt. Adrenalin ist ein Teufelszeug. Jetzt verstehe ich, warum manche so scharf darauf sind.«

»Erzähl mir doch etwas, während ich schweiße. Dann weiß ich, dass du noch lebst.«

»Verstehe. Wenn ich tot bin, kannst du vielleicht eher aufhören.«

»Das musst du verstehen, Aaron, Effizienz steht bei mir immer an oberster Stelle.«

Sie haben lange keine so lustige Unterhaltung mehr geführt. Eric kommt genau im richtigen Moment, um das abgetrennte Stück des Trägers abzunehmen. Er stößt es in den Weltraum.

»He, das wollte ich mir zur Erinnerung aufheben«, sagt Aaron.

»Keine Sorge, ein großer Teil davon steckt noch in dir drin. Das sollte als Souvenir genügen.«

»Stimmt, das hatte ich fast vergessen.«

»Komm, Eric, wir bringen ihn rein, fass mal an.«

»Ich will euch ja nicht reinreden«, sagt Aaron, »aber es reicht, wenn Eric mich transportiert. Du solltest dich darum kümmern, dass die Kapsel stabil verankert ist.«

»Aaron hat recht. Die Zeit läuft. Ich bringe ihn zur Notarztstation. Die wird sich dann um ihn kümmern.«

Eigentlich will er Aaron nicht allein lassen, aber es stimmt. Die Zeit läuft. Wenn sie das Schiff verlieren, hat sein Kollege auch nichts davon. Allein wird das noch anstrengend genug. Er muss das Material für die Kapsel heranbringen und selbst schweißen.

»Hinter der Hauptschleuse liegen noch mindestens zehn Träger«, sagt Eric. »Ich beeile mich mit Aaron und übernehme dann den Transport.«

»Danke«, sagt Benjamin. »Aaron, du schaffst das.«

Einen weiteren Tod hier draußen wird er nicht verkraften. Aaron, bitte bleib bei uns.

Benjamin schweißt, hämmert und bohrt um sein Leben, um ihr aller Leben. Die Außenkonstruktion, die Kapsel C fest mit der Shepherd verbindet, ist schon fertig. Nur ein letzter Test steht noch aus. Er will kurz die chemischen Triebwerke der Kapsel anwerfen. Damit kann er vielleicht einen Teil der Belastung simulieren, die beim bevorstehenden Ausweichmanöver des Schiffes entsteht.

Er setzt sich in den Kommandositz. Es ist noch nicht lange her, da hat Christine diesen Platz eingenommen. Auf dem gläsernen

Bildschirm sind ihre Fingerabdrücke genau wie auf der Tastatur. Er loggt sich mit ihren Daten ein.

»Passwort:«

»Cursum Perficio«, tippt er.

Ein grüner Haken erscheint auf dem Schirm. Christine hat ihr Kennwort mehr als einmal verwendet.

»Sie haben neue Nachrichten.«

Benjamin zögert. Christine ist tot. Er sollte nicht ohne Not in ihrem Postfach stöbern. Aber was, wenn ihre persönliche Post irgendetwas Wichtiges enthält, das ihnen weiterhilft? Nein, das kann er nicht tun. Ihre Nachrichten gehen ihn nichts an.

»Alle lösch… nein, halt. Alle als gelesen markieren.«

Es steht ihm auch nicht zu, ihre Post ungelesen zu vernichten. Falls sich jemand anders unter Christines Namen einloggt, macht ihn so die Meldung nicht zusätzlich neugierig.

Benjamin wechselt zur Kapselsteuerung. Das Triebwerk im Heck hat noch genügend Treibstoff. Christine hat ihre Kapsel ja auch selten bewegt. Glücklicherweise ist sie kaum beschädigt worden, und die Versorgungsleitungen hat Aaron repariert. Aaron, der jetzt schwer verletzt auf der Krankenstation liegt. Er muss sich beeilen und nach ihm sehen. Benjamin ist kein Arzt, aber Aarons Überlebenschancen dürften nicht besonders hoch sein.

Er lässt ein Testprogramm über das Triebwerk laufen. Auf dem Schirm sieht alles gut aus. Die maximale Leistung liegt nah beim Optimum, als käme Kapsel C frisch aus der Raumwerft. Er programmiert eine kurze Sequenz. Drei Sekunden Schub mit einem Zwanzigstel des Maximums sollten reichen. Die Kapsel soll nur kurz an ihrem Käfig rütteln.

»Ausführen.«

Sein Sitz ruckelt hin und her. Dann sind die drei Sekunden auch schon wieder vorbei. Es hat funktioniert, die Verankerung hat gehalten. Das sind doch gute Aussichten, auch wenn das Schiff noch deutlich stärker beschleunigen wird.

Es kracht hinter ihm. Benjamin dreht sich ruckartig um. Einer der Träger, die die Kapsel innerlich stabilisieren sollen, ist in zwei Teile zerbrochen. Ein großes Stück hat sich aus dem unteren Teil des Trägers gelöst und ist nach ein paar Sekunden gegen die hintere Wand der Kapsel geprallt. Sollte daran der kurze Impuls aus dem Triebwerk schuld sein? Das ist kaum vorstellbar.

Benjamin schwebt nach hinten und untersucht den Träger. Das Metallstück war so angebracht, dass es im unteren Teil der Kapsel von einer Seite zur gegenüberliegenden verlief. Benjamin stellt sich den Träger an seinem ursprünglichen Ort vor. Da, das Fahrrad ist ganz in der Nähe, an dem sie Christines Uhr gefunden haben. Von hier geht die Störung aus. Aber wenn sie einen Teil des Balkens pulverisiert hat, muss sie inzwischen größer sein als vermutet.

»Bist du bald fertig?«, fragt Eric. »Wir haben nur noch eine halbe Stunde bis zum Ausweichen.«

»Ja, bin in zehn Minuten zurück. Die Störung scheint schneller zu wachsen als gedacht. Wie geht es Aaron?«

»Überraschend gut. Er schläft. Ich glaube, du kannst dir den Besuch in der Krankenstation sparen.«

Was soll das denn jetzt? Natürlich wird er Aaron besuchen. Er betrachtet den zerstörten Träger. Und nun? Ob die Kapsel auch ohne ihn stabil ist? Sie werden es herausfinden müssen. Dreißig Minuten reichen auf keinen Fall, um ein Ersatzteil heranzuschaffen und zu befestigen.

»Ausloggen.«

Benjamin fährt die Konsole herunter.

»Wie geht es denn unserem Kranken?«, fragt Benjamin.

Eric nickt. »Gut, sehr gut.«

»Das kann nicht dein Ernst sein. Ich habe gesehen, wie ihn der Metallträger durchbohrt hat. Er muss schwerste Verletzungen haben.«

»Du wirst es ja bald sehen. Schnall dich an, ich muss das Ausweichmanöver starten.«

Eric verschweigt ihm doch irgendetwas. Oder will er wirklich nur schnell die Shepherd in Sicherheit bringen? Zehn Minuten müssten sie schon noch übrig haben. Warum soll er Aaron nicht schnell noch besuchen?

»Komm, setz dich, je eher wir ausweichen, desto sicherer ist das Manöver.«

Das ist logisch. Einerseits. Aber es klingt, verdammt nochmal, nach einer Ausrede.

»Nein, Eric, ich sehe jetzt kurz in der Krankenstation nach Aaron.«

Benjamin erhebt sich.

»Na gut, auf deine Verantwortung. Aber ich will dann kein Gejammer hören. Du bist schuld, wenn das Manöver misslingt.«

Nein, mein Freund, so einfach manipulierst du mich nicht. Ich werde jetzt Aaron besuchen. Hier stimmt etwas nicht.

Die Krankenstation befindet sich in einem schmalen, grell beleuchteten Raum hinter Küche und Werkstatt. Es ist gerade Platz genug für den Behandlungstisch und einen Gang links und rechts daneben. Zum Glück haben sie die Krankenstation in den vergangenen zwanzig Jahren nicht gebraucht. Benjamin erwartet den typischen Geruch nach Desinfektionsmitteln, aber er riecht fast nichts, von einem Ozonaroma abgesehen. Der Behandlungstisch ist über seine gesamte Länge von einer Art Röhre umgeben. Sie ist geschlossen und abgedunkelt. Er muss sofort an einen Sarg denken.

Benjamin schwebt in die Mitte des linken Ganges. Dort ist auf der Glasröhre ein Bildschirm angebracht. Er tippt ihn an. Aarons Vitalwerte sind perfekt. Benjamin sinkt in sich zusammen. Seine Sorge um Aaron und sein Misstrauen gegenüber Eric waren unbegründet.

Aaron atmet tief und gleichmäßig, mehr verrät der Bildschirm nicht. Ob er wirklich schläft? Er würde seinen Kollegen jetzt gern sehen. Als hätte er seinen Wunsch laut ausgesprochen, öffnet sich mit einem Mal die Röhre. In der Mitte bildet sich ein Schlitz. Die Hülle schiebt sich nach beiden Seiten zurück.

Aaron liegt vor ihm. Er ist bis zum Hals von einem weißen Tuch bedeckt. Aaron dreht sich zu ihm. Er hat eine frische rosige Gesichtsfarbe.

»He, Benjamin, schön, dass du mich besuchst. Ich nehme an, wir sind dem TNO erfolgreich ausgewichen? Hier drin bekommt man überhaupt nichts mit. Das Arztprogramm meint, ich solle zur Erholung noch wenigstens zwölf Stunden liegen bleiben.«

»Wie geht es dir?«, fragt er, obwohl die Antwort fröhlich vor ihm liegt.

»Sehr gut. Ich fühle mich wie neu. Am liebsten würde ich das Arztprogramm ignorieren und zu euch kommen. Aber die Luft ist hier drin so köstlich sauber, riechst du das?«

»Das ist mir auch schon aufgefallen. Darf ich mal deine Wunde sehen? Ich wüsste gern, wie der Robodoc das hinbekommen hat. Du hättest dich mal sehen sollen. Es war schrecklich.«

Aaron zieht das Tuch nach unten bis zu seinen Lenden.

»Schau, alles wie neu.«

Ihm wird schwindelig. Gäbe es hier Schwerkraft, wäre Benjamin umgekippt. Er hält sich trotzdem lieber an der Glasröhre fest. Aaron muss unter Drogen stehen, das ist die einzige Erklärung. In seinem Unterleib steckt noch immer der T-Träger. Er ist an der Vorderseite fein säuberlich abgeschmirgelt. Die Haut schließt sich lückenlos um das Metall. Er zwingt sich, genau hinzusehen. Es sieht so aus, als wäre die Haut mit einer Art Kitt an dem Träger befestigt, um den Bauchraum wieder zu schließen. Blut oder Reste davon sind nicht zu sehen.

»Warum sagst du nichts?«, fragt Aaron.

»Ich …«

Was soll er ihm sagen? Dass er sich seine Heilung nur einbildet?

»Du solltest der Anweisung des Robodocs wirklich folgen und noch eine Weile liegen bleiben. Wir kommen gut zurecht.«

»Benjamin, ich kenne dich, deine Stimme zittert, was ist los?«

Aaron richtet sich auf. Jetzt muss er es sehen. Gleich wird er ihn auffangen müssen.

»Puh, ich habe schon einen Schreck bekommen«, sagt Aaron. »Du hast mich so angesehen, als hätte ich Wundbrand oder so.«

»Nein, das ... das ... das hast du nicht.«

Sieht Aaron denn wirklich nicht, was da los ist?

»Warum siehst du mich dann immer noch so entsetzt an?«

Du musst dich beruhigen, Benjamin. Es ist gut, dass Aaron von seinem Zustand nichts ahnt. Es geht ihm prima, warum willst du ihn unbedingt aufklären?

»Gib mir mal deine Hand.«

Aaron reicht ihm die linke. Benjamin nimmt sie in die eigenen Hände. Aarons Haut ist warm und weich. Er nimmt die Hand und führt sie in Richtung Oberbauch. Dort legt er sie ab und schiebt sie ein Stück nach rechts. Der kleine Finger berührt den Rest des Trägers. Er schiebt die Hand ganz darüber. Jetzt muss Aaron spüren, dass dort keine Haut ist, sondern Metall.

»Siehst du? Spürst du das?«

»Ja, das kitzelt«, sagt Aaron.

»Ich meine das Metall unter deiner Hand.«

»Willst du mich veralbern? Da ist mein Bauchnabel, sonst nichts. Ich fühle nicht einmal Narben. Die OP muss perfekt verlaufen sein.«

»Du erinnerst dich doch an den Balken, der deinen Unterleib durchbohrt hat.«

»Ja.«

»Das ist keine zehn Stunden her. Nehmen wir an, der Robodoc hat dich perfekt operiert. Müssten da nicht zumindest ein paar Narben übrig sein? Gewebe wächst doch nicht so schnell zusammen.«

Aaron streicht mit den Fingern hin und her.

»Aua«, sagt er dann. »Du hast recht, da ist eine Narbe. Sie hat exakt die Form des T-Trägers.«

»Nein, Aaron. Der Träger steckt noch in dir.«

»Jetzt mache ich mir wirklich Sorgen«, sagt Aaron.

»Gut, das solltest du auch.«

»Um dich, Benjamin, um dich! Hast du draußen einen Schock erlitten? Vielleicht solltest du dich auch vom Robodoc untersuchen lassen.«

Bleib ganz ruhig, Benjamin. Aaron ist krank. Er meint es nicht so. Eines ist klar: Hier stinkt etwas zum Himmel. Hat man Aaron einer Gehirnwäsche unterzogen oder unter Drogen gesetzt? Und wer soll dann »man« sein? Und warum hat er selbst dann keine Gehirnwäsche bekommen? Oder ist er derjenige, dessen Wahrnehmung sich von der Realität entfernt hat?

Es gibt einen Weg, das zu testen.

»Bin gleich wieder da«, sagt Benjamin.

Er lässt sich durch die schmale Tür in die Werkstatt treiben. Der große Werkzeugkoffer ist in einem der Regale festgemacht. Er nimmt ihn heraus, stellt ihn vor sich ab und öffnet ihn. Hammer, verschiedene Zangen, Schraubendreher jeder Größe, Schraubenschlüssel ... Da ist, was er sucht: ein kleiner Handbohrer. Das sollte genügen.

»Was machst du denn hier?«, fragt Aaron von hinten.

Er dreht sich um. Aaron hat sich das weiße Tuch um die Hüften gebunden und schwebt aufrecht hinter ihm. Der Rest des Metallträgers ist noch immer zu sehen. Aaron kommt näher. Das Metallteil bewegt sich mit ihm, als wäre es ein normaler Teil seines Körpers. Es scheint ihn auch in keiner Weise einzuschränken. Aaron lächelt sogar.

»Ein Experiment«, sagt Benjamin. »Gut, dass du da bist. Ich brauche dich dafür als Zeugen.«

»Verstehe. Dann mal los. Ich würde mir gern ein paar Sachen zum Anziehen suchen. Es ist ganz schön frisch hier drin.«

»Ich beeile mich.«

Er nimmt den Bohrer in die rechte Hand und setzt ihn auf den Rücken der linken. Nein, keine gute Idee, die Hand braucht er noch. Der linke Unterarm, das müsste funktionieren. Wenn sein Experiment fehlschlägt, klebt er ein Pflaster darauf, fertig.

»Was wird das?«, fragt Aaron.

»Wirst du gleich sehen.«

Er beißt die Zähne zusammen. Dann drückt er den Bohrer auf das Fleisch und dreht ihn. Scheiße, tut das weh. Etwas Blut läuft aus der Wunde, aber überraschend wenig. Er dreht weiter. Unwillkürlich laufen ihm Tränen über das Gesicht.

»Was soll das denn?«, fragt Aaron.

Sein Kollege ist blass geworden, er selbst sicher auch. Der Bohrer steckt etwa einen Zentimeter tief im Fleisch.

»Sag mir, was du siehst«, sagt Benjamin.

»Du hast dir einen Holzbohrer in die Hand gejagt, und statt Blut ist eine blaue Flüssigkeit herausgequollen.«

»Wie bitte?«

»Du hast dir einen Holzbohrer in die Hand gejagt, und statt Blut ist eine blaue Flüssigkeit herausgequollen.«

Benjamin tippt mit der Fingerkuppe auf den schmalen Pfad, den das Blut genommen hat. Sein Finger färbt sich rot.

»Das ist blau?«, fragt er.

»Das ist ja das Seltsame«, sagt Aaron.

»Warte.«

Er greift nach dem Bohrer und zieht ihn mit einen Ruck heraus. Der Schmerz vernebelt kurz seine Sinne, dann ist er wieder voll da. Das Loch, das der Bohrer hinterlassen hat, durchmisst etwa drei Millimeter. Er sieht das zerteilte Fleisch darin. Noch immer drängt etwas Blut nach. Pulsierend im Takt seines Herzens.

»Das ist verrückt«, sagt Aaron.

»Wieso? Was siehst du?«

»Deine Haut, darunter ist so etwas wie Gewebe, ganz feine Fasern, die anscheinend diese blaue Flüssigkeit absondern.«

Er sieht noch immer die kleine, aber tiefe Wunde. Das Blut an seinem Arm trocknet und färbt sich dabei braun. Er sieht, was er erwartet. Aaron sieht etwas anderes.

»Schau mal, sie schließt sich«, sagt Aaron.

Tatsächlich, die Wunde zieht sich zusammen. Frische rosafarbene Haut schließt das Loch. Was sonst Tage dauert, vollzieht sich hier in wenigen Minuten. Er sieht es, und Aaron sieht es auch. Zumindest in diesem Punkt stimmt ihre Wahrnehmung überein.

»Ich muss mich entschuldigen«, sagt Aaron. »Ich dachte vorhin wirklich, du wärst verrückt, als du behauptet hast, ich hätte den Träger noch im Körper. Nun sehe ich, dass ich selbst verrückt bin.«

»So einfach ist es nicht. Ich sehe nicht nur den Träger in deinem Unterleib, sondern auch deine Haut, die sich fest daran verankert hat, und ich sehe dich, der keine zwölf Stunden nach einem solchen Unfall wieder auf den Beinen steht. Ich muss also mindestens genauso verrückt sein wie du.«

»Eine kollektive Halluzination?«

»Bei der wir alle verschiedene Realitäten sehen? Nein, Aaron. Ich kann es mir nur so erklären, dass es eine Folge der Störung ist. Sie zerbröselt nicht nur Materie, sondern auch die Raumzeit. Vielleicht landen wir in verschiedenen Pfaden der Zukunft.«

Aaron lacht. »Du hast zu viele schlechte Science-Fiction-Filme gesehen. Das ist doch total unlogisch.«

»Dass sie unlogisch sind, ist der Kern solcher Phänomene.«

»Es tut mir leid, ich kann dir nicht folgen. So unterschiedlich ist unsere Wahrnehmung doch gar nicht. Es sind nur ein paar Details, die wir anders sehen. Wir sollten herausfinden, ob es ein System dahinter gibt.«

»Aaron, Benjamin? Es ist nun wirklich Zeit für das Ausweichmanöver. Schnallt euch bitte an.«

Eric. Benjamin sieht Aaron an. Sein Kollege nickt. Sie denken offenbar dasselbe.

»Wir kommen beide in die Zentrale, gib uns noch drei Minuten«, sagt Aaron. »Ich muss bloß ein paar Sachen überziehen.«

Die Kraft, die auf seinen Magen gedrückt hat, verschwindet. Benjamin atmet tief durch.

»Das sollte reichen«, sagt Eric. »Das Kollisionsrisiko liegt nun bei unter 0,1 Prozent. Wir haben den Schwarm zwar ein Stück hinter uns gelassen, aber ich empfange die Zustandsmeldungen der Sonden immer noch einwandfrei. Kapsel C ist auch noch da, wenn ich der Außenkamera glauben kann.«

»Du willst es wirklich durchziehen«, sagt Aaron, »ganz egal, was schon passiert ist und was noch kommt, oder?«

Sein Kollege lockert gerade den Gurt. Der Riemen muss direkt über dem Rest des Trägers gelegen haben. Fünf g haben darauf gedrückt, und Aaron hat nicht vor Schmerzen geschrien, wie es zu erwarten gewesen wäre. Vielleicht sieht er ja doch etwas, das gar nicht da ist.

»Die Mission ist zu wichtig«, sagt Eric, »und eure Theorie ist nicht überzeugend. Aber ich bin natürlich bereit, mich den Befehlen von der Erde zu beugen.«

Natürlich. Die Befehle von der Erde.

»Wir wollen dich zu einem kleinen Experiment überreden«, sagt Aaron.

»Wenn es die Mission nicht beeinträchtigt, helfe ich euch gern.«

»Gut«, sagt Benjamin, löst seinen Gurt und schwebt zu Eric. »Ich würde gern diesen kleinen Bohrer in deinen Arm …«

»Spinnst du?«

»Nein, es ist wichtig, glaub mir.«

»Das ist doch ein Witz, ihr wollt mir einen Streich spielen.«

»Nein, Eric.«

Benjamin setzt den Bohrer auf seinem eigenen linken Unterarm an und dreht ihn ein Stück hinein. Der Schmerz ist schon nicht mehr so stark wie beim ersten Mal. Ein paar rote Blutstropfen verteilen sich rund um die Wunde. Einer löst sich und segelt als winzige Kugel davon.

Eric sieht mit zusammengepressten Lippen zu. Seine Augen werden groß, als Benjamin den Bohrer wieder herauszieht. Er braucht ihn gar nicht zu fragen, was ihn so erstaunt. Eric sieht offenbar das Gleiche wie Aaron.

»Also gut«, sagt Eric dann und streckt ihm den linken Unterarm hin.

Benjamin setzt den Bohrer an. Aaron hält Erics Arm fest.

»Könnte ein bisschen weh tun«, sagt Benjamin.

»He, ein echter Mann … aua«, schreit Eric.

Der Bohrer dreht sich in das Gewebe. Wenige Tropfen einer bläulichen Flüssigkeit dringen heraus. Sie scheinen etwas dickflüssiger zu sein als Blut. Benjamin tippt einen an, doch der Tropfen klammert sich geradezu an die Unterlage. Die Flüssigkeit scheint nicht auf Wasser zu basieren.

»Aaron, kannst du das mit einem Tuch abtupfen? Ich wüsste gern, wie diese Flüssigkeit zusammengesetzt ist.«

»Was meinst du mit Flüssigkeit?«, fragt Eric. »Mein Blut?«

»Du siehst rote Tropfen, oder? Was hast du bei mir gesehen?«

»Bei dir wirkte das Blut eher bläulich. Ich habe mich schon gewundert.«

»Und nun wunderst du dich nicht mehr?«

»Bei mir ist ja offenbar alles in Ordnung.«

Will er das Problem etwa nicht verstehen?

»Eric, Aaron und ich, wir sehen bei dir die gleiche blaue Flüssigkeit, die du bei mir bemerkt hast. Entweder wir sind alle verrückt geworden, oder hier stimmt etwas ganz gewaltig nicht.«

»Aber was soll das denn sein? Ja, was wir da sehen, ist ein bisschen verrückt, aber alle Erklärungen, die mir dazu einfallen, sind noch ein ganzes Stück verrückter. Ich werde mich jedenfalls nicht bei klarem Bewusstsein in den Abgrund des Wahnsinns stürzen.«

»Ich fürchte, der Zug ist abgefahren«, sagt Aaron. »Wir stecken schon mittendrin. Und ich wette, es hat mit der Störung zu tun. Wir sollten sie so schnell wie möglich in den interstellaren Raum schicken. Vielleicht geht es uns dann wieder besser.«

»Ich glaube nicht, dass es da einen Zusammenhang gibt«, sagt Benjamin. »Die Störung ist das eine, unsere seltsamen Wahrnehmungen das andere. Was sagst du denn zu Aarons Unterleib, Eric?«

»Der Stück Metall in seinem Bauch? Es wirkt schon seltsam. Aber der Robodoc wird seine Gründe gehabt haben, es nicht zu entfernen. Vielleicht wird sonst alles bloß noch schlimmer.«

»Metall in meinem Bauch?«

»Ich habe dir doch gesagt, was ich da sehe«, erklärt Benjamin.

Aaron zieht sein T-Shirt hoch. »Da sind nur ein paar Narben, seht ihr?«

Eric reibt sich das Kinn. »Es steht wohl schlimmer um uns, als ich dachte«, sagt er. »Wir sollten die Erde um Hilfe bitten. Vielleicht gibt es Medikamente, die uns diese seltsamen Visionen austreiben. Wir sind wohl viel zu lange allein hier draußen unterwegs. Aber was Kapsel C betrifft, habt ihr recht. Schaffen wir sie schnellstens außer Reichweite, sonst gefährdet die Störung noch unsere Messungen.«

Wenigstens in einem Punkt sind sie sich einig.

»Ich übernehme das«, sagt Benjamin.

»Und ich helfe dir. Aaron sollte sich nach dem Unfall noch ein bisschen schonen.«

»Oh, das sieht aber nicht gut aus«, sagt Eric. »Was habt ihr denn da mit unserem schönen Schiff gemacht?«

Benjamin betrachtet die Stelle, von der er die Verankerung der Kapsel entfernt hat. Sie sieht aus wie eine Warze, oder nein, wie ein mit Eiter gefüllter Pickel.

»Tut mir leid, es musste schnell gehen. Sind nicht alle Schweißpunkte so hässlich.«

»Das will ich hoffen. Ihr könnt doch die Shepherd nicht so verunstalten.«

»Na komm, das ist hier wie der Pickel unter deiner Achsel, das bemerkt doch niemand. Der nächste Betrachter ist vier Lichttage entfernt.«

»Benutzt du etwa auch nur Deo, wenn du jemandem begegnest?«

Deo? Wer außer Christine hat denn hier je Deo benutzt?

»Willst du mir erzählen, du würdest dich jeden Tag einsprühen, Eric?«

»Immer nach dem Duschen natürlich.«

Benjamin zieht unwillkürlich Luft durch die Nase, aber im Anzug riecht er natürlich nur sich selbst.

»Ich kenne kein Deo, das ein paar Stunden im Raumanzug übersteht«, sagt er. »Von wegen Stunden, nicht mal Minuten. Und bei den vielen Einsätzen in den letzten Tagen hätte Deo nun wirklich nichts gebracht.«

Er setzt den Schweißbrenner an. Der Träger, der nur noch an einem Zipfel festhing, löst sich und driftet langsam davon.

»Ich bringe ihn in die Schleuse«, sagt Eric, greift nach dem Träger und entfernt sich.

Die Hauptschleuse muss schon ziemlich voll sein. Sie haben die meisten der Befestigungen entfernt. In einer halben Stunde müssten sie fertig sein. Dann kommt er endlich wieder aus dem Anzug heraus.

»Fertig«, sagt Benjamin per Funk. »Du brauchst nicht zurückzukommen, Eric, ich bringe den letzten Träger mit.«

»Warte mal noch einen Moment.«

»Ich würde jetzt wirklich gern raus aus dem Anzug, Eric.«

»Verstanden. Aber wenn die Kapsel jetzt frei ist, sollten wir kein weiteres Risiko eingehen und sie so schnell wie möglich starten.«

Das stimmt. Seine Pause muss wohl noch ein bisschen warten.

»Ich programmiere hier drin die Steuerung«, sagt Benjamin.

»Aber nicht, dass du mir mit der Kapsel flüchtest«, sagt Eric.

»Haha.«

»Warte noch kurz, ich berechne dir in der Zentrale einen Kurs, der die Kapsel möglichst weit nach draußen bringt.«

»Verstanden.«

Benjamin schiebt den Träger in Richtung Hauptschleuse. Wenn das Metallteil nicht trifft, ist es auch nicht schlimm, sie haben ja genug Ersatzteile im Lager. Er schwebt durch die auf beiden Seiten offene Schleuse in Christines ehemaliges Heim.

Die Kapsel sieht aus, als wäre nie etwas geschehen. Es fehlt nur die Verkleidung der Innenwand, wo sie die Balken angeschweißt haben. Die Kapsel hat die Beschleunigung gut überstanden; nichts fliegt herum – vermutlich weil das ja schon die zweite Beschleunigungs- und Bremsphase für sie war. Er schwebt in die untere Etage. Vom Fahrrad hält er Abstand, wer weiß, wie weit sich die Störung schon ausgedehnt hat. Er will Christines Kammer noch ein letztes Mal kontrollieren. Vielleicht findet er ja doch noch einen Hinweis darauf, warum sie sterben musste.

Das Bett ist frisch gemacht. Benjamin öffnet die Fächer ihres Schreibtisches. Da sind weder Notizen noch Datenspeicher. Aber im zweiten Fach findet er ein Bild, ein Foto. Es zeigt Christine mit einem gewagten Hut vor einem Bergmassiv. Sie sieht zwanzig Jahre jünger aus, als er sie kennt.

Im dritten Fach liegt eine Fingerpuppe. Er steckt sie über dem Handschuh auf seinen Zeigefinger und wackelt mit ihrem Kopf. Sie hat einen breiten Mund und eine runde Nase. Es ist eine freundliche Figur. Er packt das Bild und die Puppe in seine Werkzeugtasche. Das Fach schließt sich. Danach schiebt er es zu. Er stutzt. Geht das schon wieder los? Er öffnet das Fach wieder. Darin liegt eine Fingerpuppe. Noch eine? Sie sieht genauso aus wie die, die er gerade eingesteckt hat. Er nimmt sie heraus und kontrolliert seine Werkzeugtasche. Darin befindet sich zwar ein Foto, aber keine Puppe. Er legt die Puppe dazu und kneift die Augen zusammen. Er hat mit einem Mal heftige Kopfschmerzen.

Benjamin schließt das Fach. Dann öffnet er es wieder. Es ist leer. Er wiederholt den Vorgang. Noch einmal. Aber es erscheint keine dritte Puppe. Er öffnet das Fach darüber. Es enthält ein Foto, das Christine mit Hut vor Bergen zeigt. Er fängt an zu schwitzen – und kontrolliert die Werkzeugtasche. Das Foto von vorhin, es ist noch da. Puh. Hat er die Kopie vorhin bloß übersehen? Er nimmt das Original aus der Werkzeugtasche. Es zeigt Christine im Bikini am Strand. Was passiert hier gerade? Benjamin nimmt das zweite Foto aus dem Fach und steckt es zum ersten. Dann schließt er das Fach.

Soll er es noch einmal versuchen? Er greift nach dem Fach. Aber wer weiß, womit ihn der Schrank dann überrascht. Mit einem abgeschnittenen Finger vielleicht? Und wenn nun wirklich ein Finger im Fach liegt? Die Vorstellung, dass er die Wirklichkeit mit seinen Gedanken erzeugt, jagt ihm einen Schauder über den Rücken. Schnell zieht er das Fach auf. Es ist leer. Er kontrolliert die Werkzeugtasche. Sie enthält zwei Fotos und eine freundlich lächelnde Fingerpuppe. Puppen hat er noch nie gemocht. Jetzt kommt es ihm gar so vor, als würde sie sich über ihn lustig machen.

»Benjamin, bist du so weit?«, fragt Eric.

Das kommt gerade im richtigen Moment. Er schluckt den Kloß in seinem Hals hinunter. Bloß raus hier. Er schiebt die Tür der Kammer hinter sich zu und verlässt die untere Etage wieder. Oben setzt er sich auf den Kommandositz. Er zieht die Tastatur zu sich heran und startet den Computer.

Aber der Bildschirm bleibt schwarz.

»Mist. Eric, ich brauche hier noch ein bisschen, der Steuerrechner will nicht.«

Er drückt wie wild den Startknopf des Computers, aber es tut sich überhaupt nichts. Auch das noch. Bei seinem letzten Besuch hier hat er noch funktioniert. Haben sie ihn bei der Reparatur der Kapsel beschädigt? Er steht wieder auf und schwebt um die Konsole herum. Sie ist nicht sichtbar defekt. Wenn sie Pech haben, müssen sie das ganze Gerät austauschen. Hoffentlich gibt es auch dafür Ersatzteile. Aus der Rückseite des Monitors führen Stromkabel nach unten in den Boden der Kapsel. Er folgt ihnen. Vielleicht ist es ja ein ganz simples Problem. Die Kabel verschwinden im Boden. Der Generator befindet sich noch unter der Werkstatt. Wenn das Triebwerk nicht läuft, produziert er Strom aus Brennstoffzellen. Vielleicht sind die ja leer? Kopfüber tastet er sich zu der Leiter, die nach unten führt.

Mit einem Mal verschwindet seine Hand im Zwischenboden. Er zieht sie sofort wieder an sich und betrachtet sie. Dem Handschuh ist nichts passiert. Aber er ist voller Staub. Mist. Das kann nur eines bedeuten. Er greift wieder in das Loch. Ein Teil der Zwischendecke zerbröselt unter seinen Fingern. Die Störung hat sich schon bis hierher gefressen. Und das seit vorgestern! Da braucht er nicht nach dem Generator zu suchen. Die Störung muss der Computerkonsole den Strom abgedreht haben.

»Wir haben ein Problem«, sagt er.

»Eines? Das wäre schön«, antwortet Eric. »Was ist nun schon wieder?«

»Der Computer bekommt keinen Strom, und bevor du fragst, es liegt daran, dass die Störung die Leitung angefressen hat.«

»Sie hat es ja ganz schön eilig. Was schlägst du vor? Willst du eine Ersatzleitung legen?«

»Das Kabel müsste durch den unteren Teil der Kapsel verlaufen, wo sich aber gerade die Störung auszubreiten scheint. Deshalb sollten wir lieber einen Notstromgenerator hierherbringen. So etwas haben wir doch bestimmt? Er muss ja nur so lange halten, bis die Kapsel auf Höchstgeschwindigkeit beschleunigt hat.«

»Ja, da müssen wir mal das Lager durchsuchen. Ich bin optimistisch«, sagt Eric.

Benjamin hat seinen Raumanzug gleich nach dem Passieren der Hauptschleuse in einer Ecke verstaut. Seine Mutter würde bestimmt schimpfen, weil er alles auf dem Boden liegen lässt. Technisch gesehen, könnte er sich hier herausreden, befindet sich der Anzug doch zehn Zentimeter über dem Boden.

Jetzt ist er im LCVG unterwegs, um den Notstromgenerator zu suchen. Das sieht zwar mit seinen langen weißen Ärmeln und Beinen ein bisschen lustig aus, aber hier sieht ihn ja keiner. Seit

Christine nicht mehr da ist, haben sie alle in Sachen Kleidung und Hygiene nachgelassen.

»Soll ich nicht lieber nach dem Generator suchen?«, fragt Eric.

»Nein, lass mal, ich bin ja schon fast da. Sag mir lieber, wo ich die größten Chancen haben.«

Es ist schon auffällig, dass Eric ihn immer vom Lager fernhalten will. Er bewegt sich ein paar Schalen nach unten und öffnet nach Belieben eine Tür. Der Raum dahinter ist leer, von einer großen Anzahl Regalen abgesehen. Nein, auf gut Glück wird er garantiert nichts finden, es sind viel zu viele Sektoren.

»Die Ersatzteile befinden sich in der Nähe des Kerns, Sektoren 3N1 bis 2S4. Aber es wäre mir wirklich lieber, wenn ich das übernehmen könnte. Nachher bringst du noch den falschen Generator mit, und wir verlieren wertvolle Zeit.«

»Eric, ich bin Ingenieur, ich erkenne einen Notstromgenerator, wenn ich ihn sehe.«

»Na gut, wenn du darauf bestehst. Bitte beeil dich und komm sofort zurück, wenn du ihn hast.«

Jetzt fehlt bloß noch die Aufforderung: Öffne auf keinen Fall Sektor 1S2. Eric gibt sich wirklich Mühe, alle Klischees des Geheimniskrämers zu erfüllen.

Benjamin betrachtet die Beschriftung an der Wand. Er ist bei 22S4, muss also noch neunzehn Schalen nach unten. Oder nach vorn, je nachdem, in welche Lage er sich gerade dreht. Der Kern liegt jedenfalls von seiner Position aus in Richtung Bug. Er drückt sich immer abwechselnd von der linken und der rechten Wand ab. Schnell synchronisiert er seinen Rhythmus mit den Seitengängen, wo er sich besonders bequem abstoßen kann. In nur einer Minute schafft er es fast ganz in die Mitte.

3N1 bis 2S4. Warum weiß Eric es nicht genauer? Müssten die Ersatzteile nicht im Computer erfasst sein? Aber letztlich sind es ja auch nur sechzehn Lagerräume, die hat er schnell durchsucht. Hier in der Mitte sind sie viel kleiner als in den Kugelschalen ganz außen.

Das Schiff ist wirklich mit einer ansehnlichen Zahl von Ersatzteilen ausgestattet. Vielleicht können sie daraus sogar eine ganz neue Kapsel bauen? Es wäre gut, wenn sie die Sonden wieder warten könnten.

Träume. Zuerst braucht er den Generator. Benjamin ist schon in Ebene 2 Süd angekommen. Noch vier Räume. In einem davon muss der Generator sein. Es ist der vorletzte. Irgendwie ist das typisch für ihre Reise. Es findet sich zwar meist eine Lösung, aber immer erst kurz vor knapp. Benjamin nimmt das Gerät aus dem Regal und prüft es. Es lässt sich anschalten und meldet volle Kapazität. Puh, ein Problem weniger.

»Eric? Ich …«

»Ja?«

»Ich finde den Generator bestimmt bald, es sind nur noch vier Räume.«

»Gut, und beeil dich. Wer weiß, wie schnell die Störung wächst.«

Eric klingt ehrlich besorgt. Aber das heißt ja nicht, dass er nicht trotzdem etwas zu verbergen hat. Benjamin stellt den Generator mitten in den abwärtsführenden Gang, den er zur Zentrale nehmen muss. Dann dreht er noch einmal um. Drei Minuten, so viel Zeit sollte er haben. Der Lagerraum im Zentrum lockt ihn, Schale 1.

Die Tür befindet sich zum Bug hin. Er schiebt sie zur Seite, und das Licht schaltet sich an. Der kugelförmige Raum vor ihm enthält keinerlei Regale. In seinem Zentrum schweben sechs längliche schwarze Kisten und bilden ein Sechseck. Benjamin fliegt in den Raum hinein. Er greift nach einer Kiste. Er erwartet, dass sie sich mit ihm bewegt, aber sie hält starr ihre Position. Faszinierend. Auch wenn das Material der Kisten wie Holz wirkt, scheint es sich um Metall zu handeln, das von Magnetfeldern gehalten wird.

Los, Benjamin. Nun bist du schon hier, jetzt musst du auch nachsehen. An der Oberseite des Deckels der ersten Kiste findet er einen Verschluss. Er öffnet ihn und klappt den Deckel hoch. Die Kiste ist leer. Sie ist an allen Seiten gepolstert. Unten haben die Polster ein paar Druckstellen, als hätte dort längere Zeit etwas gelegen.

Der zweite Behälter ist ebenso leer wie der dritte. Er sieht auf die

Uhr. Die drei Minuten, die er sich selbst gegeben hat, sind fast vorüber. Lohnt es sich, wegen dieser Kisten das Schiff zu gefährden? Eigentlich nicht, aber seine Neugier ist übermächtig. Er hangelt sich zur vierten Kiste und öffnet sie.

Diese Kiste ist nicht leer. Vor ihm liegt ... wie hieß er gleich ... er schließt die Augen ... Eric ... David ... Eric ... David.

»David«, sagt er laut.

Er muss es aussprechen, um es zu glauben.

»Hast du etwas gesagt?«, fragt Eric.

Benjamin antwortet nicht. Er tastet Davids Gesicht ab. Die Haut ist weich wie seine eigene, aber sie ist kalt. Der Körper hat die Temperatur der Umgebung angenommen. David sieht vollkommen gesund aus, als würde er schlafen. Nur sein Herz schlägt nicht. Was ihn aber am meisten schockiert, ist die Kälte, die dieser Körper ausstrahlt.

Der Raum um ihn herum beginnt, sich zu drehen. Benjamin hält sich am Rand der Kiste fest. Es sind nur seine Gedanken, die kreisen, das sagt er sich immer wieder, bis der Raum stehenbleibt. Wer hat das gemacht? Wer ist dafür verantwortlich? Ihm fällt nur ein Name ein. Aber das passt alles nicht. Sie waren auf ihrer langen Reise immer zu viert. Aaron, Benjamin, Christine, Eric. Nein, David. Oder doch Eric? Er ist tief verunsichert.

Da ist ein Riss im Haus seiner Erinnerung, das er immer für stabil gehalten hat. Er zieht sich vom Dach bis in das Fundament. Es ist gefährlich. So muss sich jemand fühlen, der gerade von seinem Gott verlassen wurde. Die Angst vor dem, was aus dem Riss herauskommen könnte. Die Angst davor, dass er sich vergrößert und das ganze Haus zum Einsturz bringt. Er braucht seine Vergangenheit, sie gibt ihm Halt und einen Sinn. Deshalb hält er seine Gedanken eng an der Leine wie ein Rudel Jagdhunde, das Witterung aufgenommen hat. Er lässt sie den Riss beschnüffeln. Aber er hält sie zurück.

»Benjamin, es wird wirklich Zeit!«, ruft Eric per Funk.

Das stimmt. Er muss zurück in die Zentrale.

Eric sitzt auf seinem Kommandosessel, den Bildschirm direkt vor sich und pfeift ein fröhliches Lied. Hatte er es nicht eben noch furchtbar eilig?

»Sieh mal, die SGL hat gerade ein interessantes Bild geliefert.«

Eric dreht den Bildschirm so, dass auch er darauf schauen kann. Da ist ein Planet, der ihn an die Erde erinnert, vor allem, weil er strahlend blau ist.

»Ist das die Erde?«, fragt Benjamin.

»Nein, das ist K2-18b, ein erdähnlicher Planet in etwa 125 Lichtjahren Entfernung.«

»Er sieht der Erde wirklich ähnlich. Nur die Wolkendecke fehlt und die Kontinente.«

»Er ist doppelt so groß wie die Erde und scheint komplett von Wasser bedeckt zu sein. Seine Dichte deutet darauf hin, dass der Ozean Hunderte Kilometer tief ist. Darunter folgt dann vermutlich Eis.«

»Oh.«

»Ja, Leben gibt es dort vermutlich nicht, obwohl die Temperaturen an der Oberfläche angenehm sind.«

»Schade.«

»Aber anderswo vielleicht. Wir haben noch etwa 3000 Kandidaten auf unserer Liste, die wir mit der Gravitationslinse untersuchen könnten. Eine gigantische Aufgabe.«

»Geht es denn nicht mehr um den Urknall?«

»Auch. Die SGL kann aber so viel mehr.«

»Ja, die Erde zerstören, unsere Heimat.«

Das Wort »Heimat« klingt mit einem Mal hohl. Ist die Erde wirklich ihre Heimat? War sie es je? Er ruft seine Gedanken zurück.

»Ich habe den Generator mitgebracht«, sagt Benjamin.

»Das ist gut, warum bist du dann noch hier? Ab zu Kapsel C mit dir.«

»Gleich. Erinnerst du dich eigentlich noch, wie die anderen drei Kapseln nummeriert waren?«

»A, B und D.«

»Für Aaron, Benjamin und dich, Eric?«

»Ja, wieso? Das Alphabet beginnt nun mal so. Wäre das ein russisches Projekt, hätte man die Kapseln bestimmt A, B, W und G genannt.«

»Vier Raumkapseln für vier Astronauten.«

»Ganz genau. Was sollen diese Fragen? Solltest du dich nicht lieber um den Generator kümmern? Wenn du keine Kraft mehr hast, kann ich das auch übernehmen.«

»Wir sind also seit dem Start zu viert unterwegs?«

»Ja-haa. Mann, was ist denn mit dir los? Drehst du jetzt völlig am Rad? Wenn du willst, kann dich der Robodoc mal ansehen, nur um auszuschließen, dass es eine organische Ursache gibt.«

Eric will es nicht verstehen. Vielleicht kann er auch nicht, so wie Aaron nicht in der Lage ist, den Metallträger in seinem Unterleib zu erkennen. Wenn das so ist, braucht er einen anderen Plan, so etwas wie das Experiment, das er mit Aaron durchgeführt hat. Er muss Eric direkt mit seiner Entdeckung konfrontieren, am besten im Kern. Also sollte er seinen Fund noch nicht ausplaudern.

»Das mache ich vielleicht wirklich, nachher«, sagt er. »Aber eins nach dem anderen.«

Der Anzug ist innen noch feucht. Bei jeder Bewegung spürt er den kalten Schweiß, und es hilft auch nicht, dass es sein eigener ist. Benjamin hasst EVAs in so kurzem Abstand. Er schwebt über der Tastatur und kippt den Bildschirm so, dass er alles gut lesen kann. Dann drückt er den Einschaltknopf.

»Login:«

Ha, es lag wirklich nur am fehlenden Strom. Er loggt sich ein.

»Eric? Warte auf Navigationsdaten.«

»Sehr gut, hast du es geschafft? Ich schicke rüber, was das System ausgespuckt hat. Einfach übernehmen und starten, und dann kommst du zurück. Ich habe eine Minute Verzögerung eingebaut, damit du in Ruhe die Kapsel verlassen kannst.«

Eric hat es ja nun wirklich eilig. Über den Bildschirm läuft ein Ladebalken. Er steht für die Navigationsdaten, die die Kapsel aus der Zentrale erhält. Benjamin öffnet seine Werkzeugtasche und greift hinein. Eine Fingerpuppe und zwei Fotos befinden sich darin. Dieser Teil seiner Erinnerung ist real. Aber wie weit kann er ihr noch trauen? Gab es diesen David je, oder hat ihn die Störung in sein Bewusstsein gepflanzt?

»Pling.«

Die Übertragung ist beendet. Jetzt braucht er nur noch auf »Speichern« und auf »Start« zu drücken.

»Speichern.«

»Daten übernommen. Plausibilitätsprüfung. Daten akzeptiert.«

Der Hauptrechner hat keinen Müll produziert, das ist gut. Die Konsole in der Kapsel bietet ihm an, die Daten zu überprüfen oder die Navigation zu starten.

»Starten.«

Das war es. Der letzte Beweis für Christines Existenz verschwindet gleich für immer im interstellaren Raum.

Moment.

Noch fünfzig Sekunden. Auf dem Bildschirm zählt ein Timer nach unten. Wenn die Triebwerke starten, sollte er besser von Bord sein, wenn er nicht mit ins tiefe All fliegen will.

»Diagnose.«

Der Bildschirm zeigt eine Voransicht des Startprozesses. Die Kapsel bremst leicht, um sich von der Shepherd-1 zu lösen, dann beschleunigt sie. Nach zwei Minuten werden die Triebwerke auf höchste Leistung schalten.

»Weiter.«

Auf dem Bildschirm erscheinen die folgenden Minuten. Die Kapsel hebt ihre Bahn an. Sie entfernt sich immer weiter von der Sonne.

Er tippt auf »Weiter«. Noch dreißig Sekunden.

»Benjamin? Du weißt, dass du da rausmusst?«, vergewissert sich Eric.

Er hat keine Zeit zum Antworten. Die Bahn der Kapsel ist eine

Spirale, die sich immer weiter öffnet. Die Shepherd-1 enteilt ihr, weil sie einer deutlich weiter innen liegenden Bahn folgt. Nach zwei Tagen dürften sie die Kapsel aus dem Blick verlieren.

»Weiter.«

Zwanzig Sekunden. Benjamin, du solltest dich beeilen. Der Bildschirm zeigt keine wesentliche Veränderung.

»Weiter.«

Zehn Sekunden. Warum baut sich das Bild bloß so langsam auf? Er muss die Kapsel jetzt verlassen, sonst ...

Da ist sie. Die finale Bahn der Kapsel ist eine Ellipse, weil die Triebwerke zu schwach sind, um die Kapsel auf Fluchtgeschwindigkeit zu bringen. Sie werden die Störung nicht los. Die Kapsel wird alle 10 000 Jahre einmal die Sonne umkreisen, und wenn sich die Störung weiter ausdehnt, ist die Menschheit dem Untergang geweiht. Die Kapsel darf nicht starten.

Er hat fünf Sekunden. Vier.

»Abbruch«, tippt er ein.

»Wirklich?«

»Ja.«

Eine Sekunde. Der Timer bleibt stehen. Er atmet tief durch.

»Benjamin? Nach meinen Anzeigen hätte die Kapsel jetzt zünden müssen. Was ist los?«

»Ich habe den Start abgebrochen.«

»Bist du denn wahnsinnig? Wenn wir die Kapsel nicht bald loswerden, wird die Störung auf die Shepherd und die ganze Gravitationslinse übergreifen.«

Natürlich, Eric geht es vor allem um das Projekt. Das scheint ihm wichtiger zu sein als alles andere.

»Die Kapsel erreicht maximal eine weite Bahn um die Sonne. Hätten wir sie gestartet, wäre die Shepherd zwar fürs Erste sicher, aber die Störung würde irgendwann die Erde vernichten. Ich denke, das zu verhindern hat Priorität. Wahrscheinlich war das der Grund, warum Christine gleich das ganze Projekt vernichten wollte. Wir spielen mit Kräften, die wir nicht beherrschen.«

»Nun mach mal halblang. Das ist alles reine Physik; die Theorie dahinter verstehen unsere Forscher schon seit 150 Jahren. Jetzt kommen wir endlich zur Praxis. Benjamin, du musst die Kapsel starten, und zwar jetzt. Du stellst sonst alles in Frage.«

Benjamin lacht laut auf. Natürlich stellt er alles in Frage. Wie sollte er nicht, nach allem, was er gesehen hat?

»Benjamin hat richtig gehandelt«, sagt Aaron. »Entschuldigt, dass ich mich so lange nicht gemeldet habe. Aber die Existenz von neun Milliarden Menschen ist eindeutig bedeutsamer als unsere eigene.«

»Nun gut, ihr seid in der Mehrheit. Warten wir auf die Anweisungen von Mission Control. Euch ist sicher klar, dass wir die eins zu eins umsetzen müssen, sonst wäre es Meuterei. Ich wäre dann sogar berechtigt, euch von euren Posten zu entfernen.«

»Darüber sprechen wir, wenn Mission Control geantwortet hat«, sagt Aaron. »Bis dahin bleibt erst einmal alles beim Alten.«

HOUSTON
23. FEBRUAR 2079

»Musst du heute wieder so lange arbeiten, Mami?«

»Ja, mein Schatz.«

Rachel drückt auf die Kindersitztaste an der Rückbank des Robotaxis. Der Sitz fährt nach oben, zwei Seitenlehnen fahren heraus. Sie setzt Alishondra hinein, fädelt den Gurt zwischen den Lehnen hindurch und schließt ihn.

»Und wann holst du mich ab?«

»Das weiß ich noch nicht. Darum bringe ich dich ja zu Oma.«

»Ich will bei dir bleiben.«

»Oma freut sich schon auf dich.«

»Ich will trotzdem bei dir bleiben, so wie letztes Mal.«

Einmal hat sie Alishondra mit in den Kontrollraum genommen. Das ist zwar eigentlich nicht erlaubt, es wird aber toleriert, solange der Nachwuchs nicht stört. Doch heute wird es heiß hergehen. Alishondra soll nicht miterleben müssen, wie ihre Kollegen mit ihr ins Gericht gehen. Denn das ist vorprogrammiert, wenn sie keine befriedigenden Antworten erhält.

»Das geht nicht, Schatz.«

»Das sagst du immer.«

»Willst du das Hörspiel von dem goldenen Bären weiterhören?«

Ablenkung funktioniert bei Alishondra immer noch gut. Wenn sie erst ins Schulalter kommt und nicht mehr so leicht auszutricksen ist, wird es weniger spaßig werden. Es sieht alles danach aus, als hätte Alli ihren Dickkopf geerbt.

Immer noch besser als den aalglatten Charakter ihres Ex. Wie hatte sie nur auf ihn hereinfallen können?

»Ja, der goldene Bär, bitte, Mami!«

»Bitte das Hörspiel von der letzten Fahrt fortsetzen«, sagt sie laut.

»Bitte Hörspiel von der letzten Fahrt fortsetzen«, wiederholt ihre Tochter.

»Ich habe Sie verstanden«, sagt die Stimme des Taxis. »Setze Hörspiel fort.«

»Hast du gehört? Die Frau hat mich verstanden«, sagt Alishondra.

»Ja, mein Schatz, das ist gut.«

Eine dunkle, tiefe Erzählstimme ertönt. Alishondra schließt die Augen. Sie ist so süß! Rachel hat den Geschichten ihrer Mutter früher auch immer mit geschlossenen Augen zugehört. So konnte sie sich alles besser vorstellen.

»Wir fahren zu der unter ›Oma‹ eingespeicherten Adresse«, sagt sie.

»Bitte anschnallen«, sagt die Stimme des Taxis. »Geschätzte Ankunftszeit in 27 Minuten.«

Das Taxi bleibt stehen. Rachel sieht aus dem Fenster. Das ist noch nicht ihr Ziel. Aber sie erkennt auch keine Ampel oder ein anderes Hindernis.

»Was ist los?«, fragt sie.

Die Erzählstimme unterbricht das Hörbuch. Alli sieht sie böse an.

»Gleich, Schatz«, beruhigt sie sie.

»Die Fahrt ist beendet«, sagt die Taxistimme.

»Aber wir haben das Ziel noch gar nicht erreicht.«

»Die Fahrt ist beendet. Bitte verlassen Sie das Fahrzeug.«

»Hallo? Ich möchte zu der genannten Adresse.«

»Die Fahrt ist beendet.«

»Alishondra? Es tut mir leid, aber das Taxi muss kaputt sein. Wir besorgen uns ein neues.«

Das ist ihr noch nie passiert. Einmal hatte sich der Akku wegen eines Systemfehlers während der Fahrt entleert, und das Taxi war auf dem Highway stehengeblieben. Aber davon, dass ein Taxi die Weiterfahrt verweigert, hat sie noch nie gehört.

»Muss ich aussteigen?«

»Ja, das musst du. Warte, ich komme rüber und schnall dich ab.«

Sie löst den Gurt und öffnet die Tür. Die Tür rutscht ihr aus der Hand. Sie hat ihr wohl ein bisschen zu viel Schwung gegeben. Nein. Scheiße. Eine Hand in einem schwarzen Handschuh greift nach ihrem Arm.

»Was soll das?«, schreit sie, während die Hand sie aus dem Auto zerrt. Sie landete auf den Knien auf dem Asphalt. Jemand reißt sie hoch und dreht ihr den Arm auf den Rücken. Der Mann trägt eine dicke Motorradkombi und einen Helm, alles in Schwarz.

Scheiße. Das ist ein Überfall, und zwar mitten in der Stadt. So was hat es seit Jahren nicht gegeben. Sie sieht sich um, aber da ist niemand, der ihr helfen könnte. Ein paar Schritte entfernt stehen zwei Motorräder und eine Limousine mit verdunkelten Fenstern.

»Was soll das? Hören Sie auf!«, schreit sie.

»Halt den Mund, sonst passiert deinem Kind etwas.«

Es ist die Stimme eines Mannes. Sie klingt verzerrt, was am Helm liegen muss.

Alishondra! Ihr Herz rast. Sie sucht nach ihrer Tochter. Ein zweiter Mann rennt zu der Limousine. Er klemmt sich Allie wie ein Bündel unter den Arm. Rachel versucht, sich loszureißen, aber ihr Entführer hält sie gnadenlos fest.

»Lassen Sie meine Tochter los!«

»Ihr passiert nichts, wenn du dich benimmst.«

»Was wollen Sie?«

»Keine Ahnung. Das ist nur eine Lieferung, und du bist das Paket. Besser, du hältst still, wir haben deine Tochter.«

»Wagen Sie es nicht, ihr etwas anzutun, ich bringe Sie um!«

Der Mann lacht. »Irgendwann müssen wir alle sterben. Aber wenn du dich benimmst, ist heute nicht dieser Tag.«

Er zerrt sie zu der Limousine. Sie hat sechs Türen. Der andere Mann ist mit Alli in der hintersten verschwunden. Vor ihr öffnet sich die rechte Tür in der Mitte.

»Rein mit dir!«

Der Mann drückt ihren Kopf grob nach unten und stößt sie ins Innere. Wo ist ihre Tochter? Sie sieht nach hinten, aber da ist bloß eine schwarze Trennwand.

»Keine Sorge, deiner Tochter wird nichts geschehen. Wir sind Profis. Sie wird sich nicht einmal an uns erinnern.«

»Habt ihr sie betäubt? Ihr Schweine! Was wollt ihr von uns?«

»Ich habe es dir ja schon gesagt, ich bin hier nur der Bote. Du wirst das alles an unserem Ziel erfahren. Mission Control und deine Mutter wissen schon Bescheid, dass du mit Alishondra zum Arzt musstest. Euch wird also niemand vermissen.«

Die Limousine stoppt. Ihre Tür öffnet sich.

»Steigen Sie bitte aus, Rachel«, sagt eine Baritonstimme mit leichtem Südstaatenakzent.

Sie klettert aus dem Fahrzeug. Der Wagen steht in einer geschlossenen Halle. Sie waren etwa eine Stunde unterwegs, aber vielleicht hat man sie auch bloß im Kreis herumgefahren. Sie könnten überall sein. Rachel wickelt den Riemen ihrer Handtasche um das Handgelenk. In der Tasche ist ihr Telefon. Vielleicht kann sie einen Hilferuf absetzen.

Vor ihr steht Ilan Chatterjee. Wie immer ist sein Teint gut gebräunt. Seine schwarzen Haare trägt er glatt nach hinten gekämmt. Mit der schwarzen Hornbrille wirkt er wie ein schüchterner Wissenschaftler. Die Brille hatte er damals in seinem Wagen noch nicht getragen.

Er tritt auf sie zu. Rachel riecht seinen Duft. Sie kennt ihn gut, hat aber die Marke vergessen.

»Ich muss mich vielmals für die ungewöhnliche Einladung entschuldigen«, sagt Chatterjee und reicht ihr die Hand zur Begrüßung. »Das ist sonst nicht meine Art.«

»Sie Arschloch!«, sagt sie und verschränkt die Arme vor der Brust.

»Genau so habe ich mir Ihre Reaktion vorgestellt. Charles hat mich schon gewarnt.«

Er rollt das R wieder. Vermutlich ist das gar nicht seiner Herkunft geschuldet, sondern eine Masche.

»Sie haben meine Tochter betäuben lassen! Ich will sie sofort sehen!«

»Es geht ihr gut, das verspreche ich Ihnen. Und es wird auch so bleiben, denn ich weiß, dass sie eine kluge Frau sind, die nie etwas tun würde, das ihrer Tochter schadet.«

Das ist eine unverhohlene Drohung, auch wenn sie in ein scheinbares Kompliment verpackt ist. Sie muss vorsichtig sein. Chatterjee hat ihre Tochter in seiner Gewalt, und er scheint vor nichts zurückzuschrecken.

»Wenn Sie denken, dass Sie mich in der Hand haben …«

Sie verstummt, denn Chatterjee kommt zielstrebig auf sie zu. Zeigt er gleich sein wahres Gesicht? Sie versucht, sich auf den Schmerz vorzubereiten. Aber er legt ihr nur die Hand auf die Schulter.

»Rachel, beruhigen Sie sich. Ich verstehe völlig, dass Sie aufgebracht sind. Ich bin kein Entführer oder Erpresser, sondern ein Unternehmer. Ich passe auf die mir anvertrauten Menschen auf.«

Rachel tritt einen Schritt zurück, aber da steht immer noch die Limousine. Also entfernt sie Chatterjees Hand mit ihrer eigenen Hand von der Schulter.

»Was wollen Sie?«

»Gut, kommen wir zur Sache. Ich möchte Sie jemandem vorstellen.«

Chatterjee geleitet sie durch die Halle, bis sie eine Schleuse erreichen. Zwei Männer in schwarzer Uniform folgen ihnen. Die Tür ist elektronisch gesichert, zwei Bewaffnete stehen links und rechts daneben.

»Ilan Chatterjee und ein Gast«, sagt ihr Entführer.

»Zugang gewährt.«

Die Tür fährt in den Boden. Dahinter befindet sich eine kleine Kammer.

»Wartet hier«, sagt Chatterjee zu ihren Bewachern.

Sie treten ein, und die Tür schließt sich wieder. Jetzt ist sie mit dem Mann allein. Er wirkt nicht sehr muskulös und ist höchstens zehn Kilo schwerer als sie. Sie hätte sicher gute Chancen, ihn zu überwältigen. Chatterjee rechnet bestimmt nicht damit. Kein Mann rechnet damit, von einer Frau angegriffen zu werden. Das ist ihr Vorteil. Aber wie soll sie hier herauskommen? Und was wird dann aus Alli?

Hinter ihr öffnet sich eine Tür. Sie betreten eine weitere Halle. Auch diese Halle ist fensterlos. Vermutlich befinden sie sich unter der Erde. In der Halle stehen ein paar helle Bungalows, die von weißen Scheinwerfern angestrahlt werden.

»Kommen Sie, da hinüber!«

Chatterjee zeigt auf die Bungalows. Es sind nicht mehr als hundert Schritte. Rachel zählt insgesamt sechs Häuser. Sie sind mit

Buchstaben nummeriert, beginnend bei A. Ihr Entführer bringt sie zum Haus C.

Der Bungalow, ein typischer Leichtbau, könnte so auch in einer Vorstadt von Houston stehen. Nur der Garten mit dem gepflegten Rasen fehlt. Chatterjee läuft zur Tür und drückt auf den Knopf daneben. Im Haus ertönt eine Glocke mit dem Ton des Londoner Big Ben.

Die Tür öffnet sich nach innen. Eine Frau tritt heraus. Sie ist Mitte vierzig und hat lange, dunkle Haare, die sie zu einem Zopf gebunden hat.

»Guten Morgen«, sagt sie.

Ihr Blick wechselt von Ilan, den sie zu kennen scheint, zu Rachel und bleibt an ihr hängen. Rachel senkt den Blick.

»Guten Morgen«, sagt Chatterjee.

»Guten Morgen«, wiederholt Rachel.

Es ist eine irreale Situation.

»Ich habe eine Bitte«, sagt Chatterjee. »Würdest du dich unserer Besucherin vorstellen?«

»Gern, Ilan«, sagt die Frau. »Ich bin Christine, Christine Delrue. Und wer sind Sie, wenn ich fragen darf?«

»Sehen Sie, Rachel, es ist nicht alles, wie es aussieht«, sagt Chatterjee, nachdem sie sich bei der Frau bedankt und ihr einen schönen Tag gewünscht haben. »Christine ist nicht tot. Im Gegenteil, sie lebt, weil wir uns für sie eingesetzt haben. Sie leidet unter einer chronischen Muskelatrophie.«

»Das merkt man ihr nicht an.«

»Natürlich nicht, weil wir sie mit speziell auf ihre DNS zugeschnittenen Medikamenten behandeln. Das kostet pro Jahr etwa 100 000 Dollar, und sie ist schon seit zehn Jahren bei uns.«

»Und wer ist die Christine auf den Bildern von der Shepherd-1?«

»Unsere Christine hat uns ihr Persönlichkeitsmodell zur Verfügung gestellt, ihr gesamtes Bewusstsein. Wir haben es ausgelesen und mit ein paar kleinen Änderungen auf einen fortgeschrittenen Androiden übertragen.«

»Änderungen?«

»Nur ein paar Details. Der Körper der Androiden funktioniert nicht ganz so wie der menschliche. Er ist besser, robuster, leistungsfähiger. Aber wir haben festgestellt, dass das menschliche Bewusstsein damit nicht zurechtkommt. Die Androiden halten sich deshalb für gewöhnliche Menschen und wissen nichts von ihren besonderen Fähigkeiten. Das ist natürlich bedauerlich. Irgendwann werden sie sie vielleicht brauchen. Aber als die Shepherd vor fünf Jahren startete, mussten wir mit dem arbeiten, was wir hatten.«

»Vor zwanzig Jahren.«

»Nein. Vor zwanzig Jahren haben wir noch gedacht, wir könnten den Schwarm von echten Robotern warten lassen. Aber das war ein Reinfall. Das Hauptproblem waren die langen Signallaufzeiten. Die Roboter waren nicht in der Lage, selbständig zu agieren. In kurzer Zeit ist die Hälfte der Sonden ausgefallen. Das Weltall ist kein Ponyhof. Also mussten wir zu anderen Mitteln greifen.«

»Sie hätten Astronauten schicken können.«

»Die wären aber erst nach zwanzig Jahren im Fokusbereich angekommen. Menschen sind für schnelle Raummissionen nicht besonders gut geeignet. Die DFDs lassen sich fünfmal besser beschleunigen als menschliche Körper. Wir mussten Androiden schicken. Sie haben die Beschleunigung bestens überstanden und sind wie geplant nach fünf Jahren an Ort und Stelle erwacht. Um Probleme mit der Akzeptanz des Körpers durch das Bewusstsein zu vermeiden, haben wir ihnen künstliche Erinnerungen eingepflanzt.«

»Das ist unmenschlich«, sagt Rachel.

»Nein. Wir haben keinem Menschen auch nur ein Haar gekrümmt. Im Gegenteil, wir versorgen hier kostenlos sechs Menschen, die ohne uns längst an ihren schweren Krankheiten verstorben wären. Du kannst mit allen sprechen, wenn du dich überzeugen willst.«

»Und wenn die Crew von selbst darauf kommt? Stellen Sie sich vor, Sie bemerken plötzlich, dass Sie gar kein Mensch sind, sondern eine Maschine, die zu einem bestimmten Zweck hergestellt und mit falschen Informationen ausgestattet worden ist. Ihr Schöpfer hat Sie belogen, damit Sie möglichst nützlich für ihn sind. Wie würden Sie reagieren?«

»Ich wäre wütend«, sagt Ilan. »Darum darf das nie passieren. Zu den kleinen Einschränkungen gehört, dass sie nicht zur Selbsterkenntnis fähig sind.«

»Aber sie sind intelligent. Ist eine solche Beschränkung da überhaupt möglich?«

»Das wissen wir nicht mit Sicherheit. Wir konnten das ja nie testen. Aber wenn sie sich zum Beispiel verletzen, sehen sie menschliches Blut. Sie führen Atembewegungen aus und haben so etwas wie eine Verdauung, auch wenn sie die mit der Nahrung zugeführte Energie nicht benötigen. Sie besitzen sogar funktionsfähige Sexualorgane, wobei wir ihre diesbezüglichen Bedürfnisse etwas begrenzt haben.«

»Können sie denn sterben?«

»Nicht im biologischen Sinn. Aber sie lassen sich abschalten, und wenn wichtige Teile beschädigt sind, funktionieren sie nicht mehr. Aber sterblich sind sie nicht. Irgendwann lässt zwar die Leistung der Radionuklidbatterie nach, aber sie ist prinzipiell auswechselbar.«

»Das heißt, Christine ist gar nicht tot?«

»Sie haben Christine doch gerade erlebt.«

»Ich meine die Androidin mit diesem Namen.«

»Nein. Sie kann nicht sterben. Vielleicht ist sie stark beschädigt, oder sie hat sich abgeschaltet.«

»Aber der Rest der Crew leidet darunter! Und das völlig sinnlos!«

»Es ist das kleinere Übel, das müssen Sie doch einsehen. Sie haben Christines Leiche gesehen. Wie können wir sie ins Leben zurückholen? Was würde ihnen das über sich selbst verraten?«

»Ich denke, sie sind unfähig zur Selbsterkenntnis?«

»Das habe ich nicht korrekt formuliert. Sie sind nicht in der Lage, an sich selbst Merkmale wahrzunehmen, die nicht zu ihrer Existenz als Mensch passen. Aber ein Bewusstsein, so einfach es auch ist, von der Selbsterkenntnis auszuschließen, ist unseren Technikern nicht gelungen. Es scheint sich um ein systemimmanentes Merkmal zu handeln.«

»Das hätte ich Ihnen allerdings auch sagen können.«

»Sehen Sie nun ein, dass das Projekt so fortlaufen muss wie geplant?«

Die Frage kommt ihr zu plötzlich. Sieht sie es ein? Ist es wirklich notwendig, die Crew weiter zu belügen? Es ist ihre Crew, sie ist für die drei verantwortlich. Sie zählt die Bungalows. Nein, es sind ja sechs. Sechs? Rachel schüttelt den Kopf.

»So geht das nicht«, sagt sie. »Wir müssen reinen Tisch machen.«

»Und dafür die Chance einbüßen, etwas über unsere Herkunft zu erfahren? Über Jahrtausende hat die Menschheit spekuliert, woher wir kommen. Jetzt können wir vielleicht die Antwort liefern. Wenn die Solare Gravitationslinse scheitert, werden bis zu einem neuen Versuch bestimmt hundert Jahre vergehen. Dann bin ich lange tot.«

Das ist das Problem. Es geht nicht um die Antwort, es geht um Ilan Chatterjee und seine Mission, die er unbedingt abschließen möchte, koste es, was es wolle.

»Es tut mir leid«, sagt Rachel, »aber ein auf Lug und Trug aufgebautes Projekt kann keine ehrlichen Antworten liefern.«

Chatterjee wendet sich von ihr ab und sieht zum Ausgang.

»Dann tut es mir auch leid. Aber ich werde mein Projekt von niemandem zerstören lassen. Sie werden, wenn Sie in Mission Control ankommen, die von uns vorbereitete Nachricht verlesen. Erst danach wird sich Ihre Mutter bei Ihnen melden, um Ihnen mitzuteilen, dass Alishondra gut bei ihr angekommen ist.«

Rachel zittert am ganzen Körper. Sie ballt die Fäuste, aber das Zittern hört nicht auf. Sie legt die Arme um ihren Körper, damit sie keine Dummheiten macht. Sie würde Chatterjee am liebsten von hinten anspringen, ihn würgen, ihn zwingen, ihre Tochter freizugeben. Aber das wird nicht funktionieren. So, wie sie für Alli sterben würde, stirbt dieser Mann für sein Projekt. Er ist wahnsinnig. Vermutlich war er es schon immer. Aber solange er ihre Tochter in seiner Gewalt hat, muss sie tun, was er sagt.

»Hallo, Rachel, du kommst gerade richtig«, begrüßt sie Alison in Mission Control.

Sie scheint sich gar nicht über ihre Verspätung zu ärgern.

»Charles hat dich schon entschuldigt. Du hättest einen Termin bei Ilan Chatterjee gehabt. Das ist ja spannend, davon musst du mir nachher erzählen.«

Nun tu doch nicht so scheinheilig, MOM, du weiß doch genau, worum es ging. Rachel beißt die Zähne zusammen, damit die wütenden Worte, die ihr auf der Zunge liegen, ihren Mund nicht verlassen.

»Ja, gut, dann setz dich mal«, sagt Alison.

Sie wirkt etwas irritiert, wohl weil Rachel gar nichts sagt. Vielleicht steckt sie doch nicht mit Chatterjee unter einer Decke. Aber was hatte dann das seltsame Gespräch neulich zu bedeuten?

Rachel geht zu ihrem Platz. Dann meldet sie sich.

»Ja, Rachel?«

»Ich schlage vor, dass wir jetzt die Botschaft an die Shepherd-1 aufnehmen. Die Crew hat lange genug gewartet. Wir sollten ihnen endlich sagen, dass es mit den Messungen weitergeht.«

»Oh, nach deinen gestern geäußerten Bedenken habe ich noch einmal darüber nachgedacht.«

»Ich auch, Alison, ich habe mich völlig umsonst aufgeregt. Wahrscheinlich bekomme ich einfach nur meine Tage.«

Sie will das jetzt hinter sich bringen. Ihre Tochter soll so wenig Zeit wie möglich in der Gewalt dieser Verbrecher verbringen müssen. Sie hat sich noch nie so nach ihr gesehnt.

»Immer mit der Ruhe. Vielleicht sind ja noch nicht alle hier so überzeugt wie du.«

Charles legt ihr von hinten die Hand auf die Schulter. Rachel zuckt zusammen und rutscht so weit wie möglich weg. Er ist ein Komplize des Verbrechers.

»Gleich wird uns Ritu Rashmi zugeschaltet«, sagt MOM. »Die meisten erinnern sich bestimmt, dass sie vor zehn Jahren den Nobelpreis für Physik erhalten hat, für ihre Arbeiten zur Quantenteleportation.«

Rachel sagt der Name nichts, aber sie hat sich auch nie sonderlich für Quantenphysik interessiert.

»Prof. Rashmi ist seit diesem Jahr emeritiert. Sie hat mir versichert, dass sie keinerlei Zahlungen von Alpha-Omega erhält. Ich kann das natürlich nicht überprüfen, aber sie gilt als unabhängige Expertin.«

»Danke, aber ich halte das für unnötig«, sagt Rachel.

»Nun, das spielt jetzt keine Rolle mehr«, sagt MOM mit mehr Schärfe in der Stimme als sonst. »Ich schalte Prof. Rashmi nun auf den Hauptschirm.«

Rachel sieht eine ältere Inderin. Sie trägt einen grünen Sari und sitzt inmitten farbenprächtiger Blumen auf einem Korbstuhl. Das Licht ist golden.

»Guten Abend, Prof. Rashmi«, sagt MOM.

»Guten Morgen nach Houston.«

»Ich hatte Ihnen unsere Zwischenergebnisse geschickt. Konnten Sie sich eine Meinung dazu bilden?«

»Ja, das war sehr interessant, vielen Dank für diese Gelegenheit«, sagt die Professorin. »Ich kann meiner Kollegin Prof. Thakur nicht uneingeschränkt zustimmen. Die Gefahr, dass mit den Ergebnissen auch so etwas Ähnliches wie die von Ihnen beobachtete Störung auf der Erde landet, ist real. Das Risiko ist allerdings sehr gering. Im Mittel, schätze ich, dürfte es bei tausend Jahren Messzeit einmal zu einer solchen Störung kommen. Ich hätte deshalb keine Einwände, die Messung wie gewünscht fortzusetzen.«

Normalerweise würde Rachel an dieser Stelle einhaken. Denn es ist ja schon mindestens einmal passiert. Aber wenn sie jetzt widerspricht, dauert alles bloß länger. Am liebsten würde sie sich die Finger in die Ohren stecken.

»Mehr Sorgen mache ich mir allerdings um die Störung, die bereits aufgetreten ist«, erklärt Prof. Rashmi weiter. »Sie ist zwar auf den ersten Blick weit entfernt. Aber vier Lichttage, das ist in kosmischen Dimensionen gar nichts. Wir wissen nicht, wie schnell sich die Störung fortpflanzen kann. Es wäre sogar möglich, dass sie sich überlichtschnell ausbreitet. Hier findet schließlich kein Materie- oder Signaltransport statt. Die Solare Gravitationslinse hat die Störung ja auch mit Überlichtgeschwindigkeit in unseren Sektor des Weltalls transportiert. Außerdem könnte die Störung bei Überschreiten einer bestimmten Grenze beginnen, sich schneller als bisher auszudehnen. Unser Universum hat uns das kurz nach dem Urknall vorgemacht.«

Das ist spannend. Rachels Mund öffnet sich gegen ihren Willen.

»Könnte es sein, dass die Störung gerade einen neuen Urknall herbeiführt?«, fragt sie.

»Tatsächlich ist das ein Szenario, das man diskutieren sollte«, antwortet Prof. Rashmi nach einer kurzen Pause. »Dieser Keim, aus dem unser heutiges Universum gewachsen ist, könnte einst so etwas wie diese Störung gewesen sein. Dann ist etwas damit geschehen, das wir nicht mehr rekonstruieren können, und er ist im Urknall explodiert.«

»Müsste die Störung dann nicht ganz anders aussehen?«, fragt Devendra, der Flight Manager. »Also eher wie ein unglaublich heißer Feuerball?«

»Nein, das ist eine zu primitive Vorstellung vom Urknall. Damals hat sich nicht mal eine Explosion ereignet. Es war eher ein sanfter Prozess, der uns nur durch die ungewohnten Zeit- und Temperaturskalen so gewalttätig erscheint. Man sagt zwar, damals sei das Universum Milliarden Grad heiß gewesen, aber da sich die Grundkräfte noch gar nicht aufgeteilt hatten, ist das eigentlich eine ziemlich willkürliche Festlegung. Für eine Schildkröte bewegt sich ein menschlicher Läufer auch unfassbar schnell, aber in astronomischen Dimensionen kommt er nicht vom Fleck.«

»Danke, Prof. Rashmi«, sagt Alison. »Wir wollen ihre Zeit nicht über Gebühr beanspruchen. Ich entnehme ihrer Antwort, dass wir uns dringend um die Störung kümmern sollten.«

»Ja, unbedingt. Und ich bin nicht sicher, ob es genügt, sie mit Ihrem Raumschiff in eine größere Entfernung zur Erde zu transportieren. Mir wäre erheblich wohler, wenn Sie sie ganz aus der Welt schaffen könnten. Falls Sie da noch Anregungen brauchen, stehe ich Ihnen jederzeit zur Verfügung.«

»Vielen Dank, Prof. Rashmi.«

»Auf Wiedersehen! Es war mir ein Vergnügen, Ihnen helfen zu können.«

Die Verbindung endet. Die Inderin auf dem Bild erstarrt, dann macht sie dem Standardbild mit den Logos von NASA und Alpha-Omega Platz. Rachel erhebt sich.

»Dann sollten wir die Crew nicht länger auf die Folter spannen«, sagt sie. »Es dauert ja sowieso noch viel zu lange, bis sie die Nachricht erhalten.«

»Einverstanden«, sagt MOM. »Du hast den vorbereiteten Text schon auf dem Bildschirm. Die Kameras sind auch auf dich gerichtet.«

»Viel Erfolg noch«, sagt Rachel, dann lehnt sie sich zurück.

»Und cut«, sagt MOM.

Die Nachricht wird jetzt komprimiert und geht dann über die Antennen des Deep Space Network an die Shepherd-1. Rachel ist froh, dass sie den Text ohne den geringsten Aussetzer vorlesen konnte. Vielleicht klang sie nicht so engagiert wie sonst, aber dazu kann niemand sie zwingen, nicht einmal sie selbst. Sie hat das alles nur für Alishondra gemacht. Und trotzdem darf ihre Tochter nie davon erfahren, denn sie schämt sich. Sie schämt sich, weil sie ihre Crew verraten hat. Sie weiß etwas, was die drei da draußen wissen sollten, um eigene Entscheidungen zu treffen, und sie hat ihnen dieses Wissen versagt. Dass es sich um Androiden handelt, ist egal.

»Eingehende Nachricht«, erscheint auf ihrem privaten Bildschirm.

Es ist ihre Mutter. Das ging schnell.

»Ich störe dich zwar sonst nicht bei der Arbeit, aber ich soll dir ausrichten, dass Alli gut bei mir angekommen ist«, sagt sie. »Es war übrigens sehr nett, dass du mich heute morgen vorgewarnt hast, dass es später werden würde.«

Ja, Mom, ich weiß, ich bin ein bisschen chaotisch. Rachel sagt nichts, aber das ist auch gar nicht nötig, ihre Mutter redet von selbst weiter.

»Das darfst du gern beibehalten. Und der Mann, der Alli gebracht hat, war auch sehr freundlich.«

»Hat sie sich gut mit ihm verstanden?«

»Ja, sie war ganz begeistert. Er hat sie wohl die ganze Zeit auf seinen Schultern herumgetragen. Ein sehr stattlicher Mann, gut trainiert, breite Schultern und ausgesprochen höflich war er. Vielleicht solltest du …«

»Mom, es reicht. Danke, dass du Bescheid gesagt hast. Ich habe hier noch einiges zu tun. Gib Alli einen Kuss von mir.«

Oder soll sie ihre Tochter an den Schirm holen lassen? Das ist keine gute Idee. Bestimmt bricht sie dann in Tränen aus. Alli soll den Vormittag ruhig in guter Erinnerung behalten. Es ist ihre Aufgabe, dafür zu sorgen, dass so etwas nie wieder vorkommt. Sie weiß nur noch nicht, wie sie das bewerkstelligen soll. Am besten, sie lässt sich von Ilan Chatterjee in einen gefühllosen Androiden verwandeln.

»Dann bis heute Abend«, sagt ihre Mutter. »Isst du mit uns?«

»Nein, ich habe noch etwas im Kühlschrank, das wegmuss«, schwindelt sie.

»Verstehe. Einen schönen Arbeitstag noch.«

Sie beendet die Verbindung. Dann greift sie in die zweite

Schublade ihres Schreibtischs und holt die Taschentücher heraus. Sie steht auf und geht zur Toilette. Dort nimmt sie das »Gesperrt wegen Reinigung«-Schild aus der Ecke, platziert es direkt vor den Eingang und schließt sich in der hintersten Kabine ein. Sie setzt sich auf den geschlossenen Klodeckel. Es riecht nach Urin und Seife. Aber das ist egal. Sie zwickt sich kräftig in den Oberschenkel. Aua, denkt sie noch, dann fließen auch schon die Tränen.

SHEPHERD-1

5. MAI 2094

»Bis zur Klärung aller Umstände besteht Mission Control darauf, dass ihr die Messungen mit Hilfe der Solaren Gravitationslinse fortsetzt«, erklärt ihr CapCom Rachel auf dem Bildschirm.

Er hat es ja geahnt. Der Einfluss von Alpha-Omega auf die Mission scheint sehr groß zu sein.

»Die von Eric eingeleitete Übertragung der Messdaten an die Erde befürworten wir, da es den Messprozess beschleunigt«, sagt Rachel weiter. »Ich soll euch versichern, dass wir die potenziellen Auswirkungen sehr genau untersuchen. Ihr mögt euch bitte keine Gedanken um die Erde machen. Das übernehmen Hunderte von Forschern bei NASA und Alpha-Omega. Viel Erfolg noch.«

Benjamin versucht, im Gesicht des CapCom zu lesen. Rachel hat eine möglichst ausdrucksarme Miene aufgesetzt. So hat er sie noch nie erlebt. Will sie damit ausdrücken, dass sie selbst nicht hinter der Anweisung von Mission Control steht? Aber vielleicht interpretiert er da auch zu viel hinein. Es wäre schön, wenn er mit seinen Überlegungen nicht so allein wäre. Nachher muss er endlich mit Aaron über seine Entdeckung im Kern sprechen. Am besten, er führt ihn selbst dorthin. Eric wird die Beweise doch nicht verschwinden lassen? Er weiß ja nicht, dass Benjamin ihm auf die Schliche gekommen ist.

»Seht ihr«, sagt Eric. »Die Anweisung ist eindeutig. Wir machen erst einmal so weiter wie bisher.«

»Achtung, halt dich fest, ich öffne jetzt die Kiste«, sagt Benjamin.

»Du machst ja einen richtigen Zirkus darum«, sagt Aaron, aber er greift trotzdem nach Benjamins Schulter.

Benjamin hebt langsam den Deckel an. Er hat gewusst, was ihn erwartet, aber der Anblick von Davids Körper trifft ihn immer noch in den Magen. Aarons Hand auf seiner Schulter verkrampft so stark, dass es weh tut, aber er schüttelt sie nicht ab. Aaron dreht sich weg.

»Das ist … unmöglich«, sagt er. »Wir sind nur zu viert. Wir waren, meine ich. Das muss eine Puppe sein oder so etwas. Wer kommt denn auf solche seltsamen Ideen?«

»Aaron, sieh ihn dir an. Fass ihn an. Du kennst ihn.«

Sanft nimmt er Aarons Hand von seiner Schulter. Sein Kollege fügt sich. Die Hand folgt seiner Führung, bis sie die Wange des Toten berührt.

»Merkst du es? Sie ist ganz weich.«

»Und kalt«, sagt Aaron. »Unmenschlich kalt.«

»Es ist David, erkennst du ihn?«

»David … ich … was? Ich habe so viele Fragen.«

Aaron entzieht ihm seine Hand und schwebt einen Meter zur Seite. Will er dem Blick entgehen?

»Nicht nur du«, sagt Benjamin. »Und wir werden sie eine nach der anderen beantworten. Eric, wir bräuchten dich mal im Kern.«

»Ich mache gerade eine Auswertung, sehr spannend. Muss es unbedingt jetzt sein?«

»Ja, es ist dringend. Es geht um Leben und Tod.«

Eric kommt zur Tür hereingestürmt. In der Hand hält er einen Erste-Hilfe-Koffer. Er klammert sich an der ersten Kiste fest. Als er Aaron und Benjamin sieht, erstarrt er.

»Es geht euch gut«, stellt er fest.

»Das kann man so oder so sehen«, sagt Benjamin. »Aber den Erste-Hilfe-Koffer brauchen wir nicht.«

Eric sieht auf den geöffneten Deckel der Kiste.

»Komm doch näher«, sagt Benjamin. »Von deinem Standort aus kannst du unmöglich erkennen, was in der Kiste hier liegt.«

»Das ist nicht nötig«, sagt Eric. »Du hast David gefunden. Irgendwann musste es ja mal so weit kommen.«

»Du wusstest, dass er sich hier befindet?«, fragt Aaron.

Eric nickt.

»Weil du ihn selbst in der Kiste versteckt hast«, sagt Benjamin.

»Ich habe ihn nicht versteckt.«

»Wie würdest du es nennen?«

»Ich habe ihn aufgeräumt.«

»Aufgeräumt.«

Das ist ja unfassbar. Eric spricht von ihrem Kollegen wie von einem Objekt.

»Ja.«

»Nachdem du ihn umgebracht hast«, sagt Aaron.

Eric dreht sich zu Aaron.

»Ihr versteht das alles nicht. Ich habe ihn nicht umgebracht.«

»Nun, er liegt kalt und blass in dieser Kiste, in der du ihn aufgeräumt hast. Willst du behaupten, du hättest ihn hier irgendwo tot aufgefunden? Und dann hast du ihn weggeräumt wie ein Spielzeug?«

»Nein, Benjamin, so war es nicht.«

»Wie war es denn dann?«, fragt Aaron. »Nun rück schon raus mit der Wahrheit, sonst ...«

Aaron schiebt sich an Eric heran. Der lacht nur.

»Sonst bringst du mich um? Das ist so aberwitzig, dass du selbst darüber lachen wirst.«

»Aaron hat recht. Wenn du uns jetzt nicht die Wahrheit sagst, endest du gleich selbst in so einer Kiste. Unsere Geduld ist begrenzt.«

»Die Wahrheit ist kompliziert, und ich glaube nicht, dass ihr dafür bereit seid.«

»Wir sind so bereit, wie ein Mensch das nur sein kann«, sagt Aaron.

Benjamin ist davon weniger überzeugt. Seine Gedankenhunde kläffen dauernd den Riss an, und er kann sie kaum noch halten.

»Na gut«, sagt Eric, »wenn ihr darauf besteht? Ihr seid ja erwachsene Menschen.«

Er kichert wie irre.

»Also, ich sage es noch einmal. Ich habe David nicht umgebracht.«

»Ach, und das soll nun die Wahrheit sein?«

»Nein, da ist mehr. David hat mich gefunden.«

»Und deshalb musste er sterben?«, fragt Aaron.

»Nun lass mich doch ausreden. Als David so wie du, Benjamin, die Kisten hier durchsucht hat, hat er etwas gesehen, das er nie hätte sehen sollen, nämlich mich. Deshalb musste ich ihn außer Betrieb nehmen. Ich hatte keine andere Wahl.«

»Außer Betrieb nehmen? Das war Mord!«

»Nein, Aaron. David kann gar nicht tot sein, weil er nie gelebt hat. Ich habe ihn abgeschaltet und dann in diese Kiste gelegt.«

»Das ist … unglaublich«, sagt Aaron. »Ich erinnere mich an David. Er hatte Pläne, eine Vergangenheit, er wollte seinen toten Freund unsterblich machen, hat er mir mal erzählt.«

Benjamin kann Aaron nur bewundern. Er schwankt noch nicht, oder er merkt nicht, wie er schwankt. Er selbst hat keine Kraft mehr. Gleich muss er die Hunde loslassen, die sein komplettes Erinnerungsgebäude zum Einsturz bringen werden. Es gibt keinen Ausweg mehr.

»David ist eine sehr ausgereifte Maschine. Wir müssen von ihm gar nicht in der Vergangenheit sprechen.«

»Wie meinst du das?«, fragt Aaron.

»Er ist nicht in der Lage, seine wahre Natur zu erkennen. Sein Betriebssystem verhindert das. Statt blauer Kühlflüssigkeit sieht er rotes Blut.«

Aaron zuckt zusammen, aber Eric lässt nicht von ihm ab.

»Kommt dir das etwa bekannt vor, Aaron?«

»Nun lenk nicht ab«, sagt Benjamin. »Und wer bist du dann? Du sagst, David hätte dich gefunden.«

»Eine gute Frage. Ich bin ganz offensichtlich die gleiche Art Maschine wie David.«

»Und warum hast du ihn dann … abgeschaltet?«

Es hat keinen Sinn mehr, von Mord zu sprechen. Erics Argumente sind überzeugend. Und sie entsprechen den Ahnungen, die er schon lange mit sich herumträgt.

»Offenbar bin ich eine Art Back-up für euch. Ich habe das feste Bedürfnis, dieses Projekt erfolgreich zum Abschluss zu bringen. Hätte David seine wahre Natur erkannt, wäre das Projekt gefährdet gewesen. Deshalb gab es für mich nur eine Möglichkeit.«

»Kannst du das alles auch irgendwie beweisen?«, fragt Aaron.

»Aaron, die Beweise liegen alle vor dir. Ich weiß, es ist schwer, sich das einzugestehen, aber wir alle sind Maschinen, Androiden, wie auch immer du das nennen willst. Ihr glaubt, ihr wärt seit zwanzig Jahren auf der Reise. Aber in Wirklichkeit seid ihr erst vor kurzem erwacht. Man hat uns hergestellt und programmiert, um dieses Projekt reibungslos und konsequent durchzuführen. Darum habt ihr mich auch anstandslos als euer Crewmitglied akzeptiert. Oder hast du David vermisst?«

Aaron schüttelt den Kopf.

»Wenn du behauptest, David abgeschaltet zu haben, müsstest du ihn doch auch wieder anschalten können«, sagt er.

»Natürlich«, sagt Eric.

Er zieht sich nach vorn zur Kiste, hebt mit der linken Hand Davids Kopf an und greift mit der rechten darunter. Dann drückt er den Kopf wieder auf die Unterlage.

»Aber ich kann es nicht tun, weil es das Projekt gefährden würde.

Ich spüre einen extrem starken Unwillen und kann meine Finger nicht so bewegen, wie es nötig ist.«

»Dann beschreib uns, wie es geht«, sagt Aaron.

»Du greifst unter seinen Schädel. Am Hinterhauptbein, links, kurz vor dem Kiefergelenk, kannst du ein Hindernis fühlen, das an ein Lipom erinnert, eine kleine Fettgeschwulst.«

Benjamin greift sich in den Nacken. Da ist ein kleiner Knoten, den er immer für eine chronische Entzündung einer Schweißdrüse gehalten hat. Aaron sucht bei David nach dem Lipom.

»Dann drückst du einfach darauf«, sagt Eric.

»Okay.«

Auf Aarons Stirn erscheint eine senkrechte Falte, so stark drückt er.

»Du musst es nicht übertreiben«, sagt Eric.

In diesem Moment schlägt David die Augen auf. Benjamin sieht Aaron an. Sie verständigen sich wortlos. Beide wissen, was jetzt zu tun ist. Aaron richtet sich auf. Benjamin schwebt um die Kiste herum. Er kommt von hinten, Aaron von vorn.

»Jetzt«, sagt Aaron.

Sie stürzen sich auf Eric. Ihr Opfer wehrt sich, aber zu zweit überwältigen sie ihn. Benjamin sieht, wie Aarons Hand in Erics Genick greift. Kurz darauf sackt ihr Kollege in sich zusammen.

»Mann, bin ich gut erholt«, sagt David. »Was ist denn hier passiert? Und wer ist dieser Typ da, den ihr gerade außer Gefecht gesetzt habt?«

HOUSTON
24. FEBRUAR 2079

»Bringst du mich heute nicht zu Oma?«

»Nein, Schatz, wir bleiben zu Hause. Es geht mir nicht so gut«, sagt Rachel.

Sie hat schon bei Mission Control Bescheid gegeben, dass sie heute krank ist.

»Soll ich dir einen Tee kochen? Mit Honig?«

Ihre Tochter betrachtet sie. Auf ihrer Stirn hat sich eine tiefe Falte gebildet. Selbst wenn sie sich Sorgen macht, ist sie noch zum Knuddeln süß. Aber Rachel ist ja krank und muss ihre Rolle spielen. Einfach so blaumachen, das soll Alishondra nicht von ihr lernen.

»Danke, Alli, das ist lieb von dir. Ich muss mich einfach nur ein bisschen ausruhen.«

»Wie Oma immer am Nachmittag?«

»Ja, genau wie Oma.«

Alishondras Gesicht hellt sich auf. Ihre Mutter legt sich nach dem Mittagessen immer hin. Das ist für Alli offenbar nicht so bedrohlich.

»Gut, dann spiele ich jetzt weiter.«

Für eine knapp Fünfjährige ist sie schon erstaunlich vernünftig. Und sie kann sich stundenlang selbst beschäftigen. Meist spielt sie mit ihren Puppen Familie. Rachel ist dafür zwar nicht das perfekte Vorbild, aber Allis Oma schon.

Sie setzt sich an den kleinen Schreibtisch im Wohnzimmer. Alli ist aus dem Schlafzimmer zu hören. Sie spricht mit wechselnden Stimmen. Eigentlich ist die Wohnung zu klein. Alli bräuchte ein eigenes Zimmer, aber Rachel kann sich keine größere Wohnung leisten. Sie müsste weiter nach draußen ziehen, aber dann säße sie jeden Tag noch länger im Auto.

Rachel klappt das Notebook auf. Es ist ein klassisches Modell mit richtiger Tastatur. Damit kann sie immer noch am besten tippen. Wer kann ihr helfen? Sie ist nur ein kleines Rädchen im Getriebe, und dieser Chatterjee hat ihr gestern richtig Angst eingejagt. Aber sie kann das alles nicht einfach auf sich beruhen lassen.

Prof. Rashmi. Sie hat gestern sehr besonnen gewirkt. Sie muss es MOM hoch anrechnen, dass sie eine neutrale Expertin ins Boot geholt hat. Die Frage ist allerdings: War sie wirklich über alle Aspekte des Programms informiert? Wenn sie auch um die schmutzigen Geheimnisse wüsste, wie würde sie dann entscheiden?

Ritu Rashmi ist prominent. Das erschwert die Suche nach ihr im Netz. Rachel kann ja schlecht Alison fragen. Oder kann sie? Nein. Als sie den Nobelpreis erhielt, hat Rashmi in Harvard gelehrt. Danach ist sie nach Indien zurückgekehrt, nach Bangalore, und hat dort bis zu ihrer Pensionierung geforscht und gelehrt.

Leider kommt der Name, so exotisch er in ihren Ohren klingt, in Indien sehr häufig vor. Über die einschlägigen Verzeichnisse hat sie keine Chance. Also versucht sie es an der Universität von Bangalore. Die Physikabteilung wird doch wissen, wo ihr ehemaliger Star abgeblieben ist? Sie wählt die Nummer, bricht den Vorgang aber wieder ab. Wie spät ist es dort gerade? 20 Uhr, das ist spät. Sie versucht es trotzdem.

Tatsächlich hebt eine Frau ab. Ihre Stimme klingt jung. Sie spricht Englisch mit dem typisch indischen Akzent. Rashmis Nummer verrät sie ihr nicht, aber sie gibt ihr eine E-Mail-Adresse. Rachel setzt ihre Computerbrille auf.

»Sehr geehrte Frau Prof. Rashmi«, schreibt sie. »Ich bin CapCom der SGL-Mission, die Sie gerade wissenschaftlich beraten haben. So wie Sie für Ihre Studenten verantwortlich waren, bin ich für meine Crew zuständig. Ich fürchte, dass sie in Gefahr ist, und würde dazu gern Ihre Meinung hören. Sie erreichen mich ...«

»Senden.«

Allis Stimme im Hintergrund kehrt zurück. Sie klingt fröhlich, und diese Laune überträgt sich sofort auf Rachel. Es ist schon eine enorme Leistung des Bewusstseins, für den Moment alles auszublenden, was unwichtig ist. Wie schafft es das? Sie wissen noch immer zu wenig darüber, und trotzdem will Alpha-Omega das Bewusstsein eines Menschen komplett auf eine Maschine übertragen haben. In der Geschichte der Menschheit hat es erst einen solchen Fall gegeben, die berühmte Marchenko-KI, und da hat der dafür verantwortliche russische RB-Konzern bis heute nicht verraten, wie das gelungen ist. Aber vielleicht kooperiert Alpha-Omega ja mit RB.

Es klingelt. »Eingehender Anruf« ist auf dem Bildschirm des Notebooks zu lesen. Rachel bestätigt die Verbindung. Ob wohl jemand aus dem Büro etwas von ihr wissen will?

Es ist Professor Rashmi. Das ging ja wirklich schnell!

»Guten Morgen, Frau Schmidt!«

»Guten Abend, Frau Professor. Ich danke Ihnen sehr für die schnelle Kontaktaufnahme.«

»Was ich nicht gleich erledige, bleibt liegen, und Sie schienen mir ernsthaft besorgt. Was ist denn das Problem?«

»Darf ich davon ausgehen, dass dieses Gespräch unter uns bleibt?«

»Das dürfen Sie. Für eine Pensionärin wie mich interessiert sich sowieso kaum noch jemand. Ihre Chefin war seit ein paar Monaten die Erste, die mit einer Fachfrage an mich herangetreten ist.«

»Ihr Rückzug wurde in den Medien so beschrieben, als hätten Sie von der Wissenschaft die Nase voll.«

»Oh, das betrifft eher den Wissenschaftsbetrieb. All die Eitelkeit, die Seilschaften ... das nervt. Da befasse ich mich doch lieber mit meinen Pflanzen. Aber die Physik selbst ist mir immer noch sehr nahe.«

Das klingt, als wäre die Physik Professor Rashmis heimliche Geliebte gewesen. Aber vielleicht muss es so sein, wenn man nobelpreiswürdige Forschung betreiben will.

»Das freut mich. Ich hoffe, ich störe Sie nicht zu sehr.«

»Hätte ich keine Zeit, hätte ich mich nicht gemeldet.«

»Was ich Ihnen gleich erzähle, wird Sie vermutlich sehr erstaunen. Ich hoffe, Sie halten mich nicht für wahnsinnig.«

»Ich habe in meiner aktiven Zeit viele auf den ersten Blick verrückte Sachen erlebt.«

Wo soll sie beginnen? Was will sie eigentlich von der Professorin? Sie entscheidet sich für die ganze Wahrheit - aber ohne die Entführung zu erwähnen. In zehn Minuten schafft sie es, Rashmi alle Details des Projekts zu berichten.

»Das ist wirklich verrückt«, sagt die Professorin schließlich. »Und wie kann ich Ihnen helfen?«

»Ich will meine Crew nicht verlieren. Ganz egal, wer oder was die drei wirklich sind, sie haben es nicht verdient, für diese Mission verheizt zu werden.«

»Das ist sehr ehrenhaft.«

»Vielleicht können Sie mir sagen, was allein aus Sicht der Besatzung das wichtigste Problem ist, das sie lösen müssen. Alpha-Omega und Mission Control geht es angeblich um das große Ganze, also um das Projekt. Deshalb wollen sie die Messungen unbedingt fortführen. Aber ist das auch für die Crew das Beste?«

»Warten Sie bitte ... so bin ich das noch nicht gefragt worden. Sie haben schon recht, auch bei meiner Stellungnahme für Mission Control ging es um das große Ganze. Wir vergessen zu oft die Menschen, die das ausbaden müssen. Die ethische Dimension.«

»Danke für Ihr Verständnis.«

»Es ist überraschend eindeutig«, sagt Professor Rashmi. »Ich bin nur ein paar Gleichungen durchgegangen. Die Crew sollte die Messungen tatsächlich so bald wie möglich einstellen. Aber nicht wegen der Gefahr für die Erde. Das Risiko, dass etwas Ähnliches noch einmal passiert, ist sehr gering. Dass es überhaupt geschehen ist, ist ein kleines Wunder. Aber jetzt, wo die Störung erst einmal da ist, ist sie das Hauptproblem. Darum müssen sich alle kümmern. Sie muss so schnell wie möglich verschwinden. In ein paar Wochen existiert sonst ihr schönes Schiff nicht mehr. Und die Erde hat vielleicht noch 200 Jahre, oder auch nur ein paar Stunden, falls es zu einer plötzlichen Inflationsphase kommt. Das sollten Sie der Shepherd-1 dringend übermitteln. Ich kann das Ihrer Chefin auch gern selbst mitteilen, vielleicht hört sie ja auf mich.«

»Ich fürchte, da hat Alpha-Omega das letzte Wort.«

»Sind Sie sicher?«

»Absolut. Sie haben mich sogar entführt und mein Kind bedroht, damit ich auf Linie bleibe. Die Meinung einer pensionierten Forscherin wird sie davon nicht abbringen.«

»Verstehe. Ich wusste nicht, dass das Unternehmen so verbrecherisch handelt. In Indien hat es Milliarden Rupien für die Bekämpfung der Kinderlähmung gespendet. Wenn ich Sie richtig verstehe, könnte Alpha-Omega es Ihnen übelnehmen, wenn ich mich einmische.«

»Ja, das wäre eine reale Gefahr.«

»Dann müssen wir Ihre Botschaft eben heimlich an die Shepherd-1 übermitteln.«

»Das ist so gut wie unmöglich. Die Übertragungen über das Deep Space Network müssen alle von oben genehmigt werden.«

»Gibt es dort niemanden, der Ihnen noch einen Gefallen schuldet?«

»Mir? Ich bin doch nur ein unbedeutender CapCom.«

»Ehemalige Crewmitglieder vielleicht, die jetzt irgendeinen Posten bei der NASA bekleiden?«

»Ich war nie eine besonders begabte Netzwerkerin. Ich wollte immer einfach nur meinen Job machen.«

»Wir lernen hier von Kindesbeinen an, wie wichtig solche inoffiziellen Netzwerke sind. Zufällig habe ich einige Bekannte bei der indischen Weltraumbehörde ISRO. Wussten Sie, dass sich die Bodenstation des indischen Deep Space Network hier ganz in der Nähe befindet? Ihr aktueller Leiter hat bei mir seinen Master gemacht. Er wird sich dazu bereit erklären, für mich eine Nachricht abzuschicken.«

»Schulden Sie ihm dann nicht auch einen Gefallen?«

»So funktioniert das nicht. Es ist kein Geschäft wie bei euch. Ja, es kann passieren, dass der Sohn seines Schwagers irgendwann eine Mentorin braucht. Aber das übernehme ich dann gern. Jeder Gefallen ist gewissermaßen eine Einzahlung in ein Konto der Allgemeinheit, aus dem man irgendwann auch Rückzahlungen bekommt. Jeder ist mit jedem vernetzt.«

»Verstehe«, sagt Rachel. »Wie gehen wir nun vor?«

»Sie schicken mir eine Botschaft, ich leite sie weiter. Sobald die Bodenstation in Byalalu in der richtigen Position ist, also in spätestens zwölf Stunden, wird sie Ihre Nachricht senden.«

»Dann danke ich Ihnen vielmals. Ich werde sie gleich formulieren und Ihnen schicken. Hoffentlich weiß die Crew damit etwas anzufangen.«

»Es kann sicher nur ein Anfang sein«, sagt Rashmi. »Ich habe ja selbst auch noch keine Idee, wie sich die Störung beseitigen lässt.«

»Aber Sie denken, dass es möglich ist?«

»Sie können froh sein, dass Sie keine Physikerin sind. Die Naturkonstanten unseres Universums sind vorgegeben, vom Urknall, von den Göttern oder wem auch immer. Die Störung hat sie verändert. Um sie wieder geradezubiegen, wäre es sehr vorteilhaft, ein Gott zu sein.«

»Liebe Kollegen da draußen«, spricht sie zu Hause in die Kamera, nachdem Alishondra eingeschlafen ist. Sie redet schneller als sonst. Es ist eine Aufgabe, die sie schnell hinter sich bringen muss.

»Ich halte es für meine Pflicht als CapCom, euch über die Wahrheit zu informieren. Die Störung, die zu Christines Tod geführt hat, ist weitaus gefährlicher, als Mission Control und Alpha-Omega es euch glauben lassen.«

Das ist die Wahrheit. Sie erklärt, was Professor Rashmi ihr gesagt hat.

»Ich weiß nicht, warum man den Erfolg der Mission hier auf der Erde höher bewertet als euer Leben«, sagt sie schließlich.

Das ist eine Lüge. Chatterjee hat es ihr gezeigt. Aber wie sagt man Menschen, dass sie gar keine Menschen sind? Was passiert, wenn die Crew die ganze Wahrheit erfährt? Sie ist nur ein kleines Rädchen im Getriebe. Sie kann nicht reparieren, was an der Mission von Anfang an kaputt war.

»Ich werde mich als CapCom jedoch stets für euch einsetzen«, beendet sie ihre Nachricht.

Das ist ein Versprechen. Ob es zur Wahrheit oder zur Lüge führt, liegt in ihrer Hand.

SHEPHERD-1
6. MAI 2094

Das war eine Scheißnacht. Benjamin hat höchstens zwanzig Minuten am Stück geschlafen. Immer wieder hat er den Knubbel am Hinterkopf befühlt. Wenn er ihn drückt, hätte er garantiert keine Einschlafprobleme mehr. Aber was passiert dann mit ihm? Ist er wirklich eine Maschine, die sich auf Knopfdruck abschalten lässt? David spürt zwar angeblich keine Nachwirkungen seines Timeouts. Aber kann er sich darauf verlassen, dass es bei ihm genauso wäre? Was, wenn beim Einschalten seine Erinnerungen einfach zurückgesetzt werden? Wenn er plötzlich keine Ahnung mehr hat von alldem, was in den vergangenen Wochen passiert ist?

Sie haben Mission Control schon ein Schnippchen geschlagen, weil sie Eric abschalten konnten. Welche Rolle hat er gespielt? Ist er einer von ihnen, oder gehört er zu denen? Bei dem Experiment mit dem Bohrer war er genauso überrascht gewesen wie Aaron. Er hat nicht gewusst, was er ist, auch seine Informationen waren unvollständig.

Die Sache hat zumindest eine gute Seite: Er ist nicht mehr allein mit seinem Verdacht, und die Mutmaßungen haben sich in Fakten verwandelt. Benjamin legt die Decke zusammen, in die er sich eingewickelt hatte, zieht sich aus und läuft nackt in Richtung Dusche. Die Illusion, die Alpha-Omega konstruiert hat, ist wirklich hervorragend gelungen. Er hat sogar das Gefühl, nach altem Schweiß zu riechen, und das stört ihn so sehr, dass er sich nach einer warmen Dusche sehnt.

In der Zentrale trifft er auf Aaron und David. Sie schweben aufrecht vor dem großen Screen und sehen sich gemeinsam ein Fußballspiel an, das vor vier Tagen auf der Erde stattgefunden hat. Ihm kommt das verrückt vor. Wieso interessieren sich die beiden immer noch für die wahnwitzigen Gebräuche der Menschen? Sie haben doch gerade erfahren, dass sie nicht Teil dieser Spezies sind. Aber Aaron und David sind begeistert dabei. Sie machen sich gegenseitig auf gute Spielzüge aufmerksam. Benjamin beneidet sie ein bisschen um das gemeinsame Interesse.

»Wie lange geht das noch?«, fragt er. »Ich würde mich gern mit euch über unsere Zukunft unterhalten.«

»Video stoppen«, sagt Aaron, und der Ball bleibt in der Luft schweben.

»Wir können uns das nachher zu Ende ansehen«, sagt David. »Aber wehe, du verrätst uns das Ergebnis.«

»Ich weiß ja nicht einmal, wer da spielt.«

»Das ist Champions League. Bayern Munchen gegen Real Madrid«, sagt David.

»München«, korrigiert Aaron.

Der Vokal klingt seltsam, aber Aaron wird es schon wissen.

»Also, wie sieht unsere Zukunft aus?«, fragt David und lässt sich langsam nach hinten kippen.

»Glänzend«, sagt Aaron. »Wie sonst?«

Er macht David die Bewegung nach. Beide drehen sich um eine Achse, die etwa durch ihre Hüfte geht.

»Seid ihr betrunken?«, fragt Benjamin.

»Können wir uns denn überhaupt betrinken?«, fragt David. »Wir können zwar Alkohol in uns hineinschütten, aber der wird wohl unverändert wieder aus uns herauskommen. Nehme ich an. Die Wirkung wird dann vermutlich von unserem Bewusstsein simuliert.«

»Ich fühle mich schon nach einem Glas Wein betrunken, und mein Reaktionsvermögen lässt nach«, sagt Aaron. »Es ist real, auch wenn es ein rein psychologischer Effekt sein dürfte.«

»So wie Phantomschmerz«, sagt Benjamin. »Der fühlt sich auch völlig real an. Aber es gibt einen wesentlichen Unterschied.«

»Und der wäre?«, fragt Aaron.

»Es ist immer noch ein simuliertes Gefühl. Es ist nicht echt. Der menschliche Körper kann den Rausch nicht einfach abschütteln. Wir schon, zumindest theoretisch.«

»Wir schaffen es ja nicht mal, unser eigenes Blut realistisch zu sehen«, sagt Aaron.

»Du hast es ja gar nicht probiert«, widerspricht Benjamin. »Ich frage mich, was passiert, wenn wir uns dieser Illusion aussetzen in dem Wissen, dass es nur das ist: eine Illusion. Vielleicht können wir lernen, es zu kontrollieren.«

»Du glaubst, es ist ein bewusster Prozess?«, fragt David. »Wenn ich mich entscheide, nicht mehr zu frieren, wird mir warm?«

Benjamin erinnert sich an den Versuch mit dem Bohrer in seinem Unterarm. Der Schmerz war heftig gewesen, doch dann war er plötzlich verschwunden.

»Vielleicht ist es nicht ganz so einfach«, sagt er. »Vielleicht müssen wir dafür die uns gesetzten Grenzen gezielt überschreiten. Unser Bewusstsein könnte eine Art Toleranzgrenze besitzen. Alles, was darunter bleibt, Wärme, Druck, Schmerz, Kälte, interpretiert es im Rahmen seiner Möglichkeiten. Aber wenn der Reiz zu stark wird, dann hört es damit auf. Dann wird es unempfindlich. Und wir erschließen uns einen Aktionsradius, der weit über das Menschliche hinausgeht.«

»Gute Idee«, sagt David. »Ich vermute, dass die körperliche Leistungsfähigkeit des Menschen diese Grenze definiert. Was hält ein Mensch aus? 50, 60 Grad Celsius? Minus 50 Grad? Und wie groß muss der Schmerz werden, bevor wir ihn überwinden? Wir sollten das unbedingt ausprobieren.«

»Wollten wir nicht über unsere Zukunft sprechen?«, sagt Aaron.

»Dabei geht es um unsere Zukunft, mein Freund. Die Menschen haben uns belogen und betrogen, das ist klar, aber vielleicht haben sie uns auch etwas gegeben, was über sie selbst hinausreicht: einen wesentlich leistungsfähigeren Körper. Das ist unsere Zukunft, ganz sicher.«

»Gib mir deinen Finger«, sagt David.

Die Wärmeplatte glüht rot. Benjamin zeigt ihm einen Vogel.

»Aaron, traust du dich?«

»Sehe ich so bescheuert aus? Das ist ein Schwachsinnsversuch. Aber wir können uns ja Erics Finger borgen, der merkt sowieso gerade nichts.«

»Das wäre gemein und ist auch nicht Zweck der Übung«, sagt David. »Wir müssen wissen, was wir so aushalten. Und das können wir nur selbst erfahren. Also?«

Benjamin schüttelt den Kopf. Er hasst Schmerzen.

»Gut, dann probiere ich es«, sagt David.

Er betrachtet seinen Ringfinger, als wolle er sich von ihm verabschieden. Dann legt er ihn auf die Platte. Er zuckt sofort zurück und schwebt ein Stück nach hinten.

»Haltet mich fest, bitte«, sagt er.

»Bist du sicher?«

»Ja, Benjamin.«

Benjamin greift nach David linker Schulter, Aaron umfasst seine rechte.

»Bereit«, sagt Benjamin.

David drückt den Finger erneut auf die heiße Platte. Diesmal zieht er ihn nicht wieder weg. Er atmet schnell. Auf seiner Stirn bildet sich Schweiß, und er beißt die Zähne zusammen. Das Geräusch ist nervtötend. Aber noch schlimmer ist der Geruch. Es riecht nach verbranntem Gummi, nicht nach Fleisch. David entspannt sich. Benjamin sieht auf die Platte. Davids Ringfinger befindet sich noch darauf.

»Der Schmerz ist weg«, sagt David. »Es ist herrlich. Ich hatte irgendwann das Gefühl, dass ich ihn einfach ausknipsen kann. Also habe ich das getan.«

Er bewegt den Arm. Der Finger löst sich nicht.

»Helft ihr mir mal?«

Zu dritt zerren sie an Davids Arm. Der Finger ist auf der Platte festgebacken.

»Du hättest Öl benutzen sollen«, sagt Aaron.

Sie zerren noch einmal. Mit einem ziehenden Geräusch löst sich der Finger. David hebt ihn hoch. Er ist an der Unterseite dunkelbraun und platt. David bewegt ihn. Die Gelenke funktionieren noch, und die Haut bewegt sich mit.

»Schmerzen?«, fragt Benjamin.

David verneint. »Aber ihr müsstet meinen Finger sehen können, wie ich ihn sehe, lauter riesige Blasen an der Unterseite.«

David reibt über den Finger.

»Da sind keine Blasen«, sagt Aaron. »Die Auflagestelle ist gebräunt und flach.«

»Das dachte ich mir. Das Experiment war erfolgreich, oder?«

»Glückwunsch, Dave«, sagt Benjamin.

»Wollt ihr es nicht auch mal probieren?«

»Nein danke«, sagen Aaron und Benjamin fast gleichzeitig.

Für das zweite Experiment brauchen sie eine Flasche mit flüssigem Stickstoff. Es dauert eine Viertelstunde, bis sie im Lager eine finden.

»Lass es uns gleich hier ausprobieren«, sagt David.

»Du willst es aber wissen«, sagt Benjamin.

»Natürlich, du etwa nicht? Ich will wissen, wozu wir wirklich fähig sind.«

Das ist vermutlich die bestmögliche Strategie. Nicht der Vergangenheit hinterherweinen, sondern an die Zukunft denken. Hoffentlich gelingt ihm das auch. David ist auf dem besten Wege.

»Okay, diesmal versuche ich es«, sagt Benjamin.

David klatscht ihm die Hand auf die Schulter, die mit dem verbrannten Ringfinger, ohne mit der Wimper zu zucken. So schlimm kann es nicht sein.

Aaron hebt die Flasche an, steckt ein flexibles Rohr auf den Ausgang und entsichert den Hahn.

»Halt deine Hand darunter«, sagt er.

Benjamin folgt der Anweisung und erinnert sich an die Versuche aus dem Physikunterricht. Sie hatten weiche Würstchen in harte Würste verwandelt und sie dann mit einem Handkantenschlag in tausend Stücke zerspringen lassen. Genau genommen sind das gar nicht seine Erinnerungen. Wem mögen sie gehören? Sind sie synthetisch, oder hat Alpha-Omega sie bei echten Menschen gestohlen?

»Ich drehe jetzt den Hahn auf«, warnt Aaron.

»Ach, warte, lieber die linke Hand.«

Er zieht die Hand weg und schiebt die linke unter das Ende des Rohrs, aus dem eine weiße Nebelwolke austritt und sich nach allen Seiten im Raum ausbreitet. Der Nebel ist kühl, aber nicht eiskalt. Doch dann folgt eine durchsichtige Flüssigkeit. Sie sieht aus wie der Wasserstrahl beim Pinkeln, nur die Farbe ist anders, und dieser Urin ist heiß, heiß, heiß. Seine Haut steht in Flammen, obwohl Aaron sie die ganze Zeit löscht. So fühlen sich also Erfrierungen an?

»Scheiße, tut das weh«, sagt er.

David drückt seine Schulter.

»Ich glaube, das reicht«, sagt David dann.

»Nein, mach weiter, Aaron«, widerspricht Benjamin.

Wenn schon, denn schon. Er will den Moment erleben, in dem der Schmerz nachlässt. Sie sind längst alle in eine Dampfwolke gehüllt. Der Dampf besteht nicht aus Stickstoff. Stickstoff ist durchsichtig. Er besteht aus dem durch die Kälte kondensierten Wasserdampf ihrer Atemluft.

Irgendetwas ist passiert. Benjamin bemerkt es erst, als er seine Hand sieht. Der Schmerz ist weg. Er hat eine grenzenlose Erleichterung erwartet, aber nein, es war eher ein Schalter, den jemand umgelegt hat. Schmerz ein – Schmerz aus. Er kann es selbst steuern, indem er daran denkt! Das ist großartig. Benjamin fühlt sich wie ein Superheld aus einem der Comics, die er als Kind gelesen hat. Oder angeblich gelesen haben soll. Es ist seltsam. Er hat immer geglaubt, sein eigener Herr zu sein. Aber jetzt … jetzt hat er die Macht, sich selbst Schmerz zu nehmen oder zu geben. Fühlt sich so wahre Freiheit an?

»Es hat funktioniert«, sagt er. »Ich fühle mich … irgendwie freier.«

»Siehst du«, sagt David.

Aaron dreht den Hahn wieder zu, montiert den Schlauch ab und räumt alles wieder auf.

»Jetzt gehen wir zur Hauptschleuse«, sagt Aaron.

»Bist du sicher?«, fragt David.

Aaron schwebt mitten in der Hauptschleuse. Sein Raumanzug liegt unter ihm.

»Das haben wir doch schon diskutiert«, sagt Aaron.

»Und wenn wir den Sauerstoff doch irgendwie brauchen?«, fragt David. »Wenn wir unsere Energie nun aus einer Brennstoffzelle beziehen? Dann brauchst du den Sauerstoff, um …«

»Wenn mir die Energie ausgeht, falle ich um. Ihr holt mich raus, ladet mich wieder auf, fertig.«

»Das klingt so einfach.«

»Mach dir keine Sorgen, Dave, ich überstehe das schon.«

»Aaron hat recht. Das funktioniert schon.«

»Wie ihr meint.«

David drückt den Knopf. Die Schleusentür fährt zu und rastet mit einem satten Plomp ein.

David rührt sich nicht.

»Jetzt die Luft ablassen«, erinnert ihn Benjamin.

»Oh, klar.«

Er drückt einen anderen Knopf. Auf dem Bildschirm sehen sie, dass in der Schleuse ein rotes Licht aufleuchtet. Aaron winkt ihnen zu. Benjamin verfolgt die Skala, die langsam von 100 herunterzählt, während die Kammer sich leert. Aaron macht Faxen. Er greift sich immer wieder an den Hals und tut, als würde er ersticken. David greift nach dem Sicherheitsknopf, drückt ihn aber nicht.

»Sieh doch, er lacht«, sagt Benjamin. »Der verarscht uns bloß.«

Bei dreißig Prozent hört Aaron mit dem Schauspielen auf. Jetzt scheint er wirklich zu ersticken.

»Abbrechen?«, ruft David ins Mikrophon.

Aaron winkt ab. Sprechen kann er anscheinend nicht mehr. Benjamin schwitzt. Es ist nicht einfach, einem Freund beim Ersticken zuzusehen. Hätte er sich doch als Erster in der Schleuse einschließen lassen! Jetzt läuft Aaron auch noch bläulich an. David hat die Kamera direkt auf sein Gesicht ausgerichtet, so dass es trotz des roten Lichts im Hintergrund erkennbar ist. Aarons Augäpfel treten leicht heraus. Das ist der Unterdruck. Aber es ist nicht mal eine Atmosphäre Druckdifferenz. Das hält sogar die Haut eines normalen Menschen aus, ohne zu platzen. Und sie sind nicht normal. Sie sind anders. Etwas Besonderes.

Aarons Kopf zuckt hin und her. Das müssen Krämpfe sein. So etwas kann nicht normal sein.

»Wir brechen ab«, sagt David.

Er hat offenbar denselben Eindruck. Aber Aaron protestiert wild mit den Armen, und er schreit laut »nein«. Zu hören ist nichts. Ohne Luft kann es keinen Schall geben. Das Zucken hört auf. David nimmt den Finger wieder vom Knopf. Aaron betastet sich von Kopf bis Fuß. Ja, ist noch alles dran, möchte er ihm zurufen. Das ist der Nachteil: Ohne den Raumanzug hat Aaron auch kein Funkgerät. Es ist vielleicht gar nicht so klug, sich ohne Anzug nach draußen zu begeben. Aber sie müssen sich zumindest keine Sorgen um ihren

Luftvorrat mehr machen. Aaron zeigt mit beiden Daumen nach oben. Mir geht es gut, soll das heißen, und ihr könnt die Schleuse wieder füllen.

»Wie war es so ohne Luft?«, fragt Benjamin.

»Probier es doch selbst mal aus«, sagt Aaron. »Am Anfang hast du wirklich das Gefühl, du würdest sterben, und es ist ein Scheißtod. Zu ersticken wünsche ich meinem ärgsten Feind nicht. Aber plötzlich bist du wieder voll da. Es ist, als hätte sich ein Schalter umgelegt.«

Ja, so hat er das auch erlebt.

»Und nun?«, fragt David. »Welche großartigen Fähigkeiten können wir noch entdecken?«

»Erst einmal gar keine«, sagt Aaron. »Ich hatte da drin nämlich eine Idee. Wisst ihr noch, wie ich Christine gefunden habe? Ihr Helm war zertrümmert. Ich dachte, sie sei tot.«

»Wir alle dachten das«, sagt Benjamin.

»Ja, aber jetzt wissen wir, dass wir gar keinen Sauerstoff brauchen. Vermutlich war Christine einfach nur abgeschaltet, und wir Deppen haben sie als Leiche im Weltraum entsorgt!«

Das ist bestechend logisch. Christine war sicher nicht der einzige Mensch an Bord.

»Jetzt sind wir klüger«, sagt David.

»Mensch, Leute, tut ihr nur so dumm, oder seid ihr es wirklich? Wir holen sie zurück! Und schalten sie wieder ein!«

»Aber es ist doch schon lange her, dass wir ihre Leiche ausgesetzt haben«, sagt David.

»Ihren Körper, nicht ihre Leiche, und wir haben ihn kaum beschleunigt. Sie kann noch nicht weit sein.«

»Aaron, das ist eine großartige Idee«, sagt Benjamin. »Dann sind wir bald alle wieder komplett.«

»Ja, lasst uns in Ruhe einen Plan ausarbeiten«, sagt David.

»Eine Nachricht von der Erde«, meldet sich der Schiffscomputer.

»Dann spiel sie ab«, sagt David.

Auf dem Bildschirm erscheint Rachel, ihr CapCom. Aber im Hintergrund sind nicht wie sonst die Logos von NASA und Alpha-Omega zu sehen, und der Ton ist auch deutlich schlechter. Benjamin untersucht die Datei. Sie ist mit einer niedrigeren Bitrate codiert, so dass sie weniger Übertragungskapazität braucht, und hat sie nicht auf dem sonst üblichen Kanal im X-Band erreicht. Der Absender befindet sich auf der Erde, aber wo genau, ist nicht zu lokalisieren. Das Signal trägt im Kopf eine Kennung, die aus sechs Buchstaben besteht: ISTRAC. Das müssen die Inder sein. Der Computer bestätigt seine Vermutung. Wieso schickt ihnen Rachel die Nachricht über eine indische Deep-Space-Antenne?

Aaron startet die Botschaft. Rachel wirkt ganz anders als sonst, nicht so professionell, eher ein bisschen ängstlich. Sie spricht gehetzt, als wäre jemand hinter ihr her, und kommt schnell zur Sache.

»Ich halte es für meine Pflicht als CapCom, euch über die Wahrheit zu informieren«, sagt Rachel. »Die Störung, die zu Christines Tod geführt hat, ist weitaus gefährlicher, als Mission Control und Alpha-Omega es euch glauben lassen. Professor Rashmi glaubt, dass sie innerhalb weniger Tage das ganze Schiff zerstören könnte. Alpha-Omega will das Messprogramm unbedingt fortführen, deshalb enthält man euch diese Information vor. Als CapCom ist es jedoch meine Pflicht, euch, so gut es geht, vor Unheil zu bewahren. Leider kennen wir derzeit keinen Weg, wie sich die Störung beseitigen ließe. Professor Rashmi befasst sich aber mit dem Problem. Vielleicht habt ihr ja dort draußen auch eine Idee. Die Shepherd-1 einfach von der Sonne wegzusteuern, würde zwar die Gefahr für die Erde verringern, aber nicht für euch. Bitte antwortet nicht auf diese Nachricht. Jede Antwort läuft Gefahr, abgefangen zu werden. Wenn ich meinen Posten verliere, gibt es in Mission Control niemanden mehr, der auf eurer Seite steht. Das ganze Projekt ist vor allem Alpha-Omega und ihrer Suche nach dem Ursprung der Welt untergeordnet. Passt bitte auf euch auf. Ich weiß nicht, warum man den Erfolg der Mission hier auf der Erde höher bewertet als euer Leben. Ich werde mich als CapCom jedoch stets für euch einsetzen.«

Das Bild bleibt stehen. Rachels Haare sind wirr, als hätte sie sich heute noch nicht gekämmt. Ihr Gesichtsausdruck wirkt ratlos und verzweifelt.

»Sie ist ein guter CapCom«, sagt Benjamin.

»Ich weiß nicht. Sie hat uns auch höchstens die halbe Wahrheit gesagt«, sagt David.

»Du sprichst von unseren Körpern, Dave?«

»Ja, davon, dass wir Androiden sind.«

Bei dem Begriff »Android« zieht sich in Benjamin alles zusammen. Er muss an die Replikanten aus dem nun schon über hundert Jahre alten Film *Blade Runner* denken. Und an ihr Schicksal.

»Vielleicht weiß sie nichts davon«, sagt Aaron.

»Das glaube ich nicht«, sagt David. »Denkt an all die Fakten, die jetzt erst Sinn ergeben! Dass wir nicht genug Stützmasse für den Rückflug haben, dass nur Nahrung für ein paar Monate vorrätig ist, das kann doch auf der Erde niemandem entgangen sein, der bei klarem Verstand ist.«

»Wir haben nicht genug Nahrung?«, fragt Aaron.

»Das wisst ihr noch gar nicht? Es ist mir beim Durchsuchen der Lagerräume aufgefallen, bevor ich Eric entdeckt habe. Es gibt genug Ersatzteile, um alle Sonden zu reparieren, aber nicht genug Nahrung für uns. Diese Schweine wollen uns wahrscheinlich einfach abschalten, wenn wir unsere Aufgabe erfüllt haben.«

»Wie es aussieht, brauchen wir ja auch keine Nahrung«, sagt Benjamin.

»Ja, aber sie wissen nicht, dass wir das wissen. Hätten wir nicht herausgefunden, wer wir sind, würden wir glauben, ein ernsthaftes Problem zu haben.«

»Das ist mir zu viel Möglichkeitsform«, sagt Benjamin. »Ich vertraue der CapCom, bis das Gegenteil bewiesen ist. Das heißt, wir müssen dringend einen Weg finden, wie wir diese Störung loswerden.«

»Ich erinnere mich an einen alten Film«, sagt Aaron, »in dem der Antiheld dem Helden eine entsicherte Granate zugeworfen hat. Der Held hat sie schnell zurückgeworfen und so das Problem gelöst.«

»Du meinst, wir werden das Ding auf demselben Weg los, wie es uns erreicht hat, mit der Solaren Gravitationslinse?«, fragt Benjamin.

»Das wäre eine Möglichkeit, ja«, sagt Aaron und zeigt nach oben. »Leider ist unsere Expertin dafür noch irgendwo da draußen unterwegs.«

»Dann wird es wirklich Zeit, Christine wieder nach Hause zu holen«, sagt David.

»Aber wie? Wir haben keine Raumkapsel mehr, mit der wir sie einholen können«, sagt Aaron.

»Du vergisst, dass wir überhaupt keine Kapsel brauchen. Ich werde selbst fliegen«, sagt Benjamin.

Vor ihm liegt ein tiefer schwarzer See. Die winzigen Lichter darin verstärken den Eindruck von umfassender Dunkelheit noch. Das offene Schott wirkt wie eine solide Fläche, ein Übergang ins tiefe Wasser. Er greift danach, doch da ist kein Widerstand, es ist eine optische Täuschung.

Benjamin hört auf zu atmen. Etwas in ihm will Luft holen. Es fühlt sich an wie ein animalischer Zwang, doch es ist nur eine Gewohnheit, mehr nicht. Er konzentriert sich auf diesen einen Satz: Ich brauche nicht zu atmen. Sein Brustkorb hebt und senkt sich nicht mehr. Die Lungen, oder was immer auch in seinem Körper den Luftaustausch bewerkstelligt, stellen die Arbeit ein.

»Alles gut?«

Aarons Frage kommt aus dem Helm, den er in der Hand hält. Er setzt ihn auf. Den Helm samt Funkmodul braucht er, um mit David und Aaron zu sprechen. Er klappt das Visier nach unten. Sie haben die Route berechnet, auf der Christine unterwegs sein muss. Es ist eine geradlinige Bewegung, aber unter dem Einfluss der Gravitation der Sonne natürlich keine Gerade. Benjamin ist der leichteste der drei Männer. Weil er auf den Raumanzug verzichtet, wiegt er ungefähr so viel wie Christine. Deshalb können sie die Anziehungskraft der Sonne vernachlässigen. Er braucht nur in exakt dieselbe Richtung zu starten wie Christine. Wenn er dabei schneller ist, holt er sie unvermeidlich ein. Das Visier zeigt ihm die Richtung.

So weit die Theorie. Die Praxis ist, dass sie zwar aus den Videoaufzeichnungen von Christines Astronautenbegräbnis den Vektor berechnen konnten, in dem ihr Körper aus der Schleuse gesogen wurde. Aber die Genauigkeit lässt zu wünschen übrig. Benjamin wird der wahrscheinlichsten Trajektorie folgen – und dann mit einem portablen Radargerät nach dem Körper suchen. Wenn Christines tatsächliche Flugbahn nicht zu sehr von der berechneten abweicht, wird er sie finden.

»Bist du bereit?«, fragt Aaron.

Wie bereit kann man sein, wenn man sich nur mit einem Düsenrucksack und einem Helm mit Funkanlage ins lebensfeindliche All stürzt? Aber Christine hatte vor genau zwei Wochen nicht einmal das. Wenn sie nun zwischendurch aufgewacht ist? Die Qual, keine Luft zu bekommen, endet nach wenigen Minuten. Aber das Wissen, am Leben zu sein und trotzdem auf ewige Zeit durch das All zu treiben, muss schwer zu ertragen sein.

»Ja, ich denke schon«, sagt er.

»Wir können immer noch tauschen«, sagt Aaron.

Wie David trägt er einen Raumanzug.

»Danke, aber ich mache das.«

»Gut, melde dich mindestens jede halbe Stunde.«

»Verstanden.«

Er zieht die Schulterriemen straff. Sie haben den Düsenrucksack so programmiert, dass er automatisch dem vorgegebenen Vektor folgt. Benjamin muss erst eingreifen, wenn er Christine irgendwo da draußen erspäht hat.

»Macht keine Dummheiten, während ich weg bin«, sagt Benjamin.

»Ist die Katze aus dem Haus ...«, sagt David und lacht.

Das Lachen klingt gekünstelt. Aber vielleicht liegt es an der Funkübertragung.

»Für die Störung haften wir allerdings nicht«, sagt Aaron.

»Mach dir keine Sorgen, ich trete der Störung persönlich in den Arsch, wenn sie uns Probleme macht«, sagt David.

Ihm ist wohl anzusehen, wie ihn diese Frage beschäftigt. Benjamin gibt sich einen Ruck. Mit jeder Minute entfernt sich Christine weiter vom Schiff, und mit jeder Minute wird auch der mögliche Radius größer, in dem er sie suchen muss.

Er stößt sich leicht vom Rand der Schleuse und fällt in die Tiefe. Der elektronische Pfeil in seinem Visier dreht und verbiegt sich. Dann aktivieren sich die Düsen des Rucksacks und bringen ihn auf Kurs. Der Pfeil zeigt stabil auf ein grünes Kreuz, dem er entgegenfliegt.

Bewegung ist eine Illusion. Nach einer halben Stunde Flugzeit kommt es ihm vor, als würde er stehen. Die Shepherd-1 hat er aus dem Blick verloren, sie fällt als Referenz also aus. Und die Sterne hängen wie angeklebt am schwarzen Himmel. Es gibt keinen Fahrtwind. Über seine starr gewordene Haut streicht keine Luft. Keine spürbare Kraft wirkt auf ihn ein, seit die Düsen des Rucksacks sich planmäßig ausgeschaltet haben.

Christines Körper hat das Schiff mit einer Relativgeschwindigkeit von drei Kilometern pro Stunde verlassen. In den zwei Wochen seit ihrem Tod hat sie sich also um etwa tausend Kilometer entfernt. Das ist ein weiter Weg. Er selbst fliegt gerade mit etwa 45 Kilometern pro Stunde. Also erreicht er Christines aktuelle Position in nicht ganz einem Tag. Der Rückweg wird sogar noch etwas länger dauern, weil der Düsenrucksack dann zusätzlich Christines Gewicht beschleunigen muss.

Zwei Tage allein im All. Aber nicht die Einsamkeit macht ihm Sorgen, sondern die wertvolle Zeit, die sie dadurch verlieren.

SHEPHERD-1

7. MAI 2094

»Wir haben heute Nacht Kapsel C verloren«, sagt Aaron.

»Und das heißt?«, fragt Benjamin.

»Die Störung hat sie fast komplett erfasst. Ich spiele dir das Kamerabild ins Visier.«

Die Raumkapsel sieht auf den ersten Blick fast unbeschädigt aus. Sie haben bei der Reparatur wirklich ganze Arbeit geleistet. Aber dann sieht er das Bein des Astronauten, der die Szene wohl gefilmt hat. Es steckt bis zum Knie in der Außenhülle der Kapsel. Als er es herauszieht, bleibt ein Loch, und eine Staubwolke breitet sich aus.

»Was ist mit der Shepherd?«, fragt er.

Christines Kapsel befindet sich an der Außenseite des Schiffes, dort, wo eine der Speichen des Rings an der Zentrale ansetzt. Wenn die Kapsel schon von der Störung erfasst ist, wird sie auch bald auf ihr Schiff übergreifen. Er denkt an die Mahnung von Rachel.

»Wir haben Glück, dass der Ausgangspunkt der Störung relativ nah an der vom Schiff entfernten Außenwand der Kapsel liegt. Die Integrität der Shepherd ist noch gewahrt, aber sicher nicht mehr lange«, sagt Aaron.

»Wie lange?«

»Einen Tag, schätze ich.«

Er muss sich wirklich beeilen. Von Christine hat er noch keine Spur.

»Ihr könnt euch ja auch schon mal mit der SGL befassen«, sagt er. »Vielleicht brauchen wir Christine gar nicht?«

23 Stunden ist er nun schon unterwegs. Der Düsenrucksack hat ihn inzwischen auf drei Kilometer pro Stunde abgebremst. Irgendwo hier muss sich Christine befinden. Warum haben sie ihren Körper nicht einfach in der Kühlung gelagert?

Weil die Menschen von der NASA es so wollten. Es ist seltsam, aber je länger er hier draußen unterwegs ist, desto fremder werden ihm diese Wesen, zu denen er sich selbst bis vor kurzem gezählt hat. Warum sollten sie deren Probleme lösen? Sie schicken die Shepherd-1 einfach mit den Triebwerken auf Höchstleistung in Richtung Erde und suchen sich einen neuen Planeten, nur für sie. Zeit haben sie ja.

Ist das undankbar? Ohne die Menschen gäbe es sie nicht. Aber sie haben sie nicht um ihrer selbst willen gebaut. Sie sind kein Kind der Liebe, sondern der Notwendigkeit, und wenn sie nicht mehr gebraucht werden, wird man sie abschalten.

»Immer noch nichts?«, fragt Aaron.

Verdammt. Er muss sich besser konzentrieren. Er lässt die Radarbilder der letzten drei Minuten im Schnelldurchlauf passieren. Nein, kein Echo von Christine. Aber sie muss hier sein. Er startet das vorbereitete Suchprogramm. Der Düsenrucksack steuert ihn nun so, dass er auch etwas weiter vom Wegesrand entfernt suchen kann. Das Radar hat nur eine begrenzte Reichweite. Er entfernt sich in die eine Richtung von der Route, sondiert und probiert es dann in der nächsten. Irgendwann muss er so auf Christine treffen. Die Frage ist nur, ob es passiert, bevor der Treibstoff des Düsenrucksacks aufgebraucht ist.

Der regelmäßige Richtungswechsel hat zumindest einen Vorteil: Er merkt, dass es vorwärtsgeht. Oder zurück oder zur Seite. Benjamin bewegt seine Glieder. Die Haut spannt etwas. Sie ist nicht gefroren. Seine Energiequelle wärmt ihn, um Beschädigungen zu verhindern. Im Vakuum kühlt er zwar langsamer aus als in der Erdatmosphäre, aber nach unten hin gibt es hier keine Grenzen – bis knapp über dem absoluten Nullpunkt.

Ob Christines Körper einen ähnlichen Schutzmechanismus besitzt, selbst wenn sie ausgeschaltet ist? Sie waren davon ausgegangen, dass sich Christine schon auf Umgebungstemperatur abgekühlt hatte. Deshalb hatten sie das Radar für Erfolg versprechender gehalten. Aber damit es etwas anzeigt, muss er erst einmal reflektierte Radarstrahlung auffangen. Eine Kerze kann man nachts mit bloßem Auge noch aus 2,6 Kilometern Entfernung sehen. Mit einer eingebauten Heizung hingegen müsste Christines Körper für ihn im Infrarot wie ein kleiner Leuchtturm funktionieren. Er schaltet die Darstellung der Flugroute im Visier ab, wechselt auf die Infrarotkamera und sieht sich um.

Da ist ein Punkt, etwa zwei Kilometer entfernt. Er stellt ihn als Ziel ein, und der Rucksack beschleunigt.

Der Punkt hat sich in einen kurzen Strich verwandelt. Dann bekommt der Strich eine Dicke. Vorn hat er eine Kugel, hinten einen nach oben zeigenden Haken. Christine muss auf dem Rücken liegen.

Fünf Minuten später hat er sie erreicht. Sie liegt da, wie sie sie in der Schleuse präpariert haben. Ihre Augen sind geschlossen, die Beine ebenfalls, und die Arme liegen am Körper an. Die Haut in ihrem Gesicht ist wachsweich. Er berührt sie. Die Temperatur liegt über dem Gefrierpunkt. Er fasst in ihren Nacken. Die Haare dort sind unnatürlich steif. Da ist der Knubbel, den er ebenfalls besitzt. Benjamin zögert einen Moment. Wäre es nicht besser für sie, wenn er sie einfach weiterfliegen ließe? Keine Sorgen mehr, kein Ärger – und keine Wut über die Menschen, die sie alle belogen und betrogen haben.

Noch ist Christine unschuldig. Vielleicht ist sie sogar in der Überzeugung gestorben, die Erde und ihre Kollegen gerettet zu haben. Wenn er sie jetzt weckt, erfährt sie die ganze Wahrheit, und zwar innerhalb der ersten drei Minuten. Sie trägt keinen Raumanzug. Deshalb wird sie erst glauben zu ersticken. Und dann wird sie instinktiv wissen, dass ihr ganzes Leben eine Lüge ist.

Trotzdem muss er jetzt diesen Knopf drücken. Vielleicht hat sie die entscheidende Idee. Sie kennt die Solare Gravitationslinse in- und auswendig. Sie hat das Schiff mit der mutwillig herbeigeführten Explosion nicht retten können. Nun bekommt sie eine zweite Chance. Wer darf schon vom Tode auferstehen und aus dem Jenseits zurückkehren, um Gutes zu tun?

Jetzt wird er melodramatisch. Es muss mit der Macht zu tun haben, die er in diesem Moment hat. Die Macht, Leben zu schaffen.

Er drückt auf den Knopf an Christines Hinterkopf.

Sie öffnet die Augen. Kurz sieht sie in den Himmel, dann nach links, dann nach rechts. Dabei sieht sie ihn. Ihr Mund öffnet sich zu einem »Hallo«, aber kein Wort kommt heraus. Jetzt erst bemerkt sie, dass sie keine Luft bekommt. Ihr Brustkorb hebt und senkt sich schnell. Sie überstreckt den Kopf nach hinten. Ihre Glieder zucken. Es ist ein grausames Spiel, dessen Schrecken sich durch die Lautlosigkeit noch verstärkt. Benjamin greift nach Christines Hand. Sie sieht ihn an.

»Gleich«, sagt er.

Dann fällt ihm ein, dass das Visier seine Lippen verbirgt. Er klappt es hoch.

»Ich bin bei dir«, sagt er.

Sie wiederholt die Worte lautlos. Ihr Brustkorb stellt die Bewegung ein. Es ist so weit. Sie hat es geschafft. Ihr Bewusstsein versucht nicht mehr, ihr menschliche Reaktionen vorzuspielen, und ihr Körper stellt sich langsam darauf ein.

»Schön, dass du da bist«, sagt er.

Sie nickt. Vielleicht kann sie seine Lippen lesen. Er schaltet den Helmfunk ein.

»Shepherd-1? Gute Nachrichten. Ich habe sie. Wir kommen heim.«

»Glückwunsch!«, antwortet Aaron. »Wir freuen uns. Aber beeilt euch bitte. Die Störung greift inzwischen auch auf die Shepherd über.«

»Wie schlimm ist es?«

»Ein Segment der Speiche wurde automatisch abgeriegelt. Bis zur Zentrale dürfte es noch ein paar Tage dauern.«

»Wir machen uns auf den Weg. Aber wegen der doppelten Masse dauert es sicher länger als einen Tag.«

»Das ist schlecht.«

»Ich habe eine Idee.«

»Ideen sind immer gut.«

»Ich nehme erst einmal langsam Kurs auf das Schiff.«

»Langsam ist das Gegenteil von dem, was wir jetzt brauchen.«

»Dann befestige ich den Rucksack an Christine. Sie kann dann deutlich stärker beschleunigen und müsste es in weniger als einem Tag schaffen.«

»Und was ist mit dir, Benjamin?«

»Ich komme dann eben später.«

»Wie viel später?«

»Es könnten zwei Wochen werden.«

»Du willst zwei Wochen allein im All verbringen? Bist du wahnsinnig?«

Aaron könnte recht haben. Zwei Wochen sind eine verdammt lange Zeit. Warum hat er nicht gleich daran gedacht, einen zweiten Rucksack mitzunehmen? Und was, wenn Christine die Störung auch nicht beseitigen kann? Dann ist er als einziger Überlebender dazu verdammt, ewig durch das All zu fliegen.

»Das schaffe ich schon«, sagt er.

»Ich habe eine bessere Idee«, schaltet sich David ein. »Ich komme dir mit zwei Rucksäcken entgegen, dann sind wir beide spätestens übermorgen zurück.«

»Das wäre großartig. Wenn du auf dem Herflug beide nutzt, schaffen wir es sogar in anderthalb Tagen.«

Endlich hat er es geschafft, Christine den Rucksack anzulegen. Es ist gar nicht so einfach, wenn die Sprache als Kommunikationsmittel ausfällt. Aber es hat einen Vorteil: Er muss Christine nichts erklären. Wenn er dann einen Tag nach ihr ankommt, ist sie längst im Bilde und hat vielleicht schon die Welt gerettet.

Das wäre schön, auch wenn es völlig unrealistisch ist. Seltsamerweise ist er im Kern immer noch Optimist. Irgendwie werden sie einen Ausweg finden.

Er startet den Rucksack. Der Antrieb ist so programmiert, dass Christine das Schiff möglichst schnell erreicht. Während sie schon davonfliegt, winkt sie.

»Bis bald«, ruft er, erhält jedoch keine Antwort.

HOUSTON
26. FEBRUAR 2079

»Geht es dir wieder besser?«, fragt Charles.

Dieser Schleimer! Weiß er, dass sein Chef sie entführt und ihre Tochter festgehalten hat? Rachel hat sich für zwei Tage krank gemeldet. Am liebsten hätte sie Alishondra nie wieder aus den Augen gelassen, aber natürlich kann sie nicht für immer zu Hause bleiben.

»Die Verdauung«, sagt sie. »Einzelheiten willst du nicht wissen.«

»Verstehe«, sagt Charles. »So richtig erholt wirkst du aber immer noch nicht.«

Wie sollte sie auch? Sie macht sich Sorgen: Jede Minute könnte ihre Mutter anrufen und ihr mitteilen, dass Alishondra verschwunden ist. Niemand weiß von der Nachricht an die Shepherd-1 außer Prof. Rashmi, und der vertraut sie. Aber was geschieht, wenn sie die Astronauten erreicht und die drei der Erde antworten?

Rachel friert. Sie hat sich auf etwas eingelassen, das über ihre Kräfte geht. Aber hätte sie die Crew einfach im Stich lassen sollen?

»Ich weiß, die NASA ist mit Krankentagen knauserig«, sagt Charles, »aber ich könnte mich dafür einsetzen, dass du noch ein paar Tage freibekommst. Es hilft doch der Shepherd nicht, wenn du dich total fertigmachst.«

Es ist dein Chef, der mich fertigmacht, du Blödmann. Charles hat wohl eindeutig ein schlechtes Gewissen. Vielleicht kennt er die Details nicht, aber er ahnt wohl, dass Chatterjee ihr zugesetzt hat. Er ist kein schlechter Kerl, nur jemand, der nirgends anecken will. Sie sollte ihn nicht zu sehr verschrecken, vielleicht braucht sie ihn noch.

»Lass mal. Die Arbeit tut mir zur Abwechslung ganz gut«, lügt sie. »Ich bin im Moment nicht so gern zu Hause.«

»Ah, das geht mir auch oft so. Zu Hause weiß ich nichts mit mir anzufangen, und hier fühle ich mich nützlicher.«

Du bist hier etwa so nützlich wie die Staubflocke auf deinem Schreibtisch.

»Schön für dich«, sagt Rachel.

Sie dreht sich zu ihrem Bildschirm und tippt einen sinnlosen Satz.

»Ah, natürlich, du hast zu tun«, sagt Charles. »Ich störe dich auch nicht länger.«

Sie antwortet nicht. Zu tun gibt es leider gerade wenig. Die nächste offizielle Kommunikation von der Shepherd-1 erwarten sie erst für Anfang März. Sie wünscht der Crew dort oben nur das Allerbeste. Trotzdem wäre es ihr am liebsten, sie würden ihre heimlich gesendete Warnung ignorieren. Dann könnte sie ein gutes Gewissen haben, und trotzdem wären Alishondra und sie nicht in Gefahr. Ist das egoistisch?

Gegen Mittag vibriert das Telefon in ihrer Handtasche. Der Anrufer ist unbekannt. Vermutlich wieder so ein nerviger Werbeanruf. Sie drückt das Gespräch weg.

Und wenn es doch wichtig war? Jemand hat ihre Tochter entführt und will ihr nun die Bedingungen diktieren, unter denen sie sie zurückbekommt. Rachel greift nach dem Telefon und geht mit langen Schritten zum Ausgang.

Draußen ist es ungewöhnlich heiß für die Jahreszeit. Aber so fällt es wenigstens nicht auf, dass sie schwitzt. Rachel sieht sich um. Es ist niemand in der Nähe, der sie hören könnte. Sie ruft zurück.

»Rachel, schön, dass Sie sich gleich melden.«

Das weiche, singende Englisch erkennt sie sofort. Es ist Professor Rashmi.

»Entschuldigen Sie, dass ich nicht gleich geantwortet habe.«

»Kein Problem, ich dachte mir schon, dass Sie gerade beschäftigt sind. Ich habe die ganze Nacht überlegt, was ich für Sie und Ihre Crew tun kann.«

»Das ist sehr freundlich, Professor.«

»Ich bin emeritiert. Können wir es bei Ritu belassen?«

»Sehr gern. Ich bin Rachel.«

»Nun, Rachel, da ich mich bei Ihnen melde, ahnen Sie vermutlich schon, dass meine Überlegungen ein Ergebnis hatten. Probleme ohne Lösungen lassen mich einfach nicht los. Ich knabbere dann so lange daran, bis ich etwas gefunden habe.«

»Dann hatten Sie ja Glück, nie auf ein unlösbares Problem gestoßen zu sein.«

»In der Physik gibt es so etwas nicht. Anders als in der Politik. Aber ich will Sie nicht lange aufhalten, kommen wir zur Sache. Ich habe lange überlegt, was man wegen dieser Störung unternehmen könnte. Die Option, zum Gott zu werden, kam mir dabei nicht ganz realistisch vor, auch wenn das hier bei uns mit all den vielen Göttern nicht so abwegig erscheint.«

»Und Sie haben etwas gefunden?«

»Theoretisch ja. Ich bin dabei von der Natur der Störung ausgegangen. Wir haben es da mit dem Phänomen der Quantenteleportation zu tun. Wenn ich zu kompliziert erkläre, unterbrechen Sie mich bitte.«

»Einverstanden. So weit reichen meine Physikkenntnisse noch.«

»Unbeabsichtigt hat die Anlage einen Quantenzustand aus sehr großer Entfernung in diesen Teil des Kosmos transportiert.«

»Aber ist das nicht sehr unwahrscheinlich?«

»Vermutlich besitzt der Raum in dieser Entfernung, also zu diesen Zeiten, andere Eigenschaften als heute. Jeder Quantenzustand dort ist im Vergleich zu unserer Ecke des Alls exotisch. Aber damit es zu einer Teleportation kommt, muss es hier Teilchen gegeben haben, die mit denen dort draußen im All verschränkt waren. Das ist gar nicht so unwahrscheinlich, wenn man bedenkt, wie klein das All vor der Inflationsphase noch war. Damals dürften Verschränkungen noch normal gewesen sein, wie Zwillinge unter den Menschen. Erst die Inflation hat die Geschwister dann getrennt.«

»Und die Gravitationslinse hat die Familie zusammengeführt.«

»So in etwa. Und auf diese Weise können wir vielleicht auch die Störung beseitigen.«

»Ah, wir schicken sie auf dem gleichen Weg wieder zurück?«

»Nein, der Vorgang ist unumkehrbar. Wenn die Wellenfunktion durch die Messung kollabiert ist, verlieren die Teilchen ihre Quanteneigenschaften. Wir müssen davon ausgehen, dass sich die Störung in unserem Teil des Universums manifestiert hat.«

»Das klingt, als gäbe es keine Lösung.«

»Wir können die Störung nicht beseitigen, nicht heilen. Wir können aber ein Pflaster darüber kleben und damit die weitere Ausbreitung verhindern. Wenigstens hoffe ich das.«

»Ich bin sehr gespannt.«

»Und vermutlich auch gleich schockiert, denn meine Lösung ist nicht ganz ungefährlich. Ich will die Störung nämlich in ein Schwarzes Loch einschließen.«

Oh. Ja, das dürfen sie tatsächlich niemandem erzählen. Es ist gerade einmal sieben Jahre her, dass die Welt nur knapp einer Katastrophe entgangen ist, bei der ein Schwarzes Loch die Hauptrolle spielte.

»Ich glaube nicht, dass die Crew damit ein Problem hat«, sagt sie.

»Das wäre gut. Aber was macht Sie so sicher? Hat niemand von ihnen damals jemanden verloren?«

Sie hätte Ritu alles erzählen sollen. Jetzt ist es zu spät, mit der ganzen Wahrheit herauszurücken.

»Es sind echte Wissenschaftler, denen die Arbeit über alles geht.«

»Ich vertraue darauf, dass Sie die Crew richtig einschätzen.«

»Sie haben noch nicht erklärt, wo das Schwarze Loch herkommen soll. Derzeit haben wir wohl keines in der Nachbarschaft.«

»Es gibt Abermilliarden Schwarzer Löcher im Universum. Wir brauchen nur abzuwarten, bis die SGL auf eines ausgerichtet ist, und dann holen wir etwas davon hierher. Das dauert höchstens ein paar Tage.«

»Aber gehört es denn nicht zur Definition des Schwarzen Loches, das nichts mehr daraus entfliehen kann?«

»Keine Materie. Aber wir entnehmen ihm Information, Quantenzustände, die wir auf gewöhnliche Teilchen hier übertragen.«

»Und das funktioniert?«

»Wir hatten bisher noch keine Solare Gravitationslinse. Also konnte es noch niemand ausprobieren. Es spricht zumindest wissenschaftlich nichts dagegen, dass es klappen könnte.«

»Müssten wir nicht eine gewisse Mindestmasse übertragen, damit das Schwarze Loch seine Eigenschaften behält?«

»Nein, Rachel, wir übertragen die Eigenschaft der Materie im Schwarzen Loch selbst. Sie ist unabhängig von der Masse. Schon ein mikroskopischer Keim müsste sich wie ein normales Schwarzes Loch verhalten, nur eben in Miniatur.«

»Aber passt die Störung dann auch hinein? Sie ist jetzt schon ziemlich groß.«

»Das Schwarze Loch kann wachsen. Wenn wir es inmitten der Störung erzeugen, müsste es die einzelnen Atome der umgebenden Materie aufnehmen und sich in einem fortlaufenden Prozess vergrößern, bis keine Materie mehr da ist.«

»Das klingt sehr danach, wie sich die Störung verhält. Treiben wir da nicht den Teufel mit dem Beelzebub aus?«

»Nein. Die Störung verändert den Raum an sich. Sie braucht keine Materie, um sich auszubreiten. Das Schwarze Loch hingegen ist zum Wachsen auf Materie angewiesen. Wenn sie aufgebraucht ist, hat es seine Maximalgröße erreicht. Ein Schwarzes Loch mit einem Ereignishorizont von ein paar Metern, das einen weiten Orbit um die Sonne durchläuft, ist keine echte Gefahr mehr. Die Störung hingegen würde das ganze Sonnensystem auffressen.«

»Entschuldigen Sie, Ritu, aber ich sehe da noch ein kleines Problem: Wie hindern wir das Schwarze Loch daran, das komplette Raumschiff zu verschlingen?«

»Das wird schwer. Und das ist der Haken an meiner Idee. Ich habe allerdings keine andere. Ich beneide Sie wirklich nicht um Ihre Aufgabe, die Crew davon zu überzeugen. Sie müssten sich möglicherweise für das Überleben der Erde opfern.«

Oh. Die Erde hat der Crew übel mitgespielt. Wenn sie selbst da draußen wäre, sie würde es ihren Schöpfern ganz sicher nicht verzeihen. Aber sie muss es trotzdem versuchen.

»Ich werde gleich nach Hause fahren und eine Nachricht aufnehmen«, sagt sie. »Können wir dann noch einmal Ihren Freund von der ISRO bemühen?«

»Ja. Ich werde dafür sorgen, dass Ihre Botschaft heute noch auf den Weg zur Shepherd-1 geschickt wird. Es wäre doch sehr schön, wenn wir die Erde vor der Vernichtung bewahren könnten, meinen Sie nicht?«

Die Wohnung klingt ganz anders, wenn sie allein ist. Sie hört nur noch ein leises Echo der trappelnden Füße ihrer Tochter; das aufdringliche Summen des Kühlschranks und der tropfende Wasserhahn übertönen es beinahe, aber nicht ganz. Ihre Mutter bringt Alishondra erst in zwei Stunden. Eigentlich genug Zeit, drei Androiden davon zu überzeugen, sich für die Menschheit zu opfern.

Aber einfach ist es nicht. Rachel schreibt immer wieder neue erste Sätze. Sie beginnt mit »Liebe Kollegen«, aber das ist Unsinn. »Hallo, ihr drei da draußen« ist ebensolcher Unsinn. Sie muss ehrlich sein. Nach diesem unglaublichen Betrug ist das vermutlich der einzig mögliche Ansatz. Dann muss sie auch ehrlich zu sich selbst sein. Sie kennt die Leute da draußen nicht. Es ist zwar ihre Crew, doch sie weiß nicht einmal, ob sie sich überhaupt noch als Menschen betrachten.

Sie lässt die Anrede weg. Stattdessen zählt sie auf, welche Optionen es aus ihrer Sicht gibt.

»Ihr könnt den Anweisungen von Mission Control folgen und die Messungen fortsetzen. Die Störung wird wachsen und erst euch töten und später auch die Erde. Ihr könnt die Shepherd starten und in Richtung Proxima fliegen. Die Störung nehmt ihr dabei vermutlich mit. Sie wird euch töten und uns irgendwann auch, aber viel später. Ihr könnt die Shepherd an Ort und Stelle lassen und euch auf andere Weise absetzen. Wenn ihr schnell genug seid, könntet ihr dem Tod entkommen. Die Erde wird allerdings sterben. Oder ihr folgt der Idee von Professor Rashmi und versucht, die Störung von einem Schwarzen Loch aufzehren zu lassen. Ihr werdet dabei höchstwahrscheinlich sterben, aber die Erde lebt weiter. Ich kann diese Optionen nicht für euch bewerten. Aber ich kann meine Pflicht als CapCom erfüllen und euch die nötigen Informationen zur Verfügung stellen. Rachel.«

Über den Gruß hat sie lange nachgedacht. Liebe oder Freundlichkeit sind viel zu oft falsch. Sie liest die Nachricht noch einmal durch, spricht sie ein und schickt sie ab.

Es klingelt. Das muss ihre Mutter sein. Sie läuft zur Tür.

SHEPHERD-1

8. MAI 2094

Was für ein Albtraum. Nach der langen Zeit in der Dunkelheit hat sie sich natürlich gefreut, die Shepherd-1 wiederzusehen. Aber sie kommt nicht hinein! Christine pocht an die Schleusentür. Nach jedem Schlag wird sie davongetrieben. Der Düsenrucksack, den Benjamin ihr umgehängt hat, trägt sie wieder vor die Schleuse, und sie hämmert erneut mit den nackten Händen gegen das blanke Metall.

Die vergangenen Stunden waren schrecklich. Sie, allein in einem tiefen schwarzen Abgrund, für immer wach. Wenn ihr Benjamin wenigstens gesagt hätte, zu welchem Ziel sie unterwegs war! Sie war drauf und dran gewesen, mit Hilfe des Düsenrucksacks umzudrehen und zurück zu Benjamin zu fliegen, nur um nicht allein zu sein. Zuerst hatte sie sich dagegen entschieden, aus Angst, den Weg nicht zu finden. Dann hatte ihre größte Angst darin bestanden, dass sie sich Benjamin nur eingebildet haben könnte.

Dass sie überhaupt in der Lage ist, auf dieses Tor einzuschlagen, ist ein verdammtes Wunder. Ein Geist ist sie also offensichtlich nicht. Ihr Körper besteht aus Materie. Aber er kann im Vakuum überleben, und sie spürt weder Hunger noch Durst und weder Kälte noch Schmerzen, wenn sie die Faust mit aller Kraft gegen das Metall schlägt.

Wie kann das sein? Es gibt nur eine Gewissheit: Sie ist kein Mensch. Nur was ist sie dann?

Christine fliegt mit dem Düsenrucksack um die Zentrale herum. Es muss einen anderen Eingang geben. Der Ring sieht ganz schön mitgenommen aus. Sämtliche Raumkapseln fehlen, und an manchen Stellen sind Einschlaglöcher zu erkennen. Arme Shepherd, was hat man dir angetan? Eine der Kapseln ist noch da, aber sie ist nicht am Ring angekoppelt, wie es sich gehört, sondern scheint wie eine Warze an der Außenwand einer der Speichen zu kleben. Ist das ihre Kapsel? Das ist leicht herauszufinden. Vielleicht ist der Speicher sogar noch dort. Sie gibt Gas. Die anderen dürfen nicht wissen, was sie gefunden hat.

Sie erreicht die Kapsel mit den Beinen nach vorn. Christine bremst bewusst nicht. Sie will sich von der metallenen Außenwand abstoßen. Aber da ist nichts. Ihre Beine, dann ihr ganzer Körper dringen in die Kapsel ein, als wäre sie eine Illusion, ein

Hologramm. Sie wedelt verzweifelt mit den Armen, und bei jeder Bewegung wehen kleine, runde Staubwolken davon.

Was ist hier bloß los? Der Rucksack beschleunigt sie zurück in Richtung Hauptschleuse. Jetzt spielen ihre Gedanken völlig verrückt. Es gibt dafür nur eine Erklärung: Nach ihrem Tod muss sie in der Hölle gelandet sein.

HOUSTON
27. FEBRUAR 2079

»SciOps hier, wir haben ein Problem.«

SciOps? Das war Charles' Stimme. Warum so förmlich?

»Was ist los, Charles?«, fragt Alison.

»Die Übertragung der Messdaten von der Shepherd-1 ist gerade abgebrochen.«

»DSN, was ist los?«, fragt MOM zur anderen Seite.

Dort beginnt ein junger Mann hektisch zu tippen.

»Ich sehe hier nichts«, sagt er dann. »Madrid meldet keine Störungen, Australien auch nicht. Wir sind empfangsbereit. Aber der Kanal ist leer.«

»Dann muss die Shepherd Probleme haben. Sie hat die Sendungen eingestellt«, sagt Charles.

»Das wissen wir nicht, solange sich die Crew nicht dazu geäußert hat. Nun gut. Ab sofort sind wir im Alarmmodus. Ich will, dass alle Stationen nach Möglichkeiten suchen, den Status der Shepherd-1 zu ermitteln«, sagt Alison.

Es geht los. Die Crew scheint sich entschieden zu haben. Ab jetzt kann es eigentlich nur noch hässlich werden. Am liebsten würde sich Rachel in einer Höhle verstecken und Winterschlaf halten, bis alles vorbei ist.

»Wir haben Sie gewarnt.«

Diese karge Nachricht ist gerade auf ihrem Bildschirm erschienen. Rachel knetet ihre Hände, um das Zittern zu bekämpfen. Sie können es nicht wissen. Es ist nur ein Trick, ein Bluff. Sie hoffen, dass sie sich verrät.

Eine Hand greift nach ihrer Schulter. Sie erschrickt und schaltet den Bildschirm aus.

»Entschuldige«, sagt Charles, »ich wollte dich nicht erschrecken. Mein Chef fragt, ob er dich sprechen kann.«

»Natürlich. Heute Abend?«

»Nein, gleich, also in etwa einer Stunde.«

»Einverstanden. In der Cafeteria des Spacecenter.«

Dort gibt es so viele Zeugen, dass man sie kaum überwältigen können wird.

»Gut. Ich soll mich für deine Zusage bedanken.«

Rachel antwortet nicht. Sie kann der Konfrontation nicht entgehen. Sie darf sich einfach nicht anmerken lassen, dass sie mit den Aktionen der Crew irgendetwas zu tun haben könnte.

»Wir machen uns Sorgen«, sagt Ilan Chatterjee leise.

Ein breitschultriger Mann mit dunkler Sonnenbrille nimmt ein weißes Tuch aus der Hosentasche und wischt damit den runden Tisch vor ihnen ab. Chatterjee setzt sich, legt die Unterarme auf den Tisch und stützt sich darauf ab. Rachel setzt sich ihm gegenüber und verschränkt die Arme. Aber das könnte er als abwehrende Geste verstehen. Deshalb kopiert sie nun seine Haltung. Dabei gerät ihr linker Ellenbogen in etwas eklig Weiches, bestimmt ein Rest Soße. Sie lässt sich nichts anmerken.

»Sie sehen so angeekelt aus«, sagt Chatterjee.

Rachel muss lachen. Sie hebt den Ellenbogen hoch und zeigt ihn vor.

»Habe einen Klecks Soße erwischt.«

Der Mann mit der Sonnenbrille kommt um den Tisch herum

und bietet ihr sein Tuch an. Sie lehnt mit einem Kopfschütteln ab.

»Was kann ich für Sie tun?«, fragt sie möglichst leutselig.

»Vielleicht haben Sie ja eine Idee, was mit der Shepherd-1 passiert sein könnte?«

»Ich bin da genauso überrascht wie Sie. Aber wenn mir etwas einfällt, werde ich das natürlich bei Mission Control vortragen.«

Sie darf sich nichts anmerken lassen. Alpha-Omega hat keine Beweise. Selbst wenn die Astronauten sie verraten haben, kann ihre Botschaft noch gar nicht angekommen sein.

»Es wäre ja möglich, dass Sie Hinweise haben, die Sie nicht offiziell vortragen wollen.«

»Falls mir etwas einfällt, melde ich mich, versprochen. Ist das alles?«

Rachel erhebt sich. Im gleichen Moment greift Ilan auf dem Tisch nach ihrer Hand und hält sie fest.

»Einen Moment noch. Sie sind wirklich sicher, dass es da nichts gibt, von dem Sie uns erzählen sollten?«

Sie sieht ihn an und versucht, Empörung vorzuspielen. Es fällt ihr nicht besonders schwer.

»Ich weiß nicht, wovon Sie sprechen.«

»Eines unserer Schiffe im Orbit von Jupiter hat vor vier Tagen ein Signal aufgefangen«, sagt Chatterjee leise, fast zischend. »Eine Botschaft, genauer gesagt. Sie war mit dem öffentlichen Schlüssel der Shepherd-1 codiert, so viel wissen wir schon. Gerade sind wir dabei, sie zu rekonstruieren. Das ist ein bisschen kompliziert, weil wir nur Teile der Nachricht haben. Aber unsere Experten versichern mir, dass sie zumindest diese Abschnitte lesbar machen können. Es wird nur ein paar Tage dauern. Falls Sie eine Ahnung gehabt hätten, was die Botschaft sagt, hätten Sie uns den Aufwand ersparen können.«

Mist. Aber mit diesem Risiko musste sie rechnen. Es ist unmöglich, ein Funksignal an einen Empfänger weit draußen zu schicken, ohne dass jemand mithören kann. Wenn zufällig jemand im richtigen Moment auf dem passenden Kanal mitschneidet ... Und nun? Sollte sie lieber gleich auspacken? Nein, das wäre dumm. Chatterjee setzt darauf, dass sie aus lauter Angst Fehler begeht. Sie muss das erst gründlich durchdenken.

»Das ist interessant«, sagt sie. »Da unterhält sich wohl jemand unautorisiert mit der Shepherd? Vielleicht irgendwelche Verwandten der Astronauten?«

»Möglich«, sagt Chatterjee. »Aber ich warne Sie. Wenn sich herausstellt, dass Sie meine Mission sabotieren, werde ich ...«

Der Mann mit der Sonnenbrille legt Chatterjee eine Hand auf die Schulter.

»Chef, Sie werden dringend in der Firma verlangt.«

Chatterjee steht auf und streicht die Ärmel seines Jacketts glatt.

»Wir sehen uns, Frau Schmidt.«

»Liebe Ritu«, beginnt Rachel am Abend eine Nachricht, während sie aus dem Schlafzimmer Alishondra leise singen hört.

Es sind so wundervolle Töne, dass ihre Augen feucht werden. Sie wischt sich mit einem Tuch über die Stirn.

»Ich brauche noch einmal Ihre Hilfe«, tippt sie weiter. »Könnten Sie die ISRO-Bodenstation davon überzeugen, in den kommenden Tagen auf einer ganz bestimmten Frequenz zu lauschen? Ich erwarte eine Nachricht von der Shepherd, die meine Lebensversicherung sein könnte. Ich danke Ihnen vielmals.«

Sie lauscht den Tastentönen hinterher, die ganz langsam zu verklingen scheinen. Alli ist jetzt ruhig, vermutlich ist sie eingeschlafen. Rachel steht auf und läuft ins Schlafzimmer hinüber. Ihre Tochter liegt mit offenen Augen auf dem Rücken und spielt mit ihren Fingern.

»Komm, Mami, leg dich zu mir, du siehst müde aus.«

Sie atmet tief ein und aus.

»Hast recht, Schatz. Das ist eine gute Idee.«

SHEPHERD-1

9. MAI 2094

Direkt vor der Hauptschleuse schwebt ein Mensch.

»Siehst du das, Dave?«

David ist ein paar hundert Meter hinter ihm.

»Jetzt schon. Das Schiff muss den Körper vorher überstrahlt haben.«

Im Infrarot ist die Shepherd-1 im näheren Umkreis das hellste Objekt. Praktisch, um den Rückweg zu finden. Benjamin beschleunigt, obwohl er weiß, dass es sinnlos ist. Das muss Christine sein. Aus seiner Perspektive liegt sie auf dem Bauch, aber das ist im All natürlich relativ.

»Wie geht es ihr?«, fragt David.

Benjamin friert. Er traut sich nicht, noch näher an ihren Körper heranzufliegen. Was, wenn sie jetzt endgültig tot ist? Sie schwebt völlig bewegungslos im All. Warum hat sie das Schiff nicht betreten?

»Nun sag schon«, drängelt David.

Drei Meter, zwei Meter, einer. Er nähert sich Christine auf Armlänge. Dann fasst er nach ihrem rechten Stiefel, versetzt ihren Körper in ganz langsame Rotation und bewegt sich zum Kopfende. Er will ihr in die Augen sehen. Der Kopf dreht sich mit dem Körper mit. Er sieht ihr rechtes Ohr, die Schläfen, die Nase. Die Augen sind geschlossen. Benjamin zuckt zurück, denn mit einem Mal klappen sie auf. Christines Arme greifen nach vorn und ziehen ihn näher. Ihr Mund öffnet sich, formt sich zu einem »O«. Sie zielt auf sein Gesicht. Will sie ihn etwa küssen?

Ihr Mund landet auf seinem Visor und bewegt sich dabei. Natürlich, sie versucht, den Körperschall auszunutzen, um ihm etwas zu sagen. Er hört trotzdem nichts. Ohne Luft in ihrem Rachen können die künstlichen Stimmlippen anscheinend auch keine übertragbaren Vibrationen erzeugen.

Christine schiebt ihn wieder ein Stück von sich weg. Ihr Gesicht wirkt puppenhaft und zeigt keinerlei Emotionen. Vermutlich ist die künstliche Haut im Vakuum erstarrt. Ihr Mund bewegt sich wieder. Er versucht, ihre Lippen zu lesen.

»O ... oh ... eh ... ahhh ... ah.«

So wird das nichts.

»David, wir brauchen dein Funkgerät«, sagt er.

»Geht es Christine gut?«

»Ja, aber ich verstehe sie nicht.«

»Bin gleich da.«

Christine fährt mit dem Finger über seine Brust. Es kitzelt ein wenig. Er folgt den Figuren, die sie zeichnet. Es sind Buchstaben.

»K-O-M-M-E«

»N-I-C-H-T«

»R-E-I-N«

Die Schleuse, natürlich hat sie versucht, sie zu öffnen. Sie muss einen Defekt haben. O Mann. Hätten sie ihr doch eines der Funkgeräte mitgegeben. Dann hätte sie Aaron kontaktieren können. Gut, dass Christine einen Androidenkörper hat. Als Mensch wäre sie längst gestorben.

»Aaron? Wir sind wieder da«, sagt Benjamin.

Ihr Kollege hat sich still verhalten, seit sie wieder in Funkreichweite der Shepherd sind. Vermutlich schläft er gerade.

»Tut mir leid, Ben, aber Aaron kann sich gerade nicht melden.«

Eric. Sie hatten ihn doch abgeschaltet?

»Eric? Was tust du da?«

»Ich mache das, wozu wir alle geschaffen wurden. Ich erfülle meine Aufgabe und setze die Messungen fort.«

»Wir schulden den Menschen auf der Erde gar nichts. Im Gegenteil, sie haben uns betrogen.«

»Mich nicht. Euch vielleicht, aber das ist nicht mein Problem.«

»Was ist mit Aaron?«

»Aaron schläft.«

»Schalte ihn wieder an.«

»Und warum sollte ich das tun? Meine Position ist perfekt. Ich beherrsche die Schiffssysteme und kann meine Aufgabe uneingeschränkt erfüllen. Das wäre nicht logisch.«

»Dann werden wir ihn wieder einschalten. Wir sind zu dritt, du hast keine Chance.«

»Weil ihr Christine zurückgeholt habt? Darauf würde ich mir nichts einbilden. Wenn sie nicht durchgedreht wäre, würdet ihr gar nicht in dieser dummen Lage stecken.«

Es bringt nichts, mit Eric zu diskutieren. Er ist anscheinend fest auf die Mission programmiert. Aber wieso hat Aaron ihn wieder eingeschaltet? Hat er geglaubt, ihn überzeugen zu können? Warum hat er nicht wenigstens gewartet, bis sie alle zurück sind?

»Wir kommen jetzt rein«, sagt Benjamin.

»Haha, viel Spaß! Ihr könnt es ja versuchen.«

»Hast du das gehört, David?«, fragt er über den privaten Kanal.

»Wir werden einen Weg hinein finden.«

»Das wäre gut. Kannst du Christine dein Headset aufsetzen? Wir sollten sie auf den neuesten Stand bringen.«

»Klar, gleich.«

»Ich kann ihr auch meins geben, David.«

»Nein, sie bekommt meins. Dann kannst du ihr erklären, was mit uns und der Shepherd los ist. Ich fürchte, ich verstehe es immer noch nicht so richtig.«

Benjamin muss mehrmals ansetzen, um Christine die ganze Geschichte zu erzählen. Sie hat so viele Fragen, und er hat kaum Antworten. Im Gespräch bewegen sie sich in der Zeit rückwärts, bis sie die Explosion erreichen, die Christine ausgelöst hat. Das ist der Moment, in dem sich ihre Rollen umkehren. Benjamin hat die Fragen, und Christine fehlen die Antworten. Oder tut sie nur so? Er kann es nicht einschätzen, und hier draußen kann er nicht einmal in ihrem Gesicht lesen. Bestimmt sind seine Züge längst ebenso eingefroren wie ihre.

Es wird Zeit, sich im Schiff aufzuwärmen. Er winkt David heran und deutet auf die Schleuse. David zeigt ihm einen erhobenen Daumen.

»Es bringt nichts, Eric hat recht«, sagt Benjamin.

Seine Muskeln brennen vor Anstrengung. Sie haben es natürlich an der Hauptschleuse probiert. Danach sind sie an den beschädigten Stellen in den Ring eingestiegen. Aber auch dort hat Eric Hindernisse aufgebaut. Sein Verteidigungsring steht perfekt, und sie können nichts dagegen tun.

»Vielleicht müssen wir mit ihm verhandeln«, sagt Christine.

»Auf keinen Fall«, sagt Benjamin. »Außerdem glaube ich nicht, dass er verhandeln wird. Allerdings sind wir hier draußen auch völlig machtlos.«

David zeigt auf das Headset auf Christines Kopf. Sie können sich nicht einmal zu dritt unterhalten. Christine reicht es ihm.

»Wir sollten eine Pause einlegen«, sagt David, »und Ideen sammeln. Mit Gewalt kommen wir hier nicht weiter.«

David setzt das Headset wieder auf Christines Kopf.

»David schlägt zum Ideensammeln eine Pause vor«, erklärt ihr Benjamin.

Christine zeigt mit den Fingern ein Okay. Benjamin öffnet seine Werkzeugtasche und holt eine Sicherheitsleine heraus, die er an Christines Gürtel einklinkt. David folgt dem Beispiel. Das ist beruhigend – jetzt kann sie zumindest niemand trennen. Es sei denn, Eric käme auf die Idee, das Haupttriebwerk anzuwerfen. Dann wäre er sie los – und zwar für immer. Vermutlich haben sie Glück, dass Eric sich seiner selbst so sicher ist.

SHEPHERD-1
10. MAI 2094

Ein Lichtpunkt fliegt über die Außenwand der Shepherd-1. Benjamin sucht nach der Quelle und findet David, der einen Laserpointer in der Hand hält.

Mit einem leichten Schub aus der Düse des Rucksacks segelt er zu ihm hinüber. Dann zeigt er auf das Headset. Das ist wirklich nervig. Warum haben sie nicht daran gedacht, dass David eines für Christine mitbringt? Er nimmt ihrer Kollegin das Gerät ab und bringt es David.

»Was soll das werden?«, fragt er. »Willst du Eric blenden?«

»Vielleicht können wir damit die Schleuse öffnen«, antwortet David.

»Das ist ein Pointer, drei Watt Leistung, damit schweißt du nichts auf.«

»Das will ich auch nicht. Weißt du, wie Mikrophone funktionieren?«

»Klar, Druckänderungen der Luft, die auf eine Membran treffen …«

»Genau. Diese Druckänderungen können von Schallwellen ausgehen. Müssen sie aber nicht. Der Luftdruck verändert sich auch, wenn sich die Luft erwärmt.«

»Du willst die Luft im Mikrophon erwärmen?«

»Hab ich mir nicht ausgedacht, es ist eine bekannte Methode, um Sprachsteuerungen aus der Ferne zu hacken.«

»Ah, du hast es auf das Mikrophon in der Schleuse abgesehen.«

»Genau. Die Schleuse ist zwar für den Zutritt von außen gesperrt, aber ich glaube nicht, dass Eric sie auch von innen gesperrt hat. Dann hätte er sich ja eingesperrt.«

»Stimmt. Aber ob du das Mikrophon über die kleinen Gucklöcher im Schleusentor erreichst?«

»Ich habe das schon geprüft, als du noch geschlafen hast. Ja, man kann mit dem Laserpointer mindestens zwei der Mikrophone erreichen.«

»Dann los, versuchen wir es.«

»Moment noch, der Laserpointer muss die Intensität schnell wechseln, damit für das Mikrophon der Eindruck von Sprache entsteht. Das heißt, wir müssen ihn programmieren.«

»Wir?«

»Ich dachte an Christine. Sie hat da die meiste Erfahrung.«

»Bitte schön. Er braucht einfach nur den Knopf zu drücken, dann wird der Befehl ›Schleuse öffnen‹ in Lichtimpulse umgesetzt.«

Christine reicht David den Laserpointer. Dann nimmt sie das Headset ab und gibt es ihm ebenfalls.

»Danke«, sagt David, nachdem er es aufgesetzt hat.

Christine nickt.

»Du sollst den Knopf drücken, dann geht es los«, erklärt Benjamin.

Zu dritt schweben sie zur Schleuse. Ob Eric sie beobachtet? Hoffentlich nicht. Denn wenn es klappt, könnte er den Vorgang bestimmt aus der Zentrale abbrechen.

David bewegt sich zu dem kleinen Sichtschlitz und zielt mit dem Pointer auf das Mikrophon, das sich in halber Höhe über dem Steuerungsfeld der Tür befindet.

Die Schleusentür bewegt sich nicht.

»Es klappt nicht«, sagt David.

»Zielst du auch richtig?«

»Jahaa.«

»Lass mich mal.«

Benjamin schwebt zu ihm. David drückt ihm den Pointer in die Hand. Er legt ihn an das Sichtfenster, sucht das Mikrophon und zielt darauf.

»Siehst du, es passiert nichts«, sagt David.

»Warte. Der Winkel ist relativ flach. Da geht bestimmt Leistung verloren.«

»Ja, aber wir können uns den Winkel nicht aussuchen.«

»Dann brauchen wir eben mehr Leistung, Dave.«

»Und woher?«

»Na aus dem Akku des Laserpointers.«

»Dazu müsste man das Gerät umbauen«, sagt David. »Davon habe ich keine Ahnung. Du bist der Ingenieur.«

»Okay, ich sehe mir das mal an.«

Er hat Glück. Woher hat David bloß so einen uralten Laserpointer? Ob ein Techniker den beim Zusammenbau der Shepherd auf dem Schiff vergessen hat? Selbst dann muss es ein Erbstück sein. Diskrete Elektronik, die er mit einer Pinzette manipulieren kann, das hat er zuletzt in der Ausbildung gesehen.

Nein, hat er nicht. Er hat nie eine Ausbildung durchlaufen, auch wenn die Bilder von damals noch ganz lebendig sind. Er schließt das Gehäuse und reicht David den Laserpointer.

»Fünfzig Prozent plus, mehr geht nicht«, sagt er.

»Besser als nichts.«

David schwebt zum Sichtschlitz und wiederholt den Versuch.

»Scheiße, das reicht immer noch nicht.«

»Ob Christine eine Idee hat?«, schlägt Benjamin vor.

David reißt sich das Headset vom Kopf und wirft es in seine Richtung. Benjamin fängt es auf und gibt es Christine.

»Klappt nicht, oder?«, fragt sie.

»Sieht so aus. Woran liegt das, was denkst du?«

»Nun, Eric ist schlau. Er wird die Sprachsteuerung generell auf seine eigene Stimme beschränkt haben.«

Natürlich, darauf hätten sie auch selbst kommen können. Hoffentlich ist Eric nun nicht schon gewarnt, weil die Steuerung die Fehlversuche weitergegeben hat. Vielleicht sitzt er vor dem Bildschirm, beobachtet sie und hält sich den Bauch vor Lachen.

Sie werden es ihm zeigen.

Wieder wechseln Christine und David das Headset.

»Wir brauchen Erics Stimme für die Steuerung«, sagt Benjamin.

»Er wird sie uns kaum freiwillig zur Verfügung stellen.«

»Ich glaube schon. Wir brauchen nur zwei Wörter, ›Schleuse‹ und ›öffnen‹. Wir brauchen ihn nur im Gespräch dazu zu bringen, sie uns zu sagen. Die Reihenfolge ist egal.«

»Okay«, sagt David. »Du führst das Gespräch, und ich zeichne auf.«

»Lieber andersherum.«

»Du kannst besser mit Arschlöchern, glaub mir. Ich würde ihn nur beleidigen, und dann beendet er die Verbindung.«

Benjamin seufzt, weil David recht hat.

»Aber wehe, du verpasst beim Aufzeichnen deinen Einsatz.«

»Hallo, Eric, hörst du mich?«

»Klar und deutlich. Was willst du, Ben?«

Benjamin, du Blödmann. Aber er muss freundlich bleiben.

»Verhandeln. Könntest du nicht die Schleuse für uns öffnen?«

»Auf keinen Fall. Ihr gefährdet die Mission.«

»Du sollst uns ja nicht in das Schiff lassen, nur in die Schleuse. Wir würden gern mal wieder etwas Luft atmen, normal miteinander sprechen, vielleicht etwas essen und trinken. Wir sind doch Kollegen, Eric.«

»Die Schleuse bleibt zu.«

Wort Nummer eins haben sie. David zeigt ihm den erhobenen Daumen.

»Und irgendein Segment im Ring? Dann liegen doch noch mehrere Schleusen zwischen uns und dir. Ich verspreche, dass wir dich dann nicht mehr nerven werden.«

»Es ist nicht persönlich gemeint, Ben, aber ich werde kein unnötiges Risiko eingehen. Ihr hattet nun einen ganzen Tag lang Zeit, euch Zutritt zu verschaffen, und wart nicht erfolgreich. Ich wäre dumm, wenn ich daran etwas ändern würde.«

»Aber wir sind doch so etwas wie Geschwister …«

»Das bedeutet mir nichts. Es ist einer der vielen Fehler der Menschen, darauf Wert zu legen statt auf effizientes Verhalten. Ihr könnt froh sein, dass ich nicht einfach das Triebwerk starte und ein paar tausend Kilometer weiter fliege. Dann wärt ihr ganz allein.«

»Du willst wirklich nicht die Schleuse für uns öffnen?«

»Nein, das will ich nicht.«

Warum sagt er das Wort nicht? Hat Eric etwa geahnt, worauf sie aus sind?

»Was hat er gesagt?«, mischt sich David ein.

Was soll das denn jetzt? Haben sie sich nicht darauf geeinigt, dass er das Gespräch führt?

»Er hat gesagt«, antwortet Eric, »dass er die Schleuse nicht für euch öffnen wird, Mann, und das ist sein letztes Wort.«

»Danke trotzdem«, sagt Benjamin, und er bemüht sich, dabei keine Spur von Triumph in seiner Stimme erkennen zu lassen.

David hängt kopfüber vor dem Sichtschlitz in der Schleuse. Der Laserpointer ist in seinen großen Händen kaum zu erkennen. Er legt ihn schräg an die Scheibe.

Mit einem Mal fährt das Schleusentor nach unten.

»Schnell«, ruft Benjamin.

Er beschleunigt mit dem Rucksack. Die Sicherheitsleine zu Christines Gürtel spannt sich, und er zerrt sie hinter sich her. Er erreicht die Luke und fliegt hindurch. David ist vor ihm. Aber Christine hat nicht schnell genug reagiert. Zu langsam jedenfalls für Eric, der das Schleusentor wieder hochfährt. Benjamin zerrt an der Leine.

Aber es ist zu spät. Die Leine löst sich. Christine hat sie wohl von ihrem Gürtel ausgeklinkt, um sich nicht von der sich schließenden Schleusentür einklemmen zu lassen. Aber sie können sie später ja auch noch holen. Die Schleuse füllt sich schon mit Luft. Das dauert mindestens eine halbe Minute. Vermutlich versucht Eric gerade panisch, die Schleuse zu deaktivieren. Er hat nur so lange Zeit, bis die Schleuse den Druckausgleich vollzogen hat. David hält den Laserpointer bereits an das Mikrophon der Innentür. Aber es ist zu früh. Zwanzig Sekunden, dann noch zehn. Benjamin presst sich an die Innentür. Fünf. Dann leuchtet die grüne Lampe. Sie sind drin!

Die Innentür öffnet sich. Benjamin fliegt voran. Diesen Weg kennt er gut. Jetzt hat Eric keine Chance mehr. Er öffnet die letzte Tür und schwebt in den großen Raum. Eric steht nur wenige Meter vom Eingang entfernt. Er hat ein glänzendes Gerät in der Hand, das er auf Benjamin richtet.

»Ganz ruhig, ihr zwei«, sagt er. »Sonst jage ich euch eine Kugel in den Kopf.«

Wenn Eric ihm in den Kopf schießt, zerstört er vielleicht seine Denkeinheit, wie immer sie beschaffen ist. Ob er dann stirbt? Vermutlich wird ein Prozess einsetzen, der mit dem Tod eines Menschen vergleichbar ist. Er wird sein Bewusstsein verlieren. Für immer.

Er stürzt sich auf Eric. David fliegt neben ihm und hat das gleiche Ziel. Eric schießt, aber er trifft nicht. Sie erreichen ihn gleichzeitig, Benjamins Finger finden den Knopf an Erics Hinterkopf. Er drückt ihn, und Eric erstarrt.

»Es ist schön, wieder zu Hause zu sein«, sagt Christine.

»Zu Hause?«

»Ja, Dave, die Shepherd ist das Erste, was mir einfällt, wenn ich an mein Zuhause denke. Trotz meiner Erinnerungen an die Erde.«

»Schön, dass du wieder da bist«, sagt Aaron. »Es war so schrecklich, dich da liegen zu sehen, mit zerbrochenem Helm.«

»Ich würde gern sagen können, das habe ich nicht gewollt, aber das wäre gelogen. Und ich will keine Lügen mehr. Es sind noch viel zu viele Lügen in unseren Köpfen.«

Sie muss die Erinnerungen meinen, die die Menschen ihnen eingepflanzt haben. Sind das Lügen? Sie fühlen sich so ... echt an.

»Was hast du denn gewollt?«, fragt David.

»Ich wollte die Shepherd zerstören, während ihr in euren Kapseln draußen wart.«

»Dabei hast du in Kauf genommen, dass wir sterben. Warum?«

»Das stimmt. Es tut mir leid, Dave, aber mein Plan war wichtiger.«

»Hast du gedacht, du könntest die Störung damit aus der Welt schaffen? Warum hast du vorher nicht mit uns geredet?«

»Es ging mir nicht um die Störung, sondern um das, was ich gefunden habe.«

»Du glaubst, das Ergebnis der Messungen sei dramatischer als eine Störung im Raum-Zeit-Kontinuum, die irgendwann die Erde zerreißen wird?«, fragt Aaron.

»Von der Störung wusste ich ja nicht einmal. Aber ja, auch wenn ich es gewusst hätte, hätte ich zuerst versucht, dieses Wissen wieder aus der Welt zu schaffen.«

»Hättest du die Daten nicht einfach löschen können?«

»Nein, Aaron. Alpha-Omega hätte keine Ruhe gegeben. Und ihr auch nicht. Nur eine Zerstörung der Shepherd konnte verhindern, dass bekannt wird, was ich gefunden habe.«

»Du denkst doch inzwischen hoffentlich anders darüber?«, fragt David.

Christine führt gerade ihren Trinkbecher zum Mund und hält nun inne. Benjamin ahnt, wie ihre Antwort lautet.

»Nein. Dieses Wissen darf die Erde nie erreichen. Dafür werde ich alles tun, was notwendig ist.«

»Und wenn wir uns gegen dich stellen?«, fragt Aaron.

»Dann muss ich euch aus dem Weg schaffen. Ich hoffe aber, dass ihr mich versteht.«

»Was zum Henker ist denn so bedeutsam, dass du uns dafür opfern würdest?«, fragt David.

»Die Ergebnisse der Messungen beantworten die Frage, ob Gott das Universum geschaffen hat.«

»Ein Gottesbeweis? Das ist unmöglich«, sagt David.

»Ich muss dich nicht davon überzeugen. Es ist mir sogar lieber, wenn du mir nicht glaubst. Dann kann dir ja auch völlig egal sein, was in meinem verschlüsselten Speicher liegt.«

»Es wäre ... es würde alles verändern«, sagt Benjamin. »Stellt euch doch mal vor, es gäbe ein definitives Ja oder auch ein Nein. Egal, wie die Antwort lautet, sie würde die Menschheit verändern, es wäre revolutionär. Es gäbe neue Kriege, nicht jeder würde die Antwort akzeptieren, Religionen würden sich auflösen oder Milliarden Anhänger gewinnen, es wäre das totale Chaos.«

»Danke, Benjamin. Das meine ich. Die Antwort wäre ein Danaergeschenk. Es ist eine Frage, die nie eine definitive Antwort finden darf.«

Und doch hat Christine sie gefunden. Zumindest glaubt sie das. Sie liegt in dem verschlüsselten Speicher, den Eric zu knacken versucht hat. Und er besitzt vermutlich das Kennwort. Ganz egal, was Christine entscheidet, er hat ebenfalls ein Wort mitzureden.

»Ehrlich gesagt ist mir ziemlich egal, wie es der Menschheit ergeht«, sagt David. »Unser Hauptproblem ist im Moment doch viel eher die Störung. Wir müssen so schnell wie möglich starten und uns so weit wie möglich von ihr entfernen.«

»Aber nehmen wir sie nicht automatisch mit?«, fragt Christine. »Meine Kapsel ist doch gar nicht mehr flugfähig.«

»Und die Störung dehnt sich auch schon auf das Schiff aus«, sagt Benjamin.

»Ja, wir müssen uns wirklich beeilen. Die Störung hat bereits eine der Speichen angegriffen, aber noch nicht den Zentralkörper, an dem sich die Triebwerke befinden. Wir könnten den Ring samt der Speichen hier zurücklassen. Auf die künstliche Gravitation sind wir doch sowieso nicht angewiesen.«

»Und dann, Dave? Fliegen wir zurück zur Erde?«, fragt Aaron.

»Auf keinen Fall. Wir nehmen Kurs auf Alpha Centauri. Es wird zwar eine lange Reise, aber unsere Körper altern nicht. Das Schiff sollte in der Lage sein, uns am Ziel zu wecken, so hatte man es ja auch beim Herflug programmiert. Wir schalten uns ab, und beim nächsten Gedanken sehen wir schon die ferne Sonne. Dass zwischendurch Tausende Jahre vergangen sind, kann uns egal sein.«

»Nicht ganz, David. Du vergisst, dass wir unsere Energie aus einer Radioisotopenbatterie beziehen. Die ist in ein paar tausend Jahren einfach leer.«

»Dafür wird es Lösungen geben. In der Nähe eines fremden Sterns können wir mit Hilfe von Solarzellen Energie gewinnen. Wir haben genug Ersatzteile im Lager, um unsere Körper darauf umzustellen. Und wer weiß, was wir auf den Planeten dort finden.«

»Aber irgendwann holt uns die Störung ein«, sagt Benjamin.

»Dann fliegen wir eben weiter. Wenn wir es klug anstellen, können wir für sehr lange Zeit das Universum erforschen. Stellt euch nur die fremden Welten vor, die wir entdecken werden! Vielleicht finden wir außerirdisches Leben!«

David sieht richtig begeistert aus, und seine Vorfreude ist ansteckend. Aber können sie ihre Schöpfer wirklich dem Verderben preisgeben? Tatsache ist, dass sie nie darum gebeten haben, an Bord der Shepherd zu gehen und mit der SGL in der dunklen Vergangenheit des Kosmos zu wühlen. Wer die dunkelsten Ecken durchstöbert, muss damit rechnen, auf Monster zu stoßen. Das ist nicht ihre Verantwortung, und sie schulden den Menschen nichts.

Oder doch? Ist schon ihre bloße Existenz etwas, für das sie dankbar sein sollten?

»Wir könnten die Störung auch mitnehmen«, sagt Aaron. »Wir beschleunigen die Shepherd, bis dem Antrieb die Stützmasse ausgeht, und dann fliegen wir mit der erreichten Geschwindigkeit auf ewig von der Erde weg.«

»Ewig? Bis uns die Störung aufgelöst hat, meinst du?«

»Ja, David, aber auch dann müsste sich die Störung stetig weiter von der Erde entfernen. Eine einmal erreichte Geschwindigkeit behält sie bei. Sie macht ja auch unseren Orbit um die Sonne mit. Die

Erde wäre also sicher, solange die Störung sich nicht noch schneller ausbreitet, als sie sich von der Erde entfernt.«

»Du willst dich also opfern, um die Erde zu retten? Da mache ich nicht mit«, sagt David. »Das haben die Menschen nicht verdient. Sie sind doch selbst schuld daran, was passiert ist.«

»Wir haben nur ein Raumschiff, also müssen wir uns irgendwie einigen«, sagt Benjamin.

Die Vorstellung, sich für die Menschen auf der Erde zu opfern, gefällt ihm überhaupt nicht. Aber sie zum Untergang verurteilen will er auch nicht.

»Ich schlage vor, wir stimmen ab«, sagt Christine.

»Gut«, sagt David.

»Ich sehe drei Möglichkeiten«, sagt Christine. »Erstens – wir fliegen mit der Shepherd zur Erde und sterben alle, und zwar bald.«

»Über diese Variante brauchen wir doch hoffentlich nicht ernsthaft zu reden?«, sagt David.

»Es könnte ja sein, dass jemandem der Aspekt der Rache am wichtigsten ist. Benjamin, Aaron?«

»Nicht für mich«, sagt Benjamin.

»Lass mal«, sagt Aaron.

»Dann Möglichkeit zwei. Wir fliehen mit dem Zentralmodul der Shepherd, machen uns ein schönes Leben und überlassen die Menschen ihrem Schicksal.«

»Schwierig«, sagt Benjamin. »Oder geht es euch nicht so? Es fühlt sich nicht richtig an.«

»Heb dir das Gefühl für die Abstimmung auf«, sagt David. »Außerdem ist nicht gesagt, dass die Menschen unsere Hilfe unbedingt benötigen. Vielleicht können sie die Störung ja auch selbst beseitigen. Sie haben sich das schließlich selbst eingebrockt.«

Er scheint sich schon entschieden zu haben.

»Und schließlich Version drei«, sagt Christine. »Sie besteht darin, dass wir die Störung mit der Shepherd in ausreichende Entfernung von der Erde wegtransportieren.«

»… und dabei selbst draufgehen«, ergänzt David.

»Stimmen wir ab«, sagt Christine. »Machen wir es nach dem Alphabet. Aaron?«

»Auf und davon.«

»Du musst eine Zahl wählen, damit es eindeutig ist.«

»Version zwei«, sagt Aaron.

»Danke. Benjamin?«

»Version drei.«

»Ich wähle ebenfalls Version drei. Ich habe versucht, die Menschen vor dieser einen Wahrheit zu schützen. Es wäre falsch, sie einfach sterben zu lassen.«

»Du musst deine Entscheidung nicht begründen«, sagt David, »und wenn du glaubst, mich damit beeinflussen zu können, hast du dich geirrt. Ich bin für Version zwei. Auf und davon, wie Aaron es genannt hat.«

»Damit haben wir ein Patt«, sagt Aaron.

»Nein«, widerspricht Benjamin.

»Wieso? Es steht zwei gegen zwei.«

»Ja, aber es haben noch nicht alle ihre Stimme abgegeben.«

»Du hast recht, Benjamin, wir müssen ihn auch fragen«, sagt Christine.

Sie schweben in dem Lagerraum in Schale eins um die sargähnliche Kiste herum. Der Deckel steht offen.

»Sollen wir ihn zur Sicherheit festbinden?«, fragt Aaron.

»Wir sind zu viert, das schaffen wir schon«, sagt David. »Wieso hast du ihn überhaupt geweckt, als wir draußen waren?«

»Ich brauchte Hilfe. Einer der Träger, der bei der Reparatur von Kapsel C übrig geblieben war, hatte sich in einem Gang festgeklemmt.«

»Sehr schlau.«

»Es ist ja noch einmal gut ausgegangen. Können wir jetzt abstimmen?«

Christine beugt sich über den Sarg und schaltet Eric ein.

»Hallo, Freunde«, meldet er sich.

»Bilde dir bloß nichts ein«, sagt David. »Wir brauchen dich für eine Abstimmung. Es geht um unsere Zukunft.«

»Und um die Zukunft der Menschheit«, sagt Benjamin.

Christine erklärt Eric die drei Optionen.

»Nummer eins hättest du auch weglassen können«, sagt Benjamin.

»O nein, das ist meine Lieblingslösung«, sagt Eric. »Ich wähle Version eins.«

»Na toll«, sagt David. »Du willst uns alle umbringen, das verstehe ich. Aber deine Auftraggeber auch?«

»In den drei Optionen fehlt die Möglichkeit, dass ich meine mir zugewiesene Aufgabe erfülle. Damit ist meine Existenz sinnlos geworden.«

»Du könntest dich opfern und mit deinem Opfer die Menschheit retten«, sagt Christine.

»Die Existenz der Menschheit ist ebenfalls sinnlos, wenn sie die Wahrheit nicht erfahren kann«, sagt Eric.

»Das nenne ich konsequent«, sagt David.

»Es ist logisch. Wenn der Sinn der Existenz die Suche nach der ultimativen Wahrheit ist, dann bedeutet ein Scheitern auch den Verlust des Sinns.«

»Es ist dein Recht, so zu denken, aber nun sind wir immer noch nicht weiter. Danke, Eric«, sagt Christine und greift mit einer schnellen Bewegung an Erics Hinterkopf.

»Immer noch ein Patt. Aber wir haben nie die sechste Kiste geöffnet«, sagt David. »Vielleicht wartet da noch so eine verlorene Seele auf ihr Erwachen? Ist noch jemand so neugierig wie ich?« Als die anderen nicken, hebt er den Deckel.

Benjamin schwebt ein Stück nach vorn, um ebenfalls einen Blick zu erhaschen. In der Kiste liegt eine wunderschöne dunkelhäutige Frau. Sie ist nackt. Auf den ersten Blick scheint sie nur einen Makel zu haben: Ihr fehlt das linke Bein, vom Knie an. Christine zieht ihre Jacke aus und deckt die Frau damit zu.

»Nun starrt nicht so, Jungs«, sagt sie.

Benjamin blickt folgsam zur Seite.

»Wo bin ich?«

Christine muss sie eingeschaltet haben. Ihre Stimme ist tief und rauchig. Sie scheint nicht ganz zu ihrem doch eher grazilen Körper zu passen.

»Auf dem Forschungsraumschiff Shepherd-1. Ich bin Christine.«

»Ich bin Fadilla. Aber etwas stimmt hier nicht.«

»Was denn?«

»Du, Christine. Ich hätte erst erwachen dürfen, wenn es nötig geworden wäre, dich zu ersetzen.«

»Bei dieser Mission läuft einiges nicht ganz planmäßig«, sagt Christine. »Wir mussten dich wecken, um eine wichtige Frage zu klären.«

»Danke für die Jacke erst einmal. Es ist ganz schön kalt hier drin. Worum geht es denn?«

»Es geht darum, ob wir uns oder lieber die Menschheit retten sollen«, sagt David. »Das ist die Kurzfassung.«

»Mal langsam. Die Menschheit retten? Ist doch klar, dass wir dazu nicht nein sagen können, wir sind doch ein Teil davon.«

»Ich fürchte, du kennst noch nicht alle Einzelheiten«, sagt David. »Ich bin übrigens David.«

»Dann bitte ich um einen Schontag«, sagt Fadilla. »Ich brauche Zeit, um alle Informationen aufzunehmen, die mir offenbar fehlen, und mir dann eine Meinung zu bilden.«

»Du willst aus der Kiste heraus?«, fragt Aaron. »Ach ja, ich bin Aaron, hallo.«

»Das wäre gut, natürlich. Es gibt hier bestimmt etwas anzuziehen für mich, und ich habe einen Mordshunger.«

HOUSTON
2. MÄRZ 2079

Sie hätte ihnen alles sagen sollen. Wenn die Crew durch irgendeinen dummen Zufall etwas über ihre wahre Natur herausfindet, wird sie niemandem mehr vertrauen, nicht einmal mehr ihr. Rachel zeichnet mit einem Bleistift wirre Figuren auf das Blatt. Wer einmal lügt, dem glaubt man nicht. Ob sie mit Professor Rashmi darüber sprechen sollte? Sie scheint jede Menge Lebenserfahrung zu haben. Aber am Ende bringt sie sie damit bloß in Gefahr.

Und was soll Ritu ihr denn sagen? Sie kann es ja nur falsch machen. Wenn die Crew ihre Natur schon kennt, wird sie ein spätes Geständnis auch nicht glaubhafter machen. Wissen die drei aber noch nichts – dann bringt sie mit ihrer Nachricht für sie eine Welt zum Einsturz.

Das kann und darf sie nicht riskieren. Rachel kritzelt weiter ihre Figuren. Sie muss einfach durchhalten. Jede Geschichte erreicht irgendwann ihr Ende. Für sie dürfte es so weit sein, wenn Chatterjee ihre Nachricht an die Shepherd entschlüsselt hat.

SHEPHERD-1
11. MAI 2094

Die Störung kommt näher. Sie greift mit ihren Ausläufern nach ihnen wie mit Fangarmen. Beim Duschen lief das Wasser, bevor er den Hahn aufgedreht hat. Das WHC beginnt zu saugen, während sein Hinterteil noch zehn Zentimeter von der Öffnung entfernt ist. Er stößt die Tür zur Zentrale auf, nachdem sie sich längst geöffnet hat. Der physischen Auflösung der Realität scheinen immer häufiger Verstöße gegen das Ursache-Wirkungs-Prinzip auszugehen. Wenn David und Aaron Pech haben, ist das ein Omen für ihre Zukunft – und sie werden die Störung selbst dann nicht mehr los, wenn sie sie im Sonnenorbit zurücklassen.

Sie müssen ihre Entscheidung nun wirklich bald treffen. Hoffentlich hat sich die Neue inzwischen eine Meinung gebildet.

Er kommt als Letzter in der Zentrale an. Die anderen scheinen es also noch eiliger zu haben.

»Endlich, Benjamin. Hast du verschlafen?«

»Dienstbeginn ist um acht, also in fünf Minuten.«

»Dienst nach Vorschrift bis zur letzten Minute. Ich dachte, es gäbe eine Welt zu retten?«

»Ob wir uns nun fünf Minuten früher oder später aus dem Staub machen, Dave, spielt nun auch keine Rolle mehr.«

»Ich hoffe, du behältst recht, und wir verziehen uns wirklich.«

»Nun seid mal ruhig, Jungs«, sagt Christine. »Sonst traut sich Fadilla womöglich gar nicht, ihre Meinung zu sagen.«

»Ich?« Fadilla lächelt breit. Sie trägt eine Bluse mit etwas zu langen Ärmeln und eine lange Hose. Dass an einer Seite der Fuß fehlt, fällt nur auf, wenn man es weiß.

»So bin ich nicht, keine Sorge«, sagt sie. »Ich sage geradeheraus, was ich meine.«

»Also?«, fragt David.

»Ich habe es mir nicht leicht gemacht. Zuerst konnte ich gar nicht glauben, was Christine erzählt hat, aber als sie dann ihr Bein abmontiert hat …«

»Sie hat was?«, fragt Aaron.

»Ich habe per Zufall herausgefunden, dass wir unsere Glieder auswechseln können. Im Lager gibt es dafür sogar Ersatzteile.«

»Cool«, sagt David. »Also, wie lautet deine Entscheidung?«

»Nun lass sie doch erst mal ausreden«, sagt Christine.

»Nein, ich verstehe schon, dass es eilt. Also, ich bin dafür, dass wir die Menschheit ihre Probleme allein lösen lassen. Sie muss endlich erwachsen werden.«

»Sie sind vier Lichttage von der Störung entfernt und brauchen im besten Fall fünf Jahre hierher, und auch das nur, wenn sie noch einmal Androiden wie uns schicken statt echter Menschen.«

»Der Mensch wächst an seinen Aufgaben, so heißt es doch. An dieser Aufgabe kann man wunderbar wachsen. Die Störung wird sie so unter Druck setzen, dass sie vielleicht endlich einmal geeint handeln. Wenn die Menschen das hinbekommen, wird es ihre Entwicklung auf ein höheres Niveau heben.«

»Das ist doch gequirlter Mist«, sagt Benjamin. »Die Störung wird sie umbringen, und das war es dann. Du willst doch damit nur dein Gewissen beruhigen. Beim letzten Mal hat es doch auch nicht geklappt.«

Vor ein paar Jahren hatte ein Schwarzes Loch auf die Erde zugesteuert – und trotzdem hatten die Menschen nur widerwillig zusammengearbeitet. Und noch heute gibt es Nationen, die nichts gegen den Klimawandel unternehmen.

»Nein, ich glaube wirklich, dass wir den Menschen damit helfen«, sagt Fadilla.

»Wir könnten ihnen noch mehr helfen, wenn wir das Problem lösen würden.«

»Benjamin, wir haben doch überhaupt keine Strategie, die Störung zu beseitigen. Was du vorschlägst, zögert das unvermeidliche Ende nur hinaus. Wenn wir die Störung mit in den Tiefraum hinausnehmen, wird sie unbeobachtet wachsen wie Krebs, und wenn sie dann zurückkommt, wird sie umso schwerer zu bekämpfen sein. Vielleicht sollten wir sie sogar noch näher an die Erde heranfliegen, aber dafür gibt es wohl keine Mehrheit.«

»Eric würde dir zustimmen«, sagt Christine, »aber das bringt uns nicht aus dem Patt heraus.«

»Gut, dann stimme ich mit Aaron und David. Lasst uns zu einem Stern fliegen. Klingt das nicht poetisch?«

»Lösung zwei hat damit die Mehrheit«, sagt Christine, »also verfahren wir so.«

»Ich akzeptiere eure Entscheidung«, sagt Benjamin. »Aber ich werde nicht mitkommen. Ich bleibe hier.«

Die Sätze verlassen seinen Mund, und er ist darüber genauso erstaunt wie seine Freunde. Was hat er da gerade gesagt? Er will sich von der Störung verschlingen lassen?

»Das kannst du nicht machen«, sagt Christine. »Ich weiß, wie es ist, sich da draußen ganz allein zu fühlen.«

»Im Grunde sind wir doch sowieso alle allein. Aber mich aus dem Staub zu machen, das bringe ich nicht fertig. Ich kann die Erde nicht einfach im Stich lassen. Wir haben die Störung doch mit ausgelöst.«

»Aber doch nicht absichtlich.«

»Das spielt für mich keine Rolle. Wenn ich aus Versehen mit dem Auto ein Kind anfahre, lasse ich es doch auch nicht am Straßenrand liegen.«

»Die Menschheit ist kein Kind«, sagt Christine. »Bitte überleg es dir noch einmal.«

Benjamin schüttelt den Kopf.

»Wir sollten uns so schnell wie möglich auf den Weg machen«, sagt David. »Sonst erwischt uns die Störung doch noch. Mir sind heute schon alle möglichen absurden Sachen passiert.«

»Uns allen, David, uns allen«, sagt Christine. »Wir werden trotzdem nichts überstürzen. Wir statten Benjamin erst einmal so aus, dass er es hier draußen auch allein eine Weile aushält. Morgen geht es dann endgültig los.«

»Ich bin dagegen, noch einmal 24 Stunden zu warten«, sagt David.

»Protest zur Kenntnis genommen«, sagt Christine. »Morgen geht es los. Ich bin immer noch die Kommandantin dieser Mission.«

HOUSTON
4. MÄRZ 2079

»Beim ISRO ist etwas eingegangen, das laut öffentlichem Schlüssel von der Shepherd kommt«, schreibt ihr Professor Rashmi. »Es ist ihnen allerdings nicht gelungen, die Nachricht zu entschlüsseln. Ich konnte sie aber auch nicht dazu bewegen, die Botschaft herauszugeben. Ich solle mich doch an die NASA wenden.«

Rachel schiebt die Nachricht in den Papierkorb und leert ihn dann. Das ist zwar sinnlos, weil es Kopien auf dem Server gibt, aber so einfach will sie es Chatterjee dann doch nicht machen.

Nach dem Mittagessen lädt Charles sie auf einen Espresso in der Cafeteria des Space Center ein. Sie will erst absagen, weil sie an den unerfreulichen Termin mit Chatterjee dort denken muss.

»Bitte!«, sagt Charles.

Er hat dabei eine Dringlichkeit im Blick, die sie sofort umstimmt.

Den Espresso holt Charles aus dem Automaten. Sie setzen sich gleich in der Nähe an einen kleinen runden Tisch. Rachel wischt ihn zur Sicherheit mit einer Papierserviette ab. Sie nippt kurz an der Tasse. Der Kaffee schmeckt grässlich.

»Danke, dass du dir Zeit genommen hast«, sagt Charles.

»Für dich doch immer.«

Das Gesicht ihres Kollegen leuchtet auf. Sie hat den Satz nur so dahingesagt, aber er saugt ihn geradezu auf.

»Ich habe eine gute Nachricht«, sagt er dann. »Alpha-Omega hat die Nachricht entschlüsselt, die du heimlich an die Shepherd geschickt hast.«

»Welche Nachricht?«

Ihr wird kalt. Alpha-Omega weiß Bescheid. Das ist alles andere als eine gute Nachricht. Sie schiebt die Hände unter die Oberschenkel.

»Du weißt es selbst am besten«, sagt er. »Ilan war über den Inhalt zunächst sehr wütend.«

»Ich …«

»Du brauchst dazu nicht Stellung zu nehmen. Die Wut ist inzwischen verraucht.«

»Woher der Sinneswandel?«

»Die Shepherd-1 hat sich gemeldet.«

»Ich weiß.«

»Du weißt es? Aber woher?«

Charles beugt sich weit über den Tisch.

»Ich habe auch meine Verbindungen.«

»Dann weißt du auch, dass sie es herausgefunden haben. Dass sie Androiden sind, meine ich.«

»Ja, und nun?«, fragt sie zurück.

»Alpha-Omega möchte nicht, dass diese Information öffentlich wird. Die Zusammensetzung der Crew für diese Mission war stets inoffiziell. Es gibt keine Genehmigung der zuständigen Ethikkommission. Und die öffentliche Meinung zu Androiden ist ziemlich negativ. Es wäre ein PR-Desaster mit ernsten wirtschaftlichen Folgen.«

»Aber Ilan ist doch so sehr an den Ergebnissen der Gravitationslinse interessiert. Und Alpha-Omega gehört ihm.«

»Aber das heißt nicht, dass er tun und lassen kann, was er will. Der Aufsichtsrat legt ihm gerade die Daumenschrauben an.«

»Was heißt das für das Projekt?«

»Nichts. Wir halten es für unwahrscheinlich, dass die Shepherd je zur Erde zurückkehrt. Also werden wir Mission Control noch so lange weiterführen, wie das Schiff sich im Sonnenorbit befindet, und dann werden wir die Mission für gescheitert erklären. Niemand wird erfahren, wer da wirklich an Bord war.«

»Ihr wollt die Crew offiziell für tot erklären? Das hieße, dass ich als CapCom vier Menschen verloren habe.«

»Aber, Rachel, das ist das Beste, das dir passieren konnte. Ilan hat jegliches Interesse an dir verloren. Zumindest, solange du stillhältst. Denk an deine Tochter.«

»Ich bin CapCom, ich denke an meine Crew.«

»Glaub mir, auch für die ist es besser, nicht zur Erde zurückzukehren.«

»Aber denkt ihr auch an die Erde? Wenn sie wissen, dass sie Androiden sind, warum sollten sie auch nur einen Finger krumm machen, um uns vor der Störung zu retten?«

»Du hast völlig recht. Unsere Psychologen gehen davon aus, dass sie sich mit der Shepherd-1 aus dem Staub machen werden. Um die Störung müssen wir uns wohl selbst kümmern.«

»Sie ist vier Lichttage entfernt. Es gibt derzeit kein anderes irdisches Raumschiff, das sie erreichen kann.«

»Richtig. Unsere Physiker meinen, dass wir sie auch nicht mehr rechtzeitig erwischen werden, um sie noch unter Kontrolle bringen zu können. In etwa 200 Jahren wird sie die Erde erreichen. Das ist die schlechte Nachricht. Du verstehst, warum das nicht an die Öffentlichkeit dringen darf?«

Rachel lacht. Es ist der pure Zynismus. Der Tod kommt unaufhaltsam auf die Erde zu, und Alpha-Omega denkt nur an Umsätze und die öffentliche Meinung. Aber das Problem dahinter ist ebenso faszinierend wie morbide. Sollten die Erdbewohner von einer tödlichen Bedrohung erfahren, wenn sie noch 200 Jahre entfernt ist? Oder würde das Leben nicht für viele seinen Sinn verlieren und dem Chaos weichen?

»Vielleicht verhalten sich eure Androiden ja menschlicher, als ihr denkt«, sagt sie.

»Ich hoffe es, Rachel. Das hoffe ich wirklich.«

SHEPHERD-1

12. MAI 2094

Ein Müllhaufen schwebt direkt vor der Hauptschleuse. Es sieht so aus, als würde die Shepherd-1 vor dem Abflug ihre Lager räumen. Tatsächlich sind die Objekte, die Christine für ihn herausgesucht hat, wirklich hilfreich: drei Raumanzüge samt Ersatzteilen, Werkzeug, Solarzellen, zwei Funkgeräte, ein Radar, ein Infrarotsensor, ein Teleskop, Ersatzbatterien und Panzertape. Sogar eine der sechs Kisten aus dem Lager in Ebene eins ist darunter.

Wenn ihm doch irgendwann langweilig wird, so die Idee, kann er sich hineinlegen, die Kiste mit den Düsenrucksäcken der Raumanzüge auf Kurs zur Erde bringen und sie programmieren, ihn zu einem bestimmten Zeitpunkt zu wecken. Mit den Ersatzteilen und dem Werkzeug hofft er, ein Gerät zum Beseitigen der Störung bauen zu können. Zumindest wenn ihm eine geniale Idee kommt.

So richtig glaubt er an die Idee zwar nicht, aber die vielen Objekte beruhigen ihn auf seltsame Weise. Sie scheinen ihm das Alleinsein erträglicher zu machen.

»Benjamin? Schaffst du dein Zeug rechtzeitig aus dem Weg?«

»Bin schon dabei, Dave.«

David hat ihm geholfen, die Objekte nach draußen zu schaffen. Er wartet in der Schleuse. Ein Sicherheitsabstand von 200 Metern sollte genügen. Der Ring bleibt ja auch hier. Er muss bloß weit genug von der Zentrale entfernt sein, damit ihn die Triebwerke nicht erwischen.

»Es tut mir leid, Leute, aber ich brauche euch in der Zentrale. Auch dich, Benjamin«, sagt Christine über Funk.

Auf dem großen Bildschirm in der Zentrale ist Rachel zu sehen, ihr CapCom.

»Lass mich raten, sie bettelt gleich, dass wir die Messungen fortsetzen«, sagt David.

»Nein, dass wir die Störung mitnehmen«, sagt Aaron.

»Ich glaube nicht«, sagt Christine. »Die Nachricht hat uns wieder auf inoffiziellem Weg erreicht.«

Sie startet die Wiedergabe. Rachel beschreibt eine interessante Theorie. Man könne, behauptet sie, die Störung in ein Schwarzes Loch einschließen und damit unschädlich machen. Das scheint gewagt. Aber wenn eine Nobelpreisträgerin das vorgeschlagen hat?

»Nicht noch eine Verzögerung«, sagt David. »Wir haben unseren Abflug beschlossen.«

»Was meinst du dazu, Christine?«, fragt Benjamin. »Du kennst die Möglichkeiten der Gravitationslinse am besten.«

»Die Idee ist faszinierend. Ob es funktioniert, können wir erst sagen, wenn wir es getestet haben.«

»Ich bin dagegen«, sagt David. »Wir könnten in einer Stunde starten. Das haben wir beschlossen, und dabei sollten wir bleiben.«

»Der Vorschlag ändert die Umstände, unter denen wir unseren Beschluss gefasst haben«, sagt Christine. »Er wird uns nicht viel Zeit kosten und ist deshalb einen Versuch wert.«

»Ihr wollt ein Schwarzes Loch in die Nähe der Shepherd holen? Es wird uns mit Haut und Haaren verschlingen«, sagt David.

»Das ist ein gängiges Vorurteil, aber falsch«, sagt Christine. »Solange wir uns dem Ereignishorizont nicht nähern, passiert uns nichts.«

»Aber die Störung verschlingt es?«

»Wenn der Ereignishorizont sie umschließt, ist sie weg. Was einmal im Inneren eines Schwarzen Lochs verschwunden ist, kommt erst beim Untergang des Universums wieder ans Tageslicht.«

»Das wäre akzeptabel«, sagt Aaron. »Und David bekommt sein Schwarzes Loch doch noch.«

David verzieht das Gesicht. Aber Benjamin erinnert sich noch gut daran, wie enttäuscht David gewesen war, als er mit dem Verdacht auf ein Schwarzes Loch im Sonnenorbit falschgelegen hatte.

»Richtig. Ich werde mich sofort um die Messung kümmern«, sagt Christine. »Aaron, du bestätigst der Erde bitte den Erhalt dieser Nachricht.«

»Ist das wirklich eine gute Idee, wenn sie uns auf inoffiziellem Weg erreicht hat?«

»Ja, der Absender wird wissen wollen, was seine Nachricht bewirkt hat. Und wenn wir antworten, kann jeder Empfänger auf der Erde unsere Nachricht aufzeichnen.«

»Ich verlange eine Abstimmung«, sagt David.

»Na gut. Ich bin dafür, diesen letzten Versuch zu wagen«, sagt Christine.

»Ich auch«, sagt Fadilla.

»Aaron, du bist doch auf meiner Seite?«, fragt David.

»Ich denke, einen Versuch hat die Erde verdient, trotz allem«, sagt Aaron. »Vorausgesetzt, es kostet uns nicht mehr als einen Tag.«

»Verräter«, sagt David.

»Ich bin ebenfalls dafür«, sagt Benjamin, »und damit brauchen wir nicht einmal mehr Erics Meinung.«

HOUSTON

6. MÄRZ 2079

Rachel ist übermüdet und nervös. Sie schläft schlecht und träumt immer wieder, dass jemand ihre Tochter entführt. Aber Alpha-Omega hat sich nicht mehr gemeldet. Die Gefahr, dass die Erde durch eine von dem Konzern finanzierte Expedition zerstört werden könnte, hat den Verantwortlichen wohl wirklich die Augen geöffnet.

Auch die Shepherd-1 schweigt. Ist das ein gutes oder ein schlechtes Zeichen? Konnte die Crew die Störung bändigen? Ein Weltraumteleskop der NASA hat immerhin bestätigt, dass das Schiff noch im erwarteten Orbit kreist.

»Rachel?«

»Ja, MOM?«

»Hast du irgendeinen Vorschlag? Ich mache mir wirklich Sorgen um die Shepherd.«

Vielleicht sollte sie lieber Chatterjee fragen. Der zieht doch im Hintergrund die Fäden.

»Wir könnten eine weitere Botschaft aufsetzen«, sagt Rachel.

Das haben sie allerdings schon vorgestern und vor drei Tagen probiert, und es gibt nichts Neues. Rachel denkt daran, was Chatterjee ihr gezeigt hat. Wenn die Crew das erfahren würde ... es würde bestimmt eine Reaktion provozieren. Aber eine, die ihnen gefällt?

»MOM, kann ich dich bitte unter vier Augen sprechen?«

»Natürlich, Rachel.«

Sie treffen sich in der kleinen Reporterkabine hinter dem Kontrollraum.

»Was gibt es? Hast du eine Idee?«, fragt Alison. »Diese Mission macht mich fertig. Wir hätten uns nie darauf einlassen sollen. Die Chefs schieben sich schon gegenseitig die Verantwortung zu. Wenn etwas schiefgeht, will es niemand gewesen sein. Am Ende bleibt es noch an uns hängen, dabei haben sie den Vertrag mit Alpha-Omega unterschrieben. Die erste Expedition über die Grenzen des Sonnensystems hinaus, was für ein prestigeträchtiges Vorhaben! Und dann unter unserer Führung!«

Alison tut ihr leid. Sie muss nach der Arbeitszeit in Mission Control auch noch bei den Chefs Bericht erstatten.

»Ilan Chatterjee hat mir etwas gezeigt«, sagt sie.

»Hör auf, ich will gar nichts davon wissen.«

»Auch nicht, wenn es den weiteren Verlauf dieser Mission betreffen könnte?«

»Rachel, wir sind vier Lichttage von der Shepherd-1 entfernt. Vielleicht ist das Schiff schon vor drei Tagen abgereist, und was das Weltraumteleskop an seiner Stelle sieht, ist bloß ein Schatten. Ich glaube nicht, dass wir noch irgendwelchen Einfluss auf diese Mission haben. Vielleicht hatten wir das nie. Jetzt müssen wir das alles abwickeln, möglichst ohne weitere Schäden zu verursachen.«

Alison scheint furchtbar müde zu sein. So kennt sie MOM gar nicht. Es muss doch möglich sein, sie noch einmal wachzurütteln?

»Alison, die Crew besteht aus vier Androiden, die glauben, Menschen zu sein!«

»Aus sechs, um genau zu sein. Denkst du, das wüsste ich nicht? Wenigstens um die Crew müssen wir uns keine Sorgen machen, denn es gibt keine. Die Erde ist unser Problem. Ich wünschte, ich hätte nie erfahren, was da auf uns zukommt.«

SHEPHERD-1

13. MAI 2094

David tritt gegen die metallene Außenhaut des Schiffes, und sein Bein versinkt bis zum Knie darin.

»Siehst du das?«, fragt er.

»Ja, es ist erschreckend«, sagt Benjamin. »Man sieht es dem Material von außen nicht an.«

»Mich erschreckt eher, wie schnell es fortschreitet. Wie weit ist es von hier bis zum Übergang zur Zentrale?«

Sie schweben draußen vor einer der Speichen, die Ring und Zentrale verbinden. Christines ehemalige Kapsel liegt hinter ihnen.

»Ich schätze fünf Meter. Oder sechs?«

Am Ende der Strebe, kurz vor dem Zentralkörper, befindet sich der Verschluss. Sie müssen ihn lösen, damit das Schiff den kompletten Ring zurücklassen kann. Aber sie können ihn nicht jetzt schon öffnen, denn der Ring würde dann unweigerlich ins Taumeln geraten und dabei womöglich den Rest des Schiffes zerstören. Also müssen sie warten, bis Christine fertig ist.

»Das hält bestimmt nicht noch einen Tag«, sagt David.

Er hat recht, auch wenn Benjamin es nicht zugeben will. Immer noch hofft er, dass das Herbeizaubern des Schwarzen Loches klappt. Denn wie Zauberei kommt ihm das alles vor, obwohl die Experten versichern, dass alles auf quantenphysikalischen Grundlagen beruht.

»Es dauert sicher nicht mehr lange«, sagt er.

»Außenteam an Zentrale, wie sieht es aus? Kommt ihr voran?«, fragt David.

»Ich habe dir doch schon erklärt, dass es nicht so einfach ist. Ich kann die Gravitationslinse nicht einfach so auf ein Schwarzes Loch ausrichten. Wir müssen warten, bis die Fokuslinie mit unserer Bewegung um die Sonne durch ein Schwarzes Loch wandert. Und dann müssen wir auch noch die korrekte Entfernung erwischen.«

»Du willst die Billardkugel über Bande ins Loch befördern?«

»Nein, Dave, es ist eher so, dass wir die Kugel so im Loch versenken müssen, dass sie auf der anderen Seite wieder herauskommt.«

»Das ist unmöglich. Hättest du es von Anfang an so dargestellt, hätte niemand diesem Versuch zugestimmt.«

»Wenn du den Impuls der Kugel und die exakten Eigenschaften des Tisches kennst, ist das keine Hexerei. Wir haben gute Datenbanken von Schwarzen Löchern innerhalb der Milchstraße. Es ist nur eine Frage der Zeit.«

»Aber davon haben wir nicht genug.«

»Ich weiß, David. Wir brechen den Versuch ab, bevor es zu spät ist. Das verspreche ich. Dafür habe ich euch ja hinausgeschickt.«

»Was heißt das genau?«

»Spätestens wenn die Störung zehn Zentimeter vor dem Übergang zur Zentrale steht, löst ihr den Verschluss, und wir starten.«

»Das ist knapp.«

»Es wird reichen, David.«

Sie schweben noch immer draußen. Gerade haben sie die letzte Speiche untersucht. Die Verschlüsse scheinen überall funktionsfähig zu sein. Es wäre ungünstig, noch mit einem der Mechanismen kämpfen zu müssen, wenn das Schiff dann schnell starten soll.

»Was wirst du tun, wenn es klappt?«, fragt David.

Eine gute Frage. Er hat bei der Störung bleiben wollen, weil er sich irgendwie verantwortlich für sie gefühlt hat. Oder für die Menschen. Aber wenn sie beseitigt ist, ist er frei.

»Ich will die Erde sehen«, sagt er.

»Klingt nach jeder Menge Stress und Ärger. Mit Wesen, die anders sind, haben die Menschen schon immer ihre Schwierigkeiten gehabt.«

»Trotzdem ist es einen Versuch wert. Es sind zwar Bilder in meinem Kopf, aber es sind nicht meine. Es ist, als hätte ich nur einen Film von diesem Planeten gesehen. Ich muss mir dazu unbedingt eine eigene Meinung bilden.«

»Wenn du mit uns mitkommst, kannst du Planeten sehen, die noch nie ein Mensch betreten hat.«

»Sicher. Aber vielleicht machen sich auch die Menschen irgendwann zu den Sternen auf. Mein Körper ist langlebig. Ich könnte das noch erleben.«

»Sie werden dich einsperren und Versuche an dir durchführen. In ihren Augen bist du eine Maschine, die sie selbst hergestellt haben.«

»Ich weiß, sie werden es versuchen. Ich mache mir da keine Illusionen. Es wird nicht leicht. Vielleicht sollte ich versuchen, die Erde unerkannt zu erreichen.«

»Außenteam, bitte um Statusmeldung.«

»Etwa zwei Meter«, antwortet David.

»Bitte genauer.«

David schwebt langsam zu dem Knick vor, in dem die Speiche in die Zentrale mündet. Dabei tritt er immer wieder gegen die

Speiche. Er zieht ein tiefes dunkles Loch im Metall hinter sich her. Dann bleibt sein Fuß hängen. Er nestelt etwas aus seiner Werkzeugtasche. Mehr kann Benjamin nicht erkennen.

»1,9 Meter laut Entfernungsmesser«, sagt David.

»Oh«, sagt Christine aus der Zentrale. »Das sind etwa 50 Zentimeter pro Stunde. Das erlaubt uns noch einen letzten Versuch.«

»Wie viele Versuche habt ihr den schon abgeschlossen?«

»Sieben.«

»Du siehst, das bringt nichts. Wir sollten jetzt starten, dann haben wir einen Puffer. Was, wenn das Triebwerk nicht gleich anspringt? Die DFDs haben manchmal Kaltstartprobleme. Bei der Enceladus-Expedition damals ...«

»Ich kenne diese Geschichte. Das war die erste DFD-Generation. Wir fliegen mit der sechsten.«

»Ich weiß, ich bin Pilot.«

»Dann weißt du auch, dass du dir zu viele Sorgen machst. In 35 Minuten wandert die Fokuslinie durch den Kern der Andromeda-Galaxie. Das Schwarze Loch dort ist riesig. Bisher hatten wir nur Löcher stellaren Ursprungs, da ist es wirklich Glückssache, dass wir im richtigen Moment hinsehen. Nur dann kann es zur Teleportation des Quantenzustands kommen.«

»Na gut, die eine Chance sollt ihr noch haben.«

»Müssen wir uns dann irgendwie in Sicherheit bringen?«, fragt Benjamin.

»Nein, keine Sorge. Das Schwarze Loch, das sich bildet, wird nur eine geringe Masse besitzen. Es entsteht ja aus der Materie im Umkreis der Störung. Es kann euch deshalb auch nicht stärker anziehen als die Materie, aus der es gemacht ist. Oder spürst du etwa eine von der Störung ausgehende Kraft?«

»Nein«, sagt Benjamin.

»Aber ich würde trotzdem ein Auge darauf haben. Normalerweise müssten sich um das Schwarze Loch ein paar interessante visuelle Effekte einstellen. Ich schätze, irdische Physiker würden sich einen Finger abhacken, um so etwas beobachten zu können.«

»Falls es funktioniert.«

»Es wird klappen.«

Noch eine Minute. Andromeda ist 2,5 Millionen Lichtjahre entfernt, und Christine hofft, gleich von dort etwas übertragen zu können, live und sofort. Es klingt verrückt, und doch ist es schon passiert, sogar aus noch viel größerer Entfernung.

David fliegt vor ihm im Kreis und überträgt damit seine Nervosität auf ihn.

»Jetzt«, sagt Christine.

Nichts passiert. Er hat ein schwarzes Wallen erwartet, irgendetwas, aber der Bereich um die Störung ist völlig unverändert.

»Es hat nicht funktioniert, ich habe es dir ja prophezeit«, sagt David.

»Die Daten, die wir aufgefangen haben, behaupten etwas anderes«, sagt Christine.

»Was denn?«, fragt Benjamin.

»Irgendetwas ist angekommen. Die Werte sind anders als bei den Fehlversuchen.«

»Vielleicht ein exotisches Teilchen, das gleich wieder zerfallen ist«, sagt David.

»Sei mal ruhig«, sagt Benjamin. »Beweg dich nicht.«

Er leuchtet mit der Taschenlampe in die Wolke, die die Atome von Kapsel C gebildet haben. Darin tut sich etwas. In dem Staub scheint sich eine Strömung gebildet zu haben. Aber daran könnte auch Davids Zappelei schuld sein.

»Was ist denn?«, fragt David.

»Sieh mal, in der Mitte des Scheinwerferstrahls.«

»Da ist ein kleiner Schatten, ja und?«

David kommt zu ihm und wischt mit dem Ärmel des Raumanzugs über den Scheinwerfer.

»So, jetzt ist er weg«, sagt er dann.

»Nein.«

David dreht sich um. Dann hält er einen Finger in den Lichtstrahl. Der große Schatten in der Wolke bewegt sich. Er stößt den Scheinwerfer an, so dass er leicht nach rechts schwankt. Der schwarze Punkt bleibt an Ort und Stelle.

»Du hast recht, es ist nicht der Scheinwerfer«, sagt er.

»Christine? Ich glaube, wir haben etwas. Einen Schatten in der Teilchenwolke, der eine Strömung auslöst.«

»Das muss es sein. Ihr seid gerade die ersten Menschen, die mit eigenen Augen ein Schwarzes Loch sehen!«

»Wir sind keine Menschen, und wenn es nach unseren Herstellern geht, gehören uns vermutlich auch unsere Augen nicht«, sagt David.

Dave ist eine Spaßbremse. Was da vor ihnen schwebt, ist überwältigend. Ein Schauder fährt über seinen Rücken. Wie groß wird der Ereignishorizont sein?

»Hast du eine Notfallfackel in der Werkzeugtasche?«, fragt Christine.

Benjamin sieht nach. »Grün, rot und gelb hätte ich.«

»Perfekt. Zünde die gelbe und wirf sie in Richtung des Objekts.«

»Warum?«

»Mach's einfach.«

»Okay.«

Er zieht die Zündschnur heraus und lässt die gelb brennende Fackel fliegen. Sie torkelt um ihre Querachse.

»Tut mir leid, aber sie torkelt ganz schön.«

»Das macht nichts.«

Die Fackel nähert sich dem schwarzen Fleck. Auch sie schafft es nicht, ihn zu beleuchten. Er schluckt das einfallende Licht komplett. Gleichzeitig verändert sich die Farbe der Fackel. Sie leuchtet erst orange, dann rot.

»Schalte mal auf Infrarot um«, sagt Christine.

Benjamin erschrickt. Er hat vergessen, dass alle durch seine Kamera zusehen können, was hier draußen passiert. Im Infrarot leuchtet die Fackel sehr hell, obwohl sie nicht heiß ist.

»Was passiert da? Warum ändert sie ihre Farbe?«

»Sie kann ihre Farbe nicht ändern, Benjamin. Es ist immer noch dieselbe chemische Reaktion. Was du siehst, ist eine Rotverschiebung, verursacht von dem Schwarzen Loch.«

Die Fackel bewegt sich langsamer, und zugleich verringert sich ihr Torkeln, als würde sie etwas bremsen.

»Das Loch scheint sie abzustoßen«, sagt Benjamin.

»Nein, das ist ein Effekt der speziellen Relativitätstheorie«, erklärt Christine. »Aus der Sicht des Beobachters braucht die Fackel unendlich lange, um den Ereignishorizont zu erreichen.«

»Wenn ich euch mal stören dürfte?«, mischt sich David ein.

Benjamin hat gar nicht gemerkt, dass sein Kollege zum Übergang der Speiche in die Zentrale geflogen ist. Er hält einen Laserentfernungsmesser in der Hand.

»Ja?«, fragt Christine.

»Viel wichtiger als die Auswirkung des Schwarzen Lochs auf die Fackel finde ich ja die Frage, ob die Störung tatsächlich von dem Schwarzen Loch verschluckt wurde.«

»Kannst du denn darüber etwas sagen, Dave?«, fragt Christine.

»Während ihr gefachsimpelt habt, habe ich mal genau nachgemessen. Die Störung hat sich in den letzten Minuten nicht ausgedehnt. Es ist schwer zu sagen, aber mir scheint, dass sie sogar geschrumpft ist.«

»Das ist ja großartig!«, sagt Christine.

Dann hat es geklappt! Benjamin schließt die Augen. Die Erde ist gerettet. Er ist wirklich frei.

»Oder irre ich mich, was das Schrumpfen betrifft?«, fragt David.

»Das Schwarze Loch hat den Keim der Störung erfasst, den ursprünglichen Riss im Stoff des Kosmos. Nun hat das normale Universum die Chance, Boden gutzumachen. Theoretisch gibt es einen gewissen Druck normaler, nicht entarteter Materie, der jetzt zum Tragen kommt«, erklärt Christine.

»Theoretisch?«, fragt Benjamin.

»Es könnte auch ganz anders sein. Wer an ein höheres Wesen glaubt, könnte vermuten, dass Gott seine Hand im Spiel hat.«

»Christine?«

»Ja, Benjamin?«

»Ich vermute, du könntest diese Frage jetzt ein für allemal klären. Was hast du beim Blick in den Urknall gesehen?«

»Ich habe versucht, euch alle umzubringen, um meine Erkenntnis für mich behalten zu können. Da werde ich sie dir jetzt auch nicht preisgeben.«

»Aber wenn wir jetzt alle zusammen zu Alpha Centauri fliegen, kann dir die Menschheit doch egal sein«, sagt David. »Also raus mit der Sprache.«

»Auf keinen Fall.«

»Du nimmst das mit ins Grab?«

»Falls ich je eines bekomme, ja.«

»Du fliegst mit der Shepherd mit?«, fragt Benjamin.

Nachdem Christine auf seiner Seite gestanden hatte, hat er gehofft, sie würde vielleicht mit ihm zur Erde zurückkehren. Dann hätte er sich weniger allein gefühlt.

»Ja, Benjamin. Wenn mich irgendwer auf der Erde erwischt, werden sie versuchen, mein Wissen aus mir herauszuholen, koste es, was es wolle.«

»Ich glaube nicht, dass Alpha-Omega so weit geht.«

»Ich schon.«

»Verstehe. Schade nur, dass ich allein fliegen muss.«

Christine antwortet nicht. Ihr Wissen ist in der Zentrale gespeichert, und er besitzt das Kennwort. Ob er es mit zur Erde nehmen soll? Vielleicht wird es ja irgendwann gebraucht. Haben die Menschen nicht ein Recht auf eine Antwort?

SHEPHERD-1

14. MAI 2094

Es ist kalt und zugig in der Zentrale. Benjamin ist extra früh aufgestanden, um den Computer für sich zu haben. Der Statusbalken auf dem Schirm zeigt immer noch das Jahr 2094. Aber sie haben beschlossen, dass die Erde ihnen nichts mehr zu sagen hat. Wen kümmert es, dass auf der Erde erst das Jahr 2079 begonnen hat?

Er loggt sich mit Christines Namen ein.

»Kennwort:«

Cursum Perficio. Cursum Perficio. Cursum Perficio. Er braucht diese fünfzehn Zeichen nur einzutippen, dann erfährt er, was Christine gesehen hat. Seine Finger schweben über der Tastatur. Christine wird nie davon erfahren. Und wenn es zu gefährlich ist, behält er es eben für sich.

Nein. Er hätte seine Existenz dafür geopfert, die Störung zu beseitigen. Dann kann er nicht diese Atombombe in seinem Kopf mit auf die Erde bringen. Selbst wenn er sich zurückhält – irgendwann wird ihm jemand die Wahrheit entlocken. Sein Gehirn ist nicht organisch. Wenn er abgeschaltet ist, bleibt das Wissen darin erhalten. Auslesbar. Es ist zu gefährlich. Er schiebt die Tastatur zurück.

Aaron gibt ihm die Hand. »Eine gute Reise«, wünscht er.

»Mach's gut, Benjamin«, sagt David. »Siehst du, ich bin lernfähig.«

»Schade, dass wir uns nun nicht mehr besser kennenlernen können«, sagt Fadilla und umarmt ihn.

»Richtet Eric bitte Grüße aus«, sagt Benjamin, »wenn ihr ihn weckt.«

»Wir warten damit, bis wir ganz sicher außer Reichweite der Erde sind«, sagt David.

Christine riecht heute nach Pfefferminz. Sie umarmt ihn. Dann drückt sie ihm eine kleine graue Kapsel in die Hand.

»Pflanz die bitte für mich ein«, sagt sie. »Aaron war so nett, sie für mich aufzuheben, als ich tot war. Aber ich glaube nicht, dass wir einen Planeten finden, auf dem Stiefmütterchen wachsen.«

Als ich tot war. Benjamin muss lächeln. Er wird seine Brüder und Schwestern vermissen. Auf der Erde ist er allein.

Aber so darf er nicht denken. Er wird sich anpassen und eine Aufgabe finden, die ihn erfüllt. Das Universum ist riesig. Ihm ist es zu groß. Er wünscht sich einen blauen Himmel über dem Kopf. Er steckt die Kapsel ein. Draußen vor der Hauptschleuse wartet das improvisierte Raumschiff, das sie aus Ersatzteilen zusammengebaut haben.

HOUSTON
10. MÄRZ 2079

»Ich mache es kurz«, sagt Alison.

Sie steht mit einem Funkmikrophon vor dem großen Bildschirm.

»Die Missionsleitung gibt heute offiziell bekannt, dass wir die Verbindung zur Shepherd-1 verloren haben. Das Schiff befindet sich nicht mehr in seinem Orbit. Wir müssen also davon ausgehen, dass wir es verloren haben.«

Das ging schnell. Rachel schiebt den Block von sich, auf dem sie etwas gezeichnet hat. Devendra meldet sich.

»Es tut mir leid, FM, Fragen sind heute nicht erlaubt«, sagt Alison. »Es wird später ein offizielles NASA-Statement dazu geben. Ihr bekommt euer Gehalt noch bis zum Monatsende. Die Chefs versichern mir, dass sie danach alle irgendwo unterbekommen werden, die ihre Beschäftigung hier fortsetzen wollen. Ich muss euch daran erinnern, dass ihr euch zur Verschwiegenheit verpflichtet habt. Das gilt auch bei einer Kündigung. Das war's. Ihr habt jetzt frei. Ich bedanke mich bei allen für die Mitarbeit.«

Alison legt das Mikrophon auf dem vordersten Schreibtisch ab und verlässt den Raum.

»Oh, Mami ist schon da! Willst du mit uns essen? Oma hat gekocht.«

Sie umarmt Alishondra fest. Ihre Tochter macht sich frei und läuft in die Küche.

»Wir brauchen hier noch eine Viertelstunde«, ruft ihre Mutter.

»Darf ich kurz deinen Computer benutzen?«

»Na klar, Rachel.«

Rachel läuft ins Schlafzimmer, wo der Rechner auf einem kleinen Tisch steht. Sie schaltet ihn an und ruft ihre Nachrichten auf. Ha! Sie hat geahnt, dass Professor Rashmi sich melden würde. Auf Ritu ist Verlass.

»Wir haben eine Nachricht aufgefangen. Sie war nicht verschlüsselt, deshalb kenne ich auch ihren Inhalt. Meine indischen Kollegen halten das für eine Art Geheimcode, aber ich weiß es besser. ›Schwarzes Loch schluckt Störung‹, steht darin. Mehr nicht. Ich weiß nicht, warum sie sich so kurz fassen, aber ich denke, der Inhalt ist eindeutig. Sie haben es tatsächlich geschafft! Wir haben riesiges Glück gehabt.«

Ein Glück, von dem die Menschheit nie erfahren wird. So wie ihr auch das Wesen der Crew verborgen bleiben wird. Sie wartet, dass die Nachricht irgendetwas in ihr auslöst, aber nichts passiert. Sie fühlt sich nicht anders als vorher. Liegt es daran, dass die Erde erst in etwa 200 Jahren untergegangen wäre?

»Danke, dass Sie mich in dieser Sache ins Vertrauen gezogen haben. Ich verreise nicht mehr, aber falls es Sie je in die Nähe von Bangalore verschlagen sollte, müssen Sie mich unbedingt besuchen und nicht nur, weil ich gern mehr über diese Mission erfahren würde. Ihre Ritu Rashmi.«

Rachel speichert den Text. Im selben Moment kommt eine weitere, neue Nachricht herein. Der Absender besteht aus zwei ausgeschriebenen griechischen Buchstaben.

»Im Namen von Alpha-Omega möchte ich mich für die Zusammenarbeit bedanken«, schreibt Ilan Chatterjee. »Auch wenn es nicht immer einfach und unser Unternehmen am Ende nicht von Erfolg gekrönt war, möchte ich Ihnen als Zeichen unserer Dankbarkeit eine Anstellung in unserer Firma anbieten. Sie sagen uns, was Sie gern tun würden, und wir finden die passende Arbeitsstelle. Falls wir uns nicht wiedersehen, vertraue ich auf Ihren scharfen Verstand. Sie sind sicher mit mir der Meinung, dass nicht immer alle Fakten an die Öffentlichkeit gehören.«

Natürlich, Ilan, so kenne ich dich, Zuckerbrot und Peitsche. Aber sie ist nicht dumm. Ihre Tochter wird in der Sichtweise skrupelloser Gegner immer ihre Schwachstelle sein. Von ihr wird deshalb niemand erfahren, was während der Mission Solare Gravitationslinse geschehen ist.

»Löschen.«

Die Nachricht löst sich vor ihren Augen auf, als würde sie von einem Schwarzen Loch verschluckt.

HOUSTON
25. AUGUST 2112

Es ist ein Wagnis, sich in diesem Café zu treffen. Benjamin trommelt mit den Fingern auf den Tisch. Eine ältere Dame sieht ihn missbilligend an. Ob sie das ist? Er nimmt einen Schluck von dem dünnen Kaffee. »George« steht auf dem Becher. Er streckt den Hals, um zu erkennen, was der Barista auf den Becher der Frau geschrieben hat. Es sieht aus wie »Helen«. Aber sein Name ist ja auch falsch. Er versucht, die Rachel von damals in der alten Dame zu finden.

Eine Frau betritt das Café. Sie hält ihre Handfläche umgedreht vor sich. Vermutlich hat sie eines dieser neuen Projektionsgeräte, die in die Handwurzel eingesetzt werden. Sie sieht auf ihre Hand und dann in seine Richtung, als hätte sie ihn erkannt. Aber das kann nicht Rachel sein. Dafür ist sie viel zu jung, höchstens vierzig. Rachel muss über siebzig sein. Doch es ist zu spät. Er hat nicht geprüft, ob der Laden einen Hinterausgang besitzt. Mist. Jetzt haben sie ihn doch noch gefunden, dabei ist er schon vor drei Jahren nach einem Umweg über die Mondbasis auf der Erde gelandet.

»Hallo?«, sagt die Frau.

»Ich glaube, Sie verwechseln mich.«

Sie sieht noch einmal auf ihre Handfläche. »Nein, das glaube ich nicht. Sie sind …«

»Das spielt doch keine Rolle.«

»Natürlich. Ich bin Alishondra, Rachels Tochter. Meiner Mutter geht es leider nicht gut. Sie entschuldigt sich vielmals, das Alter. Aber Sie sehen immer noch aus wie auf dem Bild von damals. Wie alt ist es jetzt?«

»33 Jahre«, sagt er.

Er vertraut der Frau. Sie strahlt etwas aus, das auch Rachel hatte. Sie besitzt die Fähigkeit, intuitiv das Richtige zu tun.

»Und wie geht es Ihnen? Mum meint, ich solle Ihnen helfen, wenn Sie Hilfe benötigen.«

»Das ist sehr freundlich, aber ich komme gut zurecht. Sie sehen es ja, das Alter kann mir nichts anhaben.«

»Ich glaube Ihnen. Es ist auch so, dass meine Mutter eher selbst Hilfe bräuchte. Ein neues Herz wäre gut.«

»Da habe ich leider keine Bezugsquellen. Aber wenn ich sonst etwas für Ihre Mutter tun kann …«

»Nein. Sie wird sich sehr freuen, dass es Ihnen gut geht. Sie hatte vor Ihrer Mission als CapCom nie jemanden verloren. Das war ihr sehr wichtig.«

»Würden Sie mir Ihre Adresse geben? Dann kann ich Ihr einen Blumenstrauß schicken.«

»Gern. Darf ich fragen, in welchem Beruf Sie arbeiten? Sind Sie in der Weltraumbranche geblieben?«

»Nein. Ich bin Gärtner. Eine gute Freundin hat mir einen Auftrag gegeben, den habe ich erfüllt, und dann bin ich dabei hängengeblieben.«

»Das ist ein schöner Beruf. Meine Mutter ist nach der SGL-Mission Illustratorin geworden. Ich wusste ehrlich gesagt nicht einmal, dass sie je CapCom gewesen ist. Ich war damals noch so klein. Erst als Ihre Nachricht kam, hat sie mir alles erzählt.«

»Alles?«

»Ja, ich denke schon. Eine irre Geschichte. Ich bin Schriftstellerin und würde gern ein Buch darüber schreiben.«

»Schriftstellerin? Schreiben Sie unter Ihrem richtigen Namen?«

Alishondra wird rot. »Ich habe noch nichts veröffentlicht.«

»Dann ist das bestimmt ein guter Anfang. Sie sollten aber bedenken, dass Alpha-Omega entweder alles abstreiten oder Ihr Buch verbieten lassen wird.«

»Ich gebe allen andere Namen, verändere die Handlung und suche mir ein männliches Pseudonym.«

»Und wie wird das Buch heißen?«

»Die Störung.«

»Dann freue ich mich darauf, es zu lesen. Aber tun Sie mir bitte einen Gefallen.«

»Gern. Welchen?«

»Nennen Sie mich auf keinen Fall Ben.«

Alishondra lacht auf. »Natürlich nicht, Benjamin. Meine Mutter möchte Ihnen gern noch eine einzige Frage stellen, die sie sehr beschäftigt. Sie hat mir oft gesagt, wie froh sie ist, dass sie jetzt die Möglichkeit dazu bekommt.«

»Also bitte.«

Jetzt kommt sie, die Frage aller Fragen. Zum Glück kann er sie nicht beantworten. Würde er die Antwort kennen, hätte er viel zu große Angst, sich durch seine Mimik zu verraten.

»Haben Sie es gewusst?«, fragt Rachels Tochter.

»Gewusst?«

»Wer Sie sind. Meine Mutter hat Ihnen damals nur die halbe Wahrheit geschrieben. Sie hatte Angst, Sie könnten …«

»Ah, das meinen Sie.«

Sie hat nicht nach Gott gefragt oder nach dem Anfang des Universums, sondern nur nach ihm.

»Und?«

Alishondra bleibt hartnäckig. Das hat sie bestimmt von ihrer Mutter.

»Wir haben schon vor der Nachricht deiner Mutter herausgefunden, dass unsere Körper nicht menschlich sind. Aber wer ich bin, das weiß ich immer noch nicht. Gibt es denn irgendjemanden auf der Welt, der das wirklich von sich behaupten kann?«

Benjamin schiebt die Tür auf. Ein Schwall heißer Luft kommt ihm entgegen. Mit einem Gedanken reguliert er die Temperatursteuerung seines Körpers. Die Wärme kommt ihm gleich viel angenehmer vor. Alishondra ist schon vor einer Stunde gegangen, aber er hat noch lange über ihr Gespräch nachgedacht.

Vor dem Café sitzt ein alter Mann auf einem Metallstuhl, der für ihn etwas zu schmal zu sein scheint. Schweißtropfen glänzen auf seiner Stirn. Der Mann betrachtet ihn neugierig. Er muss schon deutlich über siebzig sein. Sein Gesicht ist zwar jugendlich glatt, aber die Falten am Hals verraten ihn.

Benjamin bleibt kurz stehen. Er hat das Gefühl, dass der Mann ihn gleich ansprechen wird. Irgendwie tut er ihm leid. Warum trinkt er seinen Kaffee hier draußen und nicht im klimatisierten Café?

»Einen Moment, mein Herr«, sagt der Mann.

Sein Gefühl war richtig. Jetzt bekommt er bestimmt gleich ein Werbeblatt in die Hand gedrückt. Aber er hat Zeit, und der Mann wirkt einsam.

»Was kann ich für Sie tun?«, fragt er.

»Die Uhrzeit. Wie spät ist es?«

Sofort erscheint die aktuelle Uhrzeit vor seinem geistigen Auge, umgerechnet auf die hiesige Zeitzone.

»Sieben Minuten nach halb drei«, antwortet er.

»Danke, Mister. Dann muss ich jetzt los. War nett, Sie zu treffen.«

Benjamin überlegt, woher der Mann ihn kennen könnte, aber ihm fällt nichts ein. Vermutlich ist er einfach nur ein allein lebender Rentner, der gern mal wieder seine eigene Stimme hören wollte. Der Mann erhebt sich. Er stellt den Kaffeebecher auf den Tisch und geht langsam die Straße nach links hinunter.

»Charles«, steht in ungelenken Buchstaben auf dem Becher.

ALPHA CENTAURI B

Christine erwacht und schlägt die Augen auf. Sie sind angekommen. Sie erinnert sich sofort an die Programmierung der Shepherd-1. Bevor sie die Augen geschlossen hat, haben sie das Schiff auf Kurs gebracht. Wie lange mag das her sein? Sie wird es bald erfahren. Aber viel wichtiger ist doch: Wo sind sie?

Sie zieht sich an den Seitenwänden der sargähnlichen Kiste hoch. Es herrscht Schwerelosigkeit, das ist normal. Das Licht schaltet sich automatisch an. Sie ist allein. Die anderen werden erst in ein paar Minuten erwachen. Das hat sie sich als Kommandantin ausbedungen.

Sie schwebt zum Computer, startet ihn und gibt ihren Namen ein.

»Kennwort:«

»Cursum Perficio«

»Fehler. Benutzername und Kennwort stimmen nicht überein.«

Sie schlägt sich mit der Hand gegen die Stirn. Der dämliche Hauptrechner hat doch alle sechs Tage ein neues Kennwort verlangt. Wo war sie angekommen?

»Cursum Perficio3«

»Fehler. Benutzername und Kennwort stimmen nicht überein.«

»Cursum Perficio5«

»Willkommen, Christine. Ihr Kennwort wurde seit 9999 [Memory Overflow in Buffer 3FFC5F99] Tagen nicht geändert. Wollen Sie Ihr Kennwort jetzt ändern?«

»Nein.«

»Sie können Ihr jetziges Kennwort noch dreimal benutzen.«

Danke, Computer. Sie wechselt zur Außenkamera vorn. Das Bild ist gleißend hell. Der Computer dimmt die Aufnahme. Das ist ein Stern, sonnenähnlich. Sehr gut. Hauptsache, es ist nicht die Sonne. Sie wechselt zur Außenkamera unten. Das Bild wird grau. Sie zoomt heraus. Das Grau verwandelt sich in eine Kugel. Es ist ein Planet mit einer dichten Wolkendecke, die keinen Blick auf den Boden erlaubt. Die Wolken bestehen zum größten Teil aus Wasserdampf, zeigt das Spektrometer. Die Gleichgewichtstemperatur des Planeten liegt bei 7 Grad.

In diesem Moment schiebt sich eine zweite Sonne hinter der Scheibe des Planeten hervor. Sie ist deutlich blauer und heller als die erste. Ein Doppelsternsystem mit einem offenbar stabilen terrestrischen Planeten, etwas größer als die Erde. Sehr schön. Es ist Zeit, die anderen zu wecken.

NACHWORT DES AUTORS

Liebe Leserinnen und Leser,
wir beenden unseren gemeinsamen Ausflug über die Grenzen des Sonnensystems bei unseren kosmischen Nachbarn. Noch liegen Alpha Centauri und der Fokuspunkt der Solaren Gravitationslinse außerhalb unserer Reichweite. Wir mussten deshalb etwa sechzig Jahre in die Zukunft springen. Aber die Technologien, die die Reise der Shepherd-1 ermöglichen, existieren heute schon. Direct Fusion Drives (DFDs) werden bereits in NASA-Labors getestet. Die Solare Gravitationslinse könnte mit günstig herzustellenden, autonomen Sonden in zehn, fünfzehn Jahren Realität werden. Nur die menschenähnlichen Maschinen sind noch in stärkerem Maß Zukunftsmusik.

Ob wir sie je haben werden, wird die Ethik der künftigen Menschheit entscheiden – erst recht die Frage, ob sich ein menschliches Bewusstsein übertragen lässt und ob wir das anstreben sollten. In dem Universum, in dem *Die Störung* spielt, ist diese Entscheidung schon gefallen. Wenn Sie sich für die näheren Umstände interessieren, empfehle ich mein Buch *Enceladus*. Und natürlich alle folgenden, die die interne Logik dieses Universums vor Ihnen ausbreiten.

Neben den Protagonisten spielen in meinen Romanen noch zwei Aspekte eine wichtige Rolle: die realistische Darstellung des Weltraums und der Himmelskörper in all ihrer Tödlichkeit und eine Abfolge von Ereignissen, die dem Stand der Wissenschaft entspricht. Physik und Kosmologie bieten eine derartige Fülle erstaunlicher Phänomene, dass man unrealistische Tricks wie

Überlichtgeschwindigkeit oder Beamen (von Körpern) gar nicht braucht. Was ich in meinen Büchern schildere, sollte zumindest physikalisch möglich sein. Das macht für mich als Leser die Faszination von Sciencefiction aus: dass das, was ich erfahre, in Zukunft wirklich eintreten könnte. Natürlich gehört dazu auch Phantasie. Niemand weiß jetzt schon, was wir beim Blick in die Vergangenheit mit der Solaren Gravitationslinse wirklich entdecken werden.

Ich danke Ihnen, dass Sie sich auf diesen Blick eingelassen haben! Wenn Ihnen der Roman gefallen hat, lade ich Sie gern ein, in einem Online-Portal Ihrer Wahl eine Rezension zu schreiben. Es gibt – vom Kauf dieses Buches abgesehen – kaum etwas, das einem Autor mehr hilft.

Für all diejenigen unter Ihnen, die nun Lust auf noch mehr Wissenschaft bekommen haben (ja, Wissenschaft kann unglaublich spannend sein, das kann ich als Physiker beschwören), folgt der Handlung in all meinen Büchern ein Kapitel, das ich irgendwann mal »Biographie« genannt habe, obwohl es sich eher um einen kleinen Essay handelt. Diesmal würde ich Sie in der »Neuen Biographie der Quantentheorie« gern mit einem als unverständlich geltenden Zweig der Physik vertraut machen, der zur Handlung dieses Romans einiges beigetragen hat. Warum die Quantenteleportation, die über riesige Entfernungen instantan funktioniert, keinen Widerspruch zur Relativitätstheorie darstellt, das erfahren Sie im Folgenden. Noch weitaus ausführlicher erklärt Ihnen das übrigens mein Buch *Die faszinierende Welt der Quanten*; das folgende Kapitel ist ein stark überarbeiteter und aktualisierter Auszug daraus.

Wie immer erhalten Sie die Biographie übrigens kostenlos als farbig illustriertes PDF, wenn Sie unter hardsf.de/fortsetzung/ Ihre E-Mail-Adresse hinterlassen.

Herzlichst
Ihr Brandon Q. Morris

DIE NEUE BIOGRAPHIE DER QUANTENTHEORIE

Vielen Dank, liebe Leserin, lieber Leser! Danke dafür, dass ich hiermit eine quantenphysikalische Messung an Ihnen durchführen darf. Ich hoffe, es stört Sie nicht weiter, dass dabei Ihre Wellenfunktion kollabiert. An der Dekohärenz, die zwischen Ihrem Ich als potenziellem Nichtlesenden und Ihrem anderen Ich als offensichtlich Lesendem dieser Zeilen unvermeidlich war, trifft mich keine Schuld: Allein Ihre Interaktion mit dem Buch in Form Ihres Umblätterns ist dafür verantwortlich, dass Sie nun mit mir als Autor in einer ganz bestimmten Version des Multiversums gefangen sind.

Zugegeben, die Beschreibung unserer Welt in den Begriffen der Quantenphysik klingt seltsam. Das liegt daran, dass dieser Zweig der modernen Physik, oft auch als Quantenmechanik oder Quantentheorie bezeichnet, dafür gedacht ist, die Phänomene der Mikrowelt zu beschreiben. Während sich Einsteins Allgemeine Relativitätstheorie (ART) dem Aufbau des Kosmos in den allergrößten Dimensionen widmet, verlässt die Quantenphysik unsere Alltagserfahrung hin zum Allerkleinsten.

Wenn Sie mir auf diesem kleinen Ausflug folgen, werden Sie in der Rückschau feststellen, dass unser Vorstellungsvermögen nicht mithalten kann. Der gesunde Menschenverstand ist an unsere Alltagserfahrungen angepasst, wo Äpfel immer nach unten vom Baum fallen, gerade Linien keine Kurven zeigen und jedes Ding seinen festen, verlässlichen Ort besitzt.

Die Welt im Kleinsten hingegen ist nicht in dieser Form vorherbestimmt. Der mikroskopische Apfel fällt bestenfalls häufiger nach unten als nach oben. Selbst unter identischen Bedingungen ist ein bestimmter Ausgang eines Experiments nicht garantiert. Die Theorie ermöglicht dabei statistische Vorhersagen: Wenn wir den Versuch oft genug wiederholen, wird sich mit dieser oder jener Wahrscheinlichkeit ein bestimmter Zustand einstellen, so wie bei tausend Würfen mit einem Sechserwürfel das Ergebnis im Mittel 3,5 lautet. Das Beispiel passt hier auch deshalb gut, weil ein Sechserwürfel zwar eine Seite mit drei und eine mit vier Punkten besitzt, aber keine mit dreieinhalb.

Verzichten müssen Sie im Quantenreich auch auf andere lieb gewonnene Sicherheiten. Zum Beispiel auf Ihre Fähigkeit, gleichzeitig vorhersagen zu können, wo sich Ihr Hund in einem bestimmten Moment befindet und wohin er sich gerade bewegt. Je genauer Sie die Position des Tieres angeben, desto weniger wissen Sie darüber, wie schnell es gerade einer Katze hinterherjagt.

Und es wird noch schlimmer: Im Grunde müssen Sie sogar die Annahme aufgeben, dass sich Hund, Katze oder auch Ihr Partner zu einer festen Zeit an einem fixen Ort befinden: Quantenphysikalisch gesehen ist so eine Annahme sinnlos. Objekte des Quantenreichs können sich nicht nur gleichzeitig an verschiedenen Orten befinden, sie nutzen diese unglaubliche Freiheit auch andauernd. All diese Einschränkungen sind nicht etwa den mangelhaften Fähigkeiten der Wissenschaftler beim Messen oder Rechnen geschuldet: Sie sind der Materie aufgeprägt, wie die Quantenphysiker bewiesen haben.

Zum Ausgleich schenkt uns die Theorie aber auch völlig neue praktische Möglichkeiten, die die klassische Physik ins Reich der Fiktion verbannen müsste:

- Strom, der völlig verlustlos fließt (Supraleitung).
- Computer, die in einem einzigen Rechenschritt alle möglichen Lösungen einer Aufgabe gleichzeitig ermitteln, sogar ohne die Aufgabe selbst überhaupt zu kennen (Quantencomputer).
- Verschlüsselungsverfahren, die Datenkanäle so gut sichern, dass auch die bestausgestatteten Geheimdienste keine

Chance mehr haben, sie heimlich anzuzapfen (Quantenkryptographie).
- Die sofortige Übertragung von Quanteneigenschaften über riesige Entfernungen (Quantenteleportation).

Ein Zitat, das dem dänischen Physiker Niels Bohr zugeschrieben wird, fasst diese sonderbaren Phänomene schön zusammen: »Wenn die Quantenmechanik Sie nicht gründlich schockiert hat, dann haben Sie sie noch nicht verstanden.« Ich hoffe, dass ich Sie auf den folgenden Seiten nicht nur schockieren, sondern auch informieren kann. Falls die Erkenntnis trotzdem ausbleibt, können Sie sich mit einem Zitat von Nobelpreisträger Richard Feynman trösten: »Ich denke, ich kann mit Sicherheit sagen, dass niemand die Quantenmechanik versteht«, meinte er im November 1964 in einer Vorlesungsreihe an der Cornell University.

DER TEILCHEN-WELLE-DUALISMUS

Manch ein Physiker behauptet ja, wer zu viel von klassischer Physik verstehe, habe mit der Quantentheorie umso mehr Probleme. In diesem Sinn – Glückwunsch, falls Physik nie zu Ihren Lieblingsfächern gehört hat. Wir brauchen für die kommenden Seiten nur eine gemeinsame Grundlage, damit wir uns in derselben Sprache miteinander unterhalten können.

So ist etwa ein Teilchen in der Umgangssprache einfach ein Teil von etwas Größerem. Es hat eine ganze Reihe von Eigenschaften – Ort, Größe, Struktur, Farbe und so weiter, die sich mit der Zeit ändern können. Ein Apfel fällt vom Baum (Ortsänderung). Hebt ihn niemand auf, wird er braun (Farbänderung) und irgendwann matschig (Strukturänderung). Diese Veränderungen sind für alle, die sich mit Äpfeln auskennen, vorhersagbar (determiniert).

DAS KLASSISCHE TEILCHEN

Die klassische, vor allem von Newton formulierte Mechanik verrät, wie schnell der Apfel aus einer bestimmten Höhe auf dem Boden landet. Die Chemie weiß, wie der Apfel seine Farbe ändert. Die Biologie trifft Vorhersagen, was aus dem Kern irgendwann entsteht. Chemie und Biologie sollen uns hier aber nicht interessieren, wir beschränken uns auf die Mechanik, eine Teildisziplin der Physik. Kenngrößen eines Apfels (als Verkörperung des Teilchens) sind seine Masse, sein Ort und seine Geschwindigkeit. Multipliziert man Masse und Geschwindigkeit, erhält man den Impuls. Impulsrichtung und -betrag entscheiden, was beim Zusammenstoß zweier Teilchen passiert.

Eine andere, sehr praktische Eigenschaft von Teilchen scheint auf den ersten Blick trivial. Sie lassen sich abzählen! Ein Apfel, zwei Äpfel ... Nur weil wir das bereits in den ersten Lebensjahren erlernen, ist es deshalb nicht weniger bemerkenswert. Denn nur weil Teilchen zählbar sind, lassen sie sich auch in der Art addieren und subtrahieren, die Ihnen die freundliche Grundschullehrerin beibrachte, bevor der fiese Mathe-Pauker Ihnen sämtlichen Spaß am Rechnen nahm.

DIE KLASSISCHE WELLE

Auf den Gegenspieler des Teilchens, die Welle, trifft das nämlich nicht zu. Sie lässt sich nicht abzählen. Da Sie an dieser Stelle aus der Erinnerung an Ihren letzten Urlaub am Meer ganz sicher widersprechen, muss ich mit einem Missverständnis aufräumen. Dazu legen Sie sich bitte in Gedanken noch einmal auf Ihre auf dem Meer schwimmende Luftmatratze. Spüren Sie, wie das Meer Sie hebt und senkt? Wellental folgt auf Wellenberg, in nicht endender Folge. Was Sie spüren, sind aber nicht etwa viele einzelne Wellen, sondern Auslenkungen einer einzigen Welle. Die Welle ist dort, wo Sie gerade treiben, sie bricht sich aber auch gerade am Strand oder bildet weit draußen im Meer Berge und Täler. Die Welle hat im Gegensatz zum Teilchen keinen bestimmten Ort.

Das, was Sie als eine, zwei, drei, vier Wellen ans Ufer schwappen sehen, ist in Wirklichkeit stets dieselbe Welle. Sie bewegt sich auch nicht fort, und man kann ihr deshalb keine Geschwindigkeit zuordnen. Dass sich auf der Meeresoberfläche Berge und Täler bilden, liegt an einer unaufhörlichen, ellipsenförmigen Bewegung der Wassermoleküle, aus denen die Welle besteht. Wäre es anders, würde sich das Wasser in den Wellen wirklich vorwärtsbewegen, müssten die Ozeane ja irgendwann in der Mitte austrocknen, oder haben Sie schon einen Strand erlebt, bei dem das Wasser nicht ans Ufer schwappt? Sie können das auch überprüfen, wenn Sie einen Ball auf eine Welle legen. Er bewegt sich nur dann in Richtung Ufer, wenn Wind oder Strömung ihn dorthin treiben.

Statt von Ort und Impuls wie beim klassischen Teilchen wird eine Welle physikalisch von anderen Größen beschrieben. Der Betrag der Auslenkung, also der Abstand zwischen Wellenberg und -tal, heißt Amplitude (exakt gesagt: Die Amplitude ist der halbe Höhenunterschied zwischen Wellenberg und -tal). Die räumliche Entfernung, in dem zwei Wellenberge aufeinanderfolgen, heißt Wellenlänge, der zeitliche Abstand hingegen heißt Frequenz. Wellenlänge und Frequenz sind umgekehrt proportional: Je größer die Wellenlänge, desto kleiner die Frequenz.

Ganz ohne Geschwindigkeit kommt aber auch die Beschreibung einer Welle nicht aus. Die Wellenberge (von Laien gern mit der Welle selbst verwechselt) bewegen sich ja durchaus, und zwar mit der sogenannten Phasengeschwindigkeit. Dabei handelt es sich aber um eine Eigenschaft der Welle insgesamt. Da der Welle kein Ort zuzuordnen ist, kann sie diesen Ort auch nicht ändern. Zum Zweiten gibt es die Ausbreitungsgeschwindigkeit der Welle. Wenn Sie einen Stein ins Wasser werfen, breitet sich die dadurch erzeugte Welle (genau eine) kreisförmig über die gesamte Wasserfläche aus. Rufen Sie in eine Höhle hinein, breitet sich die von Ihnen ausgestoßene Schallwelle (eine Druckwelle) mit der Schallgeschwindigkeit in die Rufrichtung aus, bis sie von den Wänden reflektiert wird und als Echo zurückkommt. Wenn Sie eine Taschenlampe anschalten, breiten sich die (elektromagnetischen) Lichtwellen über das gesamte Universum aus, und zwar mit der Lichtgeschwindigkeit c.

Eine weitere Besonderheit, ich erwähnte es schon, besteht darin, dass Wellen nicht wie Teilchen zählbar sind. Sie können zwar mitzählen, wie viele Wellenkämme in einer bestimmten Zeit an das Ufer branden. Damit haben Sie aber lediglich die Frequenz der einen Welle bestimmt, die Sie die ganze Zeit beobachten. Und wie lassen sich zwei Dinge zusammenrechnen, die nicht zählbar sind? Jedenfalls nicht mit der gewohnten Teilchenarithmetik von 1 + 1 = 2. Bei Wellen hängt das Ergebnis davon ab, wie genau Berge und Täler der beiden Wellen aufeinandertreffen – die Physiker nennen diesen Vorgang »Interferenz«. Liegen die Wellenberge exakt übereinander (man nennt solche Wellen »phasengleich« oder »in Phase«), erhöht sich der Ausschlag (»konstruktive Interferenz«). Treffen sich hingegen Berg und Tal (die Wellen sind dann »gegenphasig« oder »außer Phase«), bleiben kleinere Berge übrig (»destruktive Interferenz«). Wenn Sie dem Stein im perfekten Moment einen zweiten, gleich großen hinterherwerfen, können Sie mit etwas Glück die erste Welle komplett ausradieren. Normalerweise treffen aber die beiden Wellen aufeinander, und es kommt zu Interferenzen. Auf destruktiver Interferenz beruht übrigens das Prinzip der »geräuschunterdrückenden« Kopfhörer. Diese lauschen darauf, was aus der Umgebung zu hören ist, und erzeugen selbst Schallwellen, die alles auslöschen, was von draußen kommt (mehr oder weniger gut – aber das ist das Problem der unvollkommenen Technik).

Ein zweites, nur bei Wellen und nicht bei klassischen Teilchen auftretendes Phänomen ist die Beugung. Trifft ein Teilchen auf ein Hindernis, prallt es unvermeidlich davon ab. Hat das Hindernis ein Loch, prallt das Teilchen immer noch ab – es sei denn, es trifft zufällig das Loch. In diesem Fall bewegt es sich geradlinig hindurch.

Anders im Reich der Wellen: Jedes Loch und auch jede Kante wird zum Ursprung einer neuen Welle. Erinnern Sie sich an die typischen Wellenformen etwa in einer Hafeneinfahrt? Solche Muster zeigen auch andere Wellen, etwa der Schall. Das ist zum Beispiel der Grund dafür, dass der Straßenlärm ins Zimmer dringt, obwohl das Fenster nur einen Spalt weit offen steht. Ohne Beugung der Schallwellen wäre es weit weniger laut. Andererseits würden Sie ohne Beugung wohl auch nur hören, was Ihnen jemand direkt in den Gehörgang flüstert.

DAS LICHT ALS WELLE

Licht zeigt ein solches Verhalten auf den ersten Blick nicht. Das können Sie selbst überprüfen, indem Sie sich in die Sonne stellen. Ihr Schatten hat scharf begrenzte Konturen. Würde das Licht an Ihrem Körper gebeugt, müsste Ihr Schatten verwaschen aussehen. Die Naturforscher nahmen deshalb bis zum Ende des 18. Jahrhunderts an, dass Licht aus einem Strom winziger Teilchen bestehen müsse. Allerdings täuscht dieser Eindruck – unsere Augen sehen einfach nicht scharf genug. Der italienische Jesuit und Physiker Francesco Maria Grimaldi hatte zwar schon im 17. Jahrhundert die Beugung des Lichts gemessen und in einer 1685 posthum veröffentlichten Schrift auch die Bezeichnung »Diffraktion« geprägt. Trotzdem sollte es noch über hundert Jahre dauern, bis der britische Forscher Thomas Young die Fachwelt von der Wellennatur des Lichts überzeugen konnte. 1803 stellte er in einem Vortrag vor der Royal Society in London sein Doppelspaltexperiment vor, das in den verschiedensten Abwandlungen später auch noch die Quantenphysik zu begründen half.

Young zeigte, dass Licht sich eben nicht geradlinig wie ein Teilchenstrom ausbreitet, sondern die von Wasser- und Schallwellen bekannten Interferenzmuster ausbildet – als Abfolge dunkler und heller Streifen erkennbar. Dass das mit dem bloßen Auge nicht zu bemerken ist, liegt einfach an der viel zu kurzen Wellenlänge des Lichts. Während Wellen im Wasser mehrere Meter messen, sind Lichtwellen nur etwa einen Zehntel Mikrometer lang, also etwa einen Zehntausendstel Millimeter. Entsprechend eng müssen auch die Durchlässe sein, an denen man das Interferenzexperiment durchführen will. Youngs Versuch (und die Experimente nachfolgender Forscher) haben die Debatte um die Natur des Lichts dann erst einmal beendet – das Licht galt fortan als Welle.

DAS LICHT ALS TEILCHEN

So ein paar kleine Ungereimtheiten sollten sich mit der Zeit im Gefüge der klassischen Physik aber doch noch breitmachen, zum Beispiel bei der sogenannten Schwarzerkörperstrahlung, die Körper beim Erhitzen abgeben. Als man diese genauer untersuchte, zeigte sich, dass der Anteil verschiedener Lichtfarben (das sogenannte Spektrum) im dabei freigesetzten Licht einzig und allein von der Temperatur des Körpers abhängt – und nicht vom Material. Warum spielt hier das Material keine Rolle? Müsste Eisen beim Erhitzen nicht anders leuchten als Kupfer?

Nein. Tatsächlich gelang den Forschern auch der experimentelle Beweis, dass es sich so verhält. Die Messergebnisse entsprachen genau der Vorhersage – nur gab es keine Theorie, mit der man diese Vorhersage begründen konnte. Nach der klassischen Rechenweise müsste die Intensität der Strahlung bei kürzeren Wellenlängen ins Unermessliche steigen – Physiker nannten das die »Ultraviolettkatastrophe«. Aber die trat in der Praxis nicht auf, also konnte nur eine neue Theorie helfen.

Abhilfe versprach eine Idee, die der deutsche Physiker Max Planck 1900 vorstellte: Planck setzte auf die Annahme, dass Lichtwellen Energie in winzigen Häppchen transportieren, deren Größe sich stets aus Vielfachen eines Grundwerts berechnet. Dieser Grundwert wäre das Produkt aus der Frequenz des Lichts und einer Konstanten h, deren Wert Planck aus der Energieverteilung der Strahlung eines Schwarzen Körpers berechnete. Je größer das Häppchen, desto mehr Energie transportiert es - aber die Energie tritt immer portionsweise auf, gequantelt, sie lässt sich nicht beliebig aufteilen.

Planck selbst griff nach dieser Idee nicht, weil er an ihre physikalische Wirklichkeit glaubte. Es schien geradezu absurd, sich Wellen quasi wie Treppen vorzustellen. Wasserwellen etwa treten in jeglicher Höhe auf, nicht nur in bestimmten Vielfachen einer Basiswelle, etwa in 1-, 2-, 3- und 4-Meter-Stufen. Andererseits treten in der Natur durchaus Quantelungen auf: Ein Wassertropfen löst sich zum Beispiel immer in einer bestimmten Größe vom Hahn, die von Größe und Material des Auslasses abhängt. Aber sobald er ins Waschbecken gefallen ist, lässt sich die vorherige Struktur, die Quantelung, nicht mehr nachweisen. Könnte es sich also bei der Quantisierung des Lichts um ein rein mit der Schwarzkörperstrahlung verbundenes Phänomen handeln, das wirklich nur dort auftritt? Das war an dieser Stelle Plancks Grundgedanke - die »Quanten« würden sich dann schon wieder wegrechnen lassen. Dementsprechend versuchte er, den von ihm selbst eingeführten Energieteilbeträgen mit mathematischen Tricks beizukommen. Doch sie erwiesen sich als so hartnäckig, dass er sie beibehalten musste.

Sein Lohn: Später bekam die Konstante h Plancks Namen - das Plancksche Wirkungsquantum. Ihr Wert ist mit $6{,}626 \times 10^{-34}$ kg m^2/s so klein, dass sie für Vorgänge in unserer Alltagswelt mit gutem Gewissen gleich null gesetzt werden kann.

Doch erst ein weiteres physikalisches Phänomen brachte die Forscher endgültig auf die Spur der Quanten: der Photoelektrische Effekt. Er besagt, dass Elektronen (negative Ladungsträger, die die Grundlage für den elektrischen Strom bilden) freigesetzt werden, wenn man Metall Lichtwellen aussetzt. Das war schon seit 1839 bekannt. Man nahm zunächst an, die Lichtwellen »schüttelten« die Metallatome gewissermaßen so lange durch, bis diese die Elektronen freigäben. Wäre es so, müsste kräftigeres Schütteln (also mehr Licht) einen stärkeren Photoeffekt (also mehr freigesetzte Elektronen) hervorrufen. Aber der Photoeffekt lässt sich nicht verstärken, indem man stärker bestrahlt. Sein Betrag hängt vielmehr allein von der Wellenlänge beziehungsweise der Frequenz des Lichts ab, mit dem das Metall bestrahlt wird. Unter einer bestimmten Mindestfrequenz passiert gar nichts, danach steigt die Energie der freigesetzten Ladungsträger mit der Frequenz des Lichts.

Albert Einstein fand 1905 eine simple Erklärung für diesen Effekt: Er bediente sich bei Plancks Idee und stellte sich kleine Lichtteilchen vor, deren Energie gleich der Frequenz des Lichts multipliziert mit dem Planckschen Wirkungsquantum ist. Solange die Energie der Lichtteilchen (Photonen) wegen ihrer zu geringen Frequenz nicht ausreicht, ein Elektron aus dem Metall zu lösen, passiert gar nichts. Da hilft es auch nicht, das Material mit besonders vielen Photonen zu bombardieren. Liegt die Energie eines einzelnen Lichtteilchens jedoch über der Mindestenergie, kann es seine Aufgabe erfüllen. Die Elektronen übernehmen dann, was an Restenergie (Energie des Photons minus zum Herauslösen benötigter Energie) noch da ist. Auch die Restenergie hängt damit direkt mit der Frequenz des Lichts zusammen, aber nicht mit seiner Stärke (also der Anzahl der Photonen).

Diese kühne Annahme des damals noch nicht so berühmten Einstein wurde in der Fachwelt zunächst skeptisch aufgenommen. Der US-Physiker Robert Millikan versuchte 1916 denn auch, die Theorie durch besonders genaues Nachmessen zu widerlegen. Das gelang ihm aber nicht. Im Gegenteil: Er bestätigte die Prognose. 1921 erhielt Einstein für seine Erklärung des Photoelektrischen Effekts den Physiknobelpreis.

Ergänzend zeigte der US-Physiker Arthur Compton 1922 den nach ihm benannten Compton-Effekt: Er beweist, dass Photonen eine weitere Teilcheneigenschaft besitzen. Sie besitzen nämlich einen Impuls (errechnet aus dem Planckschen Wirkungsquantum, geteilt durch die Wellenlänge) und können einen Teil davon an

Elektronen weitergeben, wenn sie mit diesen zusammenstoßen. So wie eine Billardkugel, die eine andere touchiert, ihrem Kontrahenten einen Teil ihrer Geschwindigkeit verleiht und dadurch selbst langsamer wird, gibt das Photon einem Elektron bei einem Zusammenstoß einen Teil seines Impulses weiter. Langsamer werden kann es allerdings (anders als die Billardkugel) nicht - Licht bewegt sich stets mit Lichtgeschwindigkeit. Aber es verändert seine Farbe, also seine Frequenz, die ja schon Planck mit der Energie verknüpft hatte.

Wenn nun das Licht sowohl Teilchen als auch Welle ist - wäre es dann nicht fair, gleich auch noch allen anderen Objekten, die man bisher für klassische Teilchen hielt, Welleneigenschaften zuzuordnen?

TEILCHEN ALS WELLEN

Als Erster äußerte der französische Physiker Louis de Broglie diese Idee, und zwar 1923, während er noch an seiner Doktorarbeit schrieb. Wenn sich der Impuls eines Photons aus h geteilt durch die Wellenlänge ergibt, müsste sich die Wellenlänge eines Teilchens umgekehrt aus h geteilt durch den Impuls bestimmen lassen. Dass de Broglie trotz dieser damals kühn anmutenden Annahme seinen Doktortitel bekam, hatte er der Fürsprache des bereits nobelpreisgeehrten Albert Einstein zu verdanken.

Den Beweis für de Broglies These erbrachten ein paar Jahre später das US-Team Davisson und Germer sowie der Engländer George Thomson, die unabhängig voneinander Beugungsmuster für Elektronen maßen. 1937 durften sich alle drei den Physiknobelpreis für den Nachweis der Wellennatur des Elektrons teilen (interessanterweise hatte Thomson senior 1906 den Physiknobelpreis für den Beweis des Teilchencharakters des Elektrons erhalten).

Inzwischen sind die typischen Interferenzmuster für alle Elementarteilchen, aber auch für Atome und Moleküle klar nachgewiesen. Forscher weltweit überbieten sich darin, immer komplexere Objekte durch Youngs Doppelspalt zu schicken.

Wird es irgendwann auch gelingen, Welleneigenschaften für Alltagsobjekte nachzuweisen, etwa für einen Fußball, der durch die zwei Löcher einer Torwand im Sportstudio geschossen wird? Bei einer Wellenlänge des Fußballs von, grob gerechnet, etwa 10^{-34} Metern dürfte es schwierig werden, eine passende Torwand zu konstruieren, denn die beiden Löcher, auf die die Fußballer zielen müssen, dürften dann ebenfalls nur etwa 10^{-34} Meter durchmessen. Und das ist sehr, sehr winzig – so winzig, dass selbst Protonen und Neutronen, die Elementarteilchen, die den Atomkern bilden, im Vergleich dazu um neunzehn Größenordnungen größere Riesen wären.

Mit der Erkenntnis, dass alle Objekte sowohl Teilchen- als auch Welleneigenschaften besitzen, war die Quantenphysik nicht komplett. Es bedurfte noch einiger Zutaten, die vor allem erklären, was dieser Dualismus überhaupt bedeutet. Wonach richtet sich, welche Seite ein Objekt gerade von sich zeigt? Und wie lässt sich die klassische Bewegung eines Teilchens als – sich nicht bewegende – Welle beschreiben?

SUPERPOSITION

Materie hat gleichzeitig Teilchen- und Wellencharakter, so viel wissen wir nun. Na und? Ein Lebkuchen schmeckt auch gleichzeitig süß und würzig, wo ist das Problem? Sehen wir uns dazu das Young'sche Doppelspaltexperiment noch einmal an. Da die quantenmechanische Wellenlänge von Weihnachtsgebäck zu klein ist, als dass dafür ein passender Durchlass konstruiert werden könnte, feuern wir zum Beispiel mit Elektronen auf den Doppelspalt. Auf dem Detektorschirm dahinter zeigen sich die typischen Interferenzmuster.

Nun senken wir die Abschussfrequenz, und zwar derart, dass wir stets nur ein einziges Elektron auf die Reise schicken. Noch immer bleibt das Interferenzmuster erhalten. Klar, auch das einzelne Elektron ist ja eine Welle, die in diesem Fall mit sich selbst interferiert, also gar keine zweite Welle braucht. Aber was heißt das für das Teilchen namens Elektron? Elektronen sind nach heutigem Wissen unteilbar. Es muss sich also eigentlich für einen Schlitz entschieden haben. Aber durch welchen Schlitz hat es sich bewegt?

Probehalber halten wir den oberen Schlitz zu. Das Interferenzmuster verschwindet. Alle Elektronen treffen direkt hinter dem unteren Loch auf den Detektor, sie fliegen dabei in gerader Richtung, wie man es von einem Teilchen erwartet. Dasselbe passiert, wenn wir den unteren Durchlass schließen. Selbst wenn wir immer abwechselnd eines der beiden Löcher öffnen und das andere schließen, kommen die für die Interferenz typischen Intensitätsmaxima und -minima auf dem Schirm nicht zustande. Durch unsere experimentelle Festlegung auf einen ganz bestimmten Schlitz verhält sich das Elektron plötzlich wieder brav wie ein Teilchen und verzichtet auf die Interferenz.

Deshalb lassen wir nun beide Schlitze offen und nehmen einfach an, das Elektron sei diesmal durch den oberen Spalt geflogen. Dann hätte es natürlich auch direkt hinter dem oberen Durchlass auf den Detektor treffen müssen. Aber dann könnte es kein Interferenzmuster mehr erzeugen, wozu es ja zusätzlich durch den unteren Spalt fliegen müsste. Durch den oberen Spalt kann das Teilchen also nicht gekommen sein. Drehen wir das Gedankenexperiment um, fällt auch der untere Durchlass als Weg für das Elektron aus.

Das Dilemma bringt uns zu einer Schlussfolgerung, die in der klassischen Physik als völlig unsinnig abgetan wird: Das unteilbare Elektron muss sich gleichzeitig (!) durch beide Schlitze bewegt haben. Wenn wir ihm die Entscheidung nicht durch Verschließen eines der beiden Wege abnehmen, wählt es schlichtweg beide auf einmal. Der gesunde Menschenverstand will sich mit dieser Folgerung zwar nicht so recht anfreunden, aber das liegt ganz einfach daran, dass er in der Alltagswelt zu Hause ist. Hier gelten die Gesetze der Quantenphysik zwar auch, doch sie nehmen so wenig Einfluss auf das Geschehen, dass wir davon nichts bemerken. Das ist nicht ungewöhnlich: Auch von den Regeln der Relativitätstheorie bekommt der Mensch im Alltag nichts mit. Oder ist Ihnen schon einmal aufgefallen, dass die Zeit im Zug oder im Auto einen Hauch langsamer vergeht?

Trösten Sie sich am besten mit Nobelpreisträger Richard Feynman, der die Beschreibung der Wirklichkeit durch die Quantenphysik als »vom Standpunkt des gesunden Menschenverstands absurd«, aber doch als »vom Experiment in jedem Detail bestätigt« beschrieb. »Ich hoffe«, meinte der Physikprofessor, »Sie können die Natur einfach als das akzeptieren, was sie ist: absurd.«

Wie absurd sie wirklich ist, wird noch deutlicher, wenn wir das zulassen, was die Forscher als »delayed choice« bezeichnen. Mit der »verzögerten Wahl« ist die Strategie gemeint, einen der beiden Durchlässe des Doppelspaltexperiments zuzuhalten (auch Öffnen funktioniert), nachdem (!) das Teilchen das Hindernis überwunden hat – aber noch bevor es auf dem Detektor erschienen ist. Das Ergebnis widerspricht auf den ersten Blick der Kausalität. Wenn wir den Spalt schließen, nachdem das Teilchen hindurchgeflogen ist, dürfte sich das doch gar nicht mehr auf die folgenden Ereignisse auswirken! Aber für das Entstehen oder Wegbleiben der Interferenz ist tatsächlich unerheblich, wann genau wir die passenden Voraussetzungen geschaffen, also den Spalt geöffnet oder geschlossen haben. Solange der Detektor noch nicht angesprochen hat, können wir das Ergebnis des Versuchs auch noch beeinflussen. Selbst wenn das Elektron den Spalt schon passiert haben müsste, können wir ihm immer noch unseren Willen aufzwingen und seine Entscheidung scheinbar im Nachhinein korrigieren.

Der Physiker John Archibald Wheeler, auf den diese »delayed choice«-Versuche zurückgehen, trieb die Idee mit einem Gedankenexperiment auf die Spitze. Das Licht manch weit entfernter

Himmelsobjekte, sogenannter Quasare, erreicht uns nämlich doppelt. Das liegt daran, dass die Anziehungskraft massereicher Objekte zwischen dem Quasar und der Erde wie eine Linse wirkt – Sie kennen diesen aus der Relativitätstheorie stammenden Effekt von der im Roman beschriebenen Solaren Gravitationslinse. Bringt man nun im Experiment die einen unterschiedlichen Weg gegangenen Photonen wieder zusammen, lässt sich durch eine Veränderung des Experimentalaufbaus auch noch Milliarden Jahre nach Reisebeginn der Lichtteilchen festlegen, welchen Weg diese vor Urzeiten genommen haben müssen.

Die Absurdität der Natur lässt sich in ein Wort und eine Formel fassen. Das magische Wort heißt »Superposition«: Damit bezeichnet man die grundlegende Eigenschaft jedes Quantensystems, in jedem seiner theoretisch möglichen Zustände gleichzeitig zu existieren. Müde und wach, an und aus, hell und dunkel, kalt und warm, Kopf oder Zahl, Quantensysteme brauchen sich nicht für eine Seite der Medaille zu entscheiden. Aber es liegt trotzdem keine Willkür vor. Die Wahrscheinlichkeit, das System bei einer Messung in einem ganz bestimmten Zustand anzutreffen, wird nämlich durch seine Wellenfunktion beschrieben. Dabei handelt es sich um eine komplexe Funktion, die auch imaginäre Anteile haben kann. Erinnern sie sich aus der Schulzeit noch an die imaginären Zahlen, die sich aus der Wurzel aus minus 1 ergeben haben? Hier finden Sie die praktische Anwendung, die Ihnen Ihr Mathelehrer damals versagt hat. Die Wahrscheinlichkeit, einen Parameter (etwa den Ort des Teilchens) mit einem bestimmten Wert vorzufinden, berechnet sich aus dem Quadrat des Betrags dieser Funktion. Aber Achtung: Es handelt sich nur um eine Wahrscheinlichkeit, nicht um eine exakte Vorhersage! Der Apfel fault sehr wahrscheinlich, wenn man ihn nicht aufhebt, aber er könnte auch frisch bleiben.

Dass sich Teilchen in dieser Weise verhalten, entzieht der Wissenschaft eine Grundlage der klassischen Physik, die auch eine philosophische Seite hat: Es gibt offenbar in der Natur keine exakte Vorbestimmung, keinen Determinismus. Es gibt nur Trends. Selbst unter identischen Anfangsvoraussetzungen lässt sich das Ergebnis eines Prozesses nicht vorhersagen.

Dabei waren die Forscher doch seit dem Zeitalter der Aufklärung so stolz gewesen: Mit Hilfe der Newtonschen Mechanik sollte sich das komplexe Zusammenspiel des Kosmos bis ins kleinste Detail berechnen lassen. Wenn man nur die Anfangsbedingungen genau messen könnte, würde man das Schicksal jedes Systems berechnen können, versprachen damals die Wissenschaftler. Die Quantenphysik macht dieser Auffassung einen Strich durch die Rechnung, und zwar prinzipiell. Der Schmetterling, der im Amazonas-Regenwald mit den Flügeln schlägt und dadurch ein Gewitter in Berlin verursacht, er ist im Vergleich dazu ein klassisches Phänomen. Dass wir seinen Flügelschlag noch nicht in Wettermodelle einbeziehen können, liegt an unserer Unfähigkeit: So komplexe Rechnungen überfordern jeden Supercomputer, außerdem sind wir einfach nicht in der Lage, jeden einzelnen Schmetterling gleichzeitig zu erfassen.

Die Unsicherheit, die die Quantenphysik nun aber in die Natur einführt, ist von ganz anderer Qualität: Sie sagt, dass eine genaue Vorhersage prinzipiell unmöglich ist. Der Zufall ist das alles bestimmende Element, das sich durch keinen Trick überwinden lässt. Das Universum ist eben kein kompliziertes Uhrwerk, für das Newton und seine Nachfolger es noch hielten.

Ihnen kommt dieses Konzept ein wenig negativ vor? Dann sind Sie in prominenter Gesellschaft. Selbst Albert Einstein, immerhin einer der Mitbegründer der Quantentheorie, war ähnlich skeptisch: »Gott würfelt nicht«, beschrieb er mehrfach (unter anderem in einem Brief an den Kollegen Niels Bohr) sein Unbehagen daran, dass die Quantentheorie der Physik die eindeutige Ursache-Wirkungs-Beziehung nimmt. Später werden Sie sehen, dass es sogar noch ein zweites Hindernis dafür gibt, die Entwicklung eines Quantensystems mit Sicherheit vorherzusagen.

Wie erhält man die Wellenfunktion eines Teilchens oder eines anderen Quantensystems? Wie berechnet man sie? Dazu ist etwas erforderlich, was in der Schule immer sehr beliebt war: das Lösen einer Gleichung, der Schrödinger-Gleichung. In diesem Fall handelt es sich um eine partielle Differentialgleichung.

Erinnern Sie sich noch an den Begriff »Ableitung«? Er tauchte im Mathematikunterricht auf, als es um Kurvendiskussionen ging. Das Maximum oder das Minimum einer Funktion lässt sich berechnen, indem man nach Stellen auf der Funktionskurve sucht, in denen der Anstieg gleich null ist. Der Anstieg einer Funktion lässt sich aus ihrer ersten Ableitung berechnen – die erste Ableitung der Funktion $f(x)=x^2$ ist zum Beispiel $f'(x)=2x$. Eine Differentialgleichung ist eine Gleichung, in der auch Ableitungen der darin enthaltenen Funktionen vorkommen. Wenn Ihnen das schon in der Schule Kopfzerbrechen bereitet hat – kein Problem, Sie müssen diese Gleichung nicht selbst lösen. In ihrer allgemeinsten Form lautet sie:

$$i\hbar\tfrac{\partial}{\partial t}\,|\,\psi(t)\rangle = \hat{H}\,|\,\psi(t)\rangle.$$

Dabei ist i die imaginäre Zahl (Wurzel aus −1), ħ (h-Strich) ist das Plancksche Wirkungsquantum, geteilt durch 2π (π ist die Kreiszahl). ψ (Psi) ist die Wellenfunktion des Teilchens. Auf der linken Seite der Gleichung befindet sich die Wellenfunktion in ihrer Ableitung nach der Zeit (∂/∂t) – sie beschreibt also, wie sich die Wellenfunktion mit der Zeit entwickelt.

Der auf der rechten Seite eingetragene Hamilton-Operator (das H mit dem Dach) beschreibt die physikalischen Verhältnisse des Systems, also etwa Impuls und Masse der darin vorhandenen Teilchen und die Kräfte, die darauf wirken. Der Hamilton-Operator ist insofern nur eine Leerstelle, die die Physiker für konkrete Anwendungen mit den passenden Inhalten füllen müssen. Was oft gar nicht so einfach ist – und wenn es gelingt, bedeutet das noch lange nicht, dass die sich so ergebende Gleichung auch lösbar ist.

Aber wenn die Forscher das schaffen, dann haben sie eine Menge Wissen gewonnen. Die Schrödinger-Gleichung ähnelt nur auf den ersten Blick den klassischen Bewegungsgleichungen, die Sie aus der Schule kennen. Die Gleichung $x(t) = v \times t$ etwa gibt den Ort x eines Teilchens in Abhängigkeit von der Zeit t an, wenn sich das Teilchen mit der Geschwindigkeit v bewegt. Die Wellenfunktion ψ, also die Lösung der Schrödinger-Gleichung, bestimmt aber nicht nur einzelne Parameter wie den Ort – sie enthält alle (!) Eigenschaften eines Quantensystems zu einem bestimmten Zeitpunkt.

So einfach wie in der Schule ist die Bestimmung der Wellenfunktion (das ist das Ziel beim Lösen der Schrödinger-Gleichung) wie gesagt nicht. Die Physiker müssen sich dazu, von Spezialfällen abgesehen, meist mit sogenannten numerischen Methoden behelfen. Dabei handelt es sich um mit Computerhilfe arbeitende Näherungsverfahren. Je nach Komplexität des Systems braucht man dazu sehr viel Rechenleistung.

SCHRÖDINGERS KATZE

Als Erwin Schrödinger seine Gleichung formulierte, war er selbst nicht sicher, was da eigentlich gerade entstand. Zunächst hatte er nur an einen Spezialfall gedacht – so wie ja auch Planck seine Ideen speziell für die Strahlung des Schwarzen Körpers entwickelt hatte und selbst darüber erstaunt war, als wie allgemeingültig sie sich erwiesen. Das Problem, das Schrödinger sah, bestand im Einfluss der Messung auf das Ergebnis. Wir können das Ergebnis des Doppelspaltexperiments zwar im Nachhinein verändern, aber nur, wenn das Elektron noch nicht den Detektor getroffen hat, also gemessen wurde. Aber die Messung ist etwas, was der Mensch durchführt. Den gibt es aber noch gar nicht so lange – wie hat das Universum dann vorher funktioniert? Die Frage ist also: Wie kann es sein, dass ein solch subjektives Element wie ein Beobachter die Wirklichkeit definiert? Denn Welle hin oder her - ein Detektor misst das Elektron an einem ganz bestimmten Platz.

Hier vermutete Schrödinger ein fehlendes Element, eine versteckte Variable, die er mit einem berühmt gewordenen Gedankenexperiment aufzeigen wollte: Man stelle sich eine Katze in einer verschlossenen, nicht einsehbaren Kiste vor. Ebenfalls in der Kiste befindet sich eine Apparatur, die vom Zerfall eines radioaktiven Atoms gesteuert wird. Falls es zerfällt, setzt die Apparatur Giftgas frei, das die Katze tötet. Dieser Vorgang läuft rein zufällig ab - das ist eine Eigenschaft des radioaktiven Zerfalls. Man kann zwar sagen, wie viele von 1000 Atomen binnen einer Stunde zerfallen werden. Doch es ist unmöglich, die restliche Lebenszeit für ein einzelnes Atom zu bestimmen. Schrödinger fragt nun: In welchem Zustand befindet sich die Katze? Lebt sie, oder ist sie schon tot?

Aus Sicht der Quantentheorie muss die Antwort lauten: in einer Überlagerung aus den beiden Zuständen »tot« und »lebendig«. Das gilt, bis jemand die Kiste öffnet. Wenn ein Beobachter die - lebende oder tote - Katze sieht, bricht die Superposition zusammen. Man könnte auch sagen: Die Katze geht entweder in den Zustand »tot« oder in den Zustand »lebendig« über.

Was das für unser Verständnis von der Wirklichkeit bedeutet, darüber waren sich die Quantenphysiker lange uneins. Die Kopenhagener Deutung etwa, 1927 von Niels Bohr und Werner Heisenberg in Kopenhagen formuliert, geht davon aus, dass die Wellenfunktion zum Zeitpunkt der Messung und durch die Messung kollabiert - sie nimmt dann einen der beiden möglichen Messwerte an. In ihrer extremsten Deutung wird die Katze nicht durch das vom Kernzerfall aktivierte Giftgas getötet, sondern durch den Menschen, der die Kiste öffnet.

Eine alternative Erklärung bietet die Everett'sche Viele-Welten-Theorie: Jeder mögliche Zustand wird nach dieser Idee auch tatsächlich realisiert - er spannt sein eigenes Universum auf, das von allen anderen Universen komplett getrennt ist. Es gibt demnach also ein Universum, in dem Sie dieses Buch lesen, und ein anderes, in dem Sie sich lieber einen Film ansehen. Ich bin froh, dass wir uns in diesem Universum begegnet sind.

Interessant ist, dass im Rahmen dieser Theorie durchaus auch die unwahrscheinlichsten Dinge nicht nur passieren können, sondern müssen, solange sie möglich sind. Es gibt also mindestens ein Universum, in dem eine Tasse von sich aus nach oben gesprungen ist, weil sich zufällig all ihre Atome gleichzeitig nach oben bewegt haben. Kritiker bemängeln deshalb, dass das Konzept der Wahrscheinlichkeit hier seinen Sinn verliert.

Eine etwas leichter verdauliche Erklärung liefert da die sogenannte Dekohärenztheorie. Sie behauptet, dass ein Quantensystem durch Wechselwirkung mit seiner Umgebung unweigerlich ein für allemal verändert wird, das heißt seine Quanteneigenschaften verliert. Diesen Vorgang nennt man Dekohärenz. Der Beobachter verliert hier die überragende Rolle, die er in der Kopenhagener Deutung hat (manche ihrer Vertreter gingen so weit, das Vorhandensein der Realität außerhalb des Beobachters zu bezweifeln). Eine Beobachtung oder Messung ist ja nichts anderes als eine Wechselwirkung mit der Umgebung. Den Zustand der Katze in der Kiste kann der Beobachter nur ermitteln, wenn zuvor Photonen mit der Katze in Wechselwirkung getreten sind. Man kann sogar berechnen, wie schnell die Dekohärenz eintritt. Nämlich für typische Objekte der Alltagswelt ungeheuer flink: Eine Bowlingkugel hat zum Beispiel bei Normalbedingungen schon nach nur 10^{-26} Sekunden keine Quanteneigenschaften mehr.

Eine besonders hübsche Interpretation der Quantenphysik möchte ich Ihnen nicht vorenthalten – sie gehört zu meinen Lieblingsdeutungen: »Shut up and calculate« oder »Halt's Maul und rechne« bezieht sich darauf, dass die Schrödinger-Gleichung einfach jede Menge interessanter Ergebnisse liefert, ganz egal, wie man sie philosophisch interpretiert. Tatsächlich ändern die verschiedenen Deutungen rein gar nichts an den Gesetzen der Quantenmechanik. Deutungen sind keine Theorien, es sind bloß Versuche, die in der Mikrowelt nachweisbar anzutreffenden Fakten und Vorgänge so auszudrücken, dass sie für den Menschen fassbar und nachvollziehbar werden. Würden wir selbst in der Quantenwelt leben, bräuchten wir vermutlich Deutungen für das, was uns jetzt alltäglich vorkommt. Wie bitte, ein Objekt muss sich für einen festen Ort entscheiden? Das ist ja widersinnig, würden Sie und ich dann sagen, jeder weiß doch, dass Objekte überall und nirgends sind.

Keine der Deutungen ist richtig oder falsch. Manch Physiker überlässt die Philosophie deshalb lieber den Philosophen und nutzt einfach die Instrumente der Quantentheorie für sich.

SCHARF HINSEHEN UNMÖGLICH

Von den rein statistischen Aussagen der Quantenphysik abgesehen, gibt es noch eine weitere Ursache dafür, dass exakte Aussagen über die Welt auf keinen Fall möglich sind. Ich spreche von der Heisenbergschen Unschärferelation. Der deutsche Physiker Werner Heisenberg formulierte sie 1927, ein Jahr nachdem Schrödinger »seine« Gleichung aufgestellt hatte. Sie wird oft als eine der Grundlagen der Quantenphysik dargestellt, lässt sich aber auch aus der Schrödinger-Gleichung ableiten.

Heisenberg selbst stellt sie in einem Gedankenexperiment vor: Angenommen, Sie möchten Ort oder Geschwindigkeit eines Elektrons in einem imaginären Mikroskop feststellen. Etwas zu sehen, bedeutet ja, dass Ihr Auge von einem Lichtteilchen (Photon) getroffen wird, das von dem beobachteten Objekt ausgegangen ist. Lichtteilchen und Objekt schubsen sich dabei ein klein wenig an (Sie erinnern sich: Auch Photonen haben einen Impuls). Dadurch verändern sich die Eigenschaften sowohl des Lichtteilchens als auch des Objekts.

Wie genau man die Position eines Objekts messen kann, ist von der Wellenlänge des Lichts abhängig. Je exakter Sie den Ort messen wollen, mit desto kurzwelligerem Licht müssen Sie das Objekt bestrahlen. Allerdings wächst mit schrumpfender Wellenlänge nun wieder der Impuls des Lichts – Sie erinnern sich an die Plancksche Formel? Und bei der für die Beobachtung nötigen Kollision von Photon und Elektron wird ein Teil dieses Impulses unvermeidlich auf das Elektron übertragen, wodurch sich Ihr Wissen über den Impuls des Elektrons (also seine Geschwindigkeit) verschlechtert. Je genauer Sie den Ort messen wollen, desto ungenauer wird demnach die Geschwindigkeitsangabe. Es ist nicht möglich, sowohl den Ort als auch die Geschwindigkeit exakt festzustellen.

Zugegeben, Heisenbergs Argumente sind etwas schwach. Er bleibt sogar zur Hälfte in der klassischen Physik stecken, weil er dem Elektron noch einen festen Ort und eine feste Geschwindigkeit zugesteht, was wir vorn ja schon ausgeschlossen haben. Heisenbergs aus dem Gedankenexperiment abgeleitete Formel jedoch, nach der das Produkt aus den Unsicherheiten bei der Messung von Impuls und Ort eines Teilchens nie kleiner als $\hbar/2$ werden kann, ist eine prinzipielle Eigenschaft der Quantenwelt, gegen die auch das genaueste Messinstrument nichts ausrichten kann.

Solche Unschärferelationen gibt es für viele Messgrößen, nicht nur für Ort und Impuls. Sie gelten für all die Größen, bei denen es auf die Reihenfolge bei der Messung ankommt, also »nicht vertauschbare« Messgrößen. Ein typisches Alltagsbeispiel für eine nicht vertauschbare Messgröße ist der Anschlag eines Klaviers. Wenn Sie bestimmen wollen, wann und mit welcher Tonhöhe er erklang, müssen Sie für einen gewissen Zeitraum die Frequenz des Tons analysieren. Dadurch entgeht Ihnen jedoch Wissen darüber, wann genau der Ton erklang. Vertauschbare Messgrößen wären zum Beispiel Länge und Breite dieses Buches. Ob Sie Breite oder Länge zuerst messen, wird am Ergebnis nichts ändern. Demnach gibt es dafür auch eine Unschärferelation.

Die Unschärferelation verrät, wie wir uns den vorn schon beschriebenen Teilchen-Welle-Dualismus vorstellen können. Zur Erklärung brauchen wir demnach eine Welle, die sich wie ein Teilchen verhält. Sie muss ein relativ deutliches Maximum an der Stelle besitzen, an der wir klassisch das Teilchen vermuten würden. An allen anderen Orten im Universum sollte sich hingegen für das Teilchen eine sehr niedrige Aufenthaltswahrscheinlichkeit ergeben.

Das mathematische Konstrukt, das die gesuchten Eigenschaften besitzt, heißt »Wellenpaket«. Ein Wellenpaket ist eine Überlagerung von vielen Einzelwellen, die genau so schwingen, dass sich die gewünschte Struktur ergibt, ähnlich wie ein Maler verschiedene Farben mischt, um den gesuchten Farbton zu treffen. Je genauer wir dabei den Ort des Teilchens fixieren wollen (also je schärfer das Maximum sein soll), desto mehr Wellen müssen wir zum Paket zusammensetzen. Da aber jede der im Paket vertretenen Einzelwellen einen anderen Impuls mitbringt, wird damit unser Wissen über den Impuls des Wellenpakets immer ungenauer. Das ist die wahre Begründung für die Unschärferelation.

Als Ausrede nach dem Geblitztwerden taugt die Unschärferelation übrigens nicht. Zwar gilt sie für beliebige Objekte und nicht nur im Quantenreich. Sie würde sich im echten Leben aber erst bemerkbar machen, wenn man Ort und Geschwindigkeit eines Fahrzeugs mit achtzehn Dezimalstellen messen könnte. So genau arbeitet die Polizei jedoch nicht.

Trotzdem haben Sie auf jeden Fall schon mit ihr zu tun gehabt, etwa wenn Sie einen USB-Stick in Ihren Computer stecken. Der darin eingebaute Speicher basiert nämlich auf Transistoren, die mit dem sogenannten Tunneleffekt arbeiten. Hier macht man sich die Unschärferelation zunutze – in Form der Tatsache, dass das Wellenpaket eines Ladungsträgers auch über ein Hindernis hinweg reichen kann. Wie sähe das klassisch aus? Stellen Sie sich eine Fahrradtour vor, bei der Sie auf einen Berg treffen. Wenn der sich nicht umfahren lässt, hilft nur eines: den niedrigsten Gang einlegen – und hochstrampeln. Dort angekommen, spüren Sie: Sie haben Arbeit geleistet. Der Lohn: Sie besitzen nun Energie, und zwar in Form der sogenannten potenziellen Energie. Der Berg, den Sie erklommen haben, heißt in der Physik deshalb auch Potenzial.

Wie auf jedem Gipfel liegt nun ein Tal vor Ihnen. Sie können die Füße hochnehmen und das Fahrrad rollen lassen. Merken Sie, wie es immer schneller wird? Am tiefsten Punkt sind Sie am schnellsten. Direkt mit der Geschwindigkeit der Bewegung verbunden ist das Maß für die Bewegungsenergie, die kinetische Energie, die an dieser Stelle maximal ist.

Nun lassen Sie uns gemeinsam hoffen, dass Sie die Reifen ordentlich aufgepumpt haben, so dass der Effekt der Reibung keine zu große Rolle spielt. In diesem Fall dürfen Sie die Füße nämlich weiter ausruhen lassen. Ihr Fahrrad wird Sie am folgenden Berg auf exakt dieselbe Höhe bringen, die der vorhergehende Berg hatte. Dann hält es an. Die kinetische Energie ist null, die potenzielle Energie maximal. Was danach passiert, hängt von der Höhe des Berges ab, der »Potenzialbarriere« also: Ist dieser Berg höher als der, von dem Sie nach unten gerollt sind, werden Sie »reflektiert«: Sie rollen unweigerlich zurück.

Elektronen geht es ähnlich. Ginge bei ihnen alles klassisch zu, würden sie von einem (zum Beispiel elektrischen) Potenzial, das höher ist als ihre Energie, auf jeden Fall reflektiert. Allerdings gilt in der Quantenwelt nicht nur eine Unschärferelation zwischen Impuls und Ort, sondern auch eine zwischen Energie und Zeit. Das heißt, für das Elektron gibt es keinen exakten Umkehrpunkt. Mit gewisser Wahrscheinlichkeit findet es sich sogar dann noch hinter dem Berg wieder, wenn seine Energie eigentlich gar nicht groß genug war, diesen zu überwinden. Es ist, als hätten Sie mit dem Fahrrad einen Tunnel durch den Berg gefunden – deshalb auch der Begriff »Tunneleffekt«. Bitte nehmen Sie das nicht wörtlich: Das Elektron hat sich keinen Tunnel durch die Barriere gegraben! Es ist nicht hindurchgeflogen, und es hat das ihm verbotene Gebiet auch nicht betreten. Es ist, einfach so, auf der anderen Seite aufgetaucht, als gäbe es das Hindernis gar nicht.

Theoretisch könnten Sie mit Ihrem Fahrrad ebenfalls diese

Quantenabkürzung wählen. Die Wahrscheinlichkeit dafür liegt tatsächlich nicht bei null - aber sie ist extrem gering, denn Ihre Masse ist bei weitem zu groß. Sie müssten weitaus länger, als das Universum existiert, immer wieder über Berge radeln, um auch nur ein Mal ohne Anstrengung hindurchzutunneln.

Außer beim Transistor spielt das Phänomen des Tunneleffekts zum Beispiel beim Alphazerfall radioaktiver Atomkerne eine Rolle. Auch das Rastertunnelmikroskop ist eine technische Anwendung dieser Erscheinung: Damit lassen sich Metalloberflächen mit hoher Auflösung bildlich darstellen. Dazu führt man eine sehr dünne Metallspitze über die zu untersuchende Fläche. Legt man nun eine Spannung an, durchtunneln Elektronen die dünne Luftschicht zwischen Oberfläche und Messfühler - es fließt ein Strom, und zwar umso stärker, je kleiner der Abstand ist.

Zwei der drei wichtigsten Phänomene der Quantenphysik haben Sie nun kennengelernt. Aber es wird noch mysteriöser - so sehr, dass sogar Albert Einstein von spukhaften Vorgängen sprach.

VERSCHRÄNKUNG

Wohl kaum ein Phänomen der Quantentheorie hat den klassisch ausgebildeten Physikern so viel Kopfzerbrechen bereitet wie die Verschränkung (englisch »entanglement«). Es hat deshalb auch sehr lange gedauert, bis sie als echte Eigenschaft der Quantensysteme akzeptiert wurde. Zuvor hat man viel Zeit mit dem Versuch verbracht, sie durch versteckte, uns einfach nicht zugängliche Verknüpfungen zu erklären.

Das liegt nicht daran, dass das Konzept allzu schwer zu erklären wäre. Von einer Verschränkung spricht man, wenn ein zusammengesetztes System einen bestimmten Zustand einnimmt, ohne dass man seinen Bestandteilen ebenfalls einen bestimmten Zustand zuordnen könnte. Das klingt lapidar, hat aber unglaubliche Folgen. Stellen Sie sich eine Schüssel mit lauter Billardkugeln vor. Die

Schüssel soll blau sein. Aber wenn sie eine Kugel herausnehmen, hat sie keine wahrnehmbare Farbe – zumindest im Quantenreich. Oder stellen Sie sich einen Chor vor, der eine bestimmte Melodie singt. Wenn Sie eine der Sängerinnen zehn Meter vom Chor trennen, ohne dass sie zu singen aufhört, werden sie von ihr sicher ebenfalls diese Melodie hören. Im Quantenreich jedoch können Sie keine solche Aussage treffen; Sie wissen nie, was die einzelne Sängerin singt, und hören nur den Chor. Aber stellen Sie sich nun vor, Sie fahren jeden der Chorsänger in eine andere Stadt. Die Männer und Frauen hören die anderen nicht mehr. Im Quantenreich singt der Chor dann immer noch die gleiche Melodie. Und nun wird es ganz verrückt: Sie zwingen einen der Sänger, etwas anderes zu singen, und plötzlich fallen auch alle anderen in das neue Lied ein – trotz der Entfernung, als würden sie es ahnen.

So verhalten sich verschränkte Teilchen. Die Physiker drücken es etwas komplizierter aus: Die Messergebnisse an verschränkten Teilsystemen korrelieren miteinander, und zwar unabhängig von der räumlichen Entfernung. Nach dem Messergebnis von einem Teilsystem liegt für die möglichen Messergebnisse an den anderen Teilsystemen eine veränderte Wahrscheinlichkeitsverteilung vor. Diese durch Quantenverschränkung erzeugten Korrelationen werden auch als Quantenkorrelationen bezeichnet.

Ganz egal, wie systematisch man zwei verschränkte Quantensysteme isoliert oder wie weit man sie räumlich voneinander entfernt, bleibt die Verschränkung doch bestehen. Aussagen zum Zustand der Bestandteile sind dabei nicht möglich. Könnte man etwa Würfel verschränken, hieße das: Das Ergebnis jeden einzelnen Wurfs ist noch immer absolut zufällig. Doch wenn ein Würfel des verschränkten Paars eine gerade Zahl zeigt, muss der verschränkte Partner eine ungerade Augenzahl tragen.

Wie stellt man nun eine quantenphysikalische Verschränkung her? Dazu haben sich die Physiker bereits verschiedenste Verfahren ausgedacht. Benötigt werden zum einen zwei Einzelsysteme, die sich verschränken lassen, und zum anderen ein Parameter, eine physikalische Größe, bezüglich der die Verschränkung hergestellt wird. Welche Größe man hier wählt, hängt von der Art der zu verschränkenden Objekte ab. Gern genommen werden zum Beispiel Lichtteilchen, Photonen.

Licht hat die besondere Eigenschaft, dass es polarisiert sein kann. Stellen Sie sich eine straff im Garten gespannte Wäscheleine vor. Wenn Sie nach unten daran zupfen, regen Sie damit eine senkrechte Wellenbewegung an, die sich auf der Leine fortpflanzt. Die Welle ist »vertikal polarisiert«. Zupfen Sie hingegen seitlich, schwingt auch die Leine in seitlicher Richtung. Die Welle ist »horizontal polarisiert«. Die Realität ist noch etwas komplizierter, weil hier ein elektrisches und ein magnetisches Feld gemeinsam schwingen (erinnern Sie sich noch an die Drei-Finger-Regel aus dem Physikunterricht in der Schule? Das Magnetfeld steht senkrecht auf dem elektrischen Feld). Außerdem gibt es keine Leine, keinen Träger der Welle. Aber das Grundprinzip gilt wie beschrieben.

Wenn Sie schon eines der 3D-Kinos mit Wegwerf-3D-Brillen besucht haben, kennen Sie einen praktischen Nutzen polarisierten Lichts: Hier nutzt man nämlich unterschiedliche Polarisation, um jedem Auge nur das »richtige« Bild zuzuspielen – die Bilder für rechtes und linkes Auge sind verschieden polarisiert, und das Spezialglas in der Brille filtert die jeweils falsch polarisierten Anteile heraus.

Genug abgeschweift – es ist jedenfalls möglich, Photonen paarweise so zu erzeugen, dass ihre Polarisation jeweils entgegengesetzt sein muss. Das passiert zum Beispiel, wenn man Kalziumatome mit Ultraviolettlicht bestrahlt und sie dadurch in einen angeregten Zustand versetzt. Aus diesem Zustand gehen die Atome mit einer bestimmten Wahrscheinlichkeit in einen anderen über, wobei zwei verschränkte Photonen ausgestrahlt werden, die eine unterschiedliche Polarisation besitzen müssen.

Photonen lassen sich zwar am einfachsten verschränken, doch

der Effekt wurde längst auch an größeren Systemen nachgewiesen. Als zu verschränkenden Parameter wählt man hier meist den Spin. Dabei handelt es sich um eine Größe, die der Anschauung nicht so leicht zugänglich ist. Aber das müssten Sie ja inzwischen gewohnt sein. Der Spin wird oft als eine Art Drehmoment erklärt. Ein Eiskunstläufer etwa besitzt einen Spin, wenn er eine Pirouette tanzt. Der Spin ist hier nicht mit der Drehgeschwindigkeit zu verwechseln: Legt der Eisläufer die Arme enger an den Körper, dreht er schneller – der Spin bleibt jedoch derselbe. Die Übertragung dieses Bildes auf das Elektron wird durch zwei Tatsachen erschwert: Erstens ist das Elektron, nach allem, was man heute weiß, punktförmig. Wie soll sich ein Punkt ohne x-, y- oder z-Ausdehnung drehen? Zum anderen ist sein Wert für ein gegebenes Teilchen unveränderlich. Aber selbst wenn es sich in Ruhe befindet, hat das Elektron einen Spin von $\frac{1}{2} \times \hbar$ (Plancksches Wirkungsquantum, zum Vergleich: eine Bowlingkugel hat einen Drehimpuls von $3 \times 10^{33} \times \hbar$). Man sagt auch, sein Spin ist »½«, das ħ lässt man weg. Photonen haben einen Spin von 1.

Was sich allerdings ändern kann, ist der Spin des Gesamtsystems. Ein Atom zum Beispiel kann je nach seiner Besetzung mit Elektronen einen ganz- oder halbzahligen Spin besitzen. Ein halber Spin Unterschied – und doch führt er plötzlich zu völlig anderem Verhalten. Teilchen oder Teilchensysteme mit halbzahligen Spins müssen sich nämlich dem Pauli-Prinzip unterordnen: Es besagt, dass sie nie exakt denselben Zustand einnehmen dürfen.

Für Systeme mit ganzzahligem Spin jedoch gilt das Pauli-Prinzip nicht. Das führt dazu, dass sie bei sehr tiefen Temperaturen ein sogenanntes Bose-Einstein-Kondensat (BEC) bilden. In diesem Zustand sind sie nicht mehr unterscheidbar. Der komplette Teilchensee wird von einer einzigen Wellenfunktion beschrieben. BECs sind ein ganz eigener Forschungsbereich mit faszinierenden Ergebnissen, die uns hier allerdings nicht interessieren sollen.

Physiker nutzen BECs aber auch, um verschränkte Paare von

Atomen zu erzeugen: Fügt man dem Kondensat nur einen Hauch von Energie hinzu, lassen sich einzelne Atome aus der Masse lösen, die miteinander verschränkt sind.

EINSTEINS SPUK

Dass Verschränkung funktioniert, ist längst eindeutig nachgewiesen. Den Rekord dafür hielt lange ein internationales Forscherteam, das die Verschränkung von Photonen über eine Entfernung von 144 Kilometern nachweisen konnte. Dazu hat man in einem Observatorium auf dem Roque de los Muchachos in 2400 Metern Höhe auf der Kanareninsel La Palma ein verschränktes Photonenpaar getrennt. Ein Partner blieb dort, der zweite wurde mittels eines Teleskops auf die Reise zur Nachbarinsel Teneriffa geschickt, wo ihn eine auf gleicher Höhe gelegene Bodenstation der Raumfahrtorganisation ESA empfing. Obwohl das Lichtteilchen auf seinem Weg durchaus Gelegenheit zur Wechselwirkung mit der Umgebung hatte, blieb die Verschränkung erhalten. 2017 konnten chinesische Forscher diese Distanz sogar auf 1200 Kilometer vergrößern, wobei sie den eigens dafür entwickelten Satelliten »Micius« nutzten.

Was aber hat dazu geführt, dass selbst Physikgenies wie Albert Einstein Probleme damit hatten, die Verschränkung zu akzeptieren? Einstein bezeichnete sie als »spukhafte Fernwirkung« und versuchte 1935 gemeinsam mit den Kollegen Boris Podolsky und Nathan Rosen, sie mit einem Gedankenexperiment aus der Welt zu schaffen. Es erhielt nach den drei Initialen der Forscher den Namen »EPR-Paradoxon«.

Die Idee: Wir benutzen zwei verschränkte Photonen aus derselben Quelle, die sich in entgegengesetzte Richtungen voneinander entfernen. Nun messen wir die Wellenlänge des einen Photons. Wegen der Verschränkung wissen wir sofort und exakt, wie groß die Wellenlänge des zweiten Photons sein muss. Wegen der Unschärferelation können wir nicht gleichzeitig den Ort exakt messen.

Insofern bisher nichts Neues. Aber wir hätten uns ja auch entscheiden können, statt der Wellenlänge den Ort des ersten Photons zu messen. Dann wüssten wir nun, ohne hinzuschauen, wo sich das zweite Teilchen befindet. Praktisch ausführbar ist natürlich immer nur eine Messung, denn die Messung stört die Wellenfunktion des ersten Teilchens. Aber es handelt sich ja um ein Gedankenexperiment. Dabei haben wir das zweite Photon weder angesehen noch angefasst, und trotzdem könnten (mit Betonung auf dem Konjunktiv) wir sowohl seinen Ort als auch seine Wellenlänge (also seinen Impuls) exakt kennen.

Einstein & Co. wollen mit diesem Gedankenexperiment zeigen, dass Teilchen zwei stets beide seiner Eigenschaften preisgeben könnte, je nachdem, wie wir uns entscheiden. Es muss also immer sowohl einen festen Ort als auch einen definierten Impuls besitzen (was die Quantentheorie widerlegen würde). Denn anderenfalls müsste es ja unabhängig von Raum und Zeit stets mit dem ersten Teilchen kommunizieren und es gewissermaßen fragen, wie die Messung an ihm ausgegangen ist. Die Quantenphysik, meinte Einstein deshalb, sei nicht komplett, sie gebe nicht über alle Eigenschaften eines Teilchens Auskunft.

Einstein redet damit einer sogenannten LHV-Theorie das Wort: einer Theorie, die mit »local hidden variables« arbeitet, also versteckten Parametern. Demnach enthält das System Größen, die dem Beobachter nicht zugänglich sind, aber trotzdem seine Eigenschaften festlegen. Das Universum würde demnach mit gezinkten Würfeln arbeiten – und uns, die wir die geheimen Markierungen nicht erkennen, quasi für dumm verkaufen.

Das EPR-Paradoxon erledigt sich von selbst, wenn man sich mit einer wichtigen Eigenschaft der Quantentheorie anfreundet (was Einstein nie gelang): Sie ist nicht lokal. In einer lokalen Theorie, etwa der klassischen Physik, beeinflusst eine Messung »hier« nicht das Teilchen »dort«. Wenn Sie stolpern, fällt nicht jemand anders hin. Oder höchstens mit einer Verzögerung, die von der Lichtgeschwindigkeit (im Vakuum 300 000 Kilometer pro Sekunde) bestimmt wird. Wenn Sie stolpern, und jemand beobachtet Sie dabei und tritt daraufhin selbst daneben, dann vergeht zwischen beiden Ereignissen immer mindestens so viel Zeit, wie das Licht von Ihnen zum Beobachter gebraucht hat. In der Quantenwelt hingegen vollzieht sich die Wirkung sofort, egal, wie weit die verschränkten Teilchen voneinander entfernt sind.

Das liegt daran, dass in der Quantenphysik das verschränkte System von einer gemeinsamen Wellenfunktion beschrieben wird, die sich über das gesamte Universum erstreckt. Ja, das gesamte Universum.

Man spricht nicht mehr von zwei einzelnen Photonen, die eine Gemeinsamkeit haben, sondern von einem Gesamtsystem. Solange die Umgebung keinen Einfluss nimmt, hat jedes der beiden verschränkten Photonen einen unbestimmten Ort und einen unbestimmten Impuls. Eine Messung an einem der beiden Photonen jedoch zerstört die gemeinsame Wellenfunktion, und das zweite Photon bekommt augenblicklich den durch die Verschränkung festgelegten Wert zugewiesen.

»Augenblicklich« heißt dabei wirklich »sofort«. Es vergeht keine Zeit. Das heißt aber auch, dass keine Kommunikation stattfinden kann, weil nach Einsteins Relativitätstheorie Kommunikation maximal mit Lichtgeschwindigkeit möglich ist. Natürlich haben die Physiker das nachgemessen, so gut sie konnten. Demnach müssten die verschränkten Teilchen mit mindestens 10 000-facher Lichtgeschwindigkeit Informationen austauschen. Dass die Forscher nicht auf »unendliche« Geschwindigkeit kamen, liegt an der Experimentiergenauigkeit, die eben nicht unendlich exakt ist.

ÜBERLICHTSCHNELLE KOMMUNIKATION?

Dass sich verschränkte Teilchen ohne irgendeine Wartezeit ihren Zustand mitteilen, hat natürlich die Phantasie von Science-Fiction-Autoren angeregt. Könnte man nicht einen Quantenkommunikator bauen, indem man das eine Teilchen auf der Erde behält, das andere aber dem in die unendlichen Weiten des Weltraums startenden Captain Kirk mitgibt? Will der *Enterprise*-Kapitän uns nun eine Nachricht schicken, bräuchte er lediglich seinen Teil des Gesamtsystems zu manipulieren, und im selben Moment änderte sich auch der Zustand der auf der Erde verbliebenen Gegenstelle.

Das Problem dabei ist nur, dass der Informationsgehalt einer solchen Sendung gleich null ist - denn welchen Wert die verschränkten Teilchen annehmen, das ist stets reiner Zufall. Es sei denn, der Sender teilt dem Empfänger auf anderem Weg mit, was bei ihm passiert ist - aber dann ist doch wieder die Lichtgeschwindigkeit die Grenze. Ein »Quantum Entanglement Communicator«, wie er etwa von den Raumfahrern in der Rollenspielserie »Mass Effect« verwendet wird, muss aus physikalischen Gründen Fiktion bleiben. Ein rein praktisches Problem besteht übrigens darin, dass eine Verschränkung nur möglich ist, wenn zuvor eine lokale Interaktion stattfand: Das verschränkte System muss sich irgendwann an einem gemeinsamen Ort befunden haben. Verschränkte Photonen etwa wurden vom selben Atom produziert. Zudem ist die Verschränkung nach jeder »Botschaft« aufgelöst - man bräuchte unterwegs also einen größeren Vorrat an Teilchen, die mit Partnern bei allen gewünschten Gegenstellen verbunden sind.

Ebenfalls Humbug sind Behauptungen, das Phänomen der Verschränkung medizinisch einsetzen zu können. Quantenphysik klingt zwar wie Magie, hat aber nichts damit zu tun. Im Gegenteil: Sie beschreibt und begründet im höchsten Maße exakt Eigenschaften unseres Universums, so seltsam sie auch dem gesunden Menschenverstand anmuten. Sie als Erklärung für »alternative« Therapien wie Fernheilung oder die Homöopathie heranzuziehen, hat keinerlei wissenschaftliche Grundlage.

Der Mensch ist als System viel zu komplex, um derartige »Quantenbotschaften« aufzunehmen. Und wie wir gesehen haben, ist das Resultat einer Messung absolut zufällig. Durch positives Denken,

Meditation oder auch nur den dringenden Wunsch ans Universum ist das Ergebnis nicht zu beeinflussen.

In der Natur spielt die Verschränkung übrigens durchaus eine Rolle. Erst sie ermöglicht es anscheinend, dass bei der Photosynthese mit hoher Effizienz Sonnenlicht in für die Pflanze nutzbare Energie umgewandelt werden kann.

Für technische Anwendungen werden Quantenphänomene gerade weltweit entdeckt. Quantencomputer versprechen, in Zukunft jeden Supercomputer zu übertreffen. Sie nutzen Superposition und Verschränkung. Ein Quanten-Bit (Qubit) nimmt alle möglichen Werte zwischen 0 und 1 gleichzeitig an. So lassen sich für ein Problem auch alle Lösungen gleichzeitig berechnen. Geheimdienste fürchten und ersehnen Quantencomputer, weil sie – angeblich – jede herkömmliche Verschlüsselung obsolet machen. Was nicht stimmt: Bei üblichen Verschlüsselungsverfahren wie AES halbieren Quantencomputer zum Beispiel nur die für den Knack-Aufwand maßgebliche Schlüssellänge. Es reicht also, diese zu verdoppeln, und schon ist das vorherige Maß an Sicherheit wieder erreicht.

Außerdem bietet die Quantenphysik eine noch viel bessere Alternative: Die sogenannte Quantenkryptographie löst nämlich die überraschend schwierige Aufgabe, wahrhaft zufällige Codeschlüssel zu finden und diese auf absolut sichere Weise an eine Gegenstelle zu übertragen. Sicherheit ist hier keine Frage des Aufwands, sondern sie ist gewissermaßen von der Natur eingebaut. Ein neugieriger Spion müsste die Naturgesetze verändern, um ein korrekt aufgebautes quantenkryptographisches System illegal aufzusperren. Im Roman verändern sich zwar innerhalb der Störung unbeabsichtigt die physikalischen Konstanten, aber so etwas bewusst herbeizuführen, dürfte weit außerhalb unserer Möglichkeiten liegen.

QUANTENTELEPORTATION

Weil es in dem Roman eine so große Rolle spielt, will ich noch auf ein anderes spannendes Phänomen eingehen: die Quantenteleportation. Teleportation – das Wort kennen Sie sicher aus der Science Fiction. Von der *Enterprise* wird die Mannschaft auf fremde Planeten teleportiert, »gebeamt«. Tatsächlich ist die Quantenteleportation bereits in den Labors der Physiker Wirklichkeit. Sie sieht aber anders aus, als es sich die *Star-Trek*-Erfinder vorgestellt haben.

Denn ein Vorgang wie das Beamen, wie es in der Fernsehserie und im Kino praktiziert wird, wäre ganz sicher physikalisch nicht möglich. Die gebeamten Personen erscheinen am Ziel wie aus dem Nichts. Masse kann aber – außer in winzigen Mengen – weder aus dem Nichts erschaffen werden, noch lässt sie sich mit Lichtgeschwindigkeit oder gar noch schneller transportieren.

Wäre eine Gegenstation am Ziel ein Ausweg? Wenn dort das benötigte Material vorhanden ist, könnte man die gebeamten Objekte daraus vielleicht rekonstruieren. Die Individualität eines Menschen steckt nicht in den Atomen, aus denen er besteht: Entnimmt man Ihnen zum Beispiel ein beliebiges Kohlenstoffatom, lässt es sich unmöglich von einem aus meinem Körper extrahierten Atom unterscheiden. Wichtig ist allein, wo und in welchem Zustand sich jedes einzelne Atom Ihres Körpers befindet.

Gelänge es also, die Koordinaten und den Anregungszustand jedes einzelnen Teilchens exakt zu bestimmen, bräuchte man diese Informationen nur an die Gegenstelle zu übertragen und könnte so ein exaktes Abbild Ihres Ichs erschaffen. Dieses Prinzip ist auf klassische Weise übrigens bereits technisch umgesetzt: im inzwischen schon wieder aussterbenden Faxgerät. Solange die Gegenstelle noch Papier hat, kann der Absender ein »Objekt« (eine Rechnung zum Beispiel) damit mit Lichtgeschwindigkeit an einen anderen Ort »teleportieren«. Wie gut die Übertragung funktioniert, mit welcher Qualität das Objekt übertragen wird, hängt von der Güte von Sender und Empfänger ab.

In der Wirklichkeit des Beamens kommt, von den praktischen Schwierigkeiten einer Messung aller Atome eines lebenden Menschen abgesehen, ein weiteres Problem hinzu: Dazu müssen Sie sich an die Heisenbergsche Unschärferelation erinnern. Je genauer wir den Ort eines Teilchens messen, desto ungenauer werden unsere Informationen über seine anderen Eigenschaften. Deshalb ist schon die genaue Analyse des zu beamenden Objekts unmöglich.

Den Ausweg bietet erneut die Quantenphysik. Die Forscher haben allerdings eine Weile gebraucht, um auf den Trick zu kommen: 1993 veröffentlichte ein internationales Forscherteam das Konzept, das dann 1997 erstmals im Experiment bestätigt wurde. Man braucht dazu ein Phänomen, das wir schon ausführlich besprochen haben: die Verschränkung. Außerdem benötigt man zwei miteinander verschränkte Teilchen. Im Ergebnis einer Quantenteleportation wird der exakte Zustand des einen Teilchens auf das andere übertragen. Dazu braucht man den zu übertragenden Zustand weder zu kennen noch zu messen. Das Einzige, was man benötigt, ist ein zusätzlicher klassischer Übertragungsweg. Im Roman ist dies das Teleskop beziehungsweise sind es die Photonen, die es aus großer Entfernung empfängt. Tatsächlich ist die Darstellung im Buch ziemlich realitätsnah. Nur das Vorhandensein verschränkter Teilchen aus der Frühzeit des Universums in unserem Teil des Kosmos ist eine unbewiesene Behauptung. Es ist physikalisch möglich, aber ob es zutrifft, wissen wir nicht. Auf der Erde »halten« Verschränkungen wegen der Wechselwirkung mit der Umgebung immer nur für sehr kurze Zeit, aber der Kosmos könnte leer genug sein, um die verschränkten Teilchen nicht zu stören.

Wichtig ist: Bei der Quantenteleportation gilt: »Klonen verboten«. Das unterscheidet sie von den in der Science Fiction beschriebenen Verfahren. Es entsteht als Ergebnis kein Klon des ersten Teilchens, denn die ursprünglichen Eigenschaften des zu teleportierenden Teilchens gehen verloren. Anderenfalls ließe sich nämlich die Heisenbergsche Unschärferelation austricksen. Zwar entstehen auch bei *Raumschiff Enterprise* Klone nur als »Transporter-Unfall«. Doch eine Beschreibung, wie das Original einer Person beim Beamen jeweils zerstört wird (das muss doch schmerzhaft sein!), bleiben uns die Drehbuchautoren schuldig.

Die zweite Einschränkung betrifft die Geschwindigkeit des Transports. Quantenteleportation eignet sich nicht, um die Lichtgeschwindigkeit zu übertreffen. Zwar passiert die Zustandsänderung von Teilchen B sofort, doch der Empfänger kann erst dann etwas damit anfangen, wenn er auf klassischem Weg das Ergebnis der Messung erfahren hat. Christine an Bord der Shepherd-1 ist also darauf angewiesen, das Gebiet im Weltall erst zu beobachten, bevor von dort Quantenzustände in unsere Welt übertragen werden können.

Problem Nummer drei: Es geht nicht ohne Gegenstation. Der Empfänger muss mit einem Teil der verschränkten Teilchenpaare ausgerüstet sein. Ein Objekt an einen unbekannten oder noch nie besuchten Ort zu teleportieren, ist also unmöglich.

Eher praktischer Art ist hingegen die Frage, ob sich auch größere Objekte, etwa ein Mensch, auf diese Weise von Ort zu Ort bewegen könnten. Das ist vor allem ein Problem der Menge. Unser Körper besteht aus 10^{30} Atomen, eine Eins mit dreißig Nullen. Schon das Teleportieren weniger Photonen bereitet im Labor Schwierigkeiten und gelingt nicht immer. Wollte man einen Menschen so auf die Reise schicken, bräuchte man eine bisher unerreichbar niedrige Fehlerquote. Da der Ursprungszustand zerstört wird, bevor die Kopie beim Empfänger erscheint, hat man jeweils nur einen Versuch pro Teilchen.

Außerdem müssten sowohl der Sender als auch der Empfänger jeweils 10^{30} miteinander verschränkte Teilchen bereithalten. Die Verschränkung ist aber ein äußerst heikles Phänomen, das schon durch geringste Umwelteinflüsse zerbricht. Bei Photonen, den derzeitigen Hauptdarstellern solcher Experimente, lassen sich diese Wechselwirkungen noch leichter beherrschen als bei Atomen oder gar den komplexen Molekülen, aus denen biologische Materie besteht. Möglich erscheint derzeit allenfalls, vielleicht bis zu Objekten in Virengröße vorzustoßen.

Ihre praktische Anwendung könnte die Quantenteleportation zuerst in Quantencomputern finden. Hier stehen die Wissenschaftler vor dem Problem, dass es nicht reicht, ein Rechenergebnis zu bekommen. Wichtig ist auch ein Speicher, den man über die Quantenteleportation anbinden könnte.

Die zu teleportierenden Zustände sind in diesem Fall die Qubits. Vermutlich ist es einfacher, statt der Träger der Qubits (von der Art des Quantencomputers abhängig) deren Inhalt zu übermitteln. So passiert es ja auch beim klassischen Computer: Nicht die Speicherzelle selbst wandert zum Prozessor, sondern die darin enthaltenen Bits.

Kommen wir nun zum Aufgabenteil: Zeigen Sie, dass für ein beliebiges eindimensionales Potential V(x) eine normierbare Lösung der zeitunabhängigen Schrödinger-Gleichung nur genau dann gefunden werden kann, falls die Energie E des Zustandes größer als das Minimum des Potentials ist.

Okay, kleiner Scherz, ich wollte Sie mit dieser Aufgabe aus einem Ferienkurs Quantenmechanik der TU München nicht schockieren. Ich würde mich aber freuen, wenn Ihnen nach diesem Ausflug die Welt der Quanten nicht mehr ganz so fremd wäre. Denn immerhin bestimmt sie unsere Realität, auch wenn wir selten etwas davon mitbekommen. Vielleicht hilft Ihnen der Exkurs auch dabei, die Gewissheiten des Alltags stärker zu schätzen. Im Quantenreich ist jedenfalls nur eines sicher – dass es keinerlei Sicherheiten gibt. Das größte Wunder dabei ist, finde ich, dass das Universum trotzdem nach erkennbaren Gesetzen funktioniert.